U0433980

宋词三百首全解

〔典藏版〕

上彊村民 编

蔡义江 解

复旦大学出版社

再版说明

《宋词三百首》系词学大家朱祖谋(原名孝臧,自号"上彊村民")晚年所编纂的一部宋词选本。该书初版于1924年,后又经编者删订,唐圭璋先生又以删订本为基础作《宋词三百首笺注》。其选词"求之体格、神致,以浑成为主旨"(况周颐序),宋词中的名家名作大致均已收入,遂成为近百年来影响最广的宋词选本。

《宋词三百首》刊行以来,屡经再版,以原书为蓝本进行的注释、翻译、评析、鉴赏类的著作有近百种之多。这其中,蔡义江先生撰写的《宋词三百首全解》,以精炼的注释和优美的语译,得到广大读者的肯定。此次经蔡先生授权,复旦大学出版社对全书进行修订再版。相对于旧版,本版进行了如下调整:

一、旧版原文根据唐圭璋先生《宋词三百首笺注》,共收词人81家,词作283首。新版在此基础上核对了1924年《宋词三百首》初版(收词人88家,词作300首),将初版中为后来版本删除的词作附于书后,对初版未收而后来版本收入的作品也在正文中予以说明，供读者参考。

二、旧版依据现代汉语的使用习惯，对原词的一些文字做了处理，如将“阑干”改为“栏杆”，“尊”改“樽”等，今依据词作原文进行回改，以使书中作品更接近原貌。

三、本书为以人系词，故将旧版书后所附“作者小传”内容分别插入正文中相应词人之下。

四、旧版卷首之“大陆版前言”和“台北版前言”依旧保留，以存原貌。

复旦大学出版社

2018年8月

目录

大陆版前言

20 世纪末，台北建安出版社出版了一套由赵昌平、李梦生二先生主编的《三百首系列丛书》十种，均以《新译》为书名，本书即其中的一种。书出版发行后，颇受宝岛内学者、教授们的关注，有从海峡彼岸特地打来电话，与我讨论宋词版本文字异同等问题的。我想，此书倘有机会在大陆修订出版，当更能满足广大诗词爱好者的需要。现在，这一愿望得以实现，我自然感到十分欣喜。

本书的台北版“前言”中，我已把诸如词的兴起、名称、体裁特点、与诗的区别、其发展演变过程、名家流派，以及对自号上彊村民的朱祖谋（孝臧）其人、《宋词三百首》选本特色和选取标准等，都一一作了概括介绍，该说的话，似乎都说了，读者可以自己去看。

1954 年春，我读完大学，留校任教，同时继续随恩师夏承焘（瞿禅）教授进修唐宋诗词，后来我指导的研究生，也都是唐宋文学专业。现在算起来,已逾半个世纪。虽然,在“文革”期间,因外在原因,又与红学结了缘,且一发而不可收拾,后来还被冠以“红学家”的头衔,但我始终未放下过诗词老本行。

在我所接触的中青年朋友中,爱好古典诗词的不少,且喜欢词的人数或许还超过诗,尤其是女士们。我想,这也不难理解,毕竟词本是音乐文学,其长短错落的句子形式,有音乐感的节奏,比起大部分句式整齐的诗来,更显得自由活泼,富于变化,长于抒情。只是要掌握每一词调的不同格律,比诗要复杂些、麻烦些,所以今天学填词的人还超不过学写诗的。如果从写新诗要在语言形式上借鉴传统诗词来说,词能给人以利用的借鉴价值,也许还超过了诗。

一位朋友问我,你为什么只找宋词选本而不找唐宋词选本呢?倘加入唐五代词,不是更能够完整地让人看到词的兴起和发展成熟的全过程吗?我的回答是:首先,选题的确定,往往不是作者个人想怎样就怎样的,还要看客观的社会需求(市场)和出版社的整体计划安排;更主要的是选本没有必要都去考虑“全过程”,正如选唐诗,就没有非要将汉魏六朝诗也加入进去不可的道理。此外,既非自选,而是选用前贤现成的本子,那么,能与《唐诗三百首》相配的,唯有徐调孚先生所竭力推崇的“《宋词三百首》——一部最精粹的词选”一种,只是后者晚出,时代环境已有改变,故不及前者普及而已。

《宋词三百首》，今天看来，自然也有可议之处。这一点我在初版的“前言”中已有提及。朱祖谋无论是其词学观，还是文学观、社会观，都应该说是保守派。他选词数量最多、最看重的是吴文英，这也许与他长期从事《梦窗词》研究，并多次为其作笺，故有所偏爱有关。这姑且不说，即如《放翁词》存词百余首，在南宋也列为名家之一，刘克庄说：“放翁长短句……其激昂感慨者，稼轩不能过；飘逸高妙者，与陈简斋、朱希真相颉颃；流丽绵密者，欲出晏叔原、贺方回之上。”(《后村诗话》续集卷四)，其推崇可知。而朱孝臧仅录其《卜算子・咏梅》小令一首，倒是成就远不如放翁的小词人，常常也选有数首，给人的感觉是选花间尊前、离愁别恨题材的词较宽，而选有严肃思想内容的词较严。当然，我们不能尽用今人的眼光去苛责前贤，《宋词三百首》毕竟是一个很有见地也很有个性的优秀选本。

原版用的是繁体字，如今改用简体字，这一改变过程常常容易出错，在校对上恐怕要花费不少工夫了。我还注意到原版有一些异体字，若保持原样，会不方便阅读。举例说，“阑干”一词，通常有二义：一是同“栏杆”，一是“纵横”。二者本子里都有，倘不加区别，易滋混淆，所以这次将前者改用“栏杆”，后者仍保留原样。还有“沉沉”“深沉”的“沉”，原版都用“沈”字，在大陆的年轻人看来，像是错字，所以也改了。又，“着”都用“著”，“樽”都用“尊”，也不符合当今我们通用的习惯，尚不及订正，希望在校对时也能改过来。此外，原版中生僻字多未注音，这次有所增加以方便读者，采用的是注常用同音字的办法。至于此书中与其他本子有异文或断句不同，甚至偶有字数多少不一者，必要时也在注释中说明。

期待广大读者和专家们的批评指正。

蔡义江

2006 年 11 月立冬日于北京东皇城根南街 86 号

台北版前言

词，萌芽于隋，兴起于唐，成熟于晚唐、五代，大盛于两宋，是唐宋新兴的诗歌体裁。

词，原本是音乐文学，是为配合乐曲而填写的歌词，所以全称为“曲子词”，简称为“词”。既要按曲子节奏填词，就很难都用整齐的五言、七言来填，因为旋律总有长短快慢。所以除有极少数的例外，一首词中句子总是长短参差的，故词又称“长短句”。词还有“乐府”、“歌曲”、“乐章”等名称，也都可以看出它与音乐的关系，只有较为晚出的“诗余”之称，是忽略了词与音乐之间关系的。所谓“诗余”，是将词说成是诗的余绪（贬低词的说法），或以为词是由诗增减字数、改变形式而演化成的。这都是只着眼于诗词语句篇章的异同，而没有考虑音乐对词的产生所起的决定性作用而形成的片面看法，因而是不符合实际的。

诗，也有配乐唱的，主要是乐府。乐府与词的根本区别在于：（一）乐府起于汉代乐府机构所采集的民歌，所配的音乐是以前的古乐，叫“雅乐”；还有汉魏以来的清商曲，叫“清乐”。而词所配的音乐，则是以隋唐以来大量传入中国的胡乐为主体，包含部分民间音乐成分，共同结合形成的一种新乐，叫“燕乐”（也作“讌乐”、“宴乐”）。燕乐所用的乐器也与以前不同，主要是极富表现力的琵琶，以后则有觱篥。词所配合的就是这种当时极受欢迎而广为流行的新音乐、新曲调。（二）乐府以及也被拿来唱的声诗，都是先有诗，然后才配以乐的；词则是先有乐曲（词调）而后才倚声填词的。这一区别也很重要，由此我们知道乐府歌行中的长短句是自由的，作者可凭自己的意愿或长或短，并自己决定如何用韵；而词的长短句则是规定的，是必须与曲子相配合的，是由每一个词调的格律要求所决定的，犹律诗之格律规定“诗有定句，句有定字，字有定声，双句押韵，中间对仗”不能任意违反一样，在这一点上，每一词调都像是一种不同格式的律诗。词，虽然也有“乐府”之称，其实它比近体诗更讲究声韵格律，所以又被人称之为“近体乐府”。

词除句有长短外，尚有些体裁特点是有别于诗的。首先是每首词都有个词调，也叫“词牌”。它表明词写作时所依据的曲调乐谱，因而也就等于是词在文字上的格律规定。词在初起时，词调往往就是题目，名称与所咏的内容一致；以后继作时，因为内容不同，又另加题目或小序（当然也可以不加），词调便只有曲调与格律的意义了。也有作者在择调时，有意识让词调的名称同时充当题目用，那是另一码事，词调还是词调，不是题目。一个词调，调名往往不止一个，如《木兰花》又名《玉楼春》，《蝶恋花》又名《凤栖梧》、《鹊踏枝》，等等，之所以有两名或数名，原因不尽相同，其中一个是本名，其他是别名。别名多的，可多至七八个。一调数名，是较普遍的；反之，也有两调同名的，这就只是个别的了。这方面，有《词名索引》（中华书局版）之类的书可查，此不赘述。

词调中有些用字也可一提：带“子”字的，如《采桑子》《卜算子》等，“子”就是“曲子”的省称。带“令”字的，就是令曲或小令；一般是字少调短的词，当起于唐代的酒令。带“引”字、“近”字的，则属中调，一般比小令要长而比长调要短（不足一百字）。带“慢”字的，是慢曲子，即慢词，大部分是长调。此外，还有局部改变原词调字数、句式的“摊破”“减字”“偷声”，以及增加乐调变化的“犯”等，就不一一介绍了。每一词调都表达一定的情绪，有悲有喜，有调笑有嗟叹，有宛转有激昂……也有对不同情绪有较大适应性的，这也就是音乐曲调的情绪。曲调既已失传，我们就难以确知，只能从有关记载、当时的代表词作以及词调的句法、用韵等等去了解、分析和揣度了。

其次，词的分片，也是它与诗明显不同处。词除很少数小令是不分段的单片词（称“单调”）外，极大部分都分为两段（称“双调”）。一段叫“一片”，“片”也就是“遍”，是音乐已奏了一遍的意思。乐曲的休止或终结叫“阕”，所以“片”又叫“阕”。双调词通常称第一段为“上片”或“上阕”、“前阕”，第二段为“下片”或“下阕”、“后阕”。上下片的句式，有的相同，有的不同。长调慢词中有少数是分三段，甚至四段的，称“三叠”、“四叠”。三叠的词中，又有一种是“双拽头”的，即一叠与二叠字句全同，而比三叠来得短，好像前两叠是第三叠的双头，故名。如周邦彦《瑞龙吟》，便是双拽头，而他的《兰陵王》就不是。四叠词极少，今仅见吴文英《莺啼序》一调，共二百四十字，是最长的词调。片与片虽各成段落，但在作法上上下片的关系也有讲究。下片的起句叫“换头”，在作法上又称“过片”。如张炎《词源·制曲》云：“最是过片，不要断了曲意，须要承上接下。如姜白石(《齐天乐》)词云：‘曲曲屏山，夜凉独自甚情绪！’于过片则云‘西窗又吹暗雨’。此则曲之意脉不断矣。”

此外，词的押韵与诗多数是偶句押韵，少数是句句押韵，或一韵到底，或若干句一转的情况都不一样。词的韵位，大都是其所合的音乐的停顿处，不同曲调音乐节奏不同，不同词调的韵位也各别，有疏有密，变化极多，有时一首词中韵还可分出主要和次要来。如苏轼《定风波》，以“声”、“行”、“生”、“迎”、“晴”五个平声韵为主，而其中又夹杂进三处仄声韵为宾，即“马”与“怕”押，“醒”与“冷”押，“处”与“去”押。这样的押韵法，是诗中所未有的。当然，词的用韵，从合并韵部、通押上去声来看，又比诗的用韵要宽些。至于词的字声，基本上与诗的律句由平仄互换组成相似，但变化也很多，有些词调还在音乐的紧要处，要求分出四声和阴阳来。

词最初源于民间，《敦煌曲子词》的发现，为这一点提供了充分的证据。文人词在初盛唐几乎是凤毛麟角。到中唐白居易、刘禹锡时代，词才算略有一席之地，但所作多半是《忆江南》之类颇似由绝句形式改造而成的小令，作者填词，也只是偶一为之。

到晚唐温庭筠、韦庄，词的创作才出现了重大的飞跃。有了一批专长于填词的作家，词的体裁形式和表现技巧也完全成熟了。温、韦都是唐末重要的诗人，同时又都是词的大家。以他们为首，包括一批五代的词作者共十八人，就有五百首词被五代后期蜀人赵崇祚收录在他所编的《花间集》一书中，从而被人称之为"花间派"。这些词人和作品有个共同的特点，即基本上都是为青楼妓女和教坊乐工而创作的，这完全适应了当时南方都市经济发展的需要。爱情相思、离愁别恨，几乎便成了这些词的唯一主题，同时词的语言风格，当然也是绮靡艳丽的，因为它们都是"花间（花，喻指妓女）尊前"唱的歌曲。乍一看，这个头似乎开得不好，但问题恐不能这么孤立简单地看。要没有花间派词人的努力，没有这种为满足都市生活需要而创作流行的新曲子词的普通热潮的形成，词这种新体裁和与之相适应的语言艺术技巧，就不可能成熟得这么快，词对后来文坛的影响也不可能那么大，诗歌发展的历史就要推迟。而且说到底词的兴起，也不可避免的总会要经过这样的一个阶段的，不管它发生在何时何地。这就是历史，而历史是不能任意取舍割裂的。

不在《花间集》、不属花间派的五代词人中还有三位大词家，那就是南唐中主李璟、后主李煜和冯延巳。他们一部分词与花间派的题材、风格相近，只不过反映的是宫廷贵族的私情密约、风流逸乐的生活，在艺术境界上，则委婉蕴藉，有明显的提高。另一部分风格哀怨的抒情词，特别是南唐亡国以后，李煜过着"日日以眼泪洗面"的臣虏生活，所作之词，尽是伤悼身世遭遇、寄托故国之思的哀音，这就一扫"为侧艳之词"的花间风格，而以纯朴的白描手法来抒发内心真实而深切的感受，把词境推向了唐五代词的艺术最高峰。

北宋前期的词是唐五代词的延续，虽题材略有扩大，但基本上仍不出爱情、相思、离别、游宴、赏景等范围，如欧阳修这样的大作家，许多严肃的内容都见诸其诗文而并不写在词中，这就是词在发展过程中形成的传统题材内容对作家影响的具体表现，因此论词者有词是"艳科"的说法。另一方面，欧词与冯延巳词又常常相混，还混作二晏词，这又说明欧阳修、晏殊、晏幾道等人的词与五代冯延巳词在题材风格上并没有太大的区别。

在柳永之前，从中晚唐到北宋初，词基本上都是抒情的小令，且已发展到了极高的艺术水准。柳永创作了不少慢词，提高了词体的表现能力，扩大了词的题材领域，是他对词发展史的一大贡献。他是一位长期出入于妓馆教坊的落魄文人，对当时都市生活的需求和市民们的心态都有相当深刻的体验和理解，加之又有诗歌才能和音乐素养，所以他的词写出来，便广为流传，所谓“凡有井水处，即能歌柳词”。此外，长于写慢词的尚有张先、秦观等人，他们也都为词的发展注入了新的活力。

词发展到这一时期，作者既多，词体渐渐不依附于音乐而成为独立文体的倾向也就自然产生了。同时，打破词只写绮语艳情、限于狭隘题材的传统观念而用来反应更广阔、更丰富的现实生活及感受的革新想法也随之而产生了。苏轼以他非凡的天才开始了这方面的实践尝试。他放笔挥洒，诙谐谈笑，深沉感慨，把咏怀古迹诗的内容写入词中，这就是著名的《念奴娇·赤壁怀古(大江东去)》。此外，如围猎、记游、述梦、咏物、感慨人生、隐括唐诗、唱和古人、酬答朋友，以及描写农村风物等等，都一一入词。诗与词的界线被冲破，词的传统婉约风格被改变，词的题材内容得到了解放，苏轼被称为词豪放派的代表。在东坡之前，范仲淹曾以《渔家傲(塞下秋来)》写过边塞征戍事，可谓开了豪放词的先河，但终究只是偶作。东坡词虽对词的传统是一次巨大的冲击，但当时并没有形成气候，倒是招来了一些讥议，说他“长短句中诗也”、“不协音律”、“要非本色”等等。只是到了南渡后，他的影响才显示出来。

苏轼的实践证明：词是可以脱离音乐而成为独立文体的。但更重要的是社会需求。当时社会上对合乐的歌词的需要并没有减低，仅仅把词当作一种新诗体来创作的人难免会被人讥为不能歌、不懂协律，即便他才名高如苏轼。这样，到北宋末期，词风就又回到讲求音律的路子上去了。宋徽宗设立了一个“大晟府”，相当于汉代的乐府机关，延请了一批精通音律的人来整理乐曲，制作歌词。“好音乐，能自度曲”的周邦彦和“元祐诗赋科老手”万俟咏就成了大晟府的主持者，他们奉旨“依月用律，月进一曲”，凡所制作，都成为典型而被人所效仿。周邦彦也确是一位天才。他既精音律，又善辞章，能写出保持传统风格、投合上至宫廷贵族、下至市侩妓女各阶层人的口味的音律优美的词曲来。所以旧时被推崇为宋词的集大成作家，也被人称之为“格律派”。李清照是这个时期的最后一位天才的女词人。她的词清新婉约，但不绮靡浮弱，有一部分已是南渡后感叹身世不幸之作，有很强的艺术感染力。她与周邦彦等人的词风并不一样，但也极讲究声律。在创作上主张“词别是一家”，不应与诗相混；又自视极高，对诸多前辈词家包括苏轼在内，都有过尖锐的批评。

宋室南渡后，由于国土大片沦丧，一部分有爱国思想的人愤慨痛心。他们要表达内心的不平，除著文赋诗外，也就利用起这已十分流行的词体来了。词既用来写家国事、民族恨，自然又走上了豪放派的路子。苏轼当年播下的词体革新的种子，埋藏了一段时间，终于到这时候开花结果了。张元幹、张孝祥、陆游、辛弃疾、陈亮、刘过，还有南宋后期的刘克庄、刘辰翁等，都在抒写国家兴亡的感慨中拿起了词这个“武器”。其中最突出的自然就是辛弃疾。他不但与苏轼并称“苏辛”，成为宋词豪放派的代表，而且可算得上是宋词中成就最高的真正的集大成者。他不但存词数量最多（六百多首），题材风格也最为多样。他不但能用词直接记述重大史实，如写金主完颜亮欲投鞭渡江，至瓜洲受阻，被哗变金兵所杀，恰值辛氏奉表南归，得以亲见的情形：“落日塞尘起，胡骑猎清秋，汉家组练十万，列舰耸层楼。谁道投鞭飞渡，忆昔鸣髇血污，风雨佛貍愁。季子正年少，匹马黑貂裘。”（《水调歌头》）也能用香草美人手法写出“肝肠似火，色笑如花”合乎传统婉约风格的作品来，如《摸鱼儿（更能消）》之类，还能作《祝英台近（宝钗分）》、《粉蝶儿（昨日春如）》一类“暱狎温柔”之词。他的农村词更是活泼清新，一派生机。他擅长使事用典，也能信手白描；他在苏轼“以诗为词”的基础上，更进一步“以文为词”，如《沁园春·将止酒》云：“杯汝来前！老子今朝，点检形骸。甚长年抱渴，咽如焦釜，于今喜睡，气似奔雷。漫说刘伶，古今达者，醉后何妨死便埋。浑如此，叹汝于知己，真少恩哉！”人谓此词是《毛颖传》（见《七颂堂词绎》），即是一例。总之，稼轩是大才，能无所不容。这样，词体又一次突破了倚声的局限而得到了解放。

慷慨悲歌和爱国情怀只是南宋时代闪光的一面，相比之下，另一面的情况要严重得多，也普遍得多：习于苟安，追求声色，过着醉生梦死的生活。那些人当然不会欣赏革新派词人的作品。也还有些不同程度对现实感到失望的人，他们躲进了艺术王国，在专心制曲填词上寄托自己的生活乐趣，竭力追求词在声律格调上的严谨与完美。这样，周邦彦就成了他们崇拜和效法的对象，而词则因此而明显地趋向典雅化。最初的代表人物是长于音律又艺术感觉敏锐的白石道人姜夔，后来则有史达祖、吴文英、蒋捷、周密、张炎、王沂孙等人。他们被人称之为格律派，也有人说，他们是典雅派、风雅派。他们的艺术风格其实也不尽相同："姜白石如野云孤飞，去留无迹。"（张炎《词源》），故人称"清空"；史达祖风格虽说与之相近，却涉尖巧而多勾勒；吴梦窗则绵密秾丽，才情横溢，被人比作李长吉或李商隐，张炎讥其为"如七宝楼台，眩人眼目，碎拆下来，不成片段"（《词源》），苛刻之论，未免皮相。咏物词在这一时期特盛，那些成了遗民的词人多借此寄托亡国之痛。宋亡入元之后，词多模仿前贤而缺乏创新，已趋于衰落了。

徐调孚云："（宋词选本）总在数十种以上。有名的如宋人的《花庵词选》、《绝妙好词》，清人的《词综》、《词选》、《词辨》等，不是有时代的偏见，就是有个人的主观，加以有的选得太宽，有的太严，因为选者和作家的宗派不同，遂失平允。这在初学的人是不易辨别的，所以不适宜读它们。比较起来最平正无疵的，大家都推民初朱祖谋所选的《宋词三百首》。”(《中国文学名著讲话》第九十九页,中华书局版)徐先生的归纳是符合当时实际的。他还将这一节标题为:“《宋词三百首》—— 一部最精粹的词选”,如此推重,也并不为过。

朱祖谋(1857—1931),原名孝臧,字古微,浙江归安(今湖州市)人。幼年颖慧,既长,雅擅文学。光绪九年(1883)进士,授编修,预修《会典》。光绪二十年(1894)大考二等,迁侍讲。时王鹏运任御史,举办词社,邀之入。值义和团倡扶清灭洋,被清廷召为团练,横行京津间,焚教堂,杀教士,掘铁路,剪电线,凡物之洋式者悉毁之。清廷又召甘军董福祥率部入京与之合,同时下令攻使馆,向各国宣战。祖谋与张亨嘉等议事慈禧太后前,力言义和团不可恃,董福祥不可用,外衅不可开。大忤慈禧意。八国联军入京,慈禧西遁,祖谋偕修撰刘福姚就王鹏运以居。既而困危城中,发愤呼叫,因赋《庚子秋词》以自遣。历迁礼部侍郎、广东学政等职,任满乞休归,不复出仕。宣统即位,授顾问大臣,不赴。辛亥革命后,隐居沪上,专心研究词学,勤探孤造,独步一时,即以此终身,卒年七十五。祖谋洁身远名,秉性耿介,所作词精雅峭丽,音律缜密,风格略似姜白石、吴文英,人称一代宗匠。亦能诗,尤精校雠。民国六年(1917)校刻唐、五代、宋、金、元词总集四种,别集一百六十八家,为《彊村丛书》。“彊村”是祖谋的别号,因其世居归安埭溪渚上彊山麓,遂自号“上彊村民”,又号

“沤尹”。除选编《宋词三百首》外，又辑有《湖州词征》二十四卷，《国朝湖州词征》六卷；自著则有词集《彊村语业》三卷、《遗文》一卷。

《宋词三百首》虽说“最平正无疵”，那是与当时其他选本比较下相对而言的，若以当今认识来看，自然不无可议之处。首先，朱氏对词的看法，仍不脱传统观念。此书编次上仍循帝王后妃最前、僧侣妇女最末的旧例即是。他选词的标准，以浑成为归，典雅为上，侧重于格调声律，所以选周邦彦、姜夔、吴文英等人的作品特多。我们对入选词数作部分统计：吴文英二十五首，位居榜首，其次是周邦彦二十二首，然后姜夔十七首，晏幾道十五首，柳永十三首，辛弃疾十二首，贺铸十一首，晏殊、苏轼各十首。美成、梦窗之作多出苏、辛一倍以上。这除了选者所尚本在周、吴二家外，或者多少也有“力破邦彦疏隽少检、梦窗七宝楼台之谰言”（吴梅为唐圭璋本所作《笺序》）的用意在。范仲淹之《渔家傲（塞下秋来）》与苏轼之《念奴娇（大江东去）》未被选入，原因大概就是他们以诗为词、非词之本色吧。苏、辛清新可喜的农村词之被忽略，或许还因为非典雅之作。这些都不足为奇，《唐诗三百首》不是也没有选杜甫的《奉先咏怀》、《北征》、《三吏》、《三别》和白居易的《新乐府》、《秦中吟》吗？可仍不失为普及唐诗功劳极大的好选本。时代不同，人的观点也有差别，我们不能只用今天的眼光去衡量前贤，求全责备。唐圭璋曾作《宋词三百首笺注》(上海古籍出版社版),其自序称:“大抵宋词专家及其代表作品俱已入录,即次要作家如时彦、周紫芝、韩元吉、袁去华、黄孝迈等所制浑成之作,亦广泛采及,不弃遗珠。”实平允之论,非溢美之辞。

彊村所选,虽称三百,实入录二八三首。然而后来有的本子不止此数,如三秦出版社出的《宋词三百首注析》为三〇〇首整;又据该书介绍尚有岳麓书社出的同名书,竟多至三一〇首。岳麓本未见,翻看三秦本,其“前言”称是以陕西省省图书馆藏本为底本的;藏本是“经过重新整理”的,“前有吴昌硕的题签”云云。我粗略地加以对照,发现它比原选增加了好些作家,如聂冠卿、黄庭坚、张耒、查荎、蔡幼学、萧泰来等,都是原选本中所没有的。作品除须增加十七首以凑足三〇〇之数外,又更换了一些词,所以实际上新增了二十余首,像范仲淹《渔家傲(塞下秋来)》、苏轼《念奴娇(大江东去)》等豪放词都已补上了。当然,整理者有自己的想法,无非是认为有些词不应漏选,有些词可以不选,所以动了这番手术,以为增删后可更加完美。但这一来,朱孝臧被改变了,教人认不出来了,已面目全非了。我想,与其如此,整理者何不自己另选一本?为什么要将自己的看法强加在朱孝臧头上呢?所以我还是采用了唐先生的笺注未经增删的本子,以存原貌。

原书李重元《忆王孙》一首误作李甲,无名氏《青玉案》一首误作黄公绍，已经唐先生指出，今从其考改正之。遇有文字上需校改处，多在注释中说明。诗词语译而要保持原意不走样，是一件很不容易做好的工作，唯一的办法只有认真对待，细心体察，反复推敲，谨慎落笔。撰写书稿之费事费时，大大出乎我的预计，又不敢存丝毫草率应付之心，因而完稿的时间竟比原约超过一倍以上，这就只好向出版社表示歉意了。

此书撰写过程中，得苗洪和小女蔡宛若的协助，节省我不少时间。其中吴文英词及所附作者小传，基本上都是由苗洪起稿，我再作修改的。我妻李月玲，则替我包揽了一切后勤工作，给我以大力支持。李梦生为减少我的疏失，提高书的质量，认真审读了书稿，做了不少工作，特在此一并致以深切的谢意。此书有谬误失当处，还祈读者批评指正。

暑退凉至，夜风习习，出书斋，立阳台眺望，市喧已静，窗灯俱灭，惟月色微茫、星宇晶明而已，此寓居北京东皇城根南街八十四号时也。

蔡义江

徽宗皇帝

徽宗皇帝（1082—1135），名赵佶，神宗第十一子，北宋第八个皇帝。在位二十五年（1101—1125）。宣和七年金兵南下，年底，禅位于皇太子赵桓（钦宗），自称教主道君太上皇帝。靖康二年（1127）被金人虏俘北去。绍兴五年（1135）卒于五国城（今黑龙江依兰）。平生于诗文书画之外，亦工长短句。有晚清朱孝臧《彊村丛书》辑《徽宗词》一卷。

宴　山　亭

北行见杏花

裁剪冰绡①，轻叠数重，淡着燕脂匀注②。新样靓妆③，艳溢香融，羞杀蕊珠宫女④。易得凋零⑤，更多少、无情风雨。愁苦。问院落凄凉，几番春暮？　　凭寄离恨重重，者双燕⑥，何曾会人言语⑦？天遥地远⑧，万水千山，知他故宫何处⑨。怎不思量，除梦里、有时曾去。无据。和梦也⑩、新来不做。

【注释】

① 冰绡：轻而薄的绢。　② 燕脂：即胭脂。匀注：均匀涂抹。　③ 靓妆：脂粉的妆饰。　④ 蕊珠宫：道家的仙宫。　⑤ 易得：容易。　⑥ 者：同“这”。这一句又有作“者双燕何曾”五字断句的。　⑦ 会：领会，懂得。　⑧ 天遥地

远：一作“蝴蝶梦惊”。《词律》十五：“各刻载徽宗‘裁剪冰绡’一首，于‘蝴蝶梦惊’句作‘天遥地远’，误也。宜作‘天远地遥’乃合。此即同前段之‘新样靓妆’句。”意思是说，这四字字声应是“平仄仄平”。 ⑨ 知：不知；古代诗词中多有这样的用法。如古诗“枯桑知天风，海水知天寒”即是。 ⑩ 和：连。

【语译】

杏花好像是用薄薄的细绢剪裁而成，轻柔地叠了好几重，淡淡地抹着一层均匀的胭脂。她像一位装束时髦的美人，用脂粉打扮起来，光彩四溢，香气融融，连蕊珠宫中的仙女见了，也自惭形秽，羞愧不已。娇好的花儿本容易凋谢，更何况还要经受多少风雨的无情摧残啊！想到这些，我心情愁苦极了。试问像这样的春残花落、庭院凄凉，已经过几回了呢？

我想依仗双飞的燕子，将我诉不尽的离愁别恨捎给远方，可是燕子又哪里能懂得人的语言呢！天远地遥，相隔万水千山，也不知昔日的宫殿今在什么地方。故国的种种怎不令人思念呢？除非梦里，有时还能再回去一趟。可是梦境毕竟是虚幻无据的。近来倒好，索性连那样的梦也不做了。

【赏析】

宋徽宗赵佶与南唐后主李煜有很多相似之处：他们都是荒淫昏庸导致国破家亡的倒霉皇帝，京城陷落时，都当了敌人的俘虏，最终远离故国，惨死于敌手。同时他们又都是杰出的文艺天才，都能填写绝妙好词来抒发亡国之痛。李煜是唐五代词中成就最高的大家；赵佶虽以书画著称于世，但他这首词也历来被推为绝唱，且与李后主的亡国词情调相仿，我们不难从中听出与“小楼昨夜又东风，故国不堪回首月明中”（《虞美人》），“帘外雨潺潺，春意阑珊……梦里不知身是客，一晌贪欢”（《浪淘沙》）等等颇相类似的哀音。所以旧时有宋徽宗是李后主的后身的说法。

徽宗赵佶禅位给长子钦宗赵桓才一年，他们父子双双便成了金兵的俘虏。靖康二年（1127）三月十八日，徽、钦二帝被胁迫北行，经两个多月，于五月二十一日到达金国都城燕京。他们离开汴京的时候，正是北方春光明媚的季节，赵佶在途中见到杏花正开，喷火蒸霞似的，不免枨触万端，愁思难禁，于是写下了这首哀情哽咽的词作。词调《宴山亭》，亦写作《燕山亭》。《词律》十五：“此调本名《燕山亭》，恐是‘燕国’之‘燕’。《辞汇》刻作《宴山亭》，非也。”

词是见物兴感的写法，与咏物寄情略有区别：不是整首词自始至终都写杏花，在咏物之中同时有所寄寓；而是只用上阕来描写所见到的杏花，从花开时的美好姿容，想到花落时的凄凉情景，想到春光短暂，好景不常，人生大都如此，触动自己的悲苦情怀。然后用下阕来写故国不堪回首之感，已完全脱开杏花，直接抒写自己抛家离国、被掳北行的哀伤。

上阕先以工细彩笔描绘杏花。以造化用巧手将冰清玉洁的细绢裁剪成花瓣重叠起来，均匀地晕染上淡淡的胭脂的奇妙想象，来比杏花之形。接着又进一步写花的格调，将她比作打扮别致的绝色美人，说她艳光四溢，清香和融，连天宫仙女也自愧弗如。夸张的赞美，增强了反跌的效果。然后转为名花易零落、红颜多薄命的感叹。表面说的仍是花是景，联想之中已是世事人情，词语双关，文情凄惋。这里的“院落”，已为后面的“故宫”作引，且上阕询问句式的结语，正好与下阕“过片”相接，启后半首抒亡国之痛的内容。

下阕多层次地抒写离恨，一步一转折，层层递进，使内心的悲哀愈转愈深，愈深愈痛。先是见春日双飞燕而产生请它将自己的无尽离恨捎去给远方的愿望。接着就一转说，鸟儿不可能懂得自己想要倾诉的话。随后再翻进一层说，故宫已远隔万水千山，现在连它在哪儿都不知道了。然后又说无奈思量难禁，只是无法前往；去不成而偏说能去，原来是只在“梦里”。但刚说“有时曾去”，又立即生疑，因为梦本虚幻“无据”。最后连这么可怜的“一晌贪欢”的幻情也加以否定：连梦也“新来不做”了。写愁肠千回百折，心灰情伤，已至极点。下阕的构思，颇似受李煜词句“雁来音信无凭，路遥归梦难成”（《清平乐》）的启迪。

国学大师王国维说：“尼采谓一切文学，余爱以血书者。后主之词，真所谓以血书者也，宋道君皇帝《燕山亭》词略似之。”（《人间词话》）赵佶之词留存不多，而此首伤心词竟代代传诵，也许就因为它是掺和着作者自己血泪写成的缘故罢。

钱惟演

钱惟演(977—1034),字希圣,临安(今浙江杭州)人,吴越忠懿王钱俶子。少补牙门将,归宋,为右屯卫将军。咸平三年(1000)召试,改文职,为太仆少卿。累迁翰林学士枢密使,罢为镇国军节度观察留后,改保大军节度使,知河阳。入朝,加同中书门下平章事。仁宗明道二年(1033),坐擅议宗庙,且与后家通婚,落职,以崇信军节度使归镇。卒谥思,改谥文僖。以诗名,常与杨亿、刘筠等十七人相唱和,辑为《西昆酬唱集》,后人称之为“西昆体”。

木　兰　花

城上风光莺语乱,城下烟波春拍岸。绿杨芳草几时休?泪眼愁肠先已断。　　情怀渐觉成衰晚,鸾镜朱颜惊暗换①。昔年多病厌芳尊②,今日芳尊惟恐浅。

【注释】

① 鸾镜:传说罽宾(汉朝西域国名)王获一鸾鸟,三年不鸣。听说鸟见了同类才鸣,就悬一镜让它照。鸾见影,悲鸣冲天,一奋而死。(见《艺文类聚》引范泰《鸾鸟诗序》)后世因称镜子为鸾镜。　② 芳尊:盛着美酒的酒杯。“尊”同“樽”。

【语译】

城上眺望,风光大好,黄莺儿的叫声乱成一片。城下湖面上烟波浩渺，春水不断地拍打着堤岸。这令人伤怀的青青杨柳如绵绵芳草啊，你们什么时候才能没有呢？我眼中充满泪水，愁绪袭来，先就使我肝肠寸断了。

我觉得自己的情怀已渐渐像个老人，没有生气了。还吃惊地发现镜子中昔日红润的容颜，在不知不觉中改换了，已变得如此憔悴苍老了。往年，我体弱多病，讨厌去碰那美酒金杯，如今杯儿在前，却唯恐酒斟得不满。

【赏析】

胡仔《苕溪渔隐丛话后集》三十九引《侍儿小名录》说："钱思公谪汉东日，撰《玉楼春》词，……每酒阑歌之则泣下。"这里所说的《玉楼春》词也就是《木兰花》词，这一词调有许多别名。由此可知作者填此词，与他仕途受挫、自伤身世有关。只是从此词所创造的意象看，很难确定它的这种创作背景，倒像是仕女因春伤怀，在悲嗟华年的逝去。这实在与词在长期发展过程中形成的传统的题材和表现方法有关。填词与写诗、为文不同，一般不直接抒写重大的严肃的题材或人生感慨，而总是以婉约的风格，表现"花间"、"尊前"的内容；即便作者真有政治性的身世之感需要借词表达，也多半只用寄托的手法，犹"楚辞"中之有"香草美人"。这在唐五代到北宋初的词中尤其如此。明乎此，才不会以为此词所述，只不过是作者的无病呻吟。

此词上阕以写景为主，对景伤怀。春日的明媚景象，在词中被描绘得十分动人。群莺乱啼，春水拍岸，绿杨摇曳，芳草如茵。面对这令人心神陶醉的大好风光，作者却一反常情地提出“几时休”的诘问，其因愈增感触而不愿见美好景物的心情，可与“江水江花岂终极”（杜甫《哀江头》诗）、“春花秋月何时了”（李煜《虞美人》词）相比。这样，词情急转为哀痛，说出“泪眼愁肠”句来，就顺理成章了。同时，有第四句也自然地过渡到下阕。

下阕全用抒情。一句说情怀改变，一句说容颜改变。情怀变为衰暮消极，是能自我体会到的，故用“渐觉”；容颜变得憔悴枯槁，是偶尔留意镜中自我形象才突然发现的，所以用一“惊”字。“鸾镜”一词用在这里，或者也有寄寓离愁别恨的用意在。末两句以今昔对待酒的截然相反态度，来写出自己的烦恼和颓伤已到了只能借酒浇愁的地步。对于这末两句，评词者多有不同的褒贬。赞之者说：“妙处俱在末结语传神。”（李攀龙《草堂诗余隽》），“芳樽恐浅，正断肠处，情尤真笃。”（沈际飞《草堂诗余正集》）；有保留者说：“不如宋子京‘为君持酒劝斜阳，且向花间留晚照’更委婉。”（杨慎《词品》）杨升庵的话，虽则似乎苛严了一点，但他提出“委婉”二字来，结合我们上述词在发展中形成的婉约特点来看，也不是没有见地的。的确，钱惟演的这首词结语虽然写得不错，但似乎嫌稍稍直露了些，不够委婉，它更近乎诗而非词的语言。

范仲淹

范仲淹(989—1052),字希文,其先邠人,后徙苏州吴县(今属江苏)。真宗大中祥符八年(1015)进士。仕至密枢副使参知政事,主张政治革新,为守旧派所阻。以资政殿学士为陕西四路宣抚使,知邠州。守边数年,号令明白,爱抚士卒,西夏不敢来犯,称他"胸中自有数万甲兵"。转徙邓州、荆南、杭州、青州。卒,赠兵部尚书、楚国公,谥文正。有《范文正公文集》。词传世甚少,擅写边塞风光,风格苍劲明健。有近代《彊村丛书》辑刻《范文正公诗余》一卷,仅得六首,且《忆王孙》一首为误收李重元作。

苏 幕 遮

碧云天,黄叶地。秋色连波,波上寒烟翠。山映斜阳天接水。芳草无情,更在斜阳外。　　黯乡魂[1],追旅思[2]。夜夜除非、好梦留人睡。明月楼高休独倚。酒入愁肠,化作相思泪。

【注释】

① 黯乡魂:内心因怀念家乡而悲伤。形容心情凄怆叫黯然。　② 追旅思:摆脱不了羁旅的愁思。

【语译】

天空飘着淡清的云朵,大地铺满枯黄的落叶。秋色绵延,一直伸展到水边;水面清波浩渺,笼罩着一层带有寒意的苍翠的烟雾。远处山峦映着斜阳,天与水连成一片,而引起我思念远方的无情芳草啊,它处处生长,无边无际,哪怕是比斜阳更遥远的天边,也总是绵绵不绝。

我的心因怀念故乡而黯然伤悲,羁旅的愁绪总是在心头萦绕不去。我夜夜都受思念的煎熬而难以入睡,除非是能做上个好梦,才会得到片刻的安眠。明月正照在高楼之上,还是不要独个儿靠在栏杆上罢,我本想借酒浇愁的,谁知酒喝下去,都变成相思的眼泪了。

【赏析】

范仲淹一代名臣,德高望重,勋业卓尔,正气凛然。他的那些绮丽哀怨的词,像这首《苏幕遮》和下一首《御街行》。写的是儿女柔情吗?还是用了比兴的手法,借绮语来寄托忧国忧民之思呢?这确是使一些评词者困惑的问题。比如黄蓼园评此词就说:“开首四句,不过借秋色苍茫以隐抒其忧国之意。‘山映斜阳’三句,隐隐见世道不甚清明,而小人更为得意之象;芳草喻小人。”而析其所抒之情,则谓作者“忧愁若此,此其所以‘先天下之忧而忧’矣”。(《蓼园词选》)我们认为这样析词,求之过深,未免牵强附会,也把范仲淹看得太道学气了。人的感情本复杂多样,未必处处都要板面孔,作微言大义,何况词在北宋,一般都还不作为表达严肃内容的文体。张惠言以为“此去国之情”(《词选》),倒说得比较中肯,也就是说这只是一首抒写自己离乡去国之别情的词。

上阕写景，借景暗示远别之情。“碧云天，黄叶地”，先俯仰高天大地，从宏观角度为秋景设色，大笔挥洒，很有艺术概括力。所以后来王实甫《西厢记》就用作“长亭送别”时莺莺的一段精彩唱词的发端。“秋色连波，波上寒烟翠”，接写地面景色，由近及远，绵延至于水边。“秋色”于此点明。从水波上蒙有一层带寒意的雾腾腾的水汽画出秋波浩渺的景象。“寒”字“翠”字，又从感觉和视觉上加深了对清秋季节特点的渲染。“山映斜阳天接水”，这是远景了。峰峦被斜阳映照着，点明时近傍晚，也使下阕写夜来情景不显得突兀。天水相接，不仅使画面意境旷远，更把眺望的目光引向视野的尽头，所谓望断秋水是也。所以下句能更进一层借景物抒别情，作奇想奇语。“芳草无情，更在斜阳外”，古诗曰：“青青河边草，绵绵思远道。”（《饮马长城窟行》）芳草与离情别绪相关，实已成诗歌中的传统意象。所以李煜词也说：“离恨却如春草，更行更远还生。”（《清平乐》）芳草延伸万里，所思故土也正遥远。草木无情人有情，“无情”二字正启后半阕多情伤感文字。芳草生长，纵然遥远，也不能“更在斜阳外”啊！此所谓诗趣，非关理也。

下阕抒情。“黯乡魂，追旅思”，揭出全词主题：因远离故乡而哀伤，羁旅之愁时刻萦怀。将上阕末句“芳草无情。更在斜阳外”的感情内涵和盘托出，“过片”极有章法。接着就说自己因离恨而夜间睡不着觉。但作者深谙词的语言特点，总不肯作一直笔，却从能睡去说：“夜夜除非、好梦留人睡。”这好梦不言而喻，是回到故乡，与亲人团聚了。可是好梦毕竟是可盼而不可求的。眼下只能是羁旅孤凄，以酒浇愁，高楼独倚，望月兴叹了。“明月楼高休独倚”，明月楼头又是表达相思的传统意象，如曹植《七哀诗》：“明月照高楼，流光正徘徊。上有愁思妇，悲叹有余哀。”这类诗不胜枚举。用自我规劝语式，以见良宵美景勾起离情之苦不堪忍受。“独倚”二字交待清自己孤寂的处境。这句又补明上阕中诸景，也是高楼眺望之所见。“酒入愁肠，化作相思泪”，结语巧思独运，九个字说尽愁绪难排，极富艺术魅力。“酒”为遣愁，“泪”却难遏，都因“相思”入骨。李白“抽刀断水水更流，举杯消愁愁更愁”（《谢朓楼饯别校书叔云》）自是诗语；范仲淹此句凄恻消魂，婉曲入妙，则是典型的词语了。

御　街　行

纷纷坠叶飘香砌[①]。夜寂静，寒声碎。真珠帘卷玉楼空[②]，天淡银河垂地。年年今夜，月华如练[③]，长是人千里。　　愁肠已断无由醉。酒未到，先成泪。残灯明灭枕头欹[④]，谙尽孤眠滋味[⑤]。都来此事[⑥]，眉间心上，无计相回避。

【注释】

① 香砌：“砌”就是台阶，用“香”字形容，表明台阶的周围有花木。　② 真珠：同“珍珠”。　③ 练：白色的绸。　④ 欹：倾斜，这里是斜靠的意思。　⑤ 谙尽：尝尽。谙，熟知。　⑥ 都来：算来。此事：指别愁离恨。

【语译】

叶儿纷纷下坠，飘落在周围有花草的台阶上，夜一片寂静，可以听见带寒意的瑟瑟声。卷起珍珠帘子，玉楼是那么空荡荡。天宇微茫，银河已倾斜低垂，与远处地面相接。每年今天夜晚，月光都皎洁得像白色丝绸，而亲人总是远在千里之外。

愁肠早已寸断，想借酒以求一醉也没有办法了。再说喝酒又有何用？酒还未落肚，先就化为泪水了。以一盏油将尽的忽明忽暗的灯为伴，独自彻夜地靠在枕头上不成眠的滋味，我是太熟悉了。看来这种离别之苦，无论是眉头心上，都是没法回避得了的。

【赏析】

这也是一首抒发别情的词，与上一首《苏幕遮》是同时之作也难说。因为两首词所写的环境、季节和主题，有些说法如酒入愁肠化泪，以及上阕写景引出人在千里外、下阕抒别离之苦情的章法等等，都十分相似。

上阕分两层写秋夜景物。一层从听觉上写，一层从视觉上写。先说“坠叶”，知为秋季，草木摧败零落，其意萧条，与“夜寂静”的环境气氛彼此烘托。因为寂静，所以才听得见细微的声音，从声音中可分辨出那是树叶不断地飘落在阶台上。可知首句也是听中所得。“寒”点秋；“碎”字紧扣“纷纷”，同时都写声音给人以孤寂凄凉的感受。然后转入写楼中所望。晚间安寝，通常都低垂帘幕；现在愁思难寐，故卷帘眺望夜色。“玉楼空”是说亲人不在，楼中显得空旷寂寥，写感受，也暗示不眠的原因。接着是眺望所见，天色微茫，银河低倾，又暗示夜已残，时已久；而隔断双星的银河，更增自己不能与亲人团聚的感慨。末了写到明月，这与离情别恨最相关的景物。“年年今夜，月华如练，长是人千里。”谢庄《月赋》有“隔千里兮共明月”之句。前人诗中，以白练喻江水、飞瀑者多有，如谢朓诗“澄江净如练”(《晚登三山远望京邑》)、徐凝诗“千古长如白练飞”(《庐山瀑布》)等等，今用以比月光之洁白明亮也恰好，所谓月光如水是也。从“年年今夜”等话看，好像时值中秋，明月该是圆的。月圆而人不圆，所以对月而兴“人千里”之叹。“长是”二字又加重了分量，说明如此之离别，已成常事；或者竟已一别多年了。末三字既明确交待人分两地，千里相隔，下阕就可直接转为抒写内心别恨了。

“愁肠”三句与《苏幕遮》中“酒入愁肠，化作相思泪”虽同一机杼，造句却更多曲折。(一)因愁思难禁，想借酒求醉；这一层意思不言可知，故省去。(二)从传统形容愁思的代词“肠断”或“断肠”上做文章，将虚夸之词指实，说肠既已断，即使想喝酒也喝不成了。这话就成了痴语，而痴语也就是情语。这一层出了新意。(三)然后再退一步说，即使能喝，也无济于事，因为“酒未到，先成泪”，用“未”用“先”，又比单说酒化泪更甚更曲。词称“曲子”，自然是“歌曲”的“曲”，但又何妨同时当作“曲折”的“曲”来理解，因为与诗相比，语言表达上更为婉曲，自是词的特点。然后写不成眠，独个儿靠在枕头上，对着荧荧一点青灯，整夜地受着苦思失眠的熬煎，这滋味真是尝够了。“残灯明灭”照应前“银河垂地”，说夜将尽。“谙尽”应前“长是”，“孤眠”应“玉楼空”，用词都极严密。同时也把上阕所写夜闻落叶坠阶声、卷帘眺望星光月色等等，都连成一气了。结尾不借他物、无所依傍地直接说此恨难以排遣。这看似容易，但要说得好，实在比肠已断、酒成泪之类的用巧更难，更须上乘的语言功夫。所以后来李清照作词，也本其意而说：“此情无计可消除，才下眉头，却上心头。”（《一剪梅》）王闿运说：“‘都来’即‘算来’也。因此处宜平，故用‘都’字，究嫌不醒。”（《湘绮楼词选》）解说是对的，“究嫌不醒”的话，近乎苛责。“都来”即“算来”，诗词中用得很普遍，非此词独有。如冯延巳《谒金门》词：“年少都来有几？自古闲愁无际。”欧阳修《青玉案》词：“一年春事都来几？早过了，三之二。”范成大《念奴娇》词：“人世会少离多，都来名利，似蝇头蝉翼。”杨万里《过白沙竹枝歌》：“耕遍沿堤锄遍岭，都来能得几生涯？”等等。总之，此词是情景俱佳的名篇，与上一首同为范词的代表作。

范仲淹尚有《渔家傲（塞下秋来风景异）》一首，被词史研究者认为是“豪放派”词的先声。词写“四面边声连角起。千嶂里，长烟落日孤城闭”的边塞风光和“浊酒一杯家万里，燕然未勒归无计”、“人不寐，将军白发征夫泪”的戍边情事。欧阳修称其为“穷塞主”词。此本不选，可见彊村划分诗词界线甚严，特重词之婉约传统，尤其对北宋词，更把“以诗为词”、“以文为词”之作，全都摒弃在外。所以连苏轼的《念奴娇（大江东去）》也没有收录。这算不算一种保守态度，自可讨论。但我们却由此可以看出占主体地位的词作的风格特点在宋代的发展脉络。

张　先

张先(990—1078),字子野,乌程(今浙江湖州市)人。仁宗天圣八年(1030)进士。尝知吴江县。晏殊任京兆尹,辟为通判。英宗治平元年(1064)以都官郎中致仕,退居乡间,以诗酒自娱。年八十九卒。词清丽工巧,小令、慢词兼擅,而慢词亦多用小令作法,评家常将其与柳永并论。有《安陆集》一卷。有后人辑《张子野词》二卷、补遗一卷,存词一百八十余首。

千　秋　岁

数声鶗鴂,又报芳菲歇①。惜春更把残红折。雨轻风色暴,梅子青时节。永丰柳,无人尽日花飞雪②。

莫把幺弦拨③,怨极弦能说。天不老,情难绝。心似双丝网,中有千千结。夜过也,东窗未白凝残月④。

【注释】

① 鶗鴂:鸟名,亦作"鹈鴂"、"鷤鴂"。通常认为就是子规、杜鹃;也有人认为是伯劳鸟,非杜鹃。芳菲歇:花儿凋谢。芳菲,花香。《离骚》:"恐鶗鴂之先鸣兮,使夫百草为之不芳。" ② 永丰:洛阳的坊名。永丰柳,泛指杨柳。白居易《永丰坊园中垂柳》诗:"永丰西角荒园里,尽日无人属阿谁?" ③ 幺弦:孤弦,声细的琴弦,泛指琴弦。语本陆机《文赋》:"犹弦幺而徽急。" ④ 凝残月:一作"孤灯灭"。

【语译】

不时地传来几声杜鹃鸟的叫声，又在报告说：花儿都将落尽了。我惋惜春天的逝去，还特地折了几枝残花来细看。这正是微雨如丝，狂风肆虐，梅子青青的时节。荒园里的垂柳，无人过问，整天飞絮如飘雪。

还是不要去拨弄孤独的琴弦吧，那琴弦能弹出我心中深深的怨恨。苍天永不会衰老，此情也难以断绝。我的心恰似双重丝网，中间打着千千万万解不开的结。夜已经过去了，东窗外尚未发白，天边还凝着残月。

【赏析】

这是一首爱情相思的怨词，在张子野词中是抒情比较直接和浓烈的作品。即使如此，词的前半首仍是借伤春来寄托自己失去幸福时光的幽怨情怀，只是到后半首，才说出相思的主题。

《离骚》写到禽鸟、香草，都有寄托，此词也有。“芳菲”既说芳草香花，是春天的代表，也可认作是词人曾经有过的一段美好幸福生活的象征。所以词的发端就用《离骚》句意，使人能从更深的层次上去领会春光别去所寄托的自身遭遇的感慨。“又”字有明显的情绪色彩，可知这样的失去已非止一次。从枝条上摘取来残留的花朵，以行动细节写出自己对春残的惋惜，其景其情，可悯可悲。“雨轻”二句，能抓住季节特点，可看作是“芳菲歇”的原因和结果。暮春时，多细雨如丝天气，而风又往往狂暴，花本怯弱，怎禁摧残？

从寄寓上说，也许可比人之遭际，惠爱少而折磨多，无力抗拒命运的不幸。杜牧因所爱的姑娘嫁了人，有了子女，而作《叹花》诗说："狂风落尽深红色，绿叶成荫子满枝。"此词中写"梅子青时节"，当也有这种芳华已晚的惆怅和酸楚。柳已飞絮如雪，正是春将尽的景象。这里借用了白居易的诗意。白诗怜惜"嫩于金色软于丝"的永丰柳无人过问，刘永济说："如此婀娜之柳，乃在荒园无人知之地，岂不可惜！"（《唐人绝句精华》）词人大概也因钟情女子处境寂寞，过着年华虚度、红颜空老的生活而有同样的感慨。

下阕直接抒情。词说，还是不要去拨弄那琴弦吧，因为心有所怨，必流露于指下，则琴声也必幽怨如诉，所以弹琴非但不能排遣愁绪，反而更易引起内心的痛苦。用自我劝阻的话来说，增强了感情的力度。那么又因何而"怨极"呢？下面说的"情难绝"便是答案。这三个字像是光源，一下子把全词照亮了，使我们知道作者为什么写这首词和前阕写惜春情景中的寄托，也就是所谓点题。原来是爱情悲剧。上冠"天不老"三字，更把传统意象与现实感受融合了起来。汉乐府《上邪》中有"山无陵，江水为竭，冬雷震震，夏雨雪，天地合，乃敢与君绝"等语，写的正是情难绝心态。李贺《金铜仙人辞汉歌》有"天若有情天亦老"句，则是极言有情人不堪忍受别离之苦。这些意象都被随手借来以强化这一主题。"双丝网"之喻，也是民歌谣谚中惯用手法，比如"明灯照空局，油燃（悠然）未有棋（期）"、"藕（偶）断丝（思）连"等。这里的"丝"同样有谐音"思"的用意在，所以才特别说"双丝"，以暗示彼此都思念着对方。以丝线之“结”喻情结，说心中有无数解不开的“结”。这样把“情难绝”的心理状态进一步写出来了。至此，抒情已足，末了以景语作结束，融情入景，借景写情，特能宕出远神。“夜过也”，以表明后阕所写都是夜间情思，以及怨极思多造成的通宵无寐。“东窗未白凝残月”，一方面是说曙光未露，残月在窗，另一方面也可看作是词人黯然感伤的心境的折射，我们仿佛可以听到词人的叹息：此生亦如五更残月，唯茫茫黑夜为伴。最后三字，一本作“孤灯灭”，虽亦情景凄楚，但不如“凝残月”神韵之悠长蕴蓄。

菩　萨　蛮

哀筝一弄《湘江曲》[①]，声声写尽湘波绿。纤指十三弦[②]，细将幽恨传。　　当筵秋水慢[③]，玉柱斜飞雁[④]。弹到断肠时，春山眉黛低[⑤]。

【注释】

① 弄：奏乐。　② 十三弦：唐宋时教坊所用之筝均十三弦，唯清乐用十二弦。　③ 秋水：喻双目清澈明亮。李贺《唐儿歌》：“一双瞳人剪秋水。”　④ 玉柱斜飞雁：筝上系弦的玉柱斜列如雁飞成行。　⑤ 春山：喻女子的眉毛。《西京杂记》谓卓文君“眉毛如望远山”。

【语译】

弹起音色哀怨的筝，奏一首《湘江曲》，一声声，把湘水绿波荡漾的情景表现得淋漓尽致。纤细的手指在十三根弦上来回拨动，用心传达出内心的怨恨。

面对筵席间的宾客，她眼波缓缓流动，筝柱斜列着，如飞雁成行。弹到最伤心的时候，她那像春山似的两道黛眉，就低垂下去了。

【赏析】

这首词写一个弹筝女子的一次演奏，并通过对演奏的描述来表现她的幽怨情怀。

《菩萨蛮》词调不长，才八句，上下阕各四句，两句一换韵，自成一小节，全词四小节，词就据此结构内容。先说弹什么曲和曲写什么。“一弄”就是“一弹奏”的意思，如王维《秋夜曲》：“银筝夜久殷勤弄。”“《湘江曲》”顾名思义，曲子是描写湘江和湘江故事的。所以从湘江之景（“湘波绿”）说起。对景，用“写”字，是描画的意思。鸣筝声声，能令人立即联想起湘水绿波荡漾的情景，仿佛把境界全画出来了。以“写尽”二字，见筝曲之妙。这还是浅一层。再两句就深一层，由景而情了。写弹筝也必定要写弹筝的人，是文士、僧人还是女子在弹。这是不一样的。写人写什么？从听众的视角看去，无非是手指和面目表情，因为是弹奏者。拨弦的手指是浅一层的，先写；反映内心的面目表情是深一层的，下阕专写。“纤指”，其为年轻秀媚的女子，可以想见。“十三弦”，是其所弄之筝，也可以揣测到她大概是教坊中的乐伎，因为当时教坊所用的筝，都是十三弦的。以湘江为题的乐曲，总涉及湘妃故事，而湘妃正是泪染斑竹、怀抱“幽恨”的怨女形象。写恨用“传”，又著“细”字，使人体会到那种难以用语言表达的细微感情变化，她都能凭借筝声一一传出。这“幽恨”既是乐曲中所包含的情绪，也是弹奏者自己身世遭遇的心声，两者已完全融合在一起了。

下阕的重点转到写女子的演奏神情。“当筵”，交待清这次弹筝是席间对宾客的表演。以“秋水”一词代目，恰好有传神的效果。双眸明澈如秋水，其人之聪慧灵巧，不言可知。而“慢”字，既写出从容专注神态，又画出其人柔和而能自重的性情。接一句“玉柱斜飞雁”写筝的形状，有点像运用电影镜头的剪接技巧，让我们因此看出弹者的目光眼神缓缓地在筝面上左右移动。写筝，上阕提到弦，这里就说柱。一弦一柱，十三根玉柱在筝面上斜着排列得很整齐。以“飞雁”为喻，犹言“雁行”、“雁序”，故筝柱又称“雁柱”。作者另有一首《生查子》词曰：“雁柱十三弦，一一春莺语。”亦是佳作。末尾，镜头转为特写，乐声越来越悲，凄婉得令人不忍再听。随之，弹者的眉眼也越垂越低，不敢仰视宾客。“断肠”与前“幽恨”照应，又是感情的高潮。曲与心通，寄托在焉。起用“湘波”，结用“春山”，却是不同的虚像。而弹者“弹到断肠时”难以自遏的感情波澜，也必然冲击着全神贯注的听者的心扉。虽然因其低垂黛眉，我们看不见她那双秋水般的目光，但不难想象，当此时刻，她的眼眶中必已滚动着晶莹的泪水了。沈际飞评曰：“‘断肠’二句俊极，与‘一一春莺语’比美。”（《草堂诗余正集》）黄蓼园则曰：“写筝耶？寄托耶？意致却极凄婉。末句意浓而韵远，妙在能蕴藉。”（《蓼园词选》)都赞这结尾两句,是说得不错的。

醉 垂 鞭

双蝶绣罗裙。东池宴,初相见。朱粉不深匀[1],闲花淡淡春。　　细看诸处好,人人道,柳腰身。昨日乱山昏,来时衣上云[2]。

【注释】

① 不深匀:不浓抹。 ② 衣上云:穿着一层云彩;以云为衣。

【语译】

她穿着一条绣有双飞蝴蝶的罗裙。在东池的一次宴会上,我初次见到了她。她脸上只轻敷着一层薄薄的胭脂花粉,就像春天里随处开放的花朵,有着一种清淡素雅的风韵。

细细看去,她全身无处不可爱,大家都称道她细柔的腰身好比弱柳临风。昨天傍晚,当乱山已暮色苍茫的时候,她忽然来了,好像仙女身上披着一层轻柔的云霞。

【赏析】

这首词有点像一幅肖像画。画的是谁呢?从作者在宴会上见到她和众人对她评头品足来看,应仍是一位年轻美貌的教坊艺妓。只是画是静止的,而词的描写却是流动的。

词的结构,层次分明。从描绘人物形态看,先穿着(“绣罗裙”。

以“双蝶”点缀,象征性与说“双鸳鸯”同),再妆饰(“朱粉”。以“闲花”作比,形容她淡妆轻抹的素雅风韵,恰到好处);然后是身段(先统说“诸处”,后突出“腰身”;以“柳”状其纤细柔软);最后是她风姿气质(谓如云间仙子),步步深入。从时间上说,先写“初见”,后说“昨日”。写初见情景,又分一眼看去的印象和“细看”时的感觉。从“诸处好”到借众人之口夸赞其“柳腰身”,是从一般、总体到重点、特点。由此推测,这位女子很可能还是一名舞姬。写到“昨日”她来时的情景,感受又完全不同了。但仅用了十个字,语言特简省,且一半是用作写环境气氛、背景烘托的。周济评曰:“横绝。”(《宋四家词选》)意谓在连接上文势突兀,出人意表。“衣上云”三字,给人以诸多的联想:《楚辞·九歌》写过“青云衣兮白霓裳”的神灵;宋玉《高唐赋》中有能行云作雨(此词“乱山昏”若作写雨前景象看,也恰极。)的巫山神女;李白《梦游天姥吟留别》有“霓为衣兮风为马,云之君兮纷纷而来下”的幻境,总之,是比作了仙女。李白又有《清平乐》云:“云想衣裳花想容。”此句恰像是此词构思的网:“闲花淡淡春”,“花想容”也;“来时衣上云”,“云想衣裳”也。所以是把这位女子的形象,借传统意象大大升华了。

《醉垂鞭》不是常用的词调,在押韵方法上有自己的特点。它句句有韵,只是以平声一韵为主,间押仄声他韵。词中为主的平韵是“裙”、“匀”、“春”、“身”、“昏”、“云”。但上阕的“宴”和“见”也押韵,是间押的仄声韵;下阕“好”和“道”又是另一个间押的仄声韵,值得注意。

一 丛 花

伤高怀远几时穷？无物似情浓。离愁正引千丝乱[①]，更东陌、飞絮蒙蒙。嘶骑渐遥[②]，征尘不断，何处认郎踪？　　双鸳池沼水溶溶，南北小桡通[③]。梯横画阁黄昏后[④]，又还是、斜月帘栊。沉恨细思，不如桃杏，犹解嫁东风[⑤]。

【注释】

① 千丝：指杨柳的长条。　② 嘶骑：嘶叫的马。“骑”读去声。　③ 小桡：小桨；指代小船。　④ 梯横：是说可搬动的梯子已被横放起来，即撤掉了。⑤ 解：知道，能。嫁东风：原意是随东风飘去，即吹落；这里用其比喻义“嫁”。李贺《南园十三首》诗之一：“可怜日暮嫣香落，嫁与春风不用媒。”

【语译】

在高楼上眺望而伤感，苦苦地思念着远方的心上人，这样的事何时才能结束呢？看来在这世界上再没有什么东西能比爱情更为强烈的了！离愁别恨正牵连着千丝万缕的柳条纷乱不已，更何况东陌之上，垂柳已是飞絮蒙蒙了呢。我眼前还浮现着你的马儿嘶叫着，越跑越远，一路不断扬起灰尘的情景，情郎呀，你叫我到哪里去寻找你的踪迹呢？

池水溶溶，一对鸳鸯在戏水，这水南北可通，时见有小船往来。

雕梁画栋的楼阁上梯子已经撤去，黄昏以后，依然还是独个儿面对着帘栊，望着斜照在它上面的冷清清的月亮。怀着深深的怨恨，我反复思量，我的命运竟不如桃花杏花，它们倒还能嫁给东风，随风而去呢。

【赏析】

关于这首词有个故事说：张先曾经与一个小尼姑有私约，老尼姑管教很严，她们住宿在池岛中的一个小阁楼上。待到夜深人静，小尼姑就偷偷地从梯子上下来，使张先能登池岛来阁楼与她幽会。临别时，张先十分留恋不舍，就填写了这首《一丛花》词来抒发自己的情怀。(《绿窗新话》引杨湜《古今词话》)看来这是出于好事者有意的附会，未必真有其事。细读全篇，不难看出它只不过是一首表现最常见的怀远伤别主题的闺怨词。

词从一个闺阁思妇的角度进行构思。上阕写情郎远去、自己伤别的情景；下阕写别后的寂寥处境及怨恨心态。写景和抒情不像常用的明分前后两截的结构，而是交替使用，景中有情、情中有景，彼此渗透，自然地结合在一起的。

上阕用逆挽倒叙手法，把情人远去后的无限感喟，先写在最前面，以加强感情的程度。李后主《虞美人》词："春花秋月何时了，往事知多少？"人谓是千回百转后倒折出来的，"伤高怀远几时穷？无物似情浓"的构意造句，也可如此说。"怀远"之后，再说"离愁"，词的主题已大致可知，至上阕末说出"郎踪"，则词因何而作都交待明白了。说离别使心绪烦乱，顺带写入景物，构思最妙。它不说“离愁恰似千丝乱”，而用“正引”二字，意即“正牵动着”，把情兴景的关系拉近了，似乎心中所感与眼前所见已合为一体。“千丝”，固是柳丝，也是愁思（“丝”谐“思”最常见），主客观息息相通。所以继“正”字之后，下一个“更”字，使前后文意贯穿，把自己的心境完全融入陌上“飞絮蒙蒙”景象中去了。杨柳除长条乱舞外，又柳絮四处飞扬，这不但增加了纷乱，又同时象征着韶光易逝，华年可惜，能令人对景而生出“树犹如此，人何以堪”的感叹。柳者，留也。因此古时有折柳赠别的习俗。但人是留不住的。最后才叙出情郎匆匆别去的情景。耳闻“嘶骑渐遥”，眼见“征尘不断”，全神贯注，心随马驰。这正是楼上人柔肠寸断的时刻，其景象也会深深铭刻心头，永难忘却。所以才随之而发出“何处认郎踪”的哀叹。这样正好过渡到下片，写别后的寂寞无聊。

居处临水，所以过片先通过描写她闲看池沼所见寄意。溶溶的水面上有“双鸳”在浮游戏水，这正好成了自身孤独的反衬。水通南北，有小船往来其间，也会引起她乘一叶扁舟而去千里寻郎的幻想。人的心情思绪都隐藏在景物的背后，让读者自己去想象、填充。然后写到自处的环境景况。“梯横画阁”，既点出自己的闺秀身份，又补明上片所写种种皆凭楼眺望所见，与发端“伤高”二字相呼应，章法甚严密。离人最怕黄昏后，至晚，门闭梯横，连下楼散散心也不能。只有独坐空闺了。黑夜无所见，唯有冷月斜照帘栊而已。至于因愁思而不能成眠等等，已不言而喻了。“又还是”三个虚字用得妙极，很富有表现力，写出了如此等寂寥情景非止一日，几乎夜夜如此，谙熟得已心生厌烦了。无可奈何之夜，只有自悲自怜，深深的怨恨驱使种种念头在头脑中产生，所以才会有结尾几句的奇想。这几句曾"盛传一时"，使作者声名大噪。"永叔(欧阳修)尤爱之，恨未识其人。子野家南地，以故至都谒永叔，阍者(看门人)以通，永叔倒屣(鞋子都穿倒了，极言心情急切)迎之，曰：'此乃"桃杏嫁东风"郎中。'"(范公偁《过庭录》)居然用其句为他起雅号。又贺裳曰："唐李益诗曰：'嫁得瞿唐贾，朝朝误妾期；早知潮有信，嫁与弄潮儿。'子野《一丛花》末句云：'沉恨细思，不如桃杏，犹解嫁东风。'此皆无理而妙。"(《皱水轩词筌》)这里提出"无理而妙"四字，颇有意思。李益诗、张先词都写了怨女的奇想痴话。虽则从道理上说，未必真能成立，但从表现感情上说，却是非常成功的。所谓"诗有别趣，非关理也"(严羽《沧浪诗话》)。没有现实，没有可能性，却有无尽的幻想、真情和诗趣。杨湜附会词句，坐实其为小尼姑自伤不得嫁人(其实，此词中只是不能"随花飞到天尽头"的意思)，反倒限制了此词的诗意。

天　仙　子

时为嘉禾小倅，以病眠，不赴府会[①]

《水调》数声持酒听[②]，午醉醒来愁未醒。送春春去几时回？临晚镜，伤流景[③]，往事后期空记省[④]。　沙上并禽池上暝[5]，云破月来花弄影。重重帘幕密遮灯，风不定，人初静，明日落红应满径。

【注释】

① 嘉禾：秀州的别称，治所在今浙江嘉兴。倅：副职。嘉禾小倅，指秀州通判。张先任此职约在仁宗庆历元年(1041)，年五十二。但题中所言与词中情事不合，故有人疑是时人于词调下偶记其所作之时地，被讹作词题传下来的。②《水调》：唐大曲名。凡大曲有歌头，词家截之，另倚新声为词调，名《水调歌头》。《乐苑》云："旧说：《水调》、《河传》，隋炀帝幸江都时所制。曲成奏之，声韵悲切。"③ 流景：流年；逝去的岁月。④ 后期：日后的约会。记省：记得清楚。⑤ 并禽：双栖之鸟。暝：日暮。

【语译】

我手持酒杯，一边饮酒，一边听几声《水调》的歌声。人已从午间的醉意中清醒了过来，但心中的愁意却还没有醒呢。我送走了春天，不知春天几时再能回来。傍晚时，对镜自照，感伤年华像流水似的逝去。以往的事情和日后的约会，都清楚记得，但那又有何用？

成双的鸟儿并栖在沙滩上，暮色已笼罩池面。天上云破月出，将清辉洒向大地，花枝微微摇摆，玩弄着自己的倩影。垂下重重帘幕，密密地遮住室内的灯火，外面的风不停地在吹，人声已开始静寂了下来。明天起来，该能见到吹落的花瓣已铺满小路了。

【赏析】

这是一首伤春叹老的词，是张子野的代表作，也是他全部词作中最负盛名的一首。其所以出名，当然是因为词中有“云破月来花弄影”这一句出色地描绘夜景的丽辞佳句。伤春词常常借女子身份来吟咏，此则不然，是士人的本来面目，只是在艺术表现上，仍不脱离词的传统的婉约蕴藉风格而已。又伤春词必不离写景和抒情，且多是先写景而后抒情的；当然也有景与情交错，不明显分出先后的。此则又不然，有异于通常结构者是以上片来抒情，却将下片用以写景，而且两者仍结合得非常巧妙，这是作者艺术上高明之处。

“《水调》数声持酒听”，边饮酒，边听曲，好像在享乐，实则为遣愁。《水调》“声韵悲切”，从音乐上说，悲歌倒往往是悦耳的，却未必都能达到赏心的效果。心情本来不好的人只怕更增悲感。酒能醉人，却难消愁闷，所以说“午醉醒来愁未醒”。把愁与醉并举，同用“醒”字而不用“消”，似乎无理而有诗趣，句法俊逸，可联想愁绪也能令人昏昏然而失去常态。接着说出“愁”之由来：伤春亦自伤。“几时回”的诘问，为表达留恋惋惜心情，并不在于答案，因为就季节而言，冬去春回谁不知道。然而“年年岁岁花相似，岁岁年年人不同”，就人生而言，青春一去有谁能挽回呢？所以紧接着就说：“临晚镜，伤流景。”“流景”就是流逝的日月光阴。杜牧《代吴兴妓春初寄薛军事》诗：“自悲临晓镜，谁与惜流年？”词意与之相同，然张先改“晓镜”为“晚镜”自好；向晚临镜而自悲，正见“朝如青丝暮成雪”也。所以又不妨将“晚镜”视作“晚境”之象征。往事如烟，后会无期，徒有当年的情景和许下的誓约还清楚地记得。但这一切除能撩人愁绪外，又有何用？“往事后期空记省”，七字之中，把过去、将来和现在都说到了。一个“空”字，道尽内心的怅惘和悲哀。

上片抒情已足，下片转入写景，所描绘的景物，都从心情黯然者的目光看去，所以也间接而细致地表现了情绪。“沙上并禽池上暝”，住处附近有池沼，晚来见沙滩上有双鸟共栖，这与《一丛花》中写“双鸯池沼”用意相同。由“暝”而入云月花影之夜，境界之优美，堪称绝唱；词人眷恋良宵好景的惓惓之心，于句中透出。王国维云：“‘云破月来花弄影’，著一‘弄’字，而境界全出矣。”（《人间词话》）说得很对，此句能脍炙人口，为历来所传诵，全得力于这个“弄”字。可以说，它是表现这一境界的唯一的字，想不出有什么别的字可以替代，比如说换成“窥”“乱”“有”等等，都绝不能有同样的效果。张先自己也颇为得意，曾于得句处建了个花月亭。又《古今诗话》记云：“有客谓子野曰：‘人皆谓公张三中，即心中事、眼中泪、意中人也。’公曰：‘何不目之为张三影？’客不晓，公曰：‘“云破月来花弄影”、“娇柔懒起，帘压卷花影”、“柳径无人，堕飞絮无影”。此余平生所得意也。’”其他诗话也有载，说法略有异同。自此，词人便有了“张三影”的雅号。另外，此句在词中写景也非孤立。先说云移影动，后面再说到有风；这里言花，后想到落红，便不突兀了。重帘遮灯，固为挡风，但写来也给人一种躲进小楼、避开外界纷扰的隔绝感。最后几句点出起风了，但人们都早已闭门阖户，渐渐进入梦乡了，谁也不去理会外面的风声。只有词人自己不能成眠，才倾听着夜间动静，想着经此一夜风吹，不知有多少好端端的花儿要被摧残呢。惜花亦即惜春，仍不脱“伤流景”主题。后来辛稼轩词有“断肠片片飞红，都无人管”句，用意相似，只是张词隐约不露，辛词明白说出罢了。

青门引

乍暖还轻冷，风雨晚来方定[①]。庭轩寂寞近清明[②]，残花中酒[③]，又是去年病。　　楼头画角风吹醒[④]，入夜重门静。那堪更被明月，隔墙送过秋千影。

【注释】

① 定：停。　② 轩：有窗槛的小室或长廊。清明：指清明节，每年四月五日或六日。　③ 中酒：有饮酒和病酒二义，此为后者，即因醉酒而身体不适。中，读去声。　④ 画角：军乐；外加彩绘的号角。风吹醒：谓画角在风中吹响。

【语译】

天气刚暖和，有时还觉得有点寒冷。风雨吹打着，到傍晚才停止。庭院和长廊都显得格外寂寞。清明节近了，花儿已经残了，饮酒又觉不适，这病恹恹的状态还跟去年一样。

晚风中传来谯楼上凄凉的号角声。入夜后，门户重重关闭，四围一片寂静。加之明月升起时，又将秋千的影子隔着墙头投送过来，这情景教人怎能忍受！

【赏析】

这首词借闺情写自己落寞的情怀。情之所由，词中并不具体说明，想来总不外乎惜春伤己、忆旧怀人之类，但写环境对自己寂寥愁闷情绪的触动，却颇为深细幽微。

开头写气候环境，有清明前（称寒食，多风雨）的季节特点，但重要的是它还表现出词人因闲极无聊而对什么都要抱怨一番的心态：乍暖还寒时节，衣着上就穿也不是，脱也不是；整天风雨淅淅沥沥，多么烦人！到傍晚时总算停了下来，却又觉得雨后的庭院廊屋格外的冷清寂寞。清明有踏青郊游的风俗，不少人家都热闹忙碌，自己却只能闷对残花，酒不敢酌，如何会有好心情！这“病”，并不真是头痛发烧那样的卧床生病，主要还是心理上的。“又是去年病”，说明这种振作不起精神来的恹恹病态，去年这个时候也曾有过，可见已是识尽愁滋味了。

下阕写三种境界，循时间先后。前两种从听觉角度渲染气氛，末了用光与影创造效果。“楼头画角”是说城头上谯楼（即鼓楼）中响起了号角声，吹角在傍晚，其声凄凉，易动人悲思。后来陆放翁《沈园》诗也说：“城上斜阳画角哀，沈园无复旧池台。”这里说风声中闻角，更增加了气氛。有人评此句说：“角声而曰‘风吹醒’，‘醒’字极尖刻。”（《蓼园词选》）意谓用字刻意追求新奇。我想，这大概与此句必须押韵有关。用“醒”字，意象生新是其所得，琢刻有痕则是其所失。“入夜重门静”五字接在角声之后，表现一片静寂，其反衬效果尤为明显。悲声能引起感伤，岑寂则令人难耐。这样，过到结句，说出更不堪忍受之景象。“那堪更”三字钩连住前面所写种种，全词的血脉因此都贯通了。明月流光，已足枨触情怀，何况它又把能使人立即联想到青春欢乐情景的秋千影子，隔着墙头送到眼前来呢？词的艺术表现力集中在这最出色的末句。张子野真不愧是写“影”的高手！

晏　殊

晏殊(991—1055),字同叔,抚州临川(今属江西)人。七岁能文,真宗景德二年(1005)以神童荐,赐进士出身,擢秘书监正字。庆历中,拜集贤殿学士同平章事兼枢密院使。为相务进贤才,当世名臣如范仲淹、韩琦、富弼等皆蒙擢用。后出知永兴军,徙河南,以疾归京师。卒赠司空兼侍中,谥元献。词风蕴藉和婉,温润秀洁,为宋初第一大家。文集已佚,仅有清人所辑《晏元献遗文》及《珠玉词》存世。

浣　溪　沙

一曲新词酒一杯,去年天气旧亭台,夕阳西下几时回?　　无可奈何花落去,似曾相识燕归来,小园香径独徘徊[①]。

【注释】

① "无可奈何"三句:晏殊另有《示张寺丞、王校勘》七律一首:"上巳清明假未开,小园幽径独徘徊。春寒不定斑斑雨,宿醉难禁滟滟杯。无可奈何花落去,似曾相识燕归来。梁园赋客多风味,莫惜青钱万选才。"其中有三句与此词同,只差别一字,即"香径"作"幽径"。

【语译】

去年,也是这样的天气,就在这座亭台上,我一杯在手,喝着酒，倾听你为我唱一曲新词。美好的时光太短暂了，犹如西下的夕阳难以久留，也不知几时还会再来。

怀着无可奈何的心情，眼看着花儿都纷纷零落委地了。只有燕子又飞了回来，好像是过去曾经认识似的。如今，在这落花飘香的小路上，我独自留连徘徊，寻找着失去的梦。

【赏析】

晏殊的词，实以这首小令最著名，主要因为有“无可奈何”两句。如“注释”所引，这两句并见于他的七言律中，诗词中都用，可见作者自己也十分满意。那么，究竟是先有诗、后取而成词呢，还是先有词、后取而成诗，这不容易断定。但偶句在这首词中自好，而在律诗中就不见得怎么出色了。所以论词者说它“自是天成一段词，著诗不得”（沈际飞《草堂诗余正集》）。“意致缠绵，语调谐婉，的是倚声家语，若作七律，未免软弱矣”（张宗棣《词林纪事》）。王士禛甚至举此作为诗与词分界中能代表词的特色的例句。（见《花草蒙拾》）可见佳句也还得置于全篇之中，才能真正体现出它的妙处。

“一曲新词酒一杯”，词的首句，说者也有不同的理解。它究竟是眼前事呢，还是去年事，或者竟是去年与眼前都有同样的事？我们认为它说的是往事。第二句中“去年”、“旧”，说的虽然是“天气”、“亭台”，但实在也兼及听曲、饮酒，说它非眼前之事；只是在句法安排上，让它置于发端，以突出往昔的欢乐，其实也就间接地强调了今日的惆怅。眼前事，直到词的末句才说出，可以说是用了一种倒叙的手法。当然，今昔是联系着的，有人说是一种“叠影”。反正有今昔相同的，那就是环境，即天气和亭台；有完全不同的，那是人事，去年饮酒听曲；如今独自徘徊。一二句都用上四与下三排比或自对的形式，句法潇洒，且增强了两句相关的感觉。因为是说物是人非，所以接第三句就十分自然。“夕阳西下几时回”与“送春春去几时回”用意相似，都为表现惋惜与感慨，是不必对诘问作出回答的。李商隐有“夕阳无限好，只是近黄昏”(《乐游原》)诗句，词即借用其意。所以夕阳西下是否当时实景并不重要，写此句主要还在借景抒发内心对好景短暂的留恋和良辰难再的感叹。

下片“无可奈何”一联之妙是多方面的。从对偶来看，自然工巧。历来多有赞语，如杨慎曰：“‘无可奈何’二语工丽，天然奇偶。”(《词品》)卓人月曰：“实处易工，虚处难工，对法之妙无两。”(《词统》)等等。从诗意蕴含来看，也耐人寻味。“花落去”，是惜花，也是惜人，也许就暗示去年唱“一曲新词”的那位，是说她终不免“春去秋来颜色故”呢，还是别有所指，这只能凭我们的想象了。“燕归来”，则暗示人不归，这又增加了人事难料的感触。词人面对这无情的现实，除了“无可奈何”外，大概很难再找出别的词来形容心情了。所以贴切自然。说“似曾相识”，也许是想到燕子曾是去年此地欢会的见证者，所谓“旧事飞燕能说”，那么，燕子对今昔的变化也该感到惊讶罢！总之，为人留下不少想象的余地。从两句连接上下文来看，也特别自然紧密。“无可奈何”句很像是对“夕阳西下几时回”的答复。因为日落与花落的象征意义完全一致，而这种事情谁也奈何不得。“花落去”与末句“香径”相关；“燕归来”又自然逗出个“独”字。词人此时追寻旧梦、怅然若失的情景，在最后点出，因为有了前面的种种描写，反面显得更加情意缠绵、韵味悠长了。

浣　溪　沙

一向年光有限身[1]，等闲离别易消魂[2]，酒筵歌席莫辞频。　满目山河空念远，落花风雨更伤春，不如怜取眼前人[3]。

【注释】

① 一向：同“一晌”，片刻，时间短暂。　② 等闲：平常，轻易。　③ “不如”句：元稹《会真记》中崔莺莺诗：“还将旧来意，怜取眼前人。”怜取，去爱。

【语译】

一年光阴片刻就过去了，人的一生是很有限的，离别已成常事，却最容易让人忧伤不已。所以无论饮酒听歌的筵席多么频繁，还是尽情享受别推辞吧！

待到人分两地，面对满目山河的阻隔，心中苦苦思念远方也枉然了。再遇上风雨落花时节，就更要伤春不止了。所以还不如趁现在好时光，对眼前的人多给些爱怜！

【赏析】

这是一首感叹人生短促、离别太多，劝人及时行乐的词。词不记某人某事，也不写特定的情和景，所举情事，都是带普遍性的，用以明理而已。语言浅近畅明，颇有乐府民歌的特色。

先说光阴倏忽，人生有限，再进一步说离别在现实生活中已成常事，两者加在一起，便使人更易生离愁别恨，如古人所言“黯然消魂者，唯别而已矣”（江淹《别赋》）。因为对多情的离人来说，分别在生活中所占的比重实在太大了。推理的结果，便是有酒当醉，有歌当听，趁现在老病未至、盛筵未散、佳人未去之际，快快抓住机会，及时行乐，所以说“酒筵歌席莫辞频”。

下片是上片稍变换角度的发挥。词人说与其别后苦思，春去伤感，倒不如把这一份感情都用在眼前伴你作乐的人身上。意思仍是劝人及时行乐，只是从饮酒听曲说到爱怜用情，是进一层的写法。“满目山河”，是说阻隔重重，相见无望。在“念远”之前，加一“空”字，表明了词人的看法：到那时，苦苦思念也是徒然；同时也为末句“不如”先垫上一笔。“落花风雨”，最能令人感触身世遭遇，因而伤春伤己；著一“更”字，便与上一句词意相连。末了之“眼前人”，大概也就是“酒筵歌席”上陪坐劝酒、唱歌助兴的舞妓歌女之流。观词句的说法和语气，也符合她们的身份。“怜取眼前人”，虽用前人成句，但“眼前”二字，也道出了词人在此词中的着眼之点，强调了词的主题。词所表露的及时行乐思想，是典型的封建士大夫意识，这是毋庸讳言的。

清平乐

红笺小字，说尽平生意。鸿雁在云鱼在水[①]，惆怅此情难寄。　　斜阳独倚西楼，遥山恰对帘钩。人面不知何处[②]，绿波依旧东流。

【注释】

① 鸿雁、鱼：传说雁、鱼能传递书信。　② “人面”句：孟启《本事诗》记唐崔护题都城南庄诗：“去年今日此门中，人面桃花相映红。人面不知何处去，桃花依旧笑春风。”

【语译】

蝇头小楷写在红色信笺上，把平生的心事尽情诉说。大雁高飞在云端，鱼儿潜游在水中，听说它们会传递书信，却难以将我这番情意捎给远方，只令我惆怅不已。

夕阳斜照在西楼上，我独自倚楼眺望。远处重重的青山，恰好正对着楼头的帘钩。我怀念的人儿如今也不知在什么地方，只有那流水依旧荡漾着碧波向东流去。

【赏析】

这首词是怀人之作，怀念的对象当是词人情有所钟的女子。看来他们曾有过一段恋情，但时过境迁，彼此分离了，除了相思相忆外，不会再有什么结果，可以说也是个爱情悲剧。

上片说自己想写封情书寄给对方而不可能。“红笺小字”，是为女子写信，且其中必有私情密语，这可以从纸张、字体推测而知。果然，这还不是一封三言两语的短简，而是“说尽平生意”的长信。所谓“平生意”，乃表明所述种种，皆出于真诚，能相遇相知是平生最大慰藉。然后转折说，虽有“鸿雁在云鱼在水”，却不知如何才能托鱼雁捎去这封情书，让她知道我的这番心意。因而感到万分惆怅。“鸿雁”句说得很灵活，是因为雁鱼高“在云”、深“在水”，所以才“难寄”呢，还是别有“难寄”的原因，使“在云”、“在水”之雁鱼也无能为力？我以为这倒不妨随心领会。但“此情难寄”是确定无疑的。原因大概不止一端，不必都交待得很清楚，如下片所言“人面不知何处”，当亦其中之一吧。“惆怅”二字，说出“此情难寄”时的心情，同时这种心情也涵盖了下片。

下片就写自己独自倚楼、相思相望的情景。“斜阳”会给有愁的人造成颓伤的心境，何况又是怀远苦思的人在“独倚”时所见。杜诗有“落日在帘钩”之句，此言“遥山恰对帘钩”，其实也就是楼头眺望之处正对着“遥山”的意思，暗示意中人已被遥远的青山重重阻断，重逢无望。故下接一句“人面不知何处”，恰好令人联想到崔护题诗时那样的惆怅心情。结句“绿波依旧东流”，也与崔护诗“桃花依旧笑春风”异曲而同工。大概词人与这位女子以前也曾同赏过这绿波荡漾的流水吧。如今水阻山隔，只会对景而感叹年华似水，“逝者如斯”，此情亦将如绿波之东流，无穷无尽。

清 平 乐

金风细细[1]，叶叶梧桐坠。绿酒初尝人易醉，一枕小窗浓睡。　　紫薇朱槿花残，斜阳却照阑干。双燕欲归时节，银屏昨夜微寒。

【注释】

① 金风：秋风，秋季五行属金。

【语译】

尖细的秋风吹得梧桐树的叶子纷纷往下掉。初次品尝这碧绿的美酒也不知深浅，一喝就醉了。在小窗下，头一着枕，就呼呼大睡起来。

秋已深，紫薇花、朱槿花都已开残，斜阳返照在栏杆上。这是双飞的燕子将要回到南方去过冬的时候了。昨天夜里，我感到房中的银屏已微微透出了寒意。

【赏析】

这首词写秋景，人在其中。秋风萧瑟，草木摇落，人就不免有寂寥之感；人有愁绪，遇秋则所感受到的只是衰败迟暮景象。情与景彼此相生，紧密结合。词意温婉蕴蓄，表述极有分寸。

“金风细细，叶叶梧桐坠”，风非飞沙走石的狂风，只不过是“细细”吹过的秋风，然而却有严峻肃杀的威力，吹得梧桐叶纷纷坠地，窸窸之声，清晰可闻。以“叶叶”接“细细”，叠字用得很妙。能在室内听到窗外树叶被风吹落的声音的人，该不会是正在劳心劳力或弦歌自娱的人吧，可以肯定他正处于寂寞无聊的境况之中。这就是虽作景语而人在焉。既无聊，不如饮酒。“初尝”，当是说绿酒乃新酿而成，因为秋天收获了黍秫，可以酿酒。当然也不妨理解为以往并不沾酒。反正是不知酒力之深浅，故“易醉”。醉则于小窗下一枕就卧；卧则昼梦沉酣，遂久游黑甜之乡。写来仿佛悠闲自得，但联系前两句仔细寻味，仍不难从其表面闲适的背后，体会到那是一种孤居落寞的心情。

下片所写，可视为酒醒之后的情景。紫薇、朱槿，夏秋间开花，其时秋既深而花已残。它们当是种植于窗外栏杆旁的，见到时正处于落日余晖之中。总之，入目也是衰暮景象。“斜阳”与前面的“浓睡”相呼应。先是听到，然后看到，最末写感觉到。结尾两句即从季节气候上说。不直说深秋季节，而说“双燕欲归时节”，这“归”，不是归来，是归去，去往温暖的南方过冬。燕子能双双飞去，而自己却只能独自留在这儿，等待着风霜冰雪前来肆虐。“欲归”是尚未归去，是因感受到气候渐趋寒冷而想起的。因自身的处境而羡慕燕子的归宿，或因燕子有归宿转而想到自己处境的人，其心绪如何，也就可想而知了。以“银屏昨夜微寒”一句作结，说得很有分寸而含蓄，它带有前瞻性，能使人想到“昨夜微寒”是来日大寒的开端，往后的日子将一天比一天更冷落、更无聊、更烦愁。所以，这“微寒”不但是生理感觉上的冷暖，也是心理状态上的；它有夜间更感到寂寞孤单、冷冷清清的意思。

木　兰　花

燕鸿过后莺归去，细算浮生千万绪。长于春梦几多时，散似秋云无觅处[①]。　　闻琴解佩神仙侣[②]，挽断罗衣留不住。劝君莫作独醒人[③]，烂醉花间应有数[④]。

【注释】

①“长于春梦”二句：白居易《花非花》诗：“来如春梦不多时，去似朝云无觅处。”　② 闻琴：用卓文君事。文君新寡，司马相如以琴声挑之，文君夜奔相如。见《史记·司马相如列传》。解佩：江妃二神女，游于江滨，逢郑交甫悦之，遂解佩玉赠之。见《列仙传》。神仙侣：喻幸福的伴侣。　③ 独醒人：《楚辞·渔父》：“屈原曰：‘举世皆浊我独清，众人皆醉我独醒，是以见放。’”　④ 数：定数，气数，注定的命运。

【语译】

燕子和大雁飞走以后，黄莺也回去了。仔细算来，虚浮不定的一生中所遇到的事情真是千头万绪。相见的欢乐比一场春梦又能长多少？分离倒像被吹散的秋云，再也无处寻找了。

就像听琴声挑动而彼此心心相印，或像以玉佩相赠表深情的神仙般的幸福伴侣，一旦要离去，即使扯断罗衣，怕也挽留不住。奉劝你不要像独自保持清醒的先贤那样太认真了，还是在红巾翠袖群中喝个酩酊大醉，大概这是命中注定的罢！

【赏析】

词的主题也还是感叹往事如梦，欢乐短暂，恩情难久，劝人及时醉酒行乐。不过字里行间，颇有不满于现实的牢骚意味。

先说繁华易过。“燕鸿过后莺归去”，是借季节改换，候鸟相继飞去，来说世事人情由盛至衰的变化。人经早年欢乐之后，渐入晚岁悲凉境地，这正好比过了青春、盛夏、接着而来的便是万物凋谢的秋冬季节。燕子、大雁、黄莺都归去了，留下来的只有对往事的回忆：“细算浮生千万绪”，经历过的事情倒是不少。但其中足使自己铭记在心的好事，也不过像一场春梦那样，十分短暂。而一经风流云散之后，无论事或人，要想再找回来，却是不可能的了。化用白居易诗成句，改易数字，变特定的比喻对象为普遍性的人生哲理，偶句仍工丽而多致。“春梦”比往昔事，“秋云”借眼前景，都不离首句所写。

下片着重写人情，写男女间的恩爱，这也同样难以持久。“闻琴解佩神仙侣”，用的是熟典，但说得也相当灵活。因为无论是“闻琴”的卓文君，或“解佩”的湘水神女，都不曾有过“挽断罗衣”的事。这不过是词人用来强调“留不住”的一种形象化的说法。但就表达两情不能持久的意思来说，用典却又是恰当的。司马相如与卓文君，虽结为夫妻，但后来却有见异思迁事，故李白有诗说：“一朝将聘茂陵女，文君因作《白头吟》。”（《白头吟》）郑交甫虽有受江妃青睐、解佩相赠之幸运，但转眼却又失去了神女，连玉佩也保不住。由此看来，词人借以发恩情难久的牢骚也是有理由的。最后，词人作奉劝世人语，我们更能从中体会到有一种不满现实的愤激情绪。

所谓“莫作独醒人”，言外之意，你若要学屈原那坚持“众人皆醉我独醒”的人生态度，那就只好去投河了。所以词人说，还不如“烂醉花间”就认命算了！由此看来，那些消极颓伤的话中，未必没有一点积极可取的思想内核在。

木　兰　花

池塘水绿风微暖，记得玉真初见面[①]。重头歌韵响琤琮[②]，入破舞腰红乱旋[③]。　　玉钩阑下香阶畔[④]，醉后不知斜日晚。当时共我赏花人[⑤]，点检如今无一半[⑥]。

【注释】

① 玉真：玉人，称美丽的女子。真，神仙。　② 重头：曲家术语，词调中上下阕句式。声韵完全相同的叫重头。琤琮：玉的撞击声。　③ 入破：曲家术语，乐曲至繁弦急响时，谓之入破。　④ 玉钩：喻弦月。往往夕阳西下前，弦月已在天上，故“玉钩阑下”即新月悬挂的栏杆下。鲍照《玩月城西门廨中》诗：“始见东南楼，纤纤如玉钩。”又白居易《三月三日》诗：“指点楼南玩新月，玉钩素手两纤纤。”　⑤ 赏花人：实指欣赏歌舞者，诗词中多以花喻舞妓歌女，用法与上一首中言“花间”同。　⑥ 点检：犹言算来。

【语译】

池塘的水碧绿澄清，风吹来微暖惬意。初次见到佳人的情景我还记得：她叠唱曲子的歌喉，犹如玉声清脆，舞到繁音促节处，腰肢如一团红色的旋风。

在纤月初上的栏杆下、芳香弥漫的台阶旁，我喝醉酒后，不知夕阳已将西沉。当时与我在一起赏玩歌舞美色的人中，如今还活着的，算来连一半也不到了。

【赏析】

此词亦写今昔之感。上片回想当年初识佳人，观赏其美妙歌舞的欢乐场景；下片慨叹如今旧友零落过半，自己唯借酒浇愁而已。

先写环境，是人事发生的背景。“池塘水绿风微暖”，可知当时正是春天。写春天而不言桃杏燕莺、垂柳飞絮，却淡淡着笔，只说水绿风和，取景颇有考虑。作为记忆中初次与“玉真”见面的背景，已将这位妩媚的乐籍中女子烘托得如同凌波仙子一般。接着，正面描绘她歌喉宛转，舞姿翩跹。两句作骈偶，对仗工丽。刘攽曰：“‘重头’、‘入破’，管弦家语也。”（《贡父诗话》）这里用专门术语成对自好，它给人的感觉是：观赏者既是行家里手，则其赞技艺高超的话必可信。同时句中还运用双声叠韵词来增强表达效果：“琤琮”，喻歌声之悦耳，用双声词；“乱旋”，状舞腰之炫目，用叠韵词。都是着力描绘，故有声有色。如此反跌如今之寥落境况，自能形成较大的反差。

下片写自己此时的行径心态。先说喝醉了酒，所以忘记了时间的早晚，以至不知不觉间已是新月在天、红日将沉。栏杆下、香阶畔，暗示本欲赏春景以解愁闷，谁知心有怨恨，酒不能消，反而醉倒其间。末了两句才说出醉酒的原因。“当时”、“如今”也与上片之“记得”一样，所写之事是昔是今，交待得清清楚楚。“赏花”，如“注释”中所说明的，实即赏佳人、赏歌舞。这也补明上片所写的情景，是当时与许多朋友一道共赏的；可知是酒筵歌席上的事。往年的欢乐已难追寻自不必说，当时的旧友，如今竟也死了大半，这就难免不令人枨触万端，悲从中来；词人“烂醉花间”，良有以也。杜诗有“访旧半为鬼，惊呼热中肠”之句（《赠卫八处士》），张宗橚则曰：“东坡诗：‘尊前点检几人非’，与词结句同意。往事关心，人生如梦，每读一过，不禁惘然。”（《词林纪事》）可知词写出了许多渐入晚境者所共有的感受。

木　兰　花

绿杨芳草长亭路[①]，年少抛人容易去[②]。楼头残梦五更钟[③]，花底离愁三月雨。　　无情不似多情苦，一寸还成千万缕[④]。天涯地角有穷时，只有相思无尽处。

【注释】

① 长亭路：送别的路。古代驿路上“十里一长亭，五里一短亭”（《白帖》）。　② 年少抛人：人被年少所抛弃，言人由年少变为年老。　③ 五更钟、三月雨：都是指思念人的时候。　④ 一寸：指心。千万缕：指相思愁绪。

【语译】

离别的路上已见杨柳青青、芳草萋萋。青春年华最容易抛人而去。好梦惊醒时，楼头正响起五更的钟声，三月的雨使花底落红点点，惹人离愁难禁。

无情人不会像多情人那样痛苦，我一寸心竟化作相思愁绪千丝万缕。天涯地角虽然遥远，也终有到头的时候，只有这相思呵，竟无穷无尽、无时无处不在。

【赏析】

这是一首写离别相思的词。前半先叙清因别离而相思的事；后半则专写离情之痛苦、相思之无穷。

“绿杨”二句的意思是明白的：当时送别你、彼此分手的“长亭路”上，如今“绿杨芳草”，春意已浓；然而春草年年绿，行人归不归呢？要知道时光不待人，“年少抛人容易去”啊！“年少”一词有两种用法：（一）指人，“年少”即年轻人；（二）指年龄，“年少”即青年时期，犹言青春。这里是后一种用法。但也曾有人误解为前一种用法，大概是因为前面说“长亭路”，后面接“抛人容易去”，遂以为离去之人是一位少年郎，他轻率地走了，于是就将全词理解为“妇人语”了（见赵与旹《宾退录》）。其实，“年少抛人容易去”就是人生易老的意思，是别后伤春的话，与离去者是男是女并没有什么关系。“楼头”二句是说自己别后的思念，选择了两种最能引发离愁的时刻和场景，用由名词连缀而成的无谓语句式组成对仗，如同律诗的中二联（《木兰花》词调共八句，用整齐的七言，颇似七律；所不同者，词凡单句都平起，有对无黏；押仄声韵，只三、七句不押）。“楼头残梦”的梦，无疑是与意中人相会的好梦，因被“五更钟”惊破，故用“残”。唐诗曰：“打起黄莺儿，莫教枝上啼；啼时惊妾梦，不得到辽西。”此则离人怨恨五更钟矣。三月多风雨，花枝底下，必落红飘零，此正惹人愁思之时，如杜诗所谓“一片飞花减却春，风飘万点正愁人”也。黄蓼园曰：“‘楼头’二语，意致凄然，挈起‘多情苦’来。”（《蓼园词选》）也就是说，这两句开启了下片的抒情内容。

下片在写法上与上片有明显的不同。首先所用的语言，由文变俗，都浅显明白；抒情也心口相应，直截了当。其次，四句三层意思，每一层都用两两比较的手法来表现“多情苦”这一主题。先说“无情不似多情苦”，这可以说是一种相反情况的比较。“无情”本来是不好的，但因为不会有思念的烦恼，现在反而教词人羡慕。这一比较，强调了苦情的难以忍受。其次是“一寸还成千万缕”，这是一种自身不同现象的比较。心称“寸心”，看起来很小，似乎容不下多少东西，想不到现在竟弄出千丝万缕的思绪来。这一比表现了一种百思不得其解的心态。最后说：“天涯地角有穷时，只有相思无尽处。”这是相同情况的比较。“天涯地角”是广大遥远的空间；“相思”也是无边无际的，正有其相同之处。词人就用这两者来作比较，特抑彼（“有穷时”）而扬此（“无尽处”），把相思之苦推到了极点。李攀龙赞此词曰：“春景春情，句句逼真，当压倒白玉楼矣。”（《草堂诗余隽》）白玉楼是天上仙境，相传楼成曾邀文章高手李贺前往作记。赞语自难免过誉，但说此词写离愁之苦情真意切，倒是实在的。

踏莎行

祖席离歌[1]，长亭别宴，香尘已隔犹回面[2]。居人匹马映林嘶，行人去棹依波转[3]。　　画阁魂消，高楼目断，斜阳只送平波远。无穷无尽是离愁，天涯地角寻思遍[4]。

【注释】

① 祖席：饯行的酒席。　② 香尘：因落花委地，尘土也带着香气。③ 棹：同“櫂”，船桨，指代船。　④ 寻思：思索，想。

【语译】

长亭中设下饯行的酒宴，席上唱起离别的歌。离人已被飞扬着芳香的尘土隔开，还不时地转过脸来看上几眼。送行人的坐骑在丛林间悲鸣，远去人所乘的船随波逐流地消失了。

画阁上黯然消魂，高楼上望断泪眼，唯见斜阳护送着浩渺烟波，直到遥远的天边。无穷无尽的只有离愁别恨，它带着我的浮想飞遍了天涯海角。

【赏析】

这又是一首离别相思词。用上下片相同的《踏莎行》来写，结构简单明了：上片写依依不舍的离别；下片写绵绵不尽的相思。上下片开头两句写法很相似：都是四个字的对偶句，用来分述同一件事:上片“祖席离歌,长亭别宴”,“祖席”亦即“别宴”,设于“长亭”将分手之地;席上唱的是“离歌”。下片“画阁魂消,高楼目断”,“画阁”即是“高楼”,也就是居人望行人之处;望到望不见,谓之“目断”;望而不得见,所以“魂消”。这种格调写法,正宜作倚声歌唱之词。

可是,后三句的写法,上下片就不完全一样了。上片都用于描写分别一刹那间的情景。“香尘已隔犹回面”,虽未明言是谁,我们不难猜到是指“行人”,写其留恋难舍情景;后两句分述送别的“居人”和离去的“行人”,用马嘶、棹转来描写离别的双方和烘托气氛。这在诗赋传统意象中是有过的。如“马为立踟蹰,车为不转辙”(蔡琰《悲愤诗》)、“舟凝滞于水滨,车逶迟于山侧;櫂容与而讵前,马寒鸣而不息”(江淹《别赋》)等等。当然,词并非简单的模仿、袭用,如“去棹依波转”就不是写“凝滞”、“容与”,而是说船不停留,很快地随着流水远去、消失了。这使我想起《红楼梦》中的描写:宝玉在秦氏出殡途中,留情于村女“二丫头”,他们才聚即散,宝玉在车上“以目相送,争奈车轻马快,一时展眼无踪”。都是以客观情势的无情来反衬人物的依恋心态。

下片后三句只用一句来写高楼远望所见;末两句则用以直接抒写离愁之无尽。不过,“无穷无尽”、“天涯地角”等语,还是从远望所见景象中联想到的,也是望中之境的扩大。“斜阳只送平波远”一句,王世贞颇欣赏,以为是“淡语之有致者也”(《艺苑卮言》)。的确,“斜阳”,暗示其眺望是从早到晚的;“平波”,正呼应前面的

"行人去棹"，望之"远"而波亦"平"；"只送"者，"只见"、"唯有"也，斜阳亦多情也，这句看似平平常常的话，却能借写景而生动地传达出望者的一片痴情、专注、失望、惆怅的情态，所以说它"有致"。

踏　莎　行

小径红稀[1]，芳郊绿遍[2]，高台树色阴阴见[3]。春风不解禁杨花，蒙蒙乱扑行人面。　　翠叶藏莺，朱帘隔燕，炉香静逐游丝转[4]。一场愁梦酒醒时，斜阳却照深深院。

【注释】

① 红稀：花少。　② 绿遍：草多。　③ 阴阴见：隐约显现。　④ 游丝：春天里小虫所吐的飞扬在空中的细丝。

【语译】

小路旁，花已稀少；芳草绿遍了郊原；树丛中高台的身影，隐约可见。春风不懂得应该阻止柳絮的飞扬，让它白蒙蒙地向过路行人的脸上乱扑过来。

黄莺深藏在绿叶中啼啭，燕子被隔在红色的帘外呢喃，香炉的烟袅袅上升，静静地随着飘荡的游丝旋转。我醉里愁中经历午梦一场，待到酒和梦都醒来时，落日的余晖已映照着深深的庭院。

【赏析】

这首词在其所描写的景物间是否另有寄托，是一个可以探讨的问题；但我们还是先不深求，只将它当作通常的伤春词来读。

上片写外界的春景。头三句说春光渐老，以“红”、“绿”指代花、草，说花逐渐稀少了，草已长满郊野；遣词造句，讲究色彩，作必要的修饰，恰到好处。树的枝叶茂密起来，所以远处绿树丛中的高台也只隐约显现。视线由近及远。柳絮本被风吹卷而起，现在反过来说“春风不解禁杨花”，倒像是杨柳的花絮太无情，自己要别枝而离去，春风也阻止不了它，说得颇有诗趣。“蒙蒙乱扑行人面”，这一句给人造成春光将去的最直接最强烈的感受。

下片换作从室内角度来写春景。仿佛词人怕见到外界春残的景象而引起伤感，故独自闷坐房中饮酒遣愁。然而春将逝去的消息还是微微地透了进来，“翠叶藏莺，朱帘隔燕”二句就含有这层意思；只是莺啼燕语隐隐约约，它们在诉说什么，听不真切而已。“炉香”句为静观所见，写出一种漠然无聊的精神状态。“游丝”紧扣住春天的特征。室内炉香细烟随游丝袅袅飘转，而一缕愁绪当亦于此时萦绕心头。写到最后才出“愁梦酒醒”字样，以明惜春伤怀主题。此时，正夕阳返照，院落深深，一片好景难留、黄昏将临景象。沈际飞曰：“结‘深深’妙，著不得实字。”（《草堂诗余正集》）这话说得不错，“深深院”三字，神理俱到，令人发悠然之遐想，没有其他字可以代替。

这首词以为另有寄托的词家颇多，如张惠言曰：“此词亦有所兴，其欧公《蝶恋花》之流乎？”（张惠言《词选》）谭献曰：“刺词。‘高台树色阴阴见’，正与‘斜阳’相近。”（《谭评词辨》）黄蓼园更落实其所指曰:“首三句言花稀叶盛,喻君子少、小人多也。高台指帝阍。‘东风’二句,言小人如杨花轻薄,易动摇君心也。‘翠叶’二句,喻事多阻隔。‘炉香’句,喻己心郁纡也。斜阳照深深院,言不明之日,难照此渊也。”(《蓼园词选》)如此等等。但微言大义,毕竟只是一种猜测和可能性,并非已有确切的佐证可以落实。求深固好,若致穿凿,也是解词所应该尽量避免的。

蝶　恋　花

六曲阑干偎碧树[1],杨柳风轻,展尽黄金缕[2]。谁把钿筝移玉柱[3]?穿帘海燕双飞去[4]。　　满眼游丝兼落絮,红杏开时,一霎清明雨[5]。浓睡觉来莺乱语,惊残好梦无寻处。

【注释】

① 阑干:通“栏杆”。偎:紧贴;挨着。　② 黄金缕:喻新长嫩叶的柳条。③ 钿筝:用金银、贝壳镶嵌的筝。移玉柱:即弹奏筝。　④ 海燕:即燕子,古人因其春天自南方渡海而至,故谓;非今动物学上所说的筑巢于海滨悬崖上、形似燕子的另一种鸟。　⑤ 一霎:很短的时间。

【语译】

六曲形的栏杆紧挨着碧玉似的绿树,风轻轻地吹,杨柳尽情舒展开它黄金般的丝缕。是谁抚弄着钿筝奏起一曲?惊动了梁上燕子双双穿帘飞去。

眼前到处有游丝和飞絮在飘飏。红杏花开，正值清明，下了片刻的阵雨。午间熟睡醒过来时，只听得黄莺在四处乱叫，是它惊破了我的好梦，这梦中的一切再也无处寻找了！

【赏析】

诗词中常见有一首作品同列于几人名下的，如这首《蝶恋花》词，在冯延巳和欧阳修的词集中都有，也不知究竟该属于谁的。光从题材、风格上判断是不大靠得住的。因为一个词人的作品，可以彼此有一定的差异；而唐五代至北宋间，此类题材、风格相近的词作又太多，所以最好的办法只有存疑。

我们还是来看看这首写春景的词的本身吧。

景中有情，人所共知，但也应知不论通过景物所表现的是何种情，情之抒发成功与否，是写景成功与否之关键。此词上片所写，便能成功地传达出一种面对春天景象时所产生的愉悦畅快情绪。首句中的“碧树”，应该就是杨柳；贺知章《咏柳》绝句中就有“碧玉妆成一树高”之句。六曲形的栏杆旁边，配上千万条金碧丝带在风中摇曳的垂柳，这画面多么瑰丽动人！“展尽黄金缕”，说的是柳叶全都舒展开了，而我们读着这样的词句，心神又何尝不为之舒展呢？这时，传来几声悦耳的筝声，随即便见有燕子双双穿帘而出，掠过眼前飞去。这一切组合得何等巧妙，而“谁”字尤问得好，它把词人当时惊喜兴奋的心态都活现于纸上。所用词句之意象，都是一般词作中所常见的，并无特别神奇之处，但一经写出，诗意便清新多致，这样的词，自非大手笔不能作。

下片仍多姿多态。“满眼游丝兼落絮”，词人固然会因此而产生怜惜春光的感情，但并不是哀伤。这一句写出了一种对景而呼奈何的心情，因而反加浓了春意。“红杏开时，一霎清明雨”，这是很受称道的佳句；季节、气候、景物，一一点清。“一霎”二字，把握准确；若久雨不止，便大煞风景，亦与前后描写不相称了。阵雨片时，忽然吹散，这景象人心中所有，亦平添多少诗情画意！昔人有以此二句题画者，可见其历来为人所喜爱。全词以莺语惊梦作结，但与“愁梦酒醒”自有不同。虽好梦难寻，不无遗憾，但毕竟觉来之时，所听到的只有莺声盈耳，仍归于一片大好春光。

韩　缜

韩缜(1019—1097),字玉汝,开封雍丘(今河南杞县)人。仁宗庆历二年(1042)进士,英宗朝历淮南转运使,神宗朝累知枢密院事,哲宗朝拜尚书右仆射兼中书侍郎,出知颍昌府,以太子太保致仕。卒,赠司空、崇国公,谥庄敏。

凤　箫　吟

锁离愁①、连绵无际,来时陌上初熏②。绣帏人念远,暗垂珠露,泣送征轮③。长行长在眼,更重重、远水孤云。但望极楼高,尽日目断王孙④。　　消魂。池塘别后,曾行处、绿妒轻裙⑤。恁时携素手⑥,乱花飞絮里,缓步香茵⑦。朱颜空自改,向年年、芳意长新⑧。遍绿野、嬉游醉眼,莫负青春。

【注释】

① 锁:谓结郁不散。　② 陌上初熏:“熏”同“薰”,香气。江淹《别赋》:“闺中风暖,陌上草薰。”　③ 征轮:远行的车子。　④ 王孙:词人借以自指。《楚辞·招隐士》:“王孙游兮不归,春草生兮萋萋。”　⑤ 绿妒轻裙:意谓轻盈的绿罗裙连芳草也妒忌它漂亮的颜色。　⑥ 恁时:那时。　⑦ 香茵:芳草如茵。茵,褥子,毯子。　⑧ “向年年”句:到每年春天,芳草总能新生。向,到,临。

【语译】

挣脱不掉离别的愁恨，它连绵无际，恰似春草；当我来到陌上时，这草正初次散发出阵阵清香。闺阁绣帏中人想着我此次远行，偷偷地滴下露珠般的泪水，饮泣着送我的车子出发。车子总是往前走，又总是在她的眼睛里，直到完全消失，她还凝视着远处无边的水和孤云。从此，她只有倚在高楼上遥望，从早到晚，望断秋水，盼我归来。

想来实在伤心，我还记得池塘畔与你别后相逢的情景，你走过的地方，春草都曾妒忌你轻盈的绿色罗裙。那时候，我拉着你洁白的小手，在乱花飞絮中，我们缓缓漫步在芬芳的绿茵上。谁知年轻的容貌白白地改变，而芳草却年年长新。还是乘酒兴、带醉眼将这美丽的绿色原野尽情地游赏个遍，别辜负了这短暂的青春。

【赏析】

关于这阕词，曾有传闻记载，今略综其事如下：神宗元丰初，与夏议地界，韩缜丞相奉命出使。将行，与爱妾刘氏剧饮通夕，刘氏作《蝶恋花》词送之曰："香作风光浓着露。正恁双栖，又遣分飞去。密诉东君应不许，泪波一洒奴衷素。"韩亦作《凤箫吟》词咏芳草以留别。词传入内廷，神宗知之。翌日，帝命步军司遣兵为搬家追送韩缜。（见叶梦得《石林诗话》和沈雄《古今词话》引《乐府纪闻》）词既通过咏芳草来写离别，则叙事、抒情，时时处处都不离芳草。这是此词的一个特点。后来《凤箫吟》词调又别名《芳草》，即由此而起。

此词上片写爱妾为其送行之事；下片则写自己难舍的心情。

词一开头，就先抓住“离愁”二字，揭出全篇的主题。又用一“锁”字，形象地表现它在自己心头是再也驱遣不去、挣脱不掉的了。可谓开门见山、开宗明义。下接“连绵无际”，一语双关，既形容愁思之不尽，又关合传统意象上常用来比喻愁思不尽的连绵无际的芳草，与古诗“青青河边草，绵绵思远道”同一手法。第三句用江淹《别赋》成句写草，巧妙地加上“来时”二字，顺便就交待了自己的远行。离家来至陌上，见一望无际的春草，更增加了离别的揪心的痛苦。江淹原句是“陌上草熏”，词中用时，却不说“草”，而改为“初”。这固然与此处应用平声字有关，但咏物诗词，虽句句与所咏之物相关，却不出现物名，是修辞上的一种讲究。此词亦如此，全篇找不到一个“草”字。下面再用三句交待送行。“绣帏人”，说清来送者的身份，是自己的妻妾。“珠露”，本可用“珠泪”，义显，且没有字声的问题，但为了与芳草有关连，才以露代泪，也就是把眼泪比作了草上的露珠。因而，这是人哭泣落泪，送走远行的车子，也是陌上的芳草，把露水洒在向前滚动的车轮上。词人之用心，宜细心体会。

分手的时刻最为难忘，所以特写：“长行长在眼，更重重、远水孤云。”这是说送者一直注目着离去的驿车，所以车子不断前进，又老是在她的眼中，直至完全看不见；看不见了还在看，心想着他一路不知还要经过多少阻隔，而此时能见到的就只有天边的“远水孤云”了。她最亲近的人也正好如此，不知将流往何处、飘向何方。想象送别情景，形象而富于动感。“长行长在眼”等句，又暗暗切合芳草之无处不有，所谓“离恨恰如春草，更行更远还生”（李煜《清平乐》词）。这之后，就想象佳人终日凭高望远，盼自己归来了。“但”是“只有”的意思，与“尽日”用在一起，表现绣帏人情意之真挚和期望之深切。“目断王孙”是“望王孙而目断”的意思；“王孙”，则是借出典中语以自指，与王维诗“随意春芳歇，王孙自可留”（《山居秋暝》）用法同，都出《楚辞·招隐士》，为的是说春草。有李重元《忆王孙》词说：“萋萋芳草忆王孙，柳外楼高空断魂。”恰好是这几句的意境。

过片“消魂”二字关合前后，承上启下，很巧妙：它既可作不见归人空断魂解说，又是欲说往事之前，先发出的不堪回首的喟叹。回忆昔游，叙别后重逢，提到“池塘”，倘以为是记实地，那就呆了。这样说主要还是为切芳草，实际有无池塘并不重要；那是因为谢灵运曾有“池塘生春草”的名句才这样说的。“曾行处、绿妒轻裙”，作者真善于措辞，以“绿”指代草而又拟人化，说它也妒忌“轻裙”，则女子所着的是绿罗裙，且艳丽动人，可想而知。裙犹如此，人不待言。那时，他们双双携手同行，在“乱花飞絮”之中，缓步于芳草铺成的绿绒毯上。这一幅充满着爱情幸福的美妙的春天图画，使回忆中昔日的情景，显得如同人间仙境一般。这样也就更深刻、更逼真地写出了自己与爱妾生别离的悲哀。

从梦境回到现实，想想眼前和将来，不禁悲叹年华似水，容颜易衰,“朱颜空自改”,“空”是对仍须离别的怨恨。于是就羡慕芳草能年年转绿,生意长在长新。刘希夷诗曰:“年年岁岁花相似,岁岁年年人不同。”(《代悲白头翁》)王维诗曰:“春草年年绿,王孙归不归?”(《山中相送》)这些都是此词构思的依据。最后,作者唯有以醉酒赏景、及时行乐自勉自慰:“遍绿野、嬉游醉眼,莫负青春。”虽说应“嬉游”以遣愁,但基调仍是伤感的;也只有这样,才首尾相应,与全篇情调一致。“遍绿野”,再紧扣芳草,并环顾发端“连绵无际”“陌上初熏”“莫负青春”,直承前“朱颜”几句意,又双关人与草,是莫负年华,也是莫负芳草如茵的春光。总之,作者调动了各种语言手段,把抒离愁与咏芳草两者紧密地结合了起来,用典使事,都能得心应手,自然无痕。

宋　祁

宋祁(998—1061),字子京,安州安陆(今属湖北)人,徙开封雍丘(今河南杞县)。仁宗天圣二年(1024)与兄庠同举进士,时号“二宋”,以大小别之。历官翰林学士、史馆修撰。与欧阳修等合撰《新唐书》,书成,进工部尚书,旋拜翰林学士承旨。卒谥景文。文集已散佚,词有近人赵万里辑《宋景文公长短句》一卷,得词六首。

木　兰　花

东城渐觉风光好,縠皱波纹迎客棹①。绿杨烟外晓寒轻②,红杏枝头春意闹。　　浮生长恨欢娱少,肯爱千金轻一笑③?为君持酒劝斜阳,且向花间留晚照④。

【注释】

① 縠皱:有皱褶的纱,喻波纹。　② 寒:一作“云”。　③ 肯:岂肯。　④“为君”二句:为花挽留夕阳。李商隐《写意》诗:“日向花间留晚照。”

【语译】

我觉得东城的春光已渐美好,水面绉纱似的波纹迎着客船往来。绿柳如烟,周围早晨的春寒已很轻微,红杏枝头上,只见一片灿烂春意喧闹。

人生变化无定,我常恨欢乐太少,怎肯吝惜千金而看轻一笑呢？为了你，我举起酒杯奉劝夕阳，请将金色的余晖在花丛中多留些时间吧！

【赏析】

宋子京留存的词仅六首，但这首有“红杏枝头春意闹”句子的《木兰花》词（别名《玉楼春》），却使他名噪一时。《苕溪渔隐丛话》前集卷三十七引《遯斋闲览》曰：“张子野郎中以乐章擅名一时。宋子京尚书奇其才，先往见之，遣将命者，谓曰：‘尚书欲见“云破月来花弄影”郎中乎？’子野屏后呼曰：‘得非“红杏枝头春意闹”尚书耶？’遂出，置酒尽欢。盖二人所举，皆其警策也。”后来论词者，也常喜欢并举这两人的警句为例，来说明用字对创造意境的作用。

这首词劝人趁着大好春光，及时行乐。主题是最常见的；艺术上却有创造。风格是五代至宋初的那种在文字上很少修饰、雕琢、使事用典的，近乎信笔白描的写法。结构也比较简单：上片写景，说春光大好；下片抒情，说应该尽情欢乐。

上片首句先揭示主题“风光好”。接写春水迎客舟。春来河水渐涨渐绿，波光潋滟，故以“縠皱波纹”来形容，说它可爱。春日游人往来增多，大都为赏花观景，找寻欢娱。这与下片所写有关，所以先在此点出“客棹”。虽说的是春水迎客，却暗示了献殷勤、卖歌笑者的一番忙碌。写景已为抒情伏笔。“绿杨”二句是写春景的主体，对仗秾丽。一则是远景，所以望之杨柳如烟；一则是近景，专为杏花枝头作特写。“晓寒轻”说气候宜人，也正写春意渐浓，自然引出下句来。“红杏”句为全篇之灵魂，我们在后面还要专门谈到。

下片先说人生飘忽不定，常恨乐少苦多。这是应及时行乐的理由。结论是有歌当听，有酒当醉，我岂肯为吝惜千金而轻易放弃博得美人一笑的机会？用反问句以强调应轻视钱财而尽情去追求欢乐，享受人生。写到掷千金而买一笑，则趁春光明媚之时，召来舞姬歌女，奉酒陪饮，席间轻歌曼舞、嬉戏调笑等等，都不言而喻，同时也赋予了上片所写春景以特定的更具体的含义。词结尾借李义山诗句，化用其意，将“斜阳”拟人，“持酒”劝其且留无比美好的“晚照”于“花间”，亦即有着众多红巾翠袖的筵席之间。夕阳既不可留，天下也没有不散的筵席，则劝语也就等于在劝人“行乐须及春”，不然的话，如俗话所说，“过了这个站，就没有这个店了”。词中流露的享乐主义思想，在封建时代甚为普通；当时的文人、士大夫对生活的热爱，往往如此。

此词中“红杏枝头春意闹”一句，蜚声千载。誉之者固多，毁之者也未尝没有；都争一个“闹”字。抨击它最凶的当数清代李笠翁，他说：“琢句炼字，虽贵新奇，亦须新而妥，奇而确。妥与确总不越一理字，欲望句之惊人，先求理之服众。……若红杏之在枝头，忽然加一‘闹’字，此语殊难著解。争斗有声之谓闹，桃李争春则有之，红杏闹春，予实未之见也。‘闹’字可用，则‘吵’字、‘斗’字、‘打’字皆可用矣。子京当日以此噪名，人不呼其姓名，竟以此作尚书美号，岂由‘尚书’二字起见耶？予谓‘闹’字极粗俗，且听不入耳，非但不可加于此句，并不当见之诗词。近日词中争尚此字，皆子京一人之流毒也。”(《窥词管见》)李渔对诗词中用俗字的强烈反感,实在是一种非常陈腐、保守的观点;再说他也没有正确理解这句词的意思。说什么这是“红杏闹春”,硬将它与“桃李争春”作比较。桃李争春,岂能说成“桃李枝头春意争”?可见是曲解。其实,所谓“春意闹”,是指红杏盛开,争奇斗艳,似蒸霞喷火般的热闹及“蜂围蝶阵乱纷纷”景象。一个“闹”字写活了生机盎然、蓬蓬勃勃的春意。所以王国维称此“著一‘闹’字,而境界全出”(《人间词话》)。

欧阳修

欧阳修(1007—1072),字永叔,号醉翁,晚号六一居士,庐陵(今江西吉安)人。仁宗天圣八年(1030)省元,中进士甲科,累擢知制诰、翰林学士,历枢密副使、参知政事,神宗朝迁兵部尚书,以太子少师致仕。卒赠太子太师,谥文忠。他是北宋诗文革新运动的领袖,以散文成就最高,为"唐宋八大家"之一,有《欧阳文忠公集》。词承袭南唐余韵,婉丽深致。有《六一词》、《欧阳文忠公近体乐府》及《醉翁琴趣外篇》三种词集传世。

采　桑　子

群芳过后西湖好①,狼藉残红②,飞絮蒙蒙,垂柳阑干尽日风③。　　笙歌散尽游人去,始觉春空,垂下帘栊④,双燕归来细雨中。

【注释】

① 西湖:指颍州的西湖。州的治所在今安徽阜阳;湖在州城西北。② 狼藉:散乱的样子。　③ 阑干:纵横的样子。岑参《白雪歌送武判官归京》诗:"瀚海阑干百丈冰。"　④ 帘栊:窗帘。栊,窗棂。

【语译】

百花凋谢以后,西湖依旧美好。飘落的红花遍地散乱,白蒙蒙的柳絮飞扬在空中,风把垂柳整天吹得纵横乱舞。

笙箫歌声都已散去，游人也走了。我才感觉到春意已经消失。于是把窗帘放了下来。这时，只见一对燕子冒着细雨飞回家来了。

【赏析】

欧阳修曾在颍州做过地方官。到了晚年，已经六十五六岁了，又退居颍州。其时，他写了十首《采桑子》词，歌咏颍州的西湖。每一首的首句，都落到“西湖好”上，如“轻舟短棹西湖好”、“春深雨过西湖好”、“画船载酒西湖好”等等，“十词无一重复之意”（夏敬观《评〈六一词〉》）。这一首是其中的第四首，很为后来选词者所重。因为作者能别出新意，不落窠臼；与传统习惯上在落花时节总写伤春词相反，他从残春的景象中能发掘出美好的诗情画意。

词上片所写种种，如果不带任何感情色彩、纯客观地看去，从描写的景象，到用词造句，似乎都可以说与通常所见的伤春词并无二致。然而读此词时，我们的感受却又与读其他伤春词完全不同，引不起感伤情绪，倒会跟着作者的感觉走，感到其中确实存在着一种充满诗情画意的美。谭献曰：“‘群芳过后’句，扫处即生。”（《谭评词辨》）他的意思“群芳过”是“扫”，是否定；“西湖好”是“生”，是肯定，一句之中，便有大转折。这话理解为欧阳修善翻前人的案，当然是对的。但就此词本身来说，并没有“扫”什么；这里所说的好，就是群芳过后的西湖，一句话七个字是完全统一的。而且就是这一句开头的话，为全词所展示的画面，作了明确的主观情绪倾向的引导。所以我们读来，只觉得遍地落红点点，空中浮动着白蒙蒙的飞絮，迎风飘舞着千万条垂柳的绿丝带。客观的景物，在词人的彩笔驱使下，组成了一幅美丽的残春风景画。

袁枚说，“文似看山不喜平”。若为说残春时的西湖依旧很不错，便一味作赞美语，怕是不会出好文章。欧阳修就不肯总作直笔，在这样的小词中也必要起一点波澜。他就用了欲擒故纵、欲扬先抑的写法，先有意作无奈语说：“笙歌散尽游人去，始觉春空。”本来以为残景也相当美，并不觉得春意已经消失，直至笙歌消歇，游客散尽，热闹变为冷清，才感到春天真的好像已经过去了。就写残春美好来说，这是很大胆的一笔，因为这一写，景象气氛好像都已降到了低谷，似乎与“西湖好”全不相称。词的结尾，还把“始觉春空”再推进一步，就说“垂下帘栊”，更显得好像外界已意趣全无，不如独处室内倒好。谁知柳暗花明，绝处逢生，最后结一句“双燕归来细雨中”，在细雨蒙蒙（春天有代表性的天气）中，忽见燕子飞回家来，它们双双在梁间梳理羽毛，啾啾地鸣叫着，像是彼此在争说春天的故事，商量着未来如何生育哺养自己的雏燕。这景象带来一片温馨，给作者精神顿时平添了极大的欣慰，词意仍回到暮春的西湖依然美好的主题上来了。

诉衷情

清晨帘幕卷轻霜，呵手试梅妆[①]。都缘自有离恨，故画作远山长[②]。　　思往事，惜流芳[③]，易成伤[④]。拟歌先敛[5],欲笑还颦[6],最断人肠。

【注释】

① 呵手:手冷,呵气使暖。梅妆:南朝宋武帝女寿阳公主卧于含章殿檐下,梅花落其额上,成五出花,拂之不去,三日洗之始落。宫女奇之,竞效其妆,后称梅花妆。 ② 远山:喻女子的眉毛。《西京杂记》:“文君姣好,眉色如望远山。” ③ 流芳:流逝的青春年华(称芳华)。 ④ 成伤:引起悲伤。 ⑤ 敛:指敛眉,皱眉。“敛”一作“咽”。 ⑥ 颦:蹙眉。

【语译】

清晨,卷起帘幕,室外已可见一层薄霜。她呵一口气在手上,暖一暖手指,就试着作梅花妆式样的打扮。都因为心里本存有离别的愁恨,所以把眉毛也画成长长的远山的样子。

她回想往事,惋惜飞逝的青春年华,真容易引起悲伤。打算唱歌,未及开口,先锁双眉;想要笑一笑,结果还是皱起了眉头。这模样令人看了心里最难受。

【赏析】

这首词写一个歌女。从她的外表妆饰、情态,写到她内心的思想活动,揭示她的不幸与痛苦。此词在黄昇的《花庵词选》中,除词牌外,还有个题目为他本略去不载,那就是《眉意》。细读全篇,作者确是主要通过对这位歌女的眉毛的描述来表达词的旨意的。

上片前两句写歌女晨起梳妆。天寒指僵,固是说季节气候,但也可视作是歌女精神上冷落凄清的一种象征性写法。爱美之心,人皆有之；对幸福生活的追求，亦理所当然。此所以虽天寒亦呵手而试妆也。“梅妆”，正为切合“眉意”之题而用；眉额相连，大概是在眉心上方画个五出花形。“帘幕卷轻霜”，句法跌宕洒脱，后来李清照有“帘卷西风”之句，人所共和。三、四句就其画眉作远山状而带出“离恨”来。画眉用黛，恰如山色，而山远则望之细长，故为喻；又远山在诗词中常与思念别去的远方“行人”有关，如下一首中所述，故有“都缘自有离恨”云云。事实上歌女画眉作远山形，当然不会真从“离恨”想来；但作者不妨作如此解说，这才诙谐风趣，设想也出乎常人意表。女子虽以献技艺、卖歌笑为生，但也是人，也会情有所钟而爱上谁，而那个离去的男子多半是“青楼薄幸”，一去杳无音讯，这才使多情女子伤心不已。此词调上片末通常为五字句式，今多出一字，故疑“画”为衍字。

下片先用三短句抒情，述明歌女内心所思所感。所谓“往事”，总不外乎当初两人情投意合，恩爱欢乐，甚至海誓山盟，约期后会。结果当然是好梦成空，青春虚度，所以“惜流芳”之难再。这样的遭遇必容易引起伤感，下接歌笑不成便很自然。三字三句，语短句促，节拍较频，正好用以表达一种不平静的情绪，声调与内容一致。“拟歌先敛，欲笑还颦。”“敛”，一本作“咽”，当是后人所改。大概以为歌唱用喉头发声，既然心中伤悲，欲歌不成，不如用“咽”更显豁而合理，且可免与“颦”字意思重复。殊不知这一改就与“眉意”无关了；在艺术表达的分寸感上，也有过火之嫌。不如用“敛”，始终不离“眉意”，又写其内心之痛苦，欲借歌笑来掩饰、深藏，却又不能不微微透露出来，这才更令人怜惜。末句本应说此是歌女柔肠寸断之时，却说成“最断人肠”，令人为之而肠断，是深一层的写法，它写出了作者对歌女不幸命运的深深理解和同情。

踏 莎 行

候馆梅残[1]，溪桥柳细，草薰风暖摇征辔[2]。离愁渐远渐无穷[3]，迢迢不断如春水[4]。 寸寸柔肠，盈盈粉泪，楼高莫近危阑倚[5]。平芜尽处是春山[6]，行人更在春山外。

【注释】

① 候馆：旅舍；客店。 ② 草薰风暖：江淹《别赋》：“闺中风暖，陌上草薰。”薰，草的香气。摇征辔：骑马远行。征，远行。辔，驭马的嚼子和缰绳。 ③“离愁”句：意谓因行人渐远而离愁渐无穷或离渐远而愁渐无穷。 ④ 迢迢：形容遥远。 ⑤ 危阑：高处的栏杆。 ⑥ 平芜：平旷的草原。

【语译】

旅舍中的梅花已经落去，溪桥边的杨柳细叶初生，和煦的春风阵阵吹拂，空气中弥漫着春草芳香的气息。此时，离别的人儿正骑着马出发远行。人渐渐去远了，送行者的离愁也渐渐地变得无穷无尽，就像那一溪春水不断地流向遥远的地方。

留在家里的人柔肠寸寸欲断，带着脂粉的眼泪止不住地流淌。还是不要在高楼上倚着栏杆远望吧，那平旷的草原的尽头，能看见的只是春山，而行人还远远地在春山之外呢！

【赏析】

这是一首离愁词，是从送别念远的女子角度写的。

上片写郊野送别。“候馆”、“溪桥”点出送别和分手的地点。“梅残”、“柳细”、“草薰风暖”，说明正是春光大好的季节；在这样的时候，与心上人离别，自然更多怅触伤感。古人多有折梅折柳以赠别事，故后来诗词中写到离别，也多及梅、柳。这里又用江淹《别赋》语写景，语如己出，突出了离别主题。“摇征辔”，虽义同骑马远行，但通过用词和所取动作细节，仍表现出离去的男子正趁此好时光而出门远游的愉悦自得情态。这又反衬了留居等待的女子内心的凄惋。故黄蓼园曰：“时物暄妍，征辔之去，自是得意，其如我之离愁不断何？”（《蓼园词选》）离愁随着行人的渐去渐远而逐渐增长，以至于无穷；它好像一溪春水，不断地流向极遥远的地方。前已出“溪桥”，则“春水”为眼前景可知（远处应还有“春山”）。“水流无限似侬愁。”（刘禹锡《竹枝词》）用水写愁，写不断的柔情，极恰。

下片写闺中念远。形容相思之苦，只说“寸寸柔肠，盈盈粉泪”，八字两句，不用谓语，一内一外，其意自明。继“迢迢”之后，再用“寸寸”、“盈盈”，叠词在这里强化了连绵不绝的效果。又作内心独白，劝告自己“休去倚危栏”，是说不敢眺望也。为申述原因，结出最末两句望中所见：“平芜尽处是春山，行人更在春山外。”“平芜”照应前面的“草薰”；有溪必有山，目断平芜，又为春山所阻，而

“摇征辔”之“行人”，已远在千里之外矣！语浅直而意深婉。卓人月说“不厌百回读”（《词统》），正指这些地方。

蝶恋花

庭院深深深几许？杨柳堆烟，帘幕无重数。[①]玉勒雕鞍游冶处[②]，楼高不见章台路[③]。　雨横风狂三月暮，门掩黄昏，无计留春住。泪眼问花花不语，乱红飞过秋千去。

【注释】

①“杨柳”二句：谓杨柳如堆堆青烟，又如重重翠色帘幕。　② 玉勒雕鞍：用玉制成的马衔和雕花为饰的马鞍，指代贵族公子。游冶：游乐。　③ 章台路：犹言烟花巷，妓女聚居处。汉代长安有章台，其下有章台街，后多为妓女所居。

【语译】

庭院多么深邃啊，它究竟有多少深呢？杨柳就像烟堆，形成了无数苍翠的帘幕。他骑着豪华的骏马在游乐的地方，那条通往温柔乡、销金窟的烟花巷，我的楼再高，也望它不见啊！

雨横风狂中，三月将过，天已黄昏，我关上了门，总也想不出办法能把春天留住。我眼中充满泪水去问花儿，花儿也不说话，一阵风来，倒将它吹得落红散乱，纷纷飞过秋千而去。

【赏析】

这首词也见于五代冯延巳的集子中（后面“谁道闲情”、“几日行云”诸阕也如此）。但北宋末李清照《词序》曰：“欧阳公作《蝶恋花》有‘庭院深深深几许’之句，予酷爱之。用其语作‘庭院深深’数阕，其声即旧《临江仙》也。”张惠言以为“易安去欧公未远，其言必非无据”（《词选》）。但今人王学初曰：“据欧阳修《近体乐府》罗泌校语，此词亦见《阳春录》，而崔公度跋《阳春录》，则谓皆延巳亲笔。（见《近体乐府》罗泌跋）冯延巳亲笔所书之词，必非欧作。后人或据清照此序以为此首必欧阳修作，盖未见崔公度跋也。”（《李清照集校注》第三十三页）则此词是冯是欧，尚无定论。又张惠言以为此词欧阳修有政治寄托，并一一附会之，王国维斥为“深文罗织”，以为此类词“皆兴到之作”（《人间词话》），是。它应是一首写闺怨题材的词。

词的首句被用叠字最有本领的女词人李清照所激赏，还用于自己的词作之中，便很不简单。重叠三字于一句之中，非此词所独有。杨慎曾举出“夜夜夜深闻子规”、“日日日斜空醉归”、“更更更漏月明中”、“树树树梢啼晓莺”等例句（见《词品》），虽也叠得稳妥，但都不及“庭院深深深几许”之自然高超。在这里，用叠字来强调庭院之深邃与词所要表现的主题是完全密合的。庭院之深，亦即闺阁之深，封建时代妇女受礼教束缚，深居幽闺，与外界隔绝，不能过问丈夫行为的不公平地位被写出来了。因而，庭院之深又可视作妇女内心苦闷之深的象征。她们精神上的痛苦与不幸，被深深地埋藏在这牢狱似的深院大宅之中而无人知晓。李清照是女子，又有孤居寂寞的生活体验，因而特别能深刻地领会。用问句起头，尤有情致。

庭院之深是通过杨柳之多来表现的。柳如堆堆青烟，形成无数帘幕似的屏幛，所以才更显得楼阁深不可测；在高楼上眺望而不见丈夫游乐之处，也由于此。唐传奇许尧佐《柳氏传》中有诗说："章台柳，章台柳，昔日青青今在否？纵使长条似旧垂，亦应攀折他人手。"又有答诗说："杨柳枝，芳菲节，所恨年年赠离别。一叶随风忽报秋，纵使君来岂堪折！"传诵甚广。此词特写杨柳而联想到章台，这"玉勒雕鞍游冶处"，又借以寄自己的离恨，都是十分自然的。词句间，薄情丈夫的奢华逸乐与独居深闺的女主人公的内心苦闷，形成了鲜明的对比。

下片全为写这位女子的怨恨和悲愁而设，常人难到之处在于词并不静止地说她肝肠寸断、愁怨无穷，或者她心里在想些什么，而是仍透过景物环境和人物情态的细节描绘来揭示其内心世界。"雨横风狂三月暮"，这是写暮春时节的天气，也象征自身的不幸遭遇，同时又表现了她面对冷酷无情的现实时，内心感情的激动和狂乱。她无可奈何，只能"门掩黄昏，无计留春住"。春天留不住，少女的青春年华留不住，往昔的恩爱缠绵和幸福欢乐也过去了，同样没有办法将它留住。"无计"二字，可见出她向往过幸福生活的愿望是多么的强烈。

结尾两句更见精彩，遭风雨摧残者是花，所以要写到花；而花又与人同命，故见花而落泪；泪为怜花惜花而落，也为自怜薄命而落。为什么要遭受如此之不幸呢？这问题无人能够回答，且也无人可问，只好去“问花”。“问花”是痴语，也是情语。花当然不能回答。它不但“不语”，连自身也保不住，一阵风来，就将它吹得乱红飞散了——这恐怕也算是一种无言的回答吧！这已是令人悲凄的情景，不料画面上又出现“秋千”这一能勾起她热恋新婚时期欢乐回忆的东西，让它形成一种强烈的今昔对照，仿佛只是信手拈来，却调动了震撼心灵的“艺术打击力”，完成了全篇的最后一笔，真可谓是神来之笔。毛先舒有一段专谈这两句词的话，所见甚细，兹抄录于后，以资参考：

词家意欲层深，语欲浑成，作词者大抵意层深者，语便刻画；语浑成者，意便肤浅，两难兼也。或欲举其似，偶拈永叔词云：“泪眼问花花不语，乱红飞过秋千去。”此可谓层深而浑成。何也？因花而有泪；此一层意也；因泪而问花，此一层意也；花竟不语，此一层意也；不但不语，且又乱落，飞过秋千，此一层意也。人愈伤心，花愈恼人，语愈浅而意愈入，又绝无刻画费力之迹，谓非层深而浑成耶？然作者初非措意，直如化工生物，笋未出而苞节已具，非寸寸为之也。若先措意，便刻画愈深，愈堕恶境矣。此等一经拈出后，便当扫去。（《古今词论》引）

蝶恋花

谁道闲情抛弃久？每到春来，惆怅还依旧。日日花前常病酒①，不辞镜里朱颜瘦。　　河畔青芜堤上柳②，为问新愁，何事年年有？独立小桥风满袖，平林新月人归后。

【注释】

① 病酒：因饮酒而身体不适。　② 青芜：茂盛的青草。古诗《饮马长城窟行》："青青河边草，绵绵思远道。"

【语译】

谁说我已经把无谓的烦恼长久地抛在一边了呢？每当春天到来之时，我还是跟以前一样地感到惆怅。天天在花丛前喝酒，又常常因多饮而不舒服，也不管镜子里年轻红润的面容已逐渐变得消瘦。

河边的青草、堤上的杨柳啊，请问为何年年都有新的愁恨来到心头上呢？我独自站立在小桥上，晚风灌满了我的两袖，待我回到家里以后，平远的树林上空已悬着一弯新月。

【赏析】

这首词亦见于冯延巳《阳春集》中，叶嘉莹先生以为它可以代表冯词的典型风格，论述颇深细（见江苏古籍出版社《唐宋词鉴赏词典》)。我们对作者是冯是欧,且不作深究,但有一点是可以肯定的,那就是他在写法上与上一首“庭院深深”的同调词有明显的不同。此词不写具体情事,只抒一种寂寞惆怅的情绪。这种情绪颇似离愁、怀人或伤春,但词又不指明其产生的原因,倒像是由复杂因素造成的愁思综合症。

“谁道闲情抛弃久?”词一开头将这种情绪称之为“闲情”,用今天的话说,近乎自寻烦恼或者多余的苦闷,可见作者是想摆脱它,而且以为是早就该摆脱掉的,即所谓“抛弃久”。但事实却不然。“谁道”二字是对“闲情抛弃久”的否定,也就是说时间虽久,却没有能够摆脱得了。起头用问句,表现出作者内心经历过一番苦苦挣扎而归于失败;同时,话也是在心里千回百转后才说出来的。何以见得这种“闲情”总也“抛弃”不掉呢?“每到春来,惆怅还依旧”,春天万物复苏,生机蓬勃,是希望、幸福、欢乐的季节,也是最容易引起伤感、失落、惆怅的季节。说“每到”,说“依旧”,正见此情之难以弃绝。它好像是不能根治的痼疾,到一定时候,便要发作起来。于是只好面对春花,借酒浇愁,也不管饮酒过量会损害健康,愁绪使自己红润的颜容变得憔悴了。杜诗有“且看欲尽花经眼,莫厌伤多酒入唇”(《曲江》二首之一)之句,“日日花前常病酒,不辞镜里朱颜瘦”亦此意。“花前”是承前“每到春来”说的。花开花落都会引起多情人的伤心烦恼,已意在言外。“镜里”不但点明“朱颜瘦”者是自己,且有对镜而惊心的意思在。纵然如此,作者还是“日日”求醉,“不辞”瘦损,大有宁殉情而不悔的意向。

下片“河畔青芜堤上柳”看似描写景物，实则利用诗歌中的比兴手法和传统意象，写内心活动，暗示思绪如河边青草之绵延不绝，似堤上杨柳之柔丝千缕。因而下接“为问新愁，何事年年有？”名为“新愁”，其实就是“依旧”的“惆怅”，只不过那种好像已“抛弃”了的心情，每当新的一年春天到来时，又重新产生，重新感受一次而已。加上“为问”、“何事”等字样，更写出了内心强烈的疑问，而这疑问正产生于作者竭力挣扎，想摆脱愁思的缠绕而不可能的苦恼。但作者并未对这一问话作出回答，却横接两句景语作结，安排上极具匠心，大大增强了词的艺术表现力。从全词的写法来看，倘若没有这两句景语，一味作情语，就不免单调，难出动人境界；现在就景语歇拍，寓情于景，反能宕出远神，有悠然不尽之致，技巧是非常高明的。独自站在小桥上凝思出神，料峭春风吹得两袖鼓满，不觉阵阵凉意透入肌骨。待回到家里时，已是夜色朦胧，人声寂静，只见远处一弯新月已悬于平林之上。这一写就形象突现、境界全出了。清代黄景仁有几句颇为人称道的诗说：“悄立市桥人不识，一星如月看多时。”（《癸巳除夕偶成》）又说：“似此星辰非昨夜，为谁风露立中宵？”（《绮怀》之十五）意境甚相似，而此词并未出“多时”、“中宵”等字样，只从白天景象直写到月上林梢，则作者在冷风袭袂的小桥头，怅然久立的孤独情态已生动地画出来了。

蝶 恋 花

几日行云何处去？忘了归来，不道春将暮[①]。百草千花寒食路[②]，香车系在谁家树？　　泪眼倚楼频独语。双燕来时，陌上相逢否？撩乱春愁如柳絮，依依梦里无寻处[③]。

【注释】

① 不道：不管。　② 寒食：节名，清明前一二天，旧俗禁烟火。　③ 依依：一作"悠悠"。

【语译】

多少天了，你这片行云去往何处了呢？忘了回来，也不管春光将要迟暮。已是寒食时节，那条有着百草千花的路上，你的香车又系在谁家的树上了呢？

我倚在高楼上，眼中含着泪，独个儿不断地自言自语。双燕啊，你飞回来的时候，可曾在路上碰见过他呢？春愁撩乱，好像满眼的飞絮飘忽不定，昔日依依相伴的梦境，再也无处寻觅了。

【赏析】

这首词也是在冯延巳和欧阳修集子中都有的，主旨与"庭院深深"同调词一样，也写丈夫在外游冶不归，妻子在家中愁思怨恨。

词上片全用深闺怨女的内心独白组成，几句话中所没有说出的主语，都是第二人称“你”，即其丈夫；下片才有“我”，而提到丈夫时，也成了“他”。

词一开头就用怨恨的语气问道：“这一连几天你到哪里去了呢？也不回家，都忘了家里还有个妻子在，也不管春天都快过去了！”称其丈夫，不用“汝”、“尔”、“君”、“郎”或“薄情”等等，却用“行云”一词代之，含蓄而耐人寻味。乍一看，似乎在说天上的行云去而不归；再一想，当然不是，云归不归关春暮不暮何事？可见是设喻指人。指人的喻意又有两重：一是说丈夫之行踪飘忽不定，犹天上之行云，一走而不知去向；二是讥丈夫在外找女人寻欢。所用都是宋玉《高唐赋》中楚襄王梦见能行云作雨的巫山神女的典故。所以首句实在不是不明丈夫之去处而发问，恰恰是明知而故问。“行云何处去？”若用今天时髦的粗话来说，就是“你溜到哪里去泡妞了？”所以“不道春将暮”的“春”，不但说春天的大好时光，更是指自己的少女青春；是说丈夫一点也不管家中年轻美貌的妻子会在孤寂苦闷之中，如春花之逐渐凋谢。

接着两句就说得更明白了。“百草千花寒食路，香车系在谁家树？”寒食清明，按当时习俗，正是四野如市、杯盘歌舞热闹的时节，丈夫不与家人欢度，却在外寻欢作乐。“百草千花”的喻意，正是我们通常说的拈花惹草的花草。这用法早已有之，如白居易《赠长安妓人阿软》诗云：“绿水红莲一朵开，千花百草无颜色。”“香车”即指其丈夫所乘之车。所以这句是问他又找哪一个女人去了。调侃之语，表面上好像说得很俏皮、很轻松，但丈夫的行为实在已深深地刺伤了做妻子的心，也是她莫大的悲哀。

"泪眼倚楼频独语。"这句过片的话与下面问燕子的话不连读，它是对上片的补足，也就是说上片那些话是她"泪眼倚楼"眺望时的"独语"。见燕子正双双啄泥飞来营巢，才心有所动，问它是否在路上碰见过那个负心汉。双燕相依相伴，为共同建造自己的安乐窝而忙碌，这使她感到羡慕，同时也更意识到自己孤独处境的不幸，所以才向燕子诉说内心的苦闷。问燕及其所问，都表现了女子的一片痴情，比写她"独语"，又进了一步。

结尾两句是正面述说自己的心情。这种心情并非单一的忧伤，从她仍急切地期望丈夫归来，可知她对两情依依的往昔仍充满着留恋和幻想。所以爱、恨、妒、怨、恼、伤、怜、抑郁、缠绵……种种复杂情绪交织在一起，故笼统地名之为"春愁"，其"撩乱"状态，又比喻为"柳絮"——这信手拈来的晚春眼前景物。柳絮随风飞舞，上下纷乱颠狂，飘忽不定，不可收拾。取喻极恰而毫不费力。末句"依依"一作"悠悠"，用词不同而解说亦有不同。"依依"是形容所"寻"之昔日情景，即解作"梦里无处寻依依"，而"悠悠"则说"梦"境之无可为凭，不可捉摸。未知孰是。但整句的主要意思还是一样的，那就是她丈夫和丈夫曾经带给她的幸福与欢乐，都一起消失了，再也无处寻找了。求之于"梦里"而不可得，是更深一层的写法；此词写闺怨正是步步深入的。

木　兰　花

别后不知君远近，触目凄凉多少闷！渐行渐远渐无书，水阔鱼沉何处问①？　　夜深风竹敲秋韵②，万叶千声皆是恨。故攲单枕梦中寻，梦又不成灯又烬③。

【注释】

① 鱼沉：传说鱼能传书，鱼潜水底，谓没有音讯。　② 秋韵：秋声。③ 烬：指灯芯烧成了灰烬。

【语译】

分别以后，也不知你在何处。触目所见，无非凄凉而已。心中有多少愁闷啊！你渐渐地越走越远，也渐渐地见不到你来信了。江河宽阔，鱼沉水底，你音讯全无，我又到哪里去打听你的消息呢？

夜深时，风敲竹子奏出一片秋声，那千枝万叶的声音都充满怨恨。我有心斜靠在孤单的枕头上到梦中去寻找你，可是偏偏梦又做不成而灯又燃尽熄灭了。

【赏析】

这一首也写别离相思，思念对象是远行的人，大概就是丈夫罢，可知也是从闺阁的角度写的，是一首思妇词。

“别后不知君远近”，这里的“远近”，若以距离而言，偏义于远，即不知有多么远了；但“远近”也不过是种种情况的代表，实际上是说不知情况如何了，现在在哪里了。“触目凄凉多少闷”，从妻子不惯孤独的处境，见出夫妻平时相依相伴，有说有笑，生活是过得相当温馨的。所以丈夫一走，妻子才倍感凄凉，整天的闷闷不乐。“触目”二字，为写寻寻觅觅、无所依托的精神状态而用；用疑问词“多少”，又增加了她内心愁闷的程度。然后补明一句：“渐行渐远渐无书”。大概丈夫刚离家时，还托便人捎个信来，以后就再也接不到他片纸只字了，这怎不教人日夜牵肠挂肚呢？一句中用了三个“渐”字，是动态的，变化着的，写出内心一天比一天不安、日子一天比一天难熬的感受。这样便只有焦急、怨恨、悲叹了。“水阔鱼沉何处问？”“水阔鱼沉”固然是没有音讯的代词，但也有相距遥远、路多阻隔，欲寄书相问而不能的意思在。再用问句，更显示闺中思妇孤立无援、无计可施，无可奈何的境况。

上片交待清离别情事，总括地抒情；下片转入特定时间——一个深夜里自己空房独守情景的具体描写。“夜深风竹敲秋韵，万叶千声皆是恨。”于此，点出季节、时间、环境——秋季的深夜，窗外修竹成林，风吹枝叶沙沙作响，如风雨骤至，波涛夜惊，又像是奏起一支萧飒悲凉的秋夜曲，在愁思不寐的人听来，真是凄怆不忍闻啊！自己心里有恨，却归之于“万叶千声”，主观之情移至客观之物上，仿佛风竹也在为我的不幸而悲鸣。清醒时既然愁思难禁，不如求之于梦，“故攲单枕梦中寻”，想要在睡梦中寻得片时的欢乐。无奈“梦又不成”，正不知如何才能度过这漫漫长夜，而伴我受熬煎的荧荧青灯，却又在此时油尽灯灭了，只留下我独自在这一片茫茫黑暗之中。“灯又烬”三字似乎是命运的作弄、现实的冷酷无情的象征，把词的悲愁气氛推向了高潮。

浪淘沙

把酒祝东风，且共从容[1]。垂杨紫陌洛城东[2]，总是当时携手处，游遍芳丛。　　聚散苦匆匆，此恨无穷。今年花胜去年红，可惜明年花更好，知与谁同[3]？

【注释】

① 从容:这里是留连的意思。　② 紫陌:帝京道路的泛称。　③ 知与谁同:不知还能与谁在一起。知,不知。

【语译】

我拿着酒祝告东风，请它跟我一同在此多留连些时候。洛阳城东，那条种着垂柳的路上，处处都是我俩曾经来过的地方，当时我们手拉着手游遍了每一片花丛。

我们从相聚到离别，实在是太匆忙了；这真令人憾恨无穷啊！今年的花开得比去年更娇艳，可惜到了明年，花会开得更好，但不知还能与谁在一起共赏？

【赏析】

作者在这首词中抒发了与洛阳友人匆匆聚散的感慨。北宋的西京洛阳，是个山河壮丽的古城，也是欧阳修早期从事政治活动和诗文交游的重要地方。在那里,他曾经历了重大的政坛风波和仕途挫折,也结识了一批如尹师鲁、梅圣俞等杰出的人物,那段生活为他留下了终身难忘的回忆。所以,在他后来的文章诗词中“常忆洛阳风景媚”(《玉楼春》),有不少追念洛城风物和当时旧友的佳作,此词即其中之一。

词的上片是对昔日与友人欢聚情景的回忆。“把酒祝东风,且共从容”,因为景物美好,情怀欢畅,便希望时光能过得慢一些,可以多享受享受这一番与挚友们同游的乐趣。这是人人都会有的心情,但在表达上,却可以看出是欧阳修所喜欢的惯用方式。他在另一首《鹤冲天》词中也有类似的写法:“花无数,愁无数,花好却愁春去,戴花持酒祝东风,千万莫匆匆。”春季多东风,欢聚不离酒,将代表春光的东风拟人化,化之为老朋友,举杯邀其一同在此从容留连以尽游兴,切莫匆匆离去。说来颇有诗趣。再三句写出当时纵情游乐的情景。“紫陌”点明帝都,是西京洛阳;“洛城东”又指出是在城的东郊;则“垂杨紫陌”便是郊外的一条绿柳成荫的路上。在那里,所到之处,每一丛花木,几乎都曾留下过他们游赏的足迹。因为“游遍”,故用“总是”,以见处处都能勾起自己美好的回忆,也写出“当时”游兴之浓、心情之欢。同游者友情真挚,意气相投,从“携手”二字便可见出。已说“垂杨”,又言“芳丛”,则一路柳垂金线、桃吐丹霞的妍媚春景,已不须渲染;何况下片便要就花好来做文章。上片的欢情正为反跌下片的惆怅。

“聚散苦匆匆,此恨无穷”,前面既已写过当时“聚”之乐,则转到眼前，便说“散”之恨，前后一丝不乱，过片极其严密。九个字感情的分量很重，也是全篇的主旨。既是主旨，就不应浅视其所指，以为只是承上片慨叹某次郊外畅游的匆匆聚散；倘若如此，用“此恨无穷”的重语，就未免小题大做了。此词本以小见大，借记游以寄情寓兴，故探究其内涵，应认为其中有作者对自己早年洛阳政治风波中同道好友们零落星散的回忆和反思；甚至推而广之，是对世事人生常不如意的带有哲理性的感慨和憾恨。这从结尾三句看得非常明显：“今年花胜去年红，可惜明年花更好，知与谁同？”欧阳修后期逐渐官居要职，朝廷委以国事重任，在政治上与早年处于坎坷逆境已大不相同。这也许就是词中所说的“花胜去年红”、“明年花更好”的政治寓意。在客观情势好转的时候，他当然更需要有志同道合的挚友来支持和帮助他。然而，“洛阳旧友一时散，十年会合无二三”（《圣俞会饮》），这才真正地使他感到“此恨无穷”。“年年岁岁花相似，岁岁年年人不同”（刘希夷《代悲白头翁》）、“明年此会知谁健，醉把茱萸仔细看”（杜甫《九日蓝田崔氏庄》），这些感叹人生易老天难老的诗歌意象，也被融合改变而再次体现在这首词中。“去年”、“今年”、“明年”，都是虚指，是“过去”、“现在”、“将来”的诗化语言。如果问：欧阳先生怎么会知道“明年花更好”的？这就呆了。（一）这只是假设；（二）“诗有别趣，非关理也”。在这里，好不好、红不红全凭人的主观感受。正因为没有好朋友共享览胜赏花之乐，就越觉得辜负良辰美景太“可惜”了。这“胜”与“更好”，便从“可惜”而来。

青　玉　案

一年春事都来几？早过了、三之二。绿暗红嫣浑可事[①]，绿杨庭院，暖风帘幕，有个人憔悴。　　买花载酒长安市[②]，又争似家山见桃李[③]？不枉东风吹客泪[④]，相思难表，梦魂无据，惟有归来是。

【注释】

① 红嫣：红花姣艳。浑可事：还算可乐之事。　② 买花：买歌笑，游妓馆。③ 争似：怎似。家山：家乡。　④ 不枉：不怪。

【语译】

一年的春事总共有多少呢？早已过去三分之二了。绿叶深暗、红花姣艳，也还算是可乐之事吧，可是在种满杨柳的庭院中、吹送暖风的帘幕里，却有个人面容变得憔悴了。

在长安市上花钱买野花寻欢作乐，车上装满酒准备痛饮，又怎么比得上在家乡见到桃李似的佳人呢？莫怪东风吹得游子涕泪纵横，相思之情难以表达，梦中之事更无凭据，算来只有回家才是上策。

【赏析】

词中写丈夫在外游乐不归、妻子在家中愁思苦闷的闺怨题材作品，数量是很多的。但像这一首反过来从在外游乐的丈夫方面写的，就少多了。作者的立场、倾向，仍在闺中做妻子的一边，只是换了个角度，便显得立意新颖，不落俗套。其实，它也属诗歌中早已有之的远客思归的老题材。

词的上片从暮春季节想象娇妻因丈夫远离而独自在家中愁思伤感的境况。“一年春事都来几？早过了、三之二。”这几句话说得简短些，如果不论平仄，也许可以说成“三分春事早过二”，但诗词的表述，并不是文字越节省、句子越简短，就必定越好，还应是该长则长，该短则短。这里，先用问句提起一年春事（如梅花落、杨柳青、海棠开花等等）已过去了多少，然后再从容作出回答。这样的表述方式有什么好处呢？它表现这位以作者自我身份出现的离家客子，正陷入沉思遐想，心里在仔细地盘算，嘴里在念念叨叨的情景。他在想什么呢？想家了，而且还想得相当体贴入微。他想他的妻子在这春光逝去大半的日子里一定在苦苦思念离家的丈夫，因为孤独、牵挂和伤感而变得憔悴了，这一来自己也不免愁绪满怀了。不过在叙述上，作者并不作平直语，而是有曲折的：春虽将尽，景仍很美，还足以令人赏心悦目，“绿暗红嫣浑可事”。先说有可乐之事，然后才转折说，只是苦了家里的爱妻。家里的“庭院”、“帘幕”都是自己熟悉的，所以叙来如“绿杨”在目，“暖风”吹面，仿佛身临其境。至于闺中人当然更不必说了，完全可以想见其脸色神情因相思而“憔悴”。不说自己想家，却说家人苦思，此正情有所钟、神驰彼方的心态。

下片就从自己方面来说了。“买花载酒长安市”，这里的“长安市”也不妨当它为虚指，即理解成泛指所在的繁华闹市；而这里的“买花”更只能特指去游秦楼楚馆，花钱买女色歌笑，而不是真在市上买牡丹或杏花之类，这是因为下一句中的“桃李”是用来喻指人的，而又与前者作了比较。很明显，家乡的“桃李”是指自己的妻子。虽然，前后说到的花都指女人，是一种“比”的手法，但文字表面仍只是“长安市”上“买花”和“家山见桃李”。这样的比，在诗词中是绝对不可以没有的。试想，如果直说人，这两句话将变得如何粗俗不堪，它还能入词吗？心迹既明，便说到自己境况：“不枉东风吹客泪”。“客”就是自己，此时因思家而涕泪沾襟了；“不枉”就是难怪，紧紧地勾连住上两句；“东风”二字用得好。上片写了种种“春事”，下片抒思家之情时，仍能不脱季节特点，这很不容易。你看，他先借“买花”“见桃李”点缀，此则再用“东风”照应，文思何等细密！“相思难表，梦魂无据”八字说尽离愁难遣之苦，直逼出末句的词意“惟有归来是”。韦庄《菩萨蛮（红楼别夜堪惆怅）》词曰：“琵琶金翠羽，弦上黄莺语：劝我早还家，绿窗人似花。”后十字与此词结尾正是同一个意思。

柳 永

柳永(约 987—约 1053),字耆卿,崇安(今属福建)人。仁宗景祐元年(1034)进士。一生潦倒落拓,只做过余杭令、盐场大使一类的小官,终官屯田员外郎,世称柳屯田;排行第七,称柳七。初名三变,字景庄。传说因其《鹤冲天》词有“忍把浮名、换了浅斟低唱”句,为仁宗所不喜,放榜时特黜落之,曰:“何要浮名?且填词去。”于是益放纵酒楼倡馆间,无复检率,自称“奉旨填词柳三变”。后改名永,始得磨勘转官。在词史上是第一个大量创作慢词的词人,内容多描写都市风情和歌妓生活,尤以抒写羁旅行役之情见长,铺叙展衍,情景交融,音律谐婉,语言通俗,流传很广,当时有“凡有井水处,即能歌柳词”之说。有《乐章集》。

曲 玉 管

陇首云飞①,江边日晚,烟波满目凭阑久。一望关河萧索,千里清秋,忍凝眸②。　　杳杳神京③,盈盈仙子④,别来锦字终难偶⑤。断雁无凭⑥,冉冉飞下汀洲⑦,思悠悠。　　暗想当初,有多少、幽欢佳会,岂知聚散难期,翻成雨恨云愁⑧。阻追游,每登山临水,惹起平生心事,一场消黯⑨,永日无言⑩,却下层楼。

【注释】

① 陇首:高丘之上。　② 忍凝眸:忍心望此景象。　③ 神京:京都。　④ 盈盈:美好的样子。　⑤“别来”句:谓离别后相思不绝而难以相会。锦字,晋代窦滔与妻苏蕙远别,苏氏织锦成字,作《回文璇玑图》诗以赠滔,词甚凄婉,文字回环可读,以示相思不尽之意。　⑥ 断雁:失群孤雁。无凭:谓雁能传书之说无凭据。　⑦ 冉冉:渐渐。　⑧ 雨恨云愁:指男女间不能欢会的愁思怨恨。　⑨ 消黯:“黯然消魂”的简语。　⑩ 永日:长日,终日。

【语译】

云在高丘上飞,江边夕阳已将西沉,眼前是一片烟波浩渺,我在高楼的栏杆上靠了好久。四处一望,关隘山河气象萧索。我硬着心肠观看这千里清秋的景象。

京都杳然不知何在,那美人儿仙女似的,自别离以来,相思不绝而总难相见。孤雁飞过,它能传书之说无可为凭,只见它渐渐地飞落在汀洲上,引起我思绪无限。

我暗地里回想当初,我们曾有过多少欢快的幽会啊!哪知道聚合离散竟难遂人意,结果反成了渴望欢会而不得的愁思怨恨。不能再像从前那样与你一起游乐了,每当我登山临水之时。想起这些,就勾起我平生莫大的憾恨。于是招来一番心神沮丧,丢魂落魄似的,我终日一句话也不说,又从高楼上走了下来。

【赏析】

此词有只分上下阕者,即以“思悠悠”为止为上阕,以后为下阕。其实它是三叠，是双拽头的。前两叠较第三叠为短，音律相同，重复一次，叫双拽头，一般多词意连贯相承，而前后又有分别；到第三叠才真正转折变换，即所谓“过片”。此调一二叠的第三句还押韵，用仄声，即“久”与“偶”相押。其余押平声韵，一韵到底，即“秋”、“眸”、“洲”、“悠”、“愁”、“游”、“楼”相押。写的是男女离别相思，从羁旅在外、凭栏怅望的男方落笔。

先写凭栏所见的种种景物，分别从三个方面来写：山头上有云在飞，江边已见斜日将沉，水面上是一片烟波浩荡。景是容易引起愁思遐想之景的组合，提到情事的只“凭阑久”三字，与景一搭配，其情已可知大概。接着再写景就用虚笔，只说总体印象：“一望关河萧索，千里清秋。”点出季节，为所见之景全都加上一层空旷凄清的色彩。说到情事还是三个字：“忍凝眸”，与“凭阑久”不同的是进一步表现了内心活动：明知凝望无益，只能徒兴感叹，而却依旧对此萧索清秋景象而久久凭栏而立。这样，就只等说出原因了。这之后才用二叠来说出因何而感伤。

“杳杳神京，盈盈仙子，别来锦字终难偶”。“神京”指北宋首都汴京，也就是与“盈盈仙子”相识相好及其所在之地。望而不可见，故曰“杳杳”。当时习惯将妓女称作仙女，这里就是。柳永多与妓女结好，后来都演化成小说了。“锦字”，从出典看，可用以指情书，也可用以说相思不绝或欲寄书以诉相思之情。词中是后者。“难偶”就是“难遇”，无缘相见。“断雁无凭，冉冉飞下汀洲”，包含两层意思：一是孤雁无依，飞下汀洲暂时栖身，其命运与羁旅之人同；二是见雁来落于汀洲而想到雁能传书之说没有根据，即不能为心上人通个信息。这两句与前叠一样，又是望中所见。以“思悠悠”上承“凭阑久”、“忍凝眸”而又进一步，同时小结眺望之情。双拽头之间彼此内容有分有合，此词可作代表。

三叠以“暗想当初”过片，把悠悠之思带到了对往事的回忆之中，然后便作今昔对比，以聚时之欢乐反衬散后之悲愁。柳永擅长长调，一路滔滔叙来，如行云流水，并无半点滞碍，其中也颇得力于运笔灵活，能虚处传神。就以这几句追忆的话来看，“有多少”、“岂知”、“翻成”等语，与要表达的事情一组合，便把说话时的感情激动、投入和语气神态，表现得淋漓尽致。当然，像“雨恨云愁”之类举重若轻的话，也是他极善于措词的表现。这以下横接有韵脚的三字短句“阻追游”，让音节来个停顿，使词句的意义（不得重温旧梦）更为突出，读来如闻叹息。然后再回到目前，但仍先加一层铺垫：“每登山临水，惹起平生心事。”由此可知触景生情，每每如此，非今日登楼眺望始有。“平生心事”，最大程度地强调了对方在自己心目中所占据的重要地位。当然，结果都一样，所赢得的只是“一场消黯”，如江淹《别赋》开头说的“黯然消魂者，唯别而已矣”！眼前又是如此，由放而收，回到本题上来。词以“永日无言，却下层楼”看似极平淡的冷语作结，在这里却有着意外的艺术效果，它给人的感觉正是作者内心的黯然凄怆、消魂失魄和生趣已灰的漠然绝望。由此也见出作者艺术感觉的敏锐和把握语言技巧的本领。

雨霖铃

寒蝉凄切，对长亭晚，骤雨初歇。都门帐饮无绪[1]，留恋处、兰舟催发[2]。执手相看泪眼，竟无语凝噎[3]。念去去、千里烟波，暮霭沉沉楚天阔[4]。　　多情自古伤离别，更那堪、冷落清秋节？今宵酒醒何处？杨柳岸、晓风残月。此去经年，应是良辰好景虚设。便纵有、千种风情[5]，更与何人说？

【注释】

① 都门帐饮:在京城门外设帐饯行饮酒。无绪:没有心情。　② 兰舟:兰木制成的船,此泛指船。　③ 凝噎:喉中气塞。　④ 暮霭:傍晚的云雾。楚天:古时长江中下游一带属楚国,故指其天空为楚天。　⑤ 风情:意趣。

【语译】

秋蝉不住地叫，声音凄凉。面对着长亭时，已临近傍晚，一场急骤的雨才刚刚停止。在京城门外，设帐饯行，喝着酒也毫无情绪。正留恋不舍时，船工又催人快上船，要出发了。我们紧紧地握住对方的手，两双泪汪汪的眼睛彼此相看，竟气噎喉塞，说不出一句话来。心里只想着这一去，将随千里烟波，越离越远了。晚间的云气烟雾已渐浓重，而楚地的天空是多么寥廓啊！

多情的人自古以来总为离别而悲伤，哪能再碰上如此冷落的清秋季节呢？今天夜里，待酒醒时将身在何处？大概是杨柳岸边，只有拂晓的风和西斜的月作伴了吧。这次离去，总得一年以上，这期间一切良辰美景都该是白白存在了。即使它有千万种意趣，可是又能对谁去说呢？

【赏析】

这首感伤离别的词是柳永最负盛名之作，历来词家纷纷评论赞誉不绝，从其高超的艺术表现来看，应是当之无愧的。

“寒蝉凄切，对长亭晚，骤雨初歇”。先写离别的环境，只用十二个字，秋天的季节，傍晚的时刻，送别的地点，“骤雨初歇”后的清冷气氛，满耳“寒蝉凄切”的声音，一一都写到了。令人仿佛身临其境，能感受到即将离别者此时此刻阵阵袭来的揪心的痛苦；而组成背景描写的每一个局部，也都能衬出离人黯然消魂的心绪。然后写到人，此时心绪已乱，再也喝不下酒去了。“都门帐饮无绪”，亲友在送别的路上为远行者设帐备宴饯行，别宴就设在“都门”外，可知是离开京都；又从后面提到“楚天”知道此行是向南。离繁华的京师，去遥远的南方，心头也会多一分惆怅。当然，心里难受主要还是因为要与心上人分别，“留恋处”时间飞逝，有多少话想说还没有来得及说，船工已在声声地催促乘客出发了。这样，最后分手时刻到了，镜头转为人物表情动作的特写：“执手相看泪眼，竟无语凝噎。”彼此紧紧地握住对方的手，你看着我，我看着你，眼中充满泪水，除了气塞喉噎外，竟连半句话也说不上来。摄下这一刹那间的生离别的悲哀情景后，镜头也就此停住了，下面几句只是瞻望前程时内心活动的补充描述："念去去、千里烟波，暮霭沉沉楚天阔。"想想此去水路漫长，自汴京到楚地，须经"千里烟波"，南望"暮霭沉沉"的天空，目的地是多么的遥远啊！"暮霭"照应前"长亭晚"，同时渲染了前途茫茫的凄然心情。王勃《送杜少府之任蜀川》诗曰："城阙辅三城，风烟望五津。"柳词的这两句实与诗的后五个字用意相仿。

上片叙离别之事，对别时情景作具体描绘；下片换成抒情，将自己内心活动层层揭示出来。先用一句带有普遍性的话过片："多情自古伤离别"，言下之意，我亦多情人，自不能例外。然后用"更那堪"推进一层说，何况适逢悲秋之时呢。先开后合，从前人说到自身。"清秋节"，草木摇落而变衰，环境是"冷落"的；离别后，独自漂泊于千里之外，人事也是"冷落"的，所以此情就更不堪忍受了。道理点得很明，说得很透，但柳永并不满足于此，他要对这种"冷落"的境况继续发挥想象，再加描述，以大大增加其艺术感染的力度。于是写出了全篇中最精彩的句子："今宵酒醒何处？杨柳岸、晓风残月。"这自白的话仍是在即将分离的片刻间说的，是对登舟离岸若干小时之后情况的预测，是将想象中浮现的虚景加以实写。尽管"帐饮无绪"，但为了减轻痛苦，麻醉自己，大概酒还灌下去不少。晕晕乎乎地上了船，待到酒醒人觉，早已身在野外荒郊，舱外残夜将尽，岸上晓风衰柳，天边落月西斜。那时的情状实在是不敢再想了。

俞文豹《吹剑录》记载过一个有名的故事："东坡在玉堂日，有幕士善歌，因问：'我词何如柳七？'对曰：'柳郎中词，只合十七八女郎，执红牙板，歌"杨柳岸、晓风残月"；学士词，须关西大汉，铜琵琶、铁绰板，唱"大江东去"。'东坡为之绝倒。"说到词的特色擅长，而举"杨柳岸"，可见它足以成为柳词婉约风格的代表。又因为佳句广为传诵，也就有人故意开玩笑说它是船夫登厕诗，贺裳还为它辨诬说："'今宵酒醒何处？杨柳岸、晓风残月'，自是古今俊句。或讥为梢公登溷诗，此轻薄儿语，不足听也。"（《皱水轩词筌》）王世贞则将其比淮海词说："与秦少游'酒醒处，残阳乱鸦'，同一景事，而柳尤胜。"（《艺苑卮言》）如此等等，可见其脍炙人口。

最后四句，又比预料"今宵酒醒"后光景推想得更远，想到这次去不会少于一年，其间也必会碰上"良辰好景"，但那又有何用？哪怕风光再好，情趣再多，没有亲爱的知心人可以诉说，还不是形同"虚设"全失去了意义？他俩往日在一起，曾经是如何的相亲相爱，又有过多少共度良辰、同赏好景的幸福时刻，这些也都可以从中体会出来。如此抒情，既通俗流畅，又深挚真切。柳永词在当时受到广泛的欢迎，以至"凡有井水处，即能歌柳词"（叶梦得《避暑录话》），实非偶然。

此词写景叙事，仅以临别难舍一刻为立足基点，并不再将过程延伸，而用心理活动去扩展境界；抒情则有层次地步步推进。通常写离别词，多有忆往事、想当初的回顾，此词反其道而行之，只用前瞻，即写在离别之时而所想都是别去之后；昔日之欢乐、平时之恋情,都从诉说别后的冷落孤单中反映出来。这是这首词很大的特色。

蝶恋花

伫倚危楼风细细[①],望极春愁,黯黯生天际[②]。草色烟光残照里,无言谁会凭阑意?　　拟把疏狂图一醉[③],对酒当歌[④],强乐还无味[⑤]。衣带渐宽终不悔,为伊消得人憔悴[⑥]。

【注释】

① 伫,久立而有所待。危楼:高楼。　② 黯黯:凄然地。　③ 拟把:打算以。　④ 对酒当歌:曹操《短歌行》成句,即饮酒听歌。"当"亦"对"意。　⑤ 强乐:勉强作乐。　⑥ 伊:她,他。消得:值得。

【语译】

我在高楼上站立了好久,风儿细细,放眼眺望极远处,由春天惹起的愁思仿佛从天边凄然地来到心头。春草的颜色、烟雾的光影,都笼罩在夕阳的余晖中。有谁知道我默默无语地倚栏杆时的心情呢?

我打算以不拘礼法的狂放态度来求得一醉,可是饮酒听歌,勉强作乐,终究没有味道。我因消瘦而感到衣带渐渐宽松了,但我始终不后悔,为了她,相思憔悴是值得的。

【赏析】

这是一首相思词。词中的我(或许就是作者自己)苦苦地思念着恋人,却不得相见。从开头写倚楼远望来看,也许恋人是在遥远的地方吧。但也不能绝对排除是别的原因造成了他们之间的障碍阻隔,因为愁绪在心的人,无端地凭栏眺望也是常有的事。反正词是说难以与对方相会,相思而不能如愿是可以肯定的。

上片写高楼凭栏,自然以写景为主,但目的还是为了抒情,只是这情除了笼统地提"春愁"以外,并不细说,留待到下片再写。景是客观的,写在诗词中,却会因情而异,这种差别是微妙的,只有细心体会才能领略。比如说首句"伫倚危楼风细细",就不同于"高台多悲风"的境界。后者是为表现一种强烈的激动情绪的需要;而这里,却是为写一种怀人心绪在倚楼而望时不知不觉地凄然而生。景与情是完全协调一致的,即我们通常说的情景交融。"望极春愁,黯黯生天际",为释词义,固不妨调换语序,说成"望极天际,黯黯生春愁"。但从要表现的人物心理状态上说,却并非等于倒装。作者要说的正是在眺望中忽有"春愁"似从遥远的天边生出,使凄然之情来到心头。"草色烟光残照里",自是望中之景,但绵延到天际的芳草,传统意象中又常喻无尽的思念,在夕阳残照中,呈现出一片烟蒙蒙的样子,岂不正合愁思迷惘之情?所以结一句"无言谁会凭栏意"。不说出是何心意,正为开启下片,用下片来说自己的心意;说是无人领会,其实先已下过"春愁"二字,露了端倪,因为"春愁"的"春",除了指春天外,更有"怀春"的含义在。

那么,下片该详细说说愁思的原因了吧?然而作者并不急于说明,他还是先说欲排遣愁思而不能,一直要等到最后,才将原因交待清楚。“拟把疏狂图一醉”,就是说心想要不顾礼数,借酒来排遣;但接着马上一转说,“对酒当歌,强乐还无味”,饮酒听歌,勉强作乐,只会“举杯消愁愁更愁”,又有什么趣味呢?至此,全篇只剩两句便要结束了,却还是没有说到究竟因何而愁。行文真是从容不迫啊!既然不能遣愁,自然要损害健康,使自己变得越来越消瘦憔悴了,这是不说也能推想而知的。于是结尾再来一个更大的出人意料的转折,把前面说的种种一股脑儿推翻:“衣带渐宽终不悔,为伊消得人憔悴。”消瘦就消瘦好了,憔悴就憔悴好了!为了她忍受怎么样的痛苦折磨,付出多大的代价,都是值得的。这样,不但最终点明了词的主题(所谓“卒章显志”),且把感情的波澜推向了高潮,使爱情得到了升华。“终不悔”,说得何等决绝!“衣带渐宽”的话,自然是从古诗十九首中“相去日以远,衣带日以宽”借得,但其殉情无悔的精神却来自《离骚》,所谓“亦余心之所善兮,虽九死其犹未悔”。在这一点上,屈赋与柳词除了追求政治理想与爱情理想的差别外,精神是完全可以相通的。有人把柳永这两句词用来说“古今之成大事业、大学问者”所必须经历的一种境界——对事业、学问忘我地执着追求(见王国维《人间词话》),也正是这个道理。

采　莲　令

月华收，云淡霜天曙。西征客[①]、此时情苦。翠娥执手[②]，送临歧[③]、轧轧开朱户[④]。千娇面、盈盈伫立，无言有泪，断肠争忍回顾？　　一叶兰舟，便恁急桨凌波去。贪行色[⑤]、岂知离绪，万般方寸[⑥]，但饮恨、脉脉同谁语[⑦]？更回首、重城不见[⑧]，寒江天外，隐隐两三烟树。

【注释】

① 西征客：向西方远行的人。　② 翠娥：年轻貌美女子的泛称。　③ 临歧：歧路分别。　④ 轧轧：象声词，此指开门声。　⑤ 贪行色：只顾了出行的事。行色，行旅出发前的迹象。　⑥ 方寸：心。　⑦ 脉脉：含情欲吐的样子。⑧ 重城：有内外两层城墙的都城。此指离别的地方。

【语译】

月亮已收起了光华，云淡淡的，地上有霜，天色已黎明。将远行西去的人，此时心情最苦。美人儿紧握着我的手，为了送我上分别的岔路，她把朱红的大门轧轧地打开。千娇百媚的脸庞、婀娜轻盈的身姿，她久久地站着，没有话，只流泪。我肠都要痛断了，又怎么忍心回头再看她一眼呢？

我乘坐的一叶扁舟，便如此急急地随着水波去了。临去前，我只顾准备走，行色匆匆，哪知离别的心绪，会万般千种地袭来心头呢！我只得心怀怨恨，含情脉脉，这满腹的话又能对谁去说呢？待到我再回过头去时，重城已看不到了。寒飕飕的秋江上，唯见天外隐隐约约地有两三株烟蒙蒙的远树而已。

【赏析】

这首词也写与恋人的离别，从男子远行离去、女子相送的角度写，在构思上颇有其独特之处。通常写这类题材，总是先叙离别之事，后抒离别之情，此词则从头到尾都用来写离别的整个过程，而离情的抒发，就包含在叙事的描写之中。

开头先描写环境，一个深秋的凌晨，残月、微云、霜天，远行客往往趁早起来动身，这里就是如此。马上就要与亲人分别了，所以说“此时情苦”。天刚亮时环境的冷落凄清，恰好衬托离人的苦情。女子亲自出门相送，来到岔路口。“执手”写出他俩感情的亲密和依恋不舍。“轧轧开朱户”一句，形象地描写了细节的真实。为时尚早，家家户户还在睡梦中，大门都紧闭着，街上静悄悄地空无一人，所以开门时发出的一阵声音就显得格外突出。写上这一句，特用了“轧轧”的象声词，就为使人能真切地感受到早晨的静寂气氛。临歧分手，用特写描画女方神情，此刻更觉恋人的面孔是千娇百媚的，久久站立在那里的身姿也优美动人，她默不作声，眼中充满泪水。这副可怜的模样已令人肠断心碎，怎么还忍心再回过头去看上她一眼呢？“争忍回顾”的话是极其自然地说出来的，好像一点也不经心，不料就从这四个字中生发出下片的内容来。

下片继续离别的过程，当然是写离去了。“一叶兰舟，便恁急桨凌波去。”“便恁”，就如此。若把话说得多些，也就是连回头多看一眼也不曾，就匆匆地登舟，急急地随波而去了。船很快地走远了，行人的憾恨也随之而迅速增长。他开始后悔没有跟心上人再温情地多劝慰几句，多看上她几眼，却一味地只顾自己上路，所以对自己“贪行色”的作为自责起来。不过他也替自己辩白了一下：“岂知离绪，万般方寸”，谁又想得到离别的心绪会如此之复杂，方寸之心，竟有万般千种的念头涌起呢？如果早知如此，以前就该如何如何，就是可能想到的。现在后悔也晚了，已无法弥补。“但饮恨、脉脉同谁语?”只有把憾恨都埋在心底，不然的话，纵有不尽情意，又能对谁去说呢？这时，才想到对恋人再看上一眼，哪怕只望一望她伫立过的地方，无奈舟轻桨急，霎时间已无影无踪了。“更回首”直呼应“争忍回顾”。恋人与泊舟处固不可见，就连刚离开的城市也消失了，只可依稀辨别“寒江天外，隐隐两三烟树”。“寒江”与开头“霜天”一样，再点深秋季节，同时衬托情绪。“天外”写出极远。“烟树”，树色朦胧；“烟树”之所在，即“重城”之所在。那里有着自己魂系梦萦的心上人在。以叙事写景一结，反能宕出远神，使行客别离之情更具有悠然不尽之致。

浪淘沙慢

梦觉透窗风一线，寒灯吹息。那堪酒醒，又闻空阶夜雨频滴。嗟因循[1]、久作天涯客。负佳人、几许盟言，便忍把、从前欢会，陡顿翻成忧戚[2]。　　愁极。再三追思，洞房深处，几度饮散歌阑，香暖鸳鸯被。岂暂时疏散[3]，费伊心力。殢云尤雨[4]，有万般千种，相怜相惜。　　恰到如今，天长漏永[5]，无端自家疏隔。知何时、却拥秦云态[6]？愿低帏昵枕[7]，轻轻细说与，江乡夜夜，数寒更思忆。

【注释】

① 因循：得过且过，不振作。　② 陡顿：顿时。　③ 疏散：疏郁散闷。④ 殢云尤雨：贪恋欢情。殢，音替，困极。尤，过度。　⑤ 天长漏永：路远时久。⑥ 秦云：秦楼楚馆的云雨。　⑦ 低帏昵枕：垂下帷幕，枕上亲近。

【语译】

梦醒时，一丝风透窗而入，将荧荧一点青灯吹灭。怎经得起酒醒后，又听到那空寂的台阶上夜雨不断地滴沥。可叹我总是得过且过，长久地做一个天涯的游客。辜负了佳人多少往日的盟约，就这样忍心地把从前的欢会，顿时都变成了忧伤和悲戚。

愁思真深啊！我一而再地回想，在密室的幽深处，几次酒散歌尽后，那鸳鸯被底暖香迷人的时刻，哪里是为暂时开心而耗费她的心力，我们贪恋云雨之欢，有着万般千种的相爱相惜。

现在倒好，彼此天长地阔，每时每刻都觉难熬，我竟无缘无故地自己将她疏远隔绝。不知什么时候，能再重圆这秦楼云雨梦？到那时，我愿垂下帘幕，在枕头上亲昵地相对，轻轻地对她一一诉说：在江畔乡居的日子里，我夜夜都不曾入睡，老数着更漏的点数，心里回忆着以往的情景并苦苦地思念着她。

【赏析】

这首长调也写对恋人的思念。分三叠，用“今—昔—今”结构，即前后写今天的相思愁绪；中间是对往日欢情的回忆。一、三叠都写今，但重点不同：一叠重点在叹久别佳人，辜负前盟；三叠则主要表达将来重温旧梦的愿望。

词将怀人心绪置于风雨寒夜之中、梦觉酒醒之时来写。寒风一线，透窗而入，已足砭人肌骨；更将孤灯吹灭，让周围留下一片黑暗。此时只听到夜雨不断地滴在空阶上的声音。从感觉、视觉、听觉多方面来渲染一个凄苦难耐的环境。“梦觉”，连“梦里不知身是客，一晌贪欢”（李煜《浪淘沙》词）的可能也没有了；“酒醒”，一时麻木的痛苦愁恨，又重新回到了心头。环境和内心都如此，所以不堪忍受。“嗟因循”以下，说出愁思原因。说长久在天涯漂泊，不积极争取回去践前盟旧约，都是自己“因循”之故，言下有一种负疚感。所以下面用一个“忍”字，同时也写出从“欢会”变为“忧戚”的内心不平衡。既已提出“从前欢会”来，便十分自然地开启了二叠的追忆内容。

二叠以“愁极”二字贯通前后脉络，因愁而思，再接“再三追思”

以领起下文。描述男女欢会，自是柳永拿手，世人词家讥訾亦多，如谓其“好为俳体，词多媟黩”（冯煦《六十一家词选例言》）；“绮罗香泽之态，所在多有，故觉风期未上耳”（刘熙载《艺概》）；甚或责其“好为淫冶讴歌之曲”（吴曾《能改斋漫录》），“薄于操行”（胡仔《苕溪渔隐丛话》引《艺苑雌黄》）等等。但平心而论，寻花眠柳是当时士人的普遍风气，柳永不过是在词中敢于不加讳饰地实写并叙来毫不费力而已。所以纪晓岚在《四库全书总目提要》中评《乐章集》说：“盖词本管弦冶荡之音，而永所作旖旎近情，使人易入，虽颇以俗为病，然好之者终不绝也。”

三叠又用“恰到如今”拉回眼前。“天长”言相距遥远；“漏永”写寒夜难尽，又伏下文“数寒更”。“无端自家疏隔”，呼应前面的“因循”，总是自悔自责语。然后用“知何时”（“知”即“不知”）说出自己鸳梦重温的心愿和因相思回忆而通宵失眠的情景。此夜之愁苦情状，到重逢之时倾诉，就都化为一片温馨了。李商隐《夜雨寄北》诗：“何当共剪西窗烛，却话巴山夜雨时？”柳永词（也写夜雨）的结尾，全从义山诗意化出，却能不露痕迹，就像自出机杼，只是偶与前人相合一样。

定风波

自春来、惨绿愁红，芳心是事可可[①]。日上花梢，莺穿柳带，犹压香衾卧。暖酥消[②]，腻云亸[③]，终日厌厌倦梳裹。无那[4]。恨薄情一去，音书无个。　　早知恁么[5]，悔当初、不把雕鞍锁。向鸡窗[6]，只与蛮笺象管[7]，拘束教吟课[8]。镇相随[9]，莫抛躲，针线闲拈伴伊坐。和我。免使年少，光阴虚过。

【注释】

① 是事可可：什么事都不在意，没心情。　② 暖酥消：肌肤消瘦。暖酥，喻女子肌肤如温暖的酥油(乳制成品)。　③ 腻云亸：头发下垂。腻云，喻女子美发。亸，音朵，下垂。　④ 无那("奈何"的合音)：无奈。　⑤ 恁么：这样。⑥ 鸡窗：传说晋代兖州刺史宋处宗，养一鸡于窗间笼内，久而作人语，与处宗终日谈论，处宗因此言巧大进。(见《幽明录》)后即以"鸡窗"作书房的代称。⑦ 蛮笺：即蜀笺。象管：象牙笔杆的毛笔。　⑧ 教吟课：让他把吟咏诗词当作功课。　⑨ 镇：常，长，永远。

【语译】

自从春天来临后，绿叶红花都使我感到凄惨烦愁；我这颗女人的心对什么事情也不在意了。太阳已高挂在花枝上，黄莺在杨柳的翠带间穿梭似的飞来飞去，而我却仍拥着被子在睡觉。柔和莹洁的肌肤消瘦了，乌云般亮泽的头发垂下了，整天懒洋洋地也没有精神去梳妆打扮。真是无可奈何啊！我恨那薄情郎一去，竟连书信也没有一封。

早知道他如此，我后悔当初没有把他的马锁住，不让他走。把他关在书房里，只给他纸和笔，将他管束起来，让他把做诗填词当作功课去完成。我要永远跟随着他，不离开他一步，要悠闲地手拈针线陪伴着他坐在一起。就只有他和我两个人。这样，才不会白白地浪费掉青春的光阴。

【赏析】

这首离别相思词是从女方角度写的，描摹女子怀人的心理情态，可谓体贴入微。行文之中，雅言俚语相杂，自然和谐；浅俗处，反见活泼清新。

上片写女子因情郎去后没有音书而终日愁闷无聊，凡事厌倦懒怠的情态。“自春来、惨绿愁红，芳心是事可可。”以“绿”、“红”指代草树、花朵，作名词用，已属修辞技巧，更以“惨”、“愁”状其景况，将形容人事的词去形容景物，这就比“绿暗红嫣”一类修辞又跨进了一步。后来李清照词有“绿肥红瘦”(《如梦令》)，《红楼梦》中有“怡红快绿”，应都是得到前人之作启发的创造。主观之情可移至客观之景上，这也是一例。“惨绿愁红”是雅语，“是事可可”是俗话，配搭在一起，却很协调，下文如此类者尚多。接着写她日高起而犹睡。“日上花梢，莺穿柳带”，有声、色、光、影，固是丽句，但“犹压香衾卧”的“压”字用得犹妙；若常人填词，大概会用“拥”字，总不及“压”字写其娇慵之态生动如见。起来后，则见其“暖酥消，腻云亸，终日厌厌倦梳裹”。说肌肤、头发，都用所喻之物指代，修饰语辞是形容美的需要。相思使人消瘦；心上人不在，总也打不起精神去梳妆打扮，讲究衣着，所以漂亮的头发也搭拉下来了。所谓“岂无膏沐，谁适为容?”(《诗·卫风·伯兮》)打扮起来又给谁看呢?末了才说出原因——恋人去后无音讯。用“无那”二字、亦即“不知如何是好”的意思连接，造成一种嗟叹的效果。“薄情”，只是怨恨语，并非认真责备其恋人负心无行；因为爱得深，所以怨恨也深。

下片揭示女子的内心活动，女性的温情和对爱情生活的憧憬，写得极为生动逼真，比上片更活泼而有新意。先说早知如此，悔不将他留住。留住？长期远行，又不是一时兴起，想出外郊游赏玩，岂能说留就留？用锁马藏鞍之类的办法想教情郎走不了，更属痴念傻想，形同儿戏。然而，好就好在这些话恰恰能写出她的一片天真稚气。留住了又将如何？于是第二层说，想要将他关在书房里，像教师管束学生那样，只给他纸和笔，让他把吟诗作词当作功课去完成。说得也风趣。这一来，人留住了，心也不会再生妄念了。至此，读者也许会想:“拘束教吟课”，是不是还想让他去应试科举，谋取功名呢？当然不是。最后一层道出了自己真正的心思来:并非要情郎学业上进、立身成名，只不过想借机与他相依相伴，不虚度青春年华。“针线闲拈伴伊坐”，摹拟沉醉在爱情幸福的憧憬中的女性心理状态，极为细腻真实。当然，从封建礼教对女子的要求看，这种对待情郎或丈夫的态度是应受到非议和责难的，因为她与妇道典范东汉乐羊子妻断布停机，以规劝丈夫专心求学、博取功名的行为恰巧相反。据说柳永做不了官，就与他写了“针线闲拈伴伊坐”之类词作有关(见《宋艳》引张舜民《画墁录》)。但今天看来，这些地方也许正是柳永词在思想艺术上都有大胆突破的所在。

少　年　游

长安古道马迟迟，高柳乱蝉嘶。夕阳岛外，秋风原上，目断四天垂。　　归云一去无踪迹[1]，何处是前期？狎兴生疏[2]，酒徒萧索[3]，不似去年时。

【注释】

① 归云：喻指曾经相爱过的女子。　② 狎兴：游冶的兴致。　③ 酒徒：此指酒友。

【语译】

我在长安古道上骑着马儿缓步慢行，路旁高高的柳树上知了的叫声乱成一片。岛屿外夕阳西斜，原野上秋风萧索，极目四望，天穹低垂。

我的意中人一走，如巫山神女化作行云归去，再也没有踪影，我们将来重新相会又能在什么地方呢？我对乘兴游冶寻欢的生活已经生疏了，当时的酒友们也所剩无几，境况已与去年大不一样了。

【赏析】

词写秋日郊行时所见所感，写对已离去的所爱女子的思念。上片写景物，下片写感想。

元代马致远最传诵的散曲《天净沙·秋思》“古道西风瘦马，夕阳西下"等句，意境颇似此词所写景象；连"枯藤老树昏鸦"也像有从"高柳乱蝉嘶"演化出来的痕迹。当然，散曲强调的是浪迹天涯的游子羁旅之苦，而词则只是写因萧索秋景触动心中愁思而已。"马迟迟"，借马的行动表现人的有所思心态。"乱蝉嘶"从声音衬出听者凄然落寞的境况；前人已有"蝉噪林愈静"之句，这里也写出环境的寂寥，何况时值清秋，衰柳鸣蝉，闻之更增悲凉。"夕阳"三句写郊原上下四围一望无际的高远空旷景象，也完全与对景者的心绪一致。

转入抒情，"归云"二字接上片"四天垂"，好像是现成的景物信手拈来，其实是暗用宋玉《高唐赋》写巫山神女的典故来说所爱之人别后杳无音讯，所以才接"何处是前期"句。既称"前期"，推想而知原先他们两人对未来之佳期是曾有过盟约的；现在时过境迁，都成空话了，故有"何处是"之问。再从主观情形上说，自己游冶和纵酒的兴头都减少了。元稹有《离思》诗曰："曾经沧海难为水，除却巫山不是云。取次花丛懒回顾，半缘修道半缘君。"柳永词中的"狎兴生疏"，也有元稹诗中的"懒回顾"味道。酒是助兴的，也是消愁的。既然"酒徒萧索"，看来寻欢遣愁都不容易。说"狎兴"的四字为主，谈"酒徒"的四字为次，后者是从前者派生出来的。末了"不似去年时"五字，似甚平淡，实在是恰到好处，不但补明了上述的意思，且能很准确地表现出当时的一种懒怠灰冷的心情。

戚　　氏

晚秋天，一霎微雨洒庭轩[1]。槛菊萧疏，井梧零乱，惹残烟。凄然。望江关，飞云黯淡夕阳间。当时宋玉悲感[2]，向此临水与登山。远道迢递[3]，行人凄楚，倦听陇水潺湲[4]。正蝉吟败叶，蛩响衰草[5]，相应喧喧。　　孤馆度日如年，风露渐变，悄悄至更阑。长天净，绛河清浅[6]，皓月婵娟[7]。思绵绵。夜永对景[8]，那堪屈指，暗想从前。未名未禄，绮陌红楼，往往经岁迁延。　　帝里风光好，当年少日，暮宴朝欢。况有狂朋怪侣，遇当歌对酒竞留连。别来迅景如梭，旧游似梦，烟水程何限！念利名、憔悴长萦绊，追往事、空惨愁颜。漏箭移[9]、稍觉轻寒。渐呜咽、画角数声残。对闲窗畔，停灯向晓，抱景无眠。

【注释】

① 庭轩：庭院和有窗槛的小室。　② 宋玉悲感：楚国辞赋家宋玉作《九辩》，有"悲哉秋之为气也"及"憭慄兮若在远行，登山临水兮送将归"等语。③ 迢递：遥远的样子。　④ 陇水潺湲：古乐府《陇头歌辞》："陇头流水，鸣声呜咽。遥望秦川，肝肠断绝。"　⑤ 蛩：蟋蟀。　⑥ 绛河：银河。天称绛霄，故谓。⑦ 婵娟：美好的样子。　⑧ 景：日月，此指月亮。　⑨ 漏箭：刻漏晓箭，亦即更

筹,计时器具。

【语译】

深秋时节,一阵短暂的细雨洒向庭院轩室。槛外菊花已残,井边梧桐飘零,都蒙着淡淡的寒烟。情景凄然。眺望江河关山,夕阳中飞云暗淡。想当年,宋玉也曾面对这般秋天,他登山临水,感慨地发出悲叹。道路是那么的遥远,行客心中凄怆,不愿再听陇头流水潺潺。当此时,知了正抱着枯叶哀鸣,蟋蟀也在衰草中悲啼,此唱彼应,响成一片。

我在孤寂的旅舍里度日如年,渐渐地风变得更冷、露变得更浓,静悄悄地直到更鼓将尽。长空净似水,银河清且浅,明月多美好,我思绪万千。长夜中面对着月儿,怎忍一桩桩一件件暗想从前！名未就,禄未有,却老在绮罗路上、红袖楼头厮混,也不管春去秋来,过了今年又明年。

帝京风光好,当时我正年轻,从早到晚,无非是游宴寻欢。况且有那些狂放怪僻的朋友为伍,每碰到有清歌美酒当前,大家都争相作乐,留连忘返。自从分别以来,日月快如穿梭,旧游恰似梦境;通往那烟蒙蒙的水上路程是多么遥远！想想人已憔悴,却总也脱不开名利的羁绊;追忆往事,也徒然使愁容更增凄惨。深夜里,时间在消逝,身上开始感到有点寒冷,渐渐有几声呜咽似的画角声传来。我熄灭了灯火,在静静的窗前等待天明,与自己的影子作伴,彻夜都不曾睡眠。

【赏析】

这首词共二百一十二个字，分为三叠，字数之多，在长调慢词中仅次于吴文英的《莺啼序》。写的是羁旅之人（作者）在孤寂的客舍中，见深秋草木摇落景象而引起愁思，追忆往昔，慨叹身世，感伤怀抱，以致彻夜无眠的情景。当是柳永晚年之作。

首叠叙悲秋情绪。开头点“晚秋”季节，以“微雨”飘洒，布下凄清氛围。再以“槛菊”、“井梧”之零落稀疏，描画颓败景象。“凄然”二字一点心情，连前贯后。这是写“庭轩”四周的近景。然后以“望”字起领，描写远景。“江关”暗逗山水阻隔。“飞云”、“夕阳”之景，发人遐想，又见时已傍晚，为二叠写入夜作准备。“黯淡”二字，是景，也是情。接着借念及古人所赋，而抒自己感时悲秋情怀。“临水登山”，固是宋玉辞赋中语，又结合眼前所见，与前“江关”相应。由“水”与“山”，引出“远道”；由“远道”说到“行人”；再利用古乐府“陇头流水，鸣声呜咽”之传统意象，加“倦听”二字，来描摹环境和行人心情。一路叙来，左右逢源。末了以“蝉吟败叶，蛩响衰草，相应喧喧”，合成一支大自然的悲秋交响曲，用“正”字领起，紧扣上文，将衰飒悲凉的气氛和寂寞凄楚的心绪渲染得淋漓尽致。

二叠叙长夜幽思。首句交待清情事。前面写到“庭轩”，但又提到“行人”，也许有人以为所指是两事，此出“孤馆”合榫，方知是说羁旅之人在客舍中孤居，愁极无聊，“度日如年”；前面写到“夕阳”，此写“风露渐变，悄悄至更阑”，说明时间推移，已自晚入夜，渐至夜深更阑。然后描绘秋夜之景：碧天澄净，银汉清浅，明月泛彩，勾起心头情思无限。自然地转入抒情，说往事不堪细细回想。用“那堪”二字，把景与情的关系拧紧了。点一下“从前”，又开启三叠写年少欢娱数句。“未名未禄，绮陌红楼，往往经岁迁延”。说当年不以谋求功名为意，只顾长期沉湎于都市的风月繁华生活之中，叙来颇有“称心岁月荒唐过”（曹寅诗句）的感慨。这只是总括地说，待转入三叠，再作具体发挥。

三叠写因心潮翻腾，以致彻夜无眠。先承前叠末尾意，追忆旧游。“帝里”，最繁华之地；“年少”，不知愁之时；“暮宴朝欢”，几无暇时，如此饮酒作乐，等闲地虚度了青春年华。进一步再补充说作伴之友朋，多少年意气，挥斥豪纵，狂涎怪僻，不拘礼法，故当歌对酒之际，更竞相留连恣肆，谁管他什么功名利禄、事业成就！至此，便大转折，跌落到眼前。自辞别帝京后，日月飞逝，往事如梦，如今烟水相隔，何啻千里！时间、空间和情事都说到了。然后深化一层，反思对“利名”的认识和对“往事”的检讨，以呼应前叠“未名未禄”、“暗想从前”。若以为说了“憔悴长萦绊”便是对名利的勘破，柳永并不曾摆脱这种思想的束缚，更没有四大皆空的观念。相反的，正因为名利常常萦怀，致使身心憔悴；往事时时追忆，空令愁颜凄惨。所谓一事无成，半生潦倒，愧则有余，悔亦无益，真是一种十分无可奈何的心情。这样才使得他终夜心潮起伏，愁不成眠。最后又回到孤馆深夜情景上来。前叠既已写夜色，乃所见，现在就写所觉、所闻，并把时间再往前推移。黎明前的寒冷、五更悲凉的号角、窗前初露的曙色、孑然孤栖的身影，都把意境引向深邃；室中的残灯虽已吹灭，心头的思绪却继续翻滚，纷纷扰扰，难以平息。情、景、事融成一体，叙来毫不费力。柳永之擅长慢词，于此可见一斑。

夜半乐

冻云黯淡天气，扁舟一叶，乘兴离江渚。度万壑千岩，越溪深处。怒涛渐息，樵风乍起，更闻商旅相呼。片帆高举，泛画鹢[1]、翩翩过南浦。　　望中酒旆闪闪[2]，一簇烟村，数行霜树。残日下、渔人鸣榔归去[3]。败荷零落，衰杨掩映。岸边两两三三，浣纱游女，避行客、含羞笑相语。　　到此因念，绣阁轻抛，浪萍难驻。叹后约丁宁竟何据？惨离怀、空恨岁晚归期阻。凝泪眼、杳杳神京路[4]，断鸿声远长天暮。

【注释】

① 画鹢：船的别称。鹢，一种如鹭而大的水鸟，古时船头多画鹢鸟，故称。② 酒旆：酒旗，古时直悬之旗，末作燕尾状，下垂流苏。　③ 鸣榔：击木梆惊鱼易捕捉。此处写渔舟晚归闲敲榔板。　④ 神京：帝都，此指汴京。

【语译】

冷云暗淡的天气，我坐着一条小船，乘兴离开了江边的洲岸，一路经过许多秀丽的幽壑巉岩，去往越地溪流的深处。江上的怒涛逐渐平息，刚好起了一阵阵好风，又听到商贾旅客们在彼此喊话。风帆高高扬起，我的船儿像张开了翅膀，轻快地驶过了南浦。

望两岸，只见酒旗忽隐忽现，一簇飘着炊烟的村落，几行经过霜染的树木。在将要西沉的红日下，渔夫们正用木榔敲着船舷回去。枯败的荷叶零零落落，衰黄的垂柳疏条掩映，岸边有三三两两出来浣纱的姑娘，她们怕羞地避着行客，又说又笑。

当此情景，我不禁后悔自己太轻率地抛弃了绣房里的温暖，到处浪游，行踪不定。唉！将来的约会，虽再三叮咛过，可又有什么可靠依据呢？离别的情怀真够凄惨的了，我徒然怨恨岁月已晚而归期未有。我含着眼泪凝望远方，通往汴京的路又在哪里？只有长空孤雁的哀鸣声，在暮色苍茫中渐渐地远去。

【赏析】

这是柳永浪迹浙江时所写的词，也是分三叠的长调：一叠记旅途所经；二叠写所见景物；三叠抒去国离乡之感。结构颇似一篇游记散文。

一叠写的是浙江之游，选择用词也多与浙地相关。江南水乡最常见的“扁舟一叶”之类不算。“乘兴”一词，即出于《世说新语》中王子猷居山阴（今浙江绍兴市），雪夜访戴安道，到门不入，说是“吾本乘兴而行，兴尽而返，何必见戴”的故事。“万壑千岩”非实写，也是用典，出《世说新语》：顾长康曾赞会稽（也是绍兴）山水之美，有“千岩竞秀，万壑争流”之语。“越溪”不但写明越地之名，还特地举溪流作代表，因为那里的溪流名气太大了。如剡溪、若耶溪即是。“怒涛”，则是自古就闻名海内外的钱江潮。因为相传吴王夫差杀伍子胥，投尸江中，子胥恚怒愤恨，“驱水为涛，以溺杀人”，后会稽、钱塘一带“皆立子胥之庙，欲慰其恨心，止其猛涛也”（见《录异记》）。“樵风”，也是越地故事：郑弘砍柴，以船运载于若耶溪上，早往晚归，求神都赐顺风，果得如愿（见《后汉书·郑弘传》注引《会稽记》）。如此等等，足见作者文心细密，一丝不苟。其中“更闻商旅相呼”句，除实写江上往来游人对起风所作的反应外，亦借“商旅”暗点自己的羁旅生活。“南浦”一词出自江淹《别赋》：“送君南浦，伤如之何？”唐诗中也多用以写别离；这里先为三叠抒离怀暗伏一笔。之所以只暗点、暗伏而不明写，是因为此时正乘兴泛舟，尚未到引起羁旅之感、离别之愁的时候，心情还是轻松愉快的。

二叠是一幅秋江风景写生画。所不同的是，作画通常总是从江岸某一固定的角度向江上取景，这里却是从视点移动的船上观看江岸；画虽有色而无声，画面是静止的，这里则有声有色，是动态的。从天边“残日”，到水面“败荷”，有远近层次。江上有归去渔舟，岸边见浣纱游女，活动的人也成为风景的组成部分。“酒旆”色青（又称“青旗”），“霜树”叶红；枯荷渐由绿转褐，衰柳已半青带黄；又有“暧暧远人村，依依墟里烟”、“盈盈江上女，轻轻红粉妆”的景象，色彩也够丰富的。再加上榔板的敲击声渐渐远去，姑娘的语笑声时时传来，图画又如何能表现？最后写到的“游女”是这一叠写景的重点。说游女而必说她“浣纱”，又是本地风光。今绍兴市南有若耶溪，相传是第一美人西施浣纱处，故又叫浣纱溪。有了这一历史的联想，那些羞怯而活泼的江村姑娘，让人更感到姣好妍媚了。前人见陌头柳色，悔夫婿远征，见双燕呢喃，怜自身独宿，何况羁旅之人见到的是这样一群活生生可爱可亲的少女呢？于是引出三叠之所感来。

三叠由“到此因念”四字领起，抒一番感触慨叹，与二叠紧接，所谓“此”，指的就是游女嬉笑情景。“绣阁轻抛”，悔当时执意远行，考虑不周；“萍迹难驻”，不料后来事背初衷，实非得已；这一来只能徒有“后约”、白费“丁宁”了。此后至歇拍数句，有人以为是“各念一人”，即“惨离怀”想的是一个人，是妻子；“凝泪眼”，想的是另一个人，是情人。理由是“归期”的“归”字，古人诗词中“都是指归回家乡”，而柳永“不可能携带家眷同行，更不能把家眷安置在汴京，而独自出游浙江”（见江苏古籍出版社《唐宋词鉴赏辞典》第二二二页）。从考稽、分析柳永的生平事迹来看，这话不无道理，但用以说词，就不免胶柱鼓瑟了。因为词不能那样写，不能前面说一个，后面说两个，也不能把“轻抛”的“绣阁”既当作家庭闺阁，又视为绮陌青楼；“丁宁”“后约”者既是妻子，又是情人。词是文学创作，不要也不应字字句句都拿作者的事迹去套。不是家而当成家，不该说“归”而说“归”，并非妻子而写得像妻子，都无不可。东坡曰“我欲乘风归去”，月宫又何尝真是他的家？在这里，“惨离怀”，写心情；“凝泪眼”，写举止；“岁晚归期阻”，从时间之久写；“杳杳神京路”，从空间之广阔写；“断鸿声远长天暮”，则是借景写自己孤身漂泊偏远、徒有相思遥情而彼此信息杳然的情怀。很显然，这是从几个不同方面写自己对同一个心上人的思念。柳永眷恋汴京的词不少，他这样写是可以理解的，也完全有这样的自由。

玉 胡 蝶

望处雨收云断，凭阑悄悄[1]，目送秋光。晚景萧疏，堪动宋玉悲凉。水风轻、蘋花渐老；月露冷、梧叶飘黄。遣情伤[2]，故人何在？烟水茫茫。　　难忘。文期酒会，几孤风月[3]，屡变星霜[4]。海阔山遥，未知何处是潇湘[5]？念双燕、难凭音信；指暮天、空识归航[6]。黯相望，断鸿声里，立尽斜阳。

【注释】

① 阑：通“栏”。　② 遣：使，教。　③ 孤：通“辜”，辜负。　④ 星霜：星一年一周天；霜每年秋寒而降，因称一年为一星霜。　⑤ 潇湘：本湖南之潇水、湘水，后多泛指所思之人的所在地。　⑥ 识：辨认。

【语译】

望过去，雨停了，云也散了，我静悄悄地倚在栏杆上，目送着秋光移动。向晚的景色冷落萧条，真足以引起宋玉悲凉之感。水面风轻，蘋花已渐衰老；月下露冷，梧桐黄叶飘零。这一切教人情怀忧伤。老朋友如今在哪里呢？相隔千里，只有烟水茫茫。

难忘啊！我们曾诗文相约、饮酒聚会，至今已辜负了多少风月，变换了几度星霜。海水阔，山路遥，也不知哪里才是我怀念的友人正在吟咏的地方。双燕能传音信吗？我想是靠不住的。指看着暮色苍茫的天边，想辨认故人回来的船只也是徒劳。我只是怅然地凝望远方，在孤雁的哀鸣声中，久久地站立着，直到斜阳西落，收尽余光。

【赏析】

这一首想念离别的友人。从凭栏时所见所感写。高楼临江，时在秋日。

头三句先交待秋日雨霁，独自凭栏。“雨收云断”，气氛清凉；“悄悄”，有自家心思无人知晓之意。“目送”，知非偶一张望，秋光随着时间推移在变动，已渐向晚。然后用“萧疏”二字总说，一提宋玉悲秋事，虚处造境。再由总而分，由虚变实，由远及近，由大到小。写“蘋花”、“梧叶”，兼及水、月、风、露，江面岸边，静观细察，一丝不漏；形状、感觉、色彩，配合得非常协调。“遣情伤”，由景转情，既是悲秋，又是怀人。接“故人何在”四字，点出主题，也开启下片。再用“烟水茫茫”四字一结，是以景作答，情在景中，意在景中。

“难忘”二字过片，连贯前后，如两山之间有精气相通。“文期酒会”，略略一点昔日之欢乐，知前面说的“故人”乃旧时之诗朋酒友，立即兴“几孤风月，屡变星霜”之叹，既见别来已久，又见彼此情谊深挚：因旧游不在，诗酒无人作伴，几使多少良宵好景形同虚设。再从山水阻隔来说，“未知何处”之问，直接引出下文“音信”

二字;“潇湘”之称,用得恰到好处。它既可泛指所思之人的所在之地,又可作好诗佳作之源头。所谓“好诗当得江山助,不到潇湘岂有诗?”(陆游句)正紧扣“文期酒会”。飞燕传书,无可为凭,犹思能通音信;“天际识归舟”,明知徒劳无益,仍于断鸿声里,指看暮天,伫立久望,心冀故人或能再有一见机会,写得情深意挚。末了“立尽斜阳”四字,画出多情人寂寞惆怅之情态,极富艺术表现力。

八声甘州

对潇潇暮雨洒江天,一番洗清秋。渐霜风凄紧,关河冷落,残照当楼。是处红衰翠减①,苒苒物华休②。惟有长江水,无语东流。　　不忍登高临远,望故乡渺邈③,归思难收。叹年来踪迹,何事苦淹留④?想佳人、妆楼凝望,误几回、天际识归舟⑤?争知我、倚阑干处,正恁凝愁⑥?

【注释】

① 红衰翠减:花儿凋谢,叶子稀疏。　② 苒苒:亦作“冉冉”,渐渐。物华:美好的景物。　③ 渺邈:遥远。　④ 淹留:久留。　⑤ 天际识归舟:谢朓《之宣城出新林浦向板桥》诗:“天际识归舟,云中辨江树。”识,辨认之意。　⑥ 凝愁:忧愁难以解除。

【语译】

面对着傍晚时的一场阵雨，我看它从江上的天空哗哗地洒落，经这番洗涤，秋，变得格外清澈澄净了。逐渐地寒风越来越凄厉，关山江河都更加冷落，一轮气息奄奄的落日又恰好正对着我的楼头。无论走到哪里，花儿早已凋谢枯萎，绿叶也大大地减少，渐渐地美好的景物都将完结了。只有长江水，默默无语地只管向东流去。

我不忍心登上高处去面对远方，望一望故乡，它是那么遥远而不知何在，我想要回家的心思，实在难以抑制啊！可叹我这一年来，总是到处浪游、漂泊，为什么还偏要苦苦地久留在外不归呢？我想我那亲爱的人儿一定在梳妆楼头凝神地盼望，希望能从天边江上辨认出哪一条船是她丈夫坐着回家来的，可结果又不知弄错了多少回。她又哪里会想到我也在这儿倚着栏杆，正这样地愁绪难解呢！

【赏析】

这是柳永的一首代表作，整体思路与上一首《玉胡蝶》颇相似，所不同者，那一首是怀念故交旧友的，这一首则是想家思归的，艺术上更趋娴熟，臻于完美。

《八声甘州》词牌本重声调节拍，多用领字，如上片之“对”“渐”、下片之“叹”“想”，连贯两三句，酣畅淋漓，极有气势。如此词起手十三字，便似九天银河一时洒向胸怀，令人兴叹；词以写时雨发端的不少，而具此气象者则甚少见。说“暮雨”和“一番”，知是傍晚阵雨；用“潇潇”和“洒”，可见雨势不弱；雨来得急骤而持续时间不长，雨过天晴，经此一番洗涤，更显出宇内秋气清爽明澄。高楼临江（“江天”）、作者凭栏（“对”）也都已暗含其中。常言“一雨成秋”，以下三句便由“清”而转为凄凉冷落。“渐”字地位突出，是动态的，能写出景象的变化趋向和给人的感受在不断增强。赵令畤《侯鲭录》称：“东坡云：世言柳耆卿曲俗，非也。如《八声甘州》云：‘霜风凄紧，关河冷落，残照当楼。’此语于诗句不减唐人高处。”（《能改斋漫录》以此为晁补之语）又有人将这几句柳词比之于“天苍苍，野茫茫，风吹草低见牛羊”的《敕勒歌》。（见刘体仁《七颂堂词绎》）的确，上片前半声调高亢，境界阔大、气象非凡；后半几句则婉转悱恻。“红衰翠减”本是近景细景，但非个别，已概括扩大，故曰“是处”；草木如此，一切美好景物也如此，便更推而广之说“苒苒物华休”。唯一例外的是象征时光流逝的“长江水”，它永远都是如此。为什么不说“日夜东流”而说“无语东流”呢？孔子叹逝川说“不舍昼夜”，谢朓也说“大江流日夜，客心悲未央”，柳永却偏不说“日夜”要说“无语”，江水本来就不会说什么，岂非废话？然而在这里下“无语”二字自好，其意境之妙，绝非“日夜”所能替代，诗词之不可总以常理论，此亦一例。秋气肃杀，物华都休，唯江水东流永无休止，这已是一种变与不变的对照了；词人见草木摇落而变衰，想到人生亦如此，难遏悲感，正欲一问眼前之江水，然“泪眼问花花不语”，“花自飘零水自流”，流水无情，它始终漠然无动于衷，不管草木荣枯与人间悲欢，所以用了“无语”，这又是多情与无情的对照。词人的主观心态，通过对客观景物的诗的特殊语言表述，得到了准确的反应。

上片既全是写景，下片就都用于抒情。先以“不忍”三句作必要的交待，其作用是：（一）补明上片所写种种景物，及于登高望远时所见；（二）点出望故乡、思归主题；（三）总写心情，只用“不忍”、“难收”等语笼统地说，细诉深讲，留待下文。“叹年来踪迹，何事苦淹留？”是“归思”的具体化，也是“归思”的部分内容。词人自悔自责漂泊在外，久留不归。这里，“年来踪迹”和“苦淹留”也是必要的补充交待。但这两句更重要的作用，是借“叹”、“何事”等表现强烈情绪的语词，直接引出他思念的主要对象——“佳人”。因此也可反思上片，知前面所谓“苒苒物华休”，必定也有感伤红颜将老、青春易逝的内容在。思念家中爱妻，却从反面落笔，写她“妆楼凝望，误几回、天际识归舟”的情景。这与杜甫《月夜》诗“今夜鄜州月，闺中只独看。遥怜小儿女，未解忆长安”，完全同一机杼。但这未必是模仿，也不全是艺术手法问题，而是感情的真实流露，因为思念深切，故能心往彼方驰去，诗从对面飞来。词的结尾更有意思，词人自己凭栏凝愁居然也从妻子心态（想象的）中倒映出来，说她一定不曾想到（“争知我”）。难怪梁启超要说：“飞卿（温庭筠）词：‘照花前后镜，花面交相映。’此词境颇似之。”（梁令娴《艺蘅馆词选》引）所谓“此词境”，指的就是从“想佳人”到篇末的这几句。幻境与实境交相辉映，从我心中看出你来，又从你心中看出我来。这是此词中最有魅力、最光彩之所在。

迷　神　引

一叶扁舟轻帆卷，暂泊楚江南岸[1]。孤城暮角，引胡笳怨[2]。水茫茫，平沙雁。旋惊散。烟敛寒林簇，画屏展。天际遥山小，黛眉浅[3]。　　旧赏轻抛，到此成游宦[4]。觉客程劳，年光晚。异乡风物，忍萧索，当愁眼。帝城赊[5]，秦楼阻，旅魂乱。芳草连空阔，残照满。佳人无消息，断云远。

【注释】

① 楚江：长江中下游一带，古时楚国之地，因称这一段长江为楚江。② 胡笳：古时先在胡地流传的一种吹奏乐器。旧时多以为卷芦叶而成；今传之物乃木制，三孔，音色悲凉。　③黛眉浅：喻远山形状。　④游宦：为官而不断被调动迁徙。　⑤赊：远。

【语译】

我乘坐的小船上轻帆已经卷起，船暂时停靠在楚江南岸。孤城吹起了傍晚的号角，引出一片胡笳的怨恨声。江水茫茫，沙滩上栖息着大雁，雁群受惊，很快地四散飞去。烟雾收敛了，秋日的树林簇聚在一起，景物画屏似的展开，天边的远山，看过去小小的，就像浅色的黛眉。

我轻率地抛离了从前钟爱的人儿，为微官东奔西走，来到这里。只觉得这种作客的行程太劳累，岁月也已晚了。我不忍心观看那萧索的异乡景物，满怀愁绪。汴京路漫漫，秦楼难再到，羁旅情怀纷乱如麻。芳草连天，夕阳普照，佳人毫无消息。飘散的云朵已非常遥远了。

【赏析】

柳永在江南追念汴京生活的词不少，这一首也是。从说到“游宦”看，知是晚年之作。因为他早年功名蹭蹬，待考中进士放官时，年岁已老。词中除写秋日泊舟的羁旅之感外，主要思念对象，还是“帝城”里“秦楼”中的“佳人”。

上片说泊舟江岸，写所见之景。舟小帆轻，正可随意行止，到处泊舟；卷帆便是预备停船。用“暂”字，又可见客程未了，以后还将继续漂泊，已为下片抒旅情伏根。“楚江南岸”，点出地在江南，是后文写汴京路远的依据。“孤城”是此夜将投宿之地，以环境衬托自己所处之孤寂。“暮角”声起，又引出“胡笳”，从听到的声音先暗示“怨”情。然后写所见之景物，由近及远。江水茫茫，沙滩栖雁，雁群见船来泊岸，立即惊散，可见江边冷落无人。这是近见，稍远再看岸上，烟收雾敛，秋色清朗，寒林似簇，恰如画屏展开；更远处，天际山小，望之如美人淡扫蛾眉。在这些景物的描绘中，词人没有特意再渲染凄苦哀怨，倒给人以美感，颇能把握艺术表现的分寸，显得自然而真切。他只是用“烟敛”和“寒林”，一点季节特点，借望极“天际”而稍露怀远心思。“遥山”小而浅，状似“黛眉”，又暗逗所思之“佳人”。但这些用意布局，都只在若有若无之间，所谓“羚羊挂角，无迹可求”。

下片抒羁旅之情，将帝都汴京当成了故乡家园，思念的对象当然也非真正的家眷亲人了。柳永《夜半乐》词中有“到此因念、绣阁轻抛，浪萍难驻”等语，似乎还可以解说为轻率地离别家庭，抛开了妻子，但这里说“旧赏轻抛”，已不容再怀疑指的是舞伎歌女了。所以，他感叹“到此成游宦”，就是对不能在繁华的帝都再与她们在一道过那种朝宴夜欢的生活而深深遗憾。为此，他已丧失了游赏山水之乐，只是觉得“客程劳，年光晚”而已。这后三字把时序值秋和年岁已老两层意思都包括了。“异乡”，通常是与“故乡”相对而言的，须知在此词中，却是与“帝城”对举的。上片所闻之暮角胡笳、所见之沙雁寒林，种种“异乡风物”，比之于宝马香车、火树银花的帝京风物来，自然大不相同，何况又值“萧索”季节，所以用“忍”字，说“愁眼”以对。“帝城赊，秦楼阻，旅魂乱”九个字，可以说把要抒之情，全部概括了。“芳草连空阔，残照满”，回到写景上来，以景写情。写相思闲愁绵绵不绝，且被一片凄婉之情所笼罩。“佳人无消息，断云远”，明说情事，又以景语作指代：“断云”即“佳人”，与“殢云”、“秦云”用法相似，说往昔之欢乐已很遥远了。倘作写景看，景与情亦能相合。

竹　马　子

登孤垒荒凉，危亭旷望，静临烟渚。对雌霓挂雨[1]，雄风拂槛[2]，微收残暑。渐觉一叶惊秋，残蝉噪晚，素商时序[3]。览景想前欢，指神京、非雾非烟深处。　　向此成追感，新愁易积，故人难聚。凭高尽日凝伫，赢得消魂无语。极目霁霭霏微[4]，暝鸦零乱，萧索江城暮。南楼画角，又送残阳去。

【注释】

① 雌霓：七色虹常见有双层，颜色鲜艳的为雄，称虹；暗淡的为雌，称霓。这里用"雌霓"是为了与"雄风"成对，其实就是说彩虹。　② 雄风：劲健的风，语出宋玉《风赋》："此大王之雄风也。"　③ 素商时序：秋天季节。按五行之说，秋，五色中尚白，故称素；五音中属商。　④ 霁霭：晴烟。

【语译】

登上孤独荒凉的故垒，在高高的亭子中远眺，静静地下临烟蒙蒙的江边小洲。眼前是挂着彩虹的天空下着阵雨，风有力地吹拂过槛栏，使烦人的暑气稍稍得以收敛。渐渐地感觉到一叶被秋风惊落，寒蝉在傍晚聒噪，秋季已经来临。观赏风景，想起了从前的欢乐；指看汴京，远在非雾非烟的茫茫深处。

往昔的情景，在这里都成了追忆和感慨。新愁容易积累，旧友难以相聚。凭着地高，整天站立着凝神而望，得到的只是无限忧伤和默默无语。极目远望，雨后晴烟微茫，暮鸦乱飞，萧索的江城渐渐向晚。南楼吹起画角，又用它哀怨的声音送走残阳。

【赏析】

相同相近的题材，不同作者能写成许多不同的作品，这很自然；若由同一个作者来写，那就是另一回事了，然柳永却有这种本领。此词题材与前首《迷神引》几乎一样，也许还是差不多时候写的，其蹊径也相仿佛，差异只在前者是写孤舟暂泊时的所见所感，此则是在江城登荒垒凭高眺望而作。尽管如此，但彼此并不雷同。

此词的结构是：上片先交代登临，接着写望中之景，最后是览景兴感。下片起头承接上片所感，用以抒情，抒情末了回到登临情事上来，后半则再写景，并以景语作结。

叙登临，着眼于形容词的运用，能借此先勾勒出一种孤独荒凉、高远空阔和悄然迷茫的意境。“对”字以下写景，“雌霓挂雨，雄风拂槛”八字成对仗，典雅奇丽，工巧有致。“挂”字用得尤妙，颇能见出柳永擅长吟咏的才情和驾驭文字的功力。“微收烦暑”，点明季节，也可知对景初望之时，心中还是比较舒坦惬意的，就像古时楚王喊道：“快哉此风！”既用“雄风”，就应有此意。情绪的变化有个过程，悲秋之感是一步步产生的，所以用了“渐觉”二字。“一叶惊秋，残蝉噪晚”又是出色的对偶，眼见耳闻，无非秋声，这才惊觉到已是“素商时序”了。对景兴感，先一提“前欢”与“神京”，人和地，本是二也是一，“非雾非烟深处”，说杳然不知其何在。“深”也就是“远”。“非雾非烟”，乃视力无法穿透的天际地面大气层，正写其望中茫茫无所见，仍紧扣住“览景”二字来表现。

过片“向此”句，再次提醒为“追感”而作，所以接“新愁易积，故人难聚”两句来申述。“愁”字于此点出。说是“新愁”，其实为“故人”而生，之所以常“新”，就因为别后久久“难聚”而又年年月月不能忘怀。语虽浅而意不浅。“凭高”二句再呼应上片发端登高临远意，将苦思凝望、黯然消魂的情态写足。然后以“极目”上承“旷望”，再次转入写景，直至于曲。虽然仍是眺望中所见所闻，但此时已非起初那样无意识的闲览了。心境不同，看起来的东西也不一样，愁眼观景，增加了浓重的“萧索”气氛。但处处照应着上片所写，使前后保持一致和连续。“雾霭”与“挂雨”相应，现在是雨过天晴(霁)了，只有暮霭；说“霏微”，又与“非雾非烟”景象符合。“暝鸦零乱”与“残蝉噪晚”配搭，相辅相成。“江城”也切“烟渚”。这些都是所见，末以所闻之画角声作结。立足处是“孤垒”、“危亭”，故写角声傍起于“南楼”。悲凉之声陪伴衰暮之景，用“又送”二字，既见“凝伫”之久，也生动地表现了自己悲观之情：我们仿佛能听到词人正发出好景不长，光阴迅逝，不知不觉一天又过去了的叹息。

王安石

王安石（1021—1086），字介甫，晚号半山老人，临川（今江西抚州）人。仁宗庆历二年（1042）进士。神宗熙宁二年（1069）拜参知政事，次年拜相。厉行新法，裁抑豪强，为守旧派所抵制。晚年退居江宁（今江苏南京），封荆国公。卒谥文，崇宁间追谥舒王。是中国古代最著名的改革家，诗文创作成就很高，有《临川集》传世。词作不多而风格高峻，有近代《彊村丛书》辑《临川先生歌曲》一卷，补遗一卷，凡二十余首。

桂枝香①

登临送目。正故国晚秋②，天气初肃。千里澄江似练③，翠峰如簇④。归帆去棹斜阳里，背西风、酒旗斜矗。彩舟云淡，星河鹭起⑤，画图难足。　　念往昔、繁华竞逐；叹门外楼头，悲恨相续⑥。千古凭高对此，漫嗟荣辱⑦。六朝旧事如流水⑧，但寒烟、衰草凝绿。至今商女，时时犹唱，后庭遗曲⑨。

【注释】

① 桂枝香：黄昇《唐宋诸贤绝妙词选》词牌之下有题“金陵怀古”四字，今选本多从之；其实是后人据词意所增，非作者命题。　② 故国：故都，金陵是六朝和南唐的都城，故谓。　③ 澄江似练：谢朓《晚登三山还望京邑》诗：“余霞散

成绮,澄江静如练。”　④ 簇:箭头。　⑤“彩舟”二句:写长江倒影景象。星河,银河。　⑥“叹门外”二句:杜牧《台城曲》:“门外韩擒虎,楼头张丽华。”写陈为隋灭。韩擒虎,隋将。张丽华,后主陈叔宝宠妃。韩率兵破朱雀门攻入金陵时,后主及妃子尚在结绮阁楼上赋诗作乐。　⑦ 漫嗟:徒然叹息。这两句唐圭璋断句作“千古凭高,对此漫嗟荣辱”。　⑧ 六朝:建都于金陵的东吴、东晋、宋、齐、梁、陈。　⑨“至今”三句:杜牧《泊秦淮》诗:“商女不知亡国恨,隔江犹唱后庭花。”商女,卖唱的歌女。后庭遗曲,指陈叔宝的《玉树后庭花》,其曲靡靡哀怨,人称亡国之音。

【语译】

登高临远,纵目眺望。正值古老的都城深秋季节,天气开始变得肃杀清冷。蜿蜒千里的澄澈的长江水,望去如一匹长长的白绢;远处苍翠的山峰,就像箭头似的林立。来来往往扬帆打桨的船只,都被笼罩在斜阳的返照之中;西风吹动着斜插的酒旗。彩绘的舟船行驶在映着淡淡白云的江上;闪光的水面如银河平铺,一群白鹭上下翻飞,风景之美妙,用图画也难以表现。

想起从前,这里有多少人曾追逐过奢侈淫佚的生活;可叹他们结果像陈朝被隋军所灭那样,相继都得到悲痛悔恨的下场。千百年来,站在这高处的人们,对此江山,徒然地发出人世间几多兴衰荣辱的慨叹。六朝的陈迹已如流水般过去了,只有寒烟衰草依旧呈现出一片绿色。到如今,你还可以听到,那些以卖唱为生的歌女们,她们仍不时地在唱着《玉树后庭花》那首招致亡国的歌曲呢。

【赏析】

王安石的文与诗，在北宋都是顶尖的；词写得不多，影响也不如诗文。像后来李清照这样的大词家，居然说好像不知道王安石有词。她说："介甫文章似西汉，然以作歌词，则人必绝倒。"因而招致梁启超举这首《桂枝香》来反驳，说"但此作却颉颃清真、稼轩，未可谩诋也"（见梁令娴《艺蘅馆词选》引）。的确，这是一首出色的佳作。怀古题材在此之前的词中并不多见，因而一扫当时绮靡婉弱的词风，使在填词上大胆闯新路的苏轼也佩服不已。杨湜《古今词话》曰："金陵怀古，诸公寄调《桂枝香》者，三十余家，惟王介甫为绝唱。东坡见之，叹曰：'此老乃野狐精也！'"

此词结构合乎规矩。上片写登临所见景物；下片兴感，抒吊古情怀。

起叙登高望远之事，只用四字，便转入写景。"故国"，从前历史上的京城，地点正适合怀古；"晚秋"，草木摇落之时，季节也是最容易引起感慨的。"天气初肃"，话并没有特意渲染，却能令人想起欧阳修所说的"是谓天地之义气，常以肃杀而为心"（《秋声赋》）的话来，也就是说天道是无私的，一切荣枯兴亡，皆严肃执法。金陵潮打石城，枕大江是其特色，所以写望中之景，亦以江水为主。描绘千里长江，用小谢诗语，不但因为"澄江静如练"是其名句，也因所写的时、地、景都恰好相合。长江可比作白练，水须平静、清澄自不待言，在傍晚时分看，也是很重要的，所谓"日落江湖白，潮来天地青"。有斜阳返照，看去才是白洋洋的。谢朓诗也写在傍晚可证。(题为《晚登三山还望京邑》)配以“翠峰如簇”,一幅图画的框架主体已经完成。然后点缀江面船只,岸上酒旗。必点出“斜阳”、“西风”,写“酒旗”用“背”与“斜矗”,真善于形容。风从西来,旗往东飘,所以用“背”;悬旗之杆,多缚于立柱或树丫,加之风力,所以总是倾斜的。“彩舟云淡,星河鹭起”,更是彩笔精描。烟霏云淡,船如天上坐;波轻光闪,鹭似银河起。颇有人间天堂气象,所以说“画图难足”。有人以为“澄江似练”写长江,“彩舟”、“星河”又另写秦淮河上,恐不是的。就算望中所见,能从这里转到那里,词也不宜如此混写,何况李白有“三山半落青天外,雨水中分白鹭洲”之句,这里写“鹭起”,很明显也正是说长江。

下片怀古兴感,是抒情,以“念往昔”领起,从六朝的金粉“繁华”和终至亡国的“悲恨”两方面说;举有代表性的陈叔宝与张丽华事为史鉴,却只用“门外楼头”四字隐括唐诗意,措辞极简洁精警,兴衰荣枯形成明显对比。“叹”字则表现了凭吊者的思想倾向。然后从时间上延伸,由自身今日之“登临送目”扩展到“千古凭高”,以见这是历来无数登临者的共同感慨。“荣辱”二字,包容广大,种种史事感叹都在其中;同时又应“繁华”和“悲恨”。“嗟”字前加一“谩”字,说嗟叹也是徒然,那是因为往者不可谏,“六朝旧事如流水”,世事倏尔变幻,逝者已矣!只有大自然的景物年年岁岁相似,没有多大改变。“六朝旧事”就是怀古所想到的,于此点醒。“流水”、“寒烟”、“衰草”,都被调动起来,用于抒情,抒情也不脱开眼前景物。最后再隐括唐诗作结,技巧极其高明。与“门外楼头”一样,

“商女”唱后庭，用的也是杜牧的诗，而且都是写金陵的，又都是说陈被隋灭事，章法也极严密。原诗“商女不知亡国恨，隔江犹唱后庭花”，这“不知亡国恨”和“隔江”等字样，在此词隐括时未用，但这是不用而用，是为避免直露，以求含蓄的诗词特殊修辞方法。因为原诗是广为传诵的熟诗，所以词的作者隐去之处，读者正须着眼。在这里，王安石恰恰有着与杜牧相类似的感慨在；同时也巧妙地把全词景物的主体——长江，通过不点而点的手法照应到了。东坡心折此词，不是偶然的。

千秋岁引①

别馆寒砧②，孤城画角，一派秋声入寥廓。东归燕从海上去，南来雁向沙头落。楚台风③，庾楼月④，宛如昨。　无奈被些名利缚，无奈被他情担阁⑤，可惜风流总闲却！当初漫留华表语⑥，而今误我秦楼约。梦阑时，酒醒后，思量着。

【注释】

① 千秋岁引：《唐宋诸贤绝妙词选》于词牌下，题有“秋景”二字，当是后人所加。　② 寒砧：捣衣石，古时秋至制寒衣须捣，故诗词中写到寒砧、砧声，多与思家怀人相联系。　③ 楚台风：宋玉《风赋》：“楚王游于兰台，有风飒至，王乃披襟以当之曰：‘快哉此风！’”　④ 庾楼月：《世说新语》：“晋庾亮在武昌，与诸佐吏殷浩之徒乘夜月共上南楼，据胡床（一种坐椅）咏谑。”　⑤ 担阁：延误。

⑥ 华表语:《续搜神记》:丁令威学道后,化鹤归辽东,止于城门华表上,有少年举弓欲射,遂盘旋而歌曰:"有鸟有鸟丁令威,去家千年今来归;城郭如故人民非,何不学仙冢累累!"歌毕飞去。

【语译】

传入旅舍的捣衣声,应和着孤城城头的画角,一片秋声在广阔的天地间回荡。归去的燕子向东从海上飞走,南来的大雁自空中落下,栖息在沙滩上。这儿有楚王携宋玉游兰台时感受到的惬意的凉风,有庾亮与殷浩辈在南楼吟咏戏谑时的大好月色,清风明月的景象,还都与当年一样。

真是无可奈何啊!我被那微不足道的名利所羁缚,又被那难以割舍的感情所耽搁,可惜那些风流韵事都被丢到一边了。当初徒然许下功成身退时,要去求仙访道、潇潇度日的诺言。到如今,反误了我与佳人的秦楼约会。当睡梦觉来时、酒醉清醒后,我细细地思量着这一切。

【赏析】

此词有人给加上"秋景"二字作为题目,这对上片来说,没有什么问题,是写了秋景;但下片是此词的著意所在,却无一字涉及秋天,也没有写景;除非所拟题语同时还带有象征性,即其所指也包括了人生的"秋景",作者以秋日之景为由头,述说了自己晚年时对世事人生的感触。我想,这样理解,大致符合。

上片写秋景分三层:先写声音,如奏乐先确定音调。寒砧惹乡思，秋风画角哀，都归之于“一派秋声”之中。“入寥廓”三字矫健凌云，极有意境。次写候鸟，燕子、大雁因秋至，已纷纷迁徙，或渡海远飞，或沙头栖息，都在寻找自己的归宿。暗逗下片所写之人却不能自由自在地按自己的生活愿望行事。末写清风明月，使事用典，借古人事以记自己与故交旧游曾赏景览胜、吟咏笑谈的往昔情景。宋玉之随伴楚王左右，颇合王安石常得随驾的朝廷重臣身份；庾亮辅立晋成帝，任中书令，执朝政，地位也与王安石相当。用典故极其切合。说风月“宛如昨”，言外之意，人事已大不相同了。

下片先说自己因何不趁月白风清之时，过那种诗酒吟赏的悠闲生活。连着两句以“无奈”起头，举出自己所受的制约：“名利”和“情”。官场就是名利场；这“情”并非专指男女恋情，而是广义的人情。洪昇《长生殿》中说：“臣忠子孝，皆由情至。”故感皇恩、恋朝廷，都属“情”的范围。杜甫《奉先咏怀》诗云：“非无江海志，潇洒送日月。生逢尧舜君，不忍便永诀。”王安石说的，也正是这样的“情”有“不忍”。有人批评这两句说：“‘无奈’数语鄙俚。”（先著《词洁》），倒非苛刻，用语过直露，又近似俚曲，是确实的。“可惜风流总闲却”，是说自己终年劳形疲神，不得闲暇，因而“闲却”了风庭月榭的“风流”雅会。后两句又变换了角度：当初说，功成后，去学仙，只不过是句空话；如今看来，倒确是耽误了及时行乐。末了九个字，写出作者反思时凄清落寞的心情。但只用“梦阑”、“酒醒”等字眼暗示，所谓“不着一愁语，而寂寂景色，隐隐在目”（李攀龙《草堂诗余隽》)，措辞极其含蓄。有些说词者，把此词提高到能“见道”，能“勘破”(杨慎《词品》)，“翛然有出尘之致”(黄蓼园《蓼园词选》)，似乎不必如此之强调。人的思想是复杂的，情绪也是多变的。王安石在这首词中，不过表现了自己一时的萧索心境而已。

王安国

王安国(1028—1074),字平甫,临川(今江西抚州)人,王安石弟。熙宁初赐进士及第,除西京国子教授、崇文院校书,官至大理寺丞、集贤校理。对王安石变法新政并不完全赞同,但在安石罢相后,还是被吕惠卿挟私怨诬陷夺官,放归田里。有《王校理集》,今不传。

清　平　乐[1]

留春不住,费尽莺儿语。满地残红宫锦污[2],昨夜南园风雨。　　小怜初上琵琶[3],晓来思绕天涯。不肯画堂朱户,春风自在杨花。

【注释】

① 清平乐:《唐宋诸贤绝妙词选》于词牌下,有后人拟题“春晚”二字。　② 宫锦:宫中的锦绣,比喻落花。　③ 小怜:冯小怜,借为乐妓歌女名。冯小怜本北齐穆后的从婢,后主的宠姬,慧而有色,善弹琵琶,尤工歌舞,为后主所宠,立为淑妃。见《北史·后妃传》及《隋书》。李贺《冯小怜》诗:“湾头见小怜,请上琵琶弦。”词借其诗语。

【语译】

春天想留也留不住,费尽了黄莺儿的口舌。满地的红花落瓣,就像宫中的锦缎被泥水玷污,那是昨夜南园里有一场风雨的缘故。

这歌女还是初抱琵琶，清晨时，她的思绪已远远地飞往天边。她不肯过画堂朱门的富贵生活，宁可作春风中自由自在飞舞的杨花。

【赏析】

这首小令构思甚巧，格调也高，是难得的佳作。词写晚春残景和一位身为乐妓、却心气高傲的女子。全词写景与写人彼此相关，不同于通常景物只是作人物的活动环境而存在，它有更深一层的象征意味。

作者借“小怜”之名来称一位大概出于乐籍的女子，因为彼此有共同之点：(一)历史上的冯小怜聪慧美貌，善弹琵琶，词中写的正是琵琶女；(二)冯原是身世卑微的“从婢”，乐妓亦然；(三)冯为帝王家所宠，妓亦得“画堂朱户”之家所爱。但有一点是截然不同的；史书上的，接受宠幸，被封为淑妃；词中写的，却“不肯画堂朱户”，宁可做漂泊无定的“杨花”，在春风中得到“自在”。一个美丽的乐籍女子，若被豪门权贵看中，你“不肯”，他能由你“自在”吗？恐怕是难以逃脱被摧残的命运的。花本怯弱，怎禁风雨？想保住自身无损，就跟想留住春天一样难啊！这样，我们忽然领悟了作者写残春景象的用意，那是“小怜”命运的象征性的写照，或者竟是她琵琶弦上所倾诉的哀怨曲衷。

这使我想起韦庄《菩萨蛮》的两句词来：“琵琶金翠羽，弦上黄莺语。”唐代大词家既已将莺语比喻琵琶声，那么，此词是否也可能借其喻来暗示小怜所弹之琵琶，在尽情诉说“留春不住”呢？如果这样理解不失之穿凿的话，那么，表明春去的夜来遭风雨、落红污宫锦的隐义，当可不言自明了。尽管“昨夜”已如此，然“晓来思绕天涯”，她的心却仍执着地思念“天涯”之人，有着自己的理想和追求。她要学“春风自在杨花”那样飞去，哪怕飞不到天的尽头，竟成了“沾泥絮”也在所不惜，总“不肯”屈从于“画堂朱户”。谭献云：“‘满地’二句，倒装见笔力；末二句见其品格之高。”（《谭评词辨》）说倒装见笔力，还只从句法的表面看；称其品格，才说到要害。据说，王安石曾将此词亲自写在纸上，“其家藏之甚珍”（周紫芝《竹坡诗话》载罗叔共之语）。这话如若可信，恐怕主要也是欣赏它的高格调。

晏幾道

晏幾道(1038—1110),字叔原,号小山,抚州临川(今属江西)人。天资聪颖过人,然真率无忌,不与世苟合,常被目为"才有余而德不足"(韩维语),因此妨碍了仕途。一生只做过监颍昌许田镇、开封府推官一类的闲杂佐职。词工于言情,感伤情绪较浓,是北宋"婉约"风格的代表。因是晏殊幼子,故后人将他们并称"二晏",但其词学造诣和在词史的地位都超过乃父。有《小山词》。

临　江　仙

梦后楼台高锁,酒醒帘幕低垂。去年春恨却来时。落花人独立,微雨燕双飞①。　　记得小蘋初见②,两重心字罗衣③。琵琶弦上说相思。当时明月在,曾照彩云归④。

【注释】

① "落花"二句:原为五代翁宏《春残》诗中成句。　② 小蘋:歌女名,为作者友人的家妓。　③ "两重"句:谓熏两次香的罗衣。心字,指心字香。(用范成大《骖鸾录》中解说。另有人解作衣领式样或衣上图案。)　④ 彩云:喻指小蘋。李白《宫中行乐词》:"只愁歌舞散,化作彩云飞。"

【语译】

当我梦觉酒醒之时,见到的只是楼台紧锁、帘幕低垂的景象。

这当儿，去年春天离别之恨又重新回到我心上来了。落花寂寂，我独自久久站立；微雨蒙蒙，燕子正双双地飞逐。

我清楚地记得与小蘋初次相见的情景：她那反复熏过的绸衣衫上散发着香气。她弹着琵琶，在弦上诉说着相思之情。当时的明月如今就在眼前，这月儿曾经在歌舞散后照着彩云似的她回去。

【赏析】

晏幾道有两位常常相聚宴饮的朋友：沈廉叔和陈君宠，两家养有莲、鸿、蘋、云等一批出色的歌女家妓，她们常以弹唱娱客。小蘋就是其中之一，她妩媚善笑，小晏一见倾心，多年都难以忘怀。后来，君宠卧病成了废人，廉叔过世，两家的歌妓也都四处流散了（见张宗橚《词林纪事》）。小晏此词就为怀念小蘋而作。

词的上片只从自己孤寂生愁的举止情态，来暗示心有所思，在下片才明白说出思念对象的情事来。开头两句写居处寂寂无人，醉眠醒来，所见只是“楼台高锁”、“帘幕低垂”，心中一片惘然。“梦后”“酒醒”，已暗示原来就有愁恨，故寻求于梦境醉乡之中，以期暂时得到一些宽慰。“去年春恨却来时”接得好，是用宕笔写出的摇曳之句。锁前带后，借“去年春恨”，点出离别的时间；“恨”字是全篇唯一直接说自己心情的地方。康有为极赏此词起头三句，以为“起三句，纯是华严境界”（梁令娴《艺蘅馆词选》引）。意思说它已到达全凭心灵去领会的极高的宗教境界。因佛家有《华严经》、华严宗，故谓。下面“落花”两句，誉者更多，为谓“名句千古，不能有二”(谭献《谭评词辨》)。可是它恰恰是五代诗人写的成句,小晏一字不差地将它照搬过来,成了自家的东西。这十个字在翁宏《春残》诗中,虽是佳句,但并不特别起眼,这之前也从未有人提起。不妨全引其诗:“又是春残也,如何出翠帏。落花人独立,微雨燕双飞。寓目魂将断,经年梦亦非。那堪向愁夕,萧飒暮蝉辉。”但到了晏小山手中,便大不一样。本有“春恨”之人,在微雨中怜落花、羡双燕,出神地独立良久,这意境与词意自然密合,恰同己出。词借此而生辉,句经点化而成金。曾记夏瞿禅(承焘)师说此词时教诲道:“有晏幾道本领,掠劫他人之诗,可也。”

下片说清情事。“记得”二字郑重。“小蘋”之名明点。虽是“初见”,今犹历历,可见当时印象之深。“两重心字罗衣”是“记得”的证据,连穿的衣服,衣上散发出熏香气味都没有忘。“两重心字”自然也暗示彼此心心相印。然后写她弹琵琶,这是那次宴席间她做的事,身份也清楚了。“弦上说相思”固然可理解为所奏的是关于相思的爱情曲,但同时也有借琵琶抒发内心相思或向作者传递思慕之情的意思在。正如唐诗所谓“诚知言语难传恨,不似琵琶道得真”。结尾写宴散人归。说的是“当时”,实在是写今日景象,微雨过后,明月当空。眼前的月亮就是“当时”的月亮,故用“在”,又用“曾”,它曾经照着小蘋一路回去。如今月色依旧,而人又在哪里呢?无限怅惘,以蕴藉语出之。用李白诗意,以“彩云”指代小蘋,固然为避免用字重复,也借比喻小蘋的轻盈娇美,同时表现自己对欢会难逢、好景不常、佳人似彩云之易散的感慨。陈廷焯尤赏此词上下片结语，以为“既闲婉，又沉着，当时更无敌手”(《白雨斋词话》)，是很有见地的。

蝶 恋 花

梦入江南烟水路，行尽江南，不与离人遇。睡里消魂无说处，觉来惆怅消魂误。　　欲尽此情书尺素[1]，浮雁沉鱼，终了无凭据[2]。欲倚缓弦歌别绪，断肠移破秦筝柱[3]。

【注释】

① 尺素：书信。　② 终了：终究。　③ 秦筝：相传筝为秦蒙恬所制，故称。

【语译】

我梦见自己来到江南烟雾迷茫的水路上，行遍整个江南，也没有遇见我那离别的人儿。睡梦之中，只觉得我失魂落魄地忧伤而又无处可说，待到醒来，才知道这痛苦原是幻觉，感到说不出的惆怅。

我想要把这番心情全都写信告诉你，让高飞的大雁、水底的鱼儿替我捎去，可是这终究是毫无根据的空想。我想要缓缓拨弦弹出离别的愁思，极度的悲哀又几乎把筝上的玉柱都弄断了。

【赏析】

小晏工于言情，词家自有定论。此词亦为思念恋人而作，词意温婉悱恻。

上片记梦。发端就下“梦”字,甚便捷。积思成梦,不觉来到江南水乡。这该是意中人所在的地方。四处都寻觅遍了,竟未能一见芳姿倩影。“行尽江南”云云,自是梦中事。梦是幻觉,本无事不成,大可遂愿相会,然小晏偏不肯落套,而写“不与离人遇”,是透过一层去说离情之苦,很有点《长恨歌》中“魂魄不曾来入梦”的意味。因不遇而黯然“消魂”,欲诉说而无人可告。焦虑不安、失望压抑的情绪,竟从“睡里”去表现。“觉来”时则又不同。“消魂误”,是说刚才的激动痛苦,原来弄错了,只是做梦,“离人”不会不在“江南”的,可惜去不了;要是真像做梦那样,想去就能去,有多好啊! 于是又“惆怅”不已。真能写出“睡里”、“觉来”前后心境的曲折变化。

梦中寻找恋人不着,醒来无限感慨惆怅,这一番体验,原是写情书的好材料。所以下片说自己梦后产生的念头时,首先就想到为恋人写信。“欲尽此情”,可见有说不完的话想说。然无人捎信,甚至捎到何处可能也不清楚。于是想到古来有雁鱼传书的传说,但大雁在天,游鱼潜水,又如何托它们传递呢? 传说毕竟只是传说,是“无凭据”的。写信办不到,又退而求其次,想到寄情于弹筝,借筝弦发抒一下因离别引起的愁绪,以排遣内心的郁闷苦恼。仍用“欲”字起,有排比作用,借以表现左思右想的撩乱心态。“欲”一作“却”,似是后人为避重字而改。梦后的想头都是很现实、很真实的,没有胁下生双翅、飞越万水千山之类的妄念,而是明知不能相见,在无可奈何下的一点可怜的愿望。用“缓弦”弹出,才与悱恻缠绵之柔情、忧郁哀怨之心境相协调。但内心还是非常痛苦的，故用“断肠”。弹筝须移动筝柱以调谐音律，故“移破秦筝柱”与说“弹断秦筝弦”的意思一样，都是自己诉不尽相思之苦、对方又听不到自己的幽怨心声的一种诗意化了的强调说法。末二句一缓一急，温婉与剧烈，形成表里内外的反差，相辅相成，增强了艺术的感染力。

蝶　恋　花

醉别西楼醒不记，春梦秋云[①]，聚散真容易[②]。斜月半窗还少睡，画屏闲展吴山翠[③]。　　衣上酒痕诗里字，点点行行，总是凄凉意。红烛自怜无好计，夜寒空替人垂泪。

【注释】

① 春梦秋云：喻易散易消。白居易《花非花》诗：“来如春梦不多时，去似秋云无觅处。”　② 聚散：偏义复词，偏在说“散”。　③ 吴山：在杭州西湖旁，登山俯视，可见到钱塘江和西湖。

【语译】

醉后是怎样离开西楼的，我醒过来时已经记不得了，像春梦一样短暂，如秋云一去无踪，人们的相聚也真容易散啊！已经西斜的月亮，照着半扇窗户，人却难以入睡，室内的画屏静静地展现出吴山一片青翠。

衣上的酒渍，诗中的文字，一点点、一行行，无非都是凄凉的意味。连红蜡烛都在可怜自己想不出什么好办法来，只会在深夜的寒冷中，徒劳地替我滴下眼泪。

【赏析】

这是一首离别的哀歌。

它从别宴散时写起。在西楼与朋友喝酒是记得的，但离开那里的情景，怎么也想不起来了，因为当时自己已经醉了。这样糊里糊涂、不明不白的“聚散”，就更像一场“春梦”了。醒后人不见，又像“秋云”，难再相见，所谓风流云散。借白居易诗意，感叹相聚短暂、离散容易，自然真切。然后写相思不寐，“斜月半窗”，说长夜将尽，景色如见。秋光冷画屏，上有杭州景物；那该是往日与友人常常相会宴游之处了。正难成眠时，又见“吴山翠”图画，自然平添了念旧怀人的情思。

别来唯借酒浇愁，吟诗遣怀，然诗酒无伴，内心有恨，故不免狂放颓伤，留下来的酒痕墨迹，无非都是凄凉。明白简洁，叙事与抒情融合成一体。自己的心情，该说的话说了，或者已可以想见，结尾就避开正面述说，而改用烘染衬托，旁敲侧击，于是写红蜡泪，让无情之物染上人的主观感情色彩，说它也在为多情人着急，感到无可奈何，只是徒然地替人不断地流着蜡泪。杜牧《赠别》诗云：“多情却似总无情，唯觉樽前笑不成。蜡烛有心还惜别，替人垂泪到天明。”小晏此词正用此意，借红烛来写自己内心的哭泣。

鹧　鸪　天

彩袖殷勤捧玉钟[①],当年拚却醉颜红[②]。舞低杨柳楼心月,歌尽桃花扇底风[③]。　　从别后,忆相逢,几回魂梦与君同。今宵剩把银釭照[④],犹恐相逢是梦中。

【注释】

① 彩袖:指代歌女。玉钟:玉杯。　② 拚却:甘愿之词,犹今言豁出去了。③ 桃花扇:画有桃花的歌扇。歌者手执,作掩口弄姿之用。　④ 剩,尽管。银釭:银灯,泛指灯烛。

【语译】

当年,你撩起彩袖,手捧玉杯,殷勤地向我劝酒;我甘愿让醉脸通红,喝了一杯又一杯。你翩翩起舞,直跳到杨柳掩映的楼台上月儿西沉;你宛转歌唱,直唱到画着桃花的歌扇已无力摇动。

自从分别以来,我一直在回想着我们相逢的时刻;有多少次,我都梦见与你在一起,你大概也如此吧。今晚我尽管手执灯台将你照了又照,还只怕我们这次的相逢是在梦中呢。

【赏析】

这首脍炙人口的爱情词是晏幾道的代表作。写的是他与一位有恋情的歌女久别重逢的喜悦。

上片回忆从前在宴席上与歌女相聚的欢乐情景。写昔日之欢，在离别词中极普遍，其用意在于对照今日的孤凄；而此词却是一种铺垫，是重逢喜悦的依据，是为今而写昔，以能使人增加对喜悦的理解。“彩袖”句，知是娱客陪饮的歌舞伎。“殷勤捧玉钟”，说她热情劝饮，也暗示她对自己有特殊的情意。“当年”句，点清是回忆，从“拚却醉颜红”补明。“拚却”二字，用得极有表现力，虽是说自己的心态，其实更在为对方着色，说她对自己有不可抗拒的魅力，自己才豁出去不计喝了多少，甘愿让醉脸通红。下两句就写她尽其所能为客献艺。这又从歌女表演历时之久和尽心尽力，反映出与宴者的情绪热烈和兴致甚高。“舞低”二句历来评说颇多，如晁补之称其“不蹈袭人语，风度闲雅，自是一家”，以为仅此二句“知此人必不生于三家村中者”（《侯鲭录》引）。黄蓼园则以为“比白香山‘笙歌归院落，灯火下楼台’，更觉浓至”（《蓼园词选》）。又有人说它“不愧六朝宫掖体”（《苕溪渔隐丛话》引《雪浪斋日记》），如此等等。我们以为它还汲取了唐人七律对仗的成功经验，颇能从遣词构句上见出锤炼功夫。

下片分两层，先写别后之苦思，是陪衬；后写重逢之惊喜，是主体。“几回魂梦与君同”，又可包含两层意思，“同”，既是“在一起”，又是“相同”。梦能相同，自然是推想之词，但完全合乎情理，女方如何可意料而得，比单单说自己更体贴、深挚。此处说“魂梦”，固表示往昔情景别后常魂系梦萦，但更是为了结句“犹恐相逢是梦中”预先布局，文心极为细密。最后归到“今宵”，重逢之惊喜，俨然如见。这两句当然可以说是出于杜甫《羌村》诗“夜阑更秉烛，相对如梦寐”，但读来并不觉有因袭之嫌，反而更见其词情婉丽，言同己出。这有个道理，一来意外惊喜，疑为做梦，是人之常情，谁都可以说，故戴叔伦有“翻疑梦里逢”、司空曙有“乍见翻疑梦”之句；二来表述上杜诗晏词各有特色，有微妙的差别，自不相犯，也不能彼此调换。刘体仁说，“此诗与词之分疆也”（《七颂堂词绎》），就说得颇有见地。加了“剩把”、“犹恐”，自是词，不是诗，词比诗就更曲折深婉了，正宜写情人之意外相会而非患难夫妻乱离中的重逢。后来陈师道有《示三子》诗写他与子女们的相见说：“喜极不得语，泪尽方一哂；了知不是梦，忽忽心未稳。”这又是情景相仿而用语翻老杜小晏的案了，但也同样真切深挚。

生　查　子

关山魂梦长[①]，塞雁音书少。两鬓可怜青[②]，只为相思老。　　归傍碧纱窗，说与人人道[③]：真个别离难[④]，不似相逢好。

【注释】

① “关山”句：谓关山难度，魂梦长萦。　② 可怜：很，非常。　③ 人人：对所亲昵的人的称呼。如欧阳修《蝶恋花》词：“忆得前春，有个人人共。”小晏《踏莎行》词：“伤心最是醉归时，眼前少个人人送。”　④ 真个：真正。

【语译】

天长地远，关山难度，魂梦常萦绕；塞上的大雁高飞，音书却少得可怜。双鬓乌亮的年轻人，只是因为相思而变老了。

回家去罢，坐在那绿纱窗边，去对心爱的人儿说：离别真是太难了，不像相逢那么美好！

【赏析】

这是一首写离别相思的小令。

李白有乐府《长相思》曰："美人如花隔云端，上有青冥之长天，下有渌水之波澜。天长地远魂飞苦，梦魂不到关山难。长相思，摧心肝！"词首句"关山魂梦长"，正是这首诗意的檃栝，其"长"字，义可双兼，同时用来形容"关山"和"魂梦"，说路途远阻和相思不绝。飞雁越塞，故称"雁塞"，未必作者身在塞外。见雁远飞而联想到"音书"是很自然的。现在不但人不得见面，连消息也隔绝了，所以更增牵挂。然后自叹华年都在苦苦相思中虚度，青丝般的双鬓，难免会被岁月覆上一层霜雪。"可怜"一词，在形容词前，多作"很"、"非常"等表示程度的意思解，但在修辞色彩上，仍有自怜自惜的含义在。与"只为"相配合，感叹的性质就更明显了。

下片是期盼之词，是内心愿望的表述，非实写归后情景。古时内室的窗子上多蒙绿纱，故诗词中常见写到"绿窗"、"绿窗纱"或"碧纱窗"。归傍绿窗，正是想象中夫妻和合、喁喁语笑的典型环境。"人人"犹言"卿卿"，对亲爱的人说的并非特别动人的语言，都是最普通最平常的话："真个别离难，不似相逢好。"这朴素简单的语言，才自然真切，包容广大。一个"难"字、一个"好"字，把千言万语,说不尽的绵绵情意,都蕴藏在其中了。全词纯用抒情,不事衬染,不加雕饰,全是白描,朴素率直,天然可喜,在小山词中,别是一种风格。

木 兰 花

东风又作无情计,艳粉娇红吹满地[①]。碧楼帘影不遮愁,还似去年今日意。　　谁知错管春残事,到处登临曾费泪。此时金盏直须深[②],看尽落花能几醉?

【注释】

① 艳粉娇红:指花。　② 直须:正应,就要。

【语译】

东风又起了无情的念头,把娇艳嫩白嫣红的花朵吹得遍地皆是。绿色的楼头帘幕低垂,却遮不住我心中的愁绪,这情景又与去年今日相似。

哪会想到为春残之事去操心,是大错特错了,登临每一个地方,我都不知流了多少眼泪。现在巴不得手中的酒杯越深越好,看到花儿落尽,还能醉上几回呢?

【赏析】

这是一首伤春词。对自然现象动情,总是与人事相联系着的。故伤春常常就是对美好年华逝去或幸福时刻消失的感伤。只是有的诗词，将这种联系暗示或明说出来，而在此词中，则仅就春愁本身说而已。

首句将“东风”拟人，说它冷酷“无情”，把美丽的花朵纷纷吹落。“艳粉娇红”，作者着意形容花儿色彩可爱动人，以见遭风“吹满地”之可惜，落实“无情”二字。“碧楼帘影”，写自己之所居，位于高处，故能将残春景象尽收眼底。这已暗逗下片“登临”二字。不忍见花被吹落，可垂下帘栊不看，但是帘能遮物，却“不遮愁”，愁已上心，再也驱不走了。忽又联想到“去年今日”也是这样的景况和心情，正为了表明春愁之生并非眼前偶然之感触，而是“每到春来，惆怅还依旧”，是由来已久，非常熟悉的了。

下片深化这种惋惜憾恨之情。“谁知错管春残事”，是反省自悔的话，哪里晓得怜春惜春是多管闲事呢？说“错”，就因为多情而付出了代价。这代价就是“费泪”，在这个季节，“到处登临”都不免感伤。上片就时间说年年都有，此则从地点说处处一样。由“愁”而“泪”，也加深了一层。最后拉回到“此时”来，用“金盏直须深”来加大写愁恨的力度。盏深则盛酒多，酒多则易醉，醉沉能忘愁，正是自己此刻所需要的。末句再强调春光易逝。“看尽落花”，意即“看花落尽”，呼应词的开头两句。现在已遍地落花了，要不了多久，春光将消失得无影无踪，花前醉酒的日子当然也不会太多了，故发“能几醉”之问。所以倒不如趁此时刻，深盏大杯地喝他个酩酊大醉。人生易老、欢乐难久的深沉感慨，不言而自明。

木 兰 花

秋千院落重帘暮，彩笔闲来题绣户。墙头丹杏雨余花，门外绿柳风后絮。　　朝云信断知何处[1]？应作襄王春梦去。紫骝认得旧游踪，嘶过画桥东畔路。

【注释】

① 朝云：指昔日有过情缘的女子。典出宋玉《高唐赋序》，楚襄王游高唐，梦巫山神女荐枕，临去，有“旦为行云，暮为行雨”之语，后以“朝云暮雨”、“巫山云雨”指其事。

【语译】

暮色降临，立着秋千架的庭院里，帘幕重重。我曾经闲时来过这儿，在绣房中为她挥彩笔题写诗句。眼前，墙头的红杏只残留着雨后的余花，门外的绿柳飘扬着被风吹散的飞絮。

我思念的人像朝云一去无踪影，也不知她今在何处，大概是又去为楚襄王托春梦了罢！我所骑的紫骝马倒认出了我们旧时共游的地方，它跑过画桥东岸的路上时，竟嘶鸣不绝。

【赏析】

这一首写重游故地，追念旧情。

“秋千院落”，令人想到这儿曾有过欢乐。现在只见“重帘”不卷；着一“暮”字，又平添几分落寞惆怅气氛。“彩笔”句注明一笔，自己当年曾兴致勃勃地为“绣户”中的女子“闲来题”句。然后接写眼前：“墙头丹杏”，是见到的实景，也借此暗喻曾在这院落中相识的女子，如今只有“雨余花”了，这零落残败的景象，是推测中女子遭遇的象征；“门外绿柳”，也当实有，其“风后絮”之漂泊无定，则是自身行踪飘忽的写照。两句对仗精工巧丽。

以“朝云”指代女子，结合前“雨余花”之喻看，其身份为妓女无疑。“信断”谓确实不得再见。“知”即不知。虽不知其所在，却也能大致推判，想必正琵琶别抱，另有新欢了。因说出“襄王春梦”来，而“朝云”之指代更显。词人虽不无怨恨，但更多的倒是怅触和迷惘，因为她本是妓女，并无守节的义务。这一点也不影响词人仍念念不忘地眷恋旧情，也许正好相反，更增加了他内心的感喟。末了借坐骑嘶鸣的细节，移情于马，来衬托自己的心境，虽前人多有此法，但用于结尾，却最有情致。沈谦说：“填词结句，或以动荡见奇，或以迷离称胜，着一实语，败矣。”他举出小晏这两句，以为“深得此法”（见《填词杂说》）。黄蓼园曾析此词，除以为上片乃想见中事尚可商榷外，其说结构句意，精要简括，兹抄录以资参考：“首二句别后，想其院宇深沉，门阑紧闭。接言墙内之人，如雨余之花；门外行踪，如风后之絮。后段起二句言此后杳无音信，末二句言重经其地，马尚有情，况于人乎？”（《蓼园词选》）

清　平　乐

留人不住，醉解兰舟去。一棹碧涛春水路，过尽晓莺啼处。　　渡头杨柳青青，枝枝叶叶离情。此后锦书休寄[①]，画楼云雨无凭。

【注释】

① 锦书：女子写的情书。用《晋书》窦滔妻苏蕙织锦为回文诗赠夫事。详参柳永《曲玉管》有关注释。

【语译】

留我也留不住，我带着醉意，解开船缆走了。小船在春潮碧波的水上行进，一路经过之处，清晨的黄莺儿啼个不停。

渡头岸边的杨柳已满目青翠，一枝枝，一叶叶，都充满依依惜别的感情。从今以后，你也不必再给我寄书信、说相思了，反正画楼中那些像一场春梦似的幽欢，什么凭证也没有留下。

【赏析】

这首小词是一首离歌。上片记事，下片抒情。写离人之心态，真切入微。艺术表现上也颇有新意。

词从别去的一刻写起。“留人不住”的“人”，就是自己；挽留者则是作为情人的女子。为什么留不住呢？没有说，也不必说，因为他们本非合法夫妻，也不是离家出远门，只是彼此有缘，得一相会，缘分既尽，就非走不可了。临行，当然会有宴饮；自己便乘着几分醉意，斩断缠绵，匆匆解缆，登舟而去。接两句写景，叙轻舟碧浪一路水行的感受。“春”与“晓”的季节、时间，在造句中带出。柔情似

“春水”,离恨听“莺啼”,景与情的关系只在若有若无之间。“过尽”二字,又暗示不知不觉间已与恋人相距十分遥远了。

下片转入抒情,仍从写景中引出。“渡头”为舟行所经。“杨柳青青”正是触动离愁别恨的传统意象。柳者,留也;千丝万缕,依依有情,故自古有折柳赠别的习俗;何况它还是大好青春时光的象征。所以借杨柳的“枝枝叶叶”点明“离情”。既已说出离情,如果接写锦书难托,后会无期,虽不免落套,总在情理之中,况且在诗词中也常能见到。但却为小晏所不取,他偏偏一反常情说:“此后锦书休寄,画楼云雨无凭。”以后你信也不必写了,反正“事如春梦了无痕”,不过是过眼云烟,散了拉倒！他这是在怨恨谁呢?是恋人吗,还是自己,或者竟是命运?这倒真是“多情却似总无情”了。所以周济说:“结语殊怨,然不忍割。”(《宋四家词选》)这样写,反比一味说相思不尽要深刻、真实得多了。

阮　郎　归

旧香残粉似当初,人情恨不如。一春犹有数行书,秋来书更疏。　　衾凤冷,枕鸳孤[①],愁肠待酒舒。梦魂纵有也成虚,那堪和梦无[②]。

【注释】

① 衾凤、枕鸳:即凤衾、鸳枕,为修辞而倒装。　② 和:连。

【语译】

旧时的香气未消，残留的脂粉尚在，都还像当初的情景，可恨人情并不如此，变得也太快了。春天时还有几行字的信写给我，到了秋天，就更难见到你的信了。

床上绣凤被子冷冰冰的，鸳鸯枕上孤单单的，我愁肠百结，只有用酒来舒散了。纵然能在梦中见到你，那也是虚幻的，怎能忍受连梦也没有呢！

【赏析】

这可算是一首怨词：怨恨恋人别后淡忘了旧情，同时诉说自己孤独愁闷的处境。

“旧香残粉”，情人遗留的痕迹。脂粉香气，本容易消失，今犹残存，能令人时时想起“当初”的两情欢爱，而“人情”居然还“不如”香粉能持久，所以为“恨”。下两句就申述如何见出人情之淡薄易变。自春至秋，不过数月时间，信越来越少了，就是明证。“数行”，已言其塞责，何况“更疏”。上片着重表现怨恨情绪，下片则转写自己的寂寞愁苦。

“衾凤”、“枕鸳”的词序颠倒自好，凤也觉冷，鸳已成孤，借衾枕上所绣的图案，写出人来，句也峭健。人既冷落孤凄，愁结难解，唯有“待酒”或可稍得宽舒。酒也不能消愁，则求之于梦。“梦魂纵有也成虚”，文势又曲折。在这里，“梦魂纵有”是纵能鸳梦重温的意思。“纵”字是假设，非真有也；何况又加否定，说那也是虚的，毫无意义。然后再翻进一层作结说:“那堪和梦无!”实际上连虚幻的梦境也没有,这又教人何以堪呢! 述多情之苦,婉曲之至。

阮　郎　归

天边金掌露成霜[①],云随雁字长[②]。绿杯红袖趁重阳,人情似故乡。　　兰佩紫,菊簪黄[③],殷勤理旧狂[④]。欲将沉醉换悲凉,清歌莫断肠。

【注释】

① 金掌:汉武帝曾在建章宫造神明台,上铸金铜仙人,手托承露盘,承接云中甘露。　② 雁字:飞雁行列常成“人”字,故称雁字。　③ 兰佩紫:菊簪黄,即佩紫兰,簪黄菊。　④ 理旧狂:重新温习往昔疏狂之态。

【语译】

天边金铜仙人掌上的托盘里,露水已凝结成霜,雁行一去是那么遥远,唯见云阔天长。绿酒杯,红袖女,趁着重阳佳节,大家来乐一场;人情之温暖,倒有几分像在家乡。

我佩带着紫茎的兰花,把几朵黄菊插在头上,竭力再做出从前那种狂放的模样。我想要用沉醉来换取悲凉,动人的歌声啊,千万别撩起我心中的哀伤!

【赏析】

这首词写的是一次重阳的宴饮,其中有思乡之情,也有多年来郁结于心的忧伤。

《诗经》中“兼葭苍苍，白露为霜”是怀远之歌；秋来思念故乡人情，想到“露为霜”是自然的。然词从“天边金掌”盘中之露水写起，倒出人意表。细细想来，也颇有意味：金铜仙人辞汉故事，本有不胜“悲凉”之感，与词人此时心情恰好一致，正于发端即暗逗结尾。“金掌”，是有最高权势的朝廷的象征，小晏宦途坎坷，曾获罪于究究诸公，在官场上看不到什么希望。这或许也是他落笔冷峻萧索的原因。想象中景象旷远，故曰“天边”，这不但带出下句，也先给人造成澒洞时空的感受。下接“云随雁字长”五字，自然神韵，乡关何处，望寥廓而兴叹之悲感，更不待言。因见南飞雁而生思乡之心，又因望故乡云山万叠而觉天长地远，造句极妙。时值重阳，与客宴欢，杯中绿醽，席上红袖，歌舞殷勤，颇不寂寞，叙来仿佛也足欣慰。文势曲折趋缓。然用一“趁”字，表露了欲趁此佳节，暂遣愁绪，稍得片时轻松的无可奈何心情。虽说“人情”可喜，但念念不忘的仍是“故乡”，何况又正是“倍思亲”的“重阳”。

过片承前“趁重阳”凑热闹的意思，便写自己也依风俗、效古人，索性佩兰簪菊地打扮起来。《离骚》：“纫秋兰以为佩。”杜牧《九日齐山登高》诗：“尘世难逢开口笑，菊花须插满头归。”此“兰佩紫，菊簪黄”句用倒装，突出了花色之鲜丽斑斓。男士以花为饰，古虽有之，然“高情不入时人眼”，难免见笑，被目为狂诞任性。所以词人自言是“殷勤理旧狂”。放任疏狂之态曾经有过，但那是从前，阅世不深，还未“识尽愁滋味”；而今再作出像旧时那种狂放的样子，即所谓“理旧狂”就有点不大自然了。但也别扫旁人的兴，何况自己也想从中得到一点心理上的宽慰。姑且醉酒簪花，努力去做罢，故曰：“殷勤”。热闹的背后，总有凄凉悲感透出。从这几句看，其内心积郁已远远超出乡愁的范围。末了说出此日且为狂态的意愿：“欲将沉醉换悲凉”，词意显豁，重回到开头时的悲凉调子。以“沉醉”呼应“绿杯”，再以“清歌”紧扣“红袖”，一丝不乱。真实而深藏的悲感，原先被表面的旷达所掩，看似平静，此时却直涌而出，最后竟用了“断肠”二字，且又以祈求语句（“莫”）出之，词人心底的呼声却因此而给人以强烈的艺术震撼力。

况周颐《蕙风词话》有一段话说此词，兹录以参考：“‘绿杯’二句，意已厚矣。‘殷勤理旧狂’五字三层意。狂者，所谓‘一肚皮不合时宜’，发见于外者也。狂已旧矣，而理之，而殷勤理之，其狂若有甚不得已者。‘欲将沉醉换悲凉’，是上句注脚。‘清歌莫断肠’，仍含不尽之意。此词沉着厚重，得此结句，便觉竟体空灵。小晏神仙中人，重以父名之贻，贤师友相与沆瀣，其独造处，岂凡夫肉眼所能见及！‘梦魂惯得无拘管，又逐杨花过谢桥。’以是为至，乌足以论小山词耶？”

六　幺　令

绿阴春尽，飞絮绕香阁。晚来翠眉宫样，巧把远山学[1]。一寸狂心未说，已向横波觉[2]。画帘遮匝[3]，新翻曲妙,暗许闲人带偷掐[④]。　　前度书多隐语,意浅愁难答。昨夜诗有回文[⑤],韵险还慵押[⑥]。都待笙歌散了,记取来时霎[⑦]。不消红蜡[⑧],闲云归后,月在庭花旧阑角。

【注释】

① 远山:眉样,见前欧阳修《诉衷情》注。　② 横波:喻流动的目光。③ 遮匝:周围,围绕。　④ 带偷掐:偷偷地学了去,以掐花喻学曲。　⑤ 回文:诗中字句,回环读去,无不成文。　⑥ 韵险:难押的韵。　⑦ 霎:一瞬间。⑧ 不消:不需要。

【语译】

绿树成阴,春天已过完了,柳絮绕着楼阁闺房在飞。傍晚时,我把黛眉巧画成宫中流行的远山眉式样。春心荡漾,难以平静,却什么也没说,但从我乜斜的眼波中已可觉察出来。彩绘的帘幕四围,奏起新谱的曲子,音调真妙啊!我心里暗暗地允许外界闲人偷听到学了去。

上一次来信中,你用了许多隐语,意思倒浅显,我却愁难以作答;昨夜惠赠的诗中,又有回文,韵押得太险了,我还是懒得费神去步你的韵。等到笙歌散尽后,请你记住来时那一瞬间,不需要持红烛照明,闲云归去后,月儿自然就会照在庭院花丛边原来那个栅栏角落里的。

【赏析】

“月上柳梢头,人约黄昏后”。此词所写正是这种事——男女间的恋爱，彼此通信密约，是从一个怀春女子的角度来写的。

词将所写之事置于春末环境之中：绿叶成阴，飞絮绕阁，正是春困恼人季节。傍晚，女子并不宽带卸妆，却将自己精心修饰打扮起来，“翠眉”学“宫样”，画作“远山”状，可见是为了要取悦于准备相会的恋人。“一寸狂心”，写其兴奋激动，春情似潮，狂乱难遏，嘴上虽“未说”而“已向横波觉”，早在眼角眉梢中流露出来。写怀春女子的举止情态，生动逼真。等待之人未来时，且寄情于“新翻曲”，“画帘遮币”，是说在绣房中垂帘弹奏。艺精“曲妙”，以见女子之慧敏。“闲人”偶闻新曲而欲“偷掐”之，足见其曲动人；偷曲本应不许而竟“暗许”之，又见女子对自己技艺高超的得意。从“翠眉”“横波”的外形描绘，进而刻画了她风流灵巧的资质。上片只轻轻点一下“狂心”，下片则具体写出两情相好来。

写恋情分两段。先说暗通书信：“前度书多隐语”，情话说得太直露，难免肉麻，故用“隐语”；但在聪明而又懂事的女子看来，仍一目了然，语虽隐而“意浅”，还不就是那么回事？反不知如何回答才好，所以发“愁”。“昨夜诗有回文”，那位情哥哥也学起苏蕙来了，写了“回文”诗，她也看出来了。只因用“韵险”，懒得在步和时为押韵去费心思，伤脑筋。说白了，就是告诉对方：前后来信和诗均收到，你的心意我明白，只是没有及时给你回信。既然要好，为何不及时回信呢？什么“难答”、“慵押”，都不过是托词，真正的想法是：与其写来写去，倒不如设法见面的好。所以下面就写密约幽会了。“都待笙歌散了”，意思就是等到夜深人静时。“记取来时霎”，这句是韵脚所在，故用“霎”字并断句停顿；其实句意是连下的，即当你来的那一刻，请记住“不消红蜡”。叫情郎不必打灯笼，也只是她所嘱咐的“有关注意事项”之一，其他诸如行动谨慎，别出声；多留心周围；请从某某处进来等等，都不言而喻。既然只就“不消红蜡”说，那么接着申述的理由也是照明问题：别担心，有月光。古人以为云是朝出岫，夕归山。故以“闲云归后”说黄昏后，“闲云”同时又隐指“闲人”。云归月出，自然普照大地，为何偏说“月在庭花旧阑角”呢？是不是借此暗指那个庭花栅栏的角落，是“来时”应走的途径呢？我想是的。这“旧”应是老地方的意思。《会真记》中有莺莺与张生密约诗曰：“待月西厢下，迎风户半开。隔墙花影动，疑是玉人来。”张生遂逾墙而进。此词的结尾，似颇受其启发。

御　街　行

街南绿树春饶絮，雪满游春路。树头花艳杂娇云，树底人家朱户。北楼闲上，疏帘高卷，直见街南树。　　阑干倚尽犹慵去，几度黄昏雨。晚春盘马踏青苔，曾傍绿阴深驻。落花犹在，香屏空掩，人面知何处。

【语译】

街南面的绿柳春来飞絮真多，像雪花飘满游春的道路。树上的花儿艳丽，望去恰如娇云，树下住着一户人家，有着朱红的大门。随随便便地登上北楼，把帘子高高卷起，就能一直看到街南的绿柳和花树。

我倚遍了栏杆还是不想离去，流光真无情啊，不知已经过几度黄昏风雨！晚春时，我曾骑着马去，踏着青苔兜圈儿，在那绿树荫旁久久驻马观看。地上的落花还片片残留着，宅中就只有屏风空荡荡地遮掩着，而那张难忘的脸已不知在什么地方了。

【赏析】

词写旧梦难寻的惆怅。词中主人公曾留情于街南的一个女子，她的住处与自己相距不远，可以登楼望见。大概他们曾有过邂逅相见或短暂相聚的机缘，只是词中未提。此后，多情的主人公曾凭栏留连眺望，也曾驱马前往察看动静，曾几何时，已人去室空了。

上片着重描写女子居处的环境特点，这也因为主人公情有所钟，所以印象特别深刻的缘故。她住在"街南"，那里有许多树，前面的"绿树"是指杨柳，正值春天，故写飞絮如雪；后面"树头花艳"，应是另一种开花的高大的树，故用"杂娇云"去形容它长得高和美的花，而她的家就在"树底"，这一点最后才说出。"朱户"写她门第高贵。然后说自己只要上"北楼"便可望见。"直见街南树"，语气之中带着几分庆幸；但仍只说环境特征，而不明指其人或住处。

下片则重在写人事变化和自己的留连惆怅。"阑干倚尽"与上片的"北楼闲上"不是同一回事；上片只是泛说登楼可见，要算时间，也较早，正絮飞花艳，春意尚浓；此时凭栏，则已经"几度黄昏雨”了，时间反在“晚春盘马踏青苔”去观察之后，因为说到“傍绿阴深驻”时，加了个“曾”字，心情也迥然不同。去她家门前，也不明说，只用“傍绿阴”，以回应前面的“街南树”。其时，“绿叶成阴子满枝”，故树下多生“青苔”，也暗示门前冷落，人迹罕至。“落花”照应了“黄昏雨”，都应有象征性。“人面知何处”与唐诗“人面不知何处去”意思完全相同。此词构思独特之处，乃在全篇一字不提自己与女子的关系，只在末句用“人面”一点，读者自能明白。同时也不说相思、幽怨、愁苦、惆怅之类关于感情的话，而感情的前后变化已自然地融合在叙述描写之中了。

虞　美　人

曲阑干外天如水，昨夜还曾倚。初将明月比佳期，长向圆时候、望人归。　　罗衣着破前香在，旧意谁教改！一春离恨懒调弦，犹有两行闲泪、宝筝前。

【语译】

曲折的栏杆外天色如水，昨天夜里我还曾凭靠过。我初次将明月比作佳期，因为人们总在月圆的时候，盼望离人回来。

绫罗衣服穿到破了，从前的薰香味还在，可是他却不知为什么，原来的心意忽然变了。整个春天我满怀离恨，懒得去调弄弦索，面对这宝筝，还是止不住两行多余的眼泪流了下来。

【赏析】

一个女子盼望她的丈夫或情人归来，却总也盼不到，看来他是变心了；所以她带着怨恨，自怜不幸。这就是此词中所写的。

起头两句倒溯时间，先说眼前正倚曲栏杆仰望天空，再说“昨夜”也是如此；此夜凭栏从“还曾倚”三字补明，造句颇有安排。“天如水”是夜景，是写清冷，所谓“夜色凉如水”。由今连到昨，为表现她凭栏之频。“初将明月比佳期”，人们总是由月圆联想到人圆，因而更常常在月圆时“望人归”；人圆对恋人来说，就是“佳期”，故可作“比”。然这种期待的滋味，她以往未曾识得，所以要用一“初”字。

期待落空，则生怨恨，“罗衣”二句即怨语。衣服经檀、麝之类香料薰过，香气能保持很久是真的，非全是夸张；用贴身之物与薄情郎“旧意”相比，十分现成。“谁”是何、怎么的意思，与指人者异。定是先前有归期誓约，结果日期早过了，人竟不来，连书信也没有一封，岂不是变了心。末了说出心中“离恨”（同时点明季节）。心境恶劣，自然对什么都不感兴趣，平时喜欢弹筝的，这“一春”之中都“懒调弦”了。“宝筝”虽不弹，但仍不免见而思昨，想到从前热恋时候，如何调弦移柱，兴高采烈地以筝曲相娱，所以不禁流下眼泪来了。眼泪而称“闲泪”，言外之意，悲伤又有何用，薄幸人哪会想到你的痛苦，他早把你忘了，你就是哭死了也白搭！语言含蓄，蕴藏甚深，耐人寻味。

留 春 令

画屏天畔，梦回依约[①]，十洲云水[②]。手撚红笺寄人书，写无限，伤春事。　　别浦高楼曾漫倚[③]，对江南千里。楼下分流水声中，有当日、凭高泪。

【注释】

① 依约：隐约，依稀，不分明。　② 十洲：神仙的居处。托名汉东方朔有《十洲记》记十洲仙境在八方大海之中，叫祖洲、瀛洲、玄洲、炎洲、长洲、元洲、流洲、生洲、凤麟洲、聚窟洲。　③ 别浦：银河，因其为牛郎、织女隔绝之地，故称别浦。

【语译】

风景如一幅画屏列于天边，梦醒时分，我依稀看到十洲仙境那样的云水景象。手指轻轻抚弄着红色的信笺，我要给他寄封信去，写出我诉不完的伤春心事。

我曾漫不经心地靠在银河耿耿的高楼上，面对着千里江南。楼下响着水声分流而去的江中，就有着我当时登高凭栏的眼泪在啊！

【赏析】

这也是一首怀念离别的亲人的词。从红笺寄书看，凭江楼者当是女子，而男子去了遥远的江南。

词从梦醒一刻写起，江南的水光山色十分秀丽，恰似天公作

“画屏”，梦中来游，“梦回”已远，故曰“天畔”；又所见云环水绕，景象之奇异，仿佛身临仙境，故以“十洲云水”作比。所历本幻，梦醒时更只“依约”记得了。梦江南本就是梦在江南之人，人自可不说；“觉来知是梦，不胜悲”之类的话也不必说，只说欲寄书尽诉心事就够了。“手撚红笺”是深情细思的无意识动作，因为心潮起伏，想说的话太多，一时不知从何说起。“伤春”只是概括言之，其中更多的应是自伤。

下片写曾于送别时倚楼兴悲事。“别浦”一词含义双关：作银河之别称，暗示去留双方亦如牛郎织女之相隔；若就“高楼”临江而言，亲人又正从此水而远去江南，故也不妨说是“别浦”。“漫倚”，是说无端倚楼，当时漫不经心。“对江南千里”，点明离人将去的方向，以及路途之遥远。“此地一为别，孤篷万里征。”故临别黯然销魂，凭高流泪，洒落于江水之中。如今，楼下水声在耳，“当日”难舍难分的情景又涌上心头来了。冯延巳有《三台令》词曰：“南浦，南浦！翠鬓离人何处？当时携手高楼，依旧楼前水流。流水，流水！中有伤心双泪。”郑文焯以为此即晏词之“所承”（见其《评小山词》），是有道理的。

思　远　人

红叶黄花秋意晚，千里念行客。飞云过尽，归鸿无信，何处寄书得？　　泪弹不尽临窗滴，就砚旋研墨。

渐写到别来，此情深处，红笺为无色。

【语译】

霜叶红了，菊花黄了，秋意已经很深。我怀念在千里外奔波的亲人。天上的云都飘过去了，南归的雁也不见传书，我写信又能寄到什么地方去呢？

眼泪弹也弹不完，临近窗子滴落下来，我用砚台承住泪，随即磨墨写起信来。渐渐地写到分别以来的情况，在离恨最深处，红笺也因此褪得没有颜色了。

【赏析】

此词主题恰好与词牌所标一样，是“思远人”，其构思是通过给所思念的远方人写信一事来表现离情的。

首句先写一笔所处的环境季节，“红叶黄花”，时已晚秋，霜重风寒，自然更牵挂远在外地的亲人，故接着就点明主题：“千里念行客。”转到写信的事上来，先说欲寄而难达。叙来紧扣“秋意”和“千里”两层意思。“归鸿无信”，说得很明白；为何要加“飞云过尽”呢？（一）传说能传书的飞禽，除鸿雁外，尚有燕子、青鸟等，故诗词中说到寄信，常提及“空中”、“云外”，如杜甫说：“几岁寄我空中书？”（《送孔巢父兼呈李白》）李璟说：“青鸟不传云外信”（《浣溪沙》）；（二）说“飞云过尽”，以见仰望之久，也就是想寄书之情甚切。书信难寄，这是一层意思。不管是否寄得到，情深欲诉，信还是写了，这是又一层意思。所以下片就说信是如何写的。

未提笔,先流泪;“泪弹不尽”,可见怨之深。滴泪而“临窗”,正为作书而伏案于窗前。以下忽发奇想:写字先得磨墨,磨墨必须注水于砚;泪既“不尽”,索性“就砚旋研墨”,让眼泪滴在砚台中以代水,就此磨墨作书。如此说来,信倒是用泪水写成的了。于是,更作进一步想象,句也愈奇。墨磨好提笔写信时,泪岂能不再滴,滴必落于笺上,纸沾湿而褪红,则泪愈多而红愈淡。终至,“渐写到别来,此情深处,红笺为无色”。情安有色,特因伤心之甚而致。结句夸张已极,几可谓无理而妙,它也是全篇最警策、最富诗趣之所在。

苏　轼

苏轼(1037—1101),字子瞻,一字和仲,自号东坡居士,眉州眉山(今属四川)人。仁宗嘉祐二年(1057)进士,历通判杭州,知密州、徐州、湖州。因"乌台诗案"贬黄州团练副使。哲宗即位,除翰林学士,知登州、杭州,一度召为端明殿学士、礼部尚书,复出知颍州。绍圣初,坐讪谤先朝,贬谪惠州、儋州。徽宗立,赦还,提举玉局观,卒于常州。是中国古代少有的文学天才,诗、文、书、画都取得极高成就。他的词以豪放雄奇风格见长,开拓了词的境界,成为北宋词中豪放派的代表。有《东坡词》、《东坡乐府》。

水调歌头

丙辰中秋[①],欢饮达旦,大醉,作此篇,兼怀子由[②]

明月几时有,把酒问青天[③]。不知天上宫阙,今夕是何年。我欲乘风归去,惟恐琼楼玉宇[④],高处不胜寒。起舞弄清影,何似在人间。　　转朱阁,低绮户[⑤],照无眠。不应有恨,何事长向别时圆?人有悲欢离合,月有阴晴圆缺,此事古难全。但愿人长久,千里共婵娟[⑥]。

【注释】

① 丙辰:宋神宗熙宁九年(1076)。　② 子由:苏轼的弟弟苏辙,字子由。③ "明月"二句:李白《把酒问月》诗:"青天有月来几时?我今停杯一问之。"

④ 琼楼玉宇:美玉建成的楼台屋宇,传说月中有广寒宫。　⑤ 绮户:闺阁绣户。⑥ 千里共婵娟:谢庄《月赋》:“隔千里兮共明月。”婵娟,美好的样子,美好的东西,此指月亮。

【语译】

明月从什么时候起才有的啊?我拿着酒杯向老天发问。也不知在天上的宫殿城阙里,今天晚上是什么年月了。我想乘着长风回到那里去,又唯恐在那高处的琼玉楼台太寒冷了。还是让身影随着我翩翩起舞罢,去天上哪能比得上留在人间好呢。

月儿转过红楼,向绣房前低落,照见了失眠的人。月儿啊,你是不应该有恨的,怎么老是在人家离别的时候圆起来呢?人总难免有悲欢离合的,正如月有阴晴圆缺一样,这种事自古以来就难以圆满。但愿人能长久健康地活在世上,虽相隔千里彼此也能共同享有这美好的月色。

【赏析】

东坡词名声最大的有两首,一首是《念奴娇》“大江东去”;另一首就是《水调歌头》“明月几时有”。两首都豪放。“大江东去”距离词以婉约为主的传统题材,风格更远,更接近于诗甚至文,故为严守传统词格的彊村先生所不选。此首望月怀人似词中常有,然究其精神,仍大大突破了以往的传统写法,对后来影响很大。此词在宋元传唱之盛,使《水浒传》也将它写到故事情节中去了(见小说第三十回)。

上片写醉中望月，即题序中“中秋，欢饮达旦，大醉”等语。“几时有”、“是何年”，如屈原《天问》，都不好回答。人谓“发端从太白仙心脱化，顿成奇逸之笔”（郑文焯《手批东坡乐府》），“直觉有仙气缥缈于毫端”（继昌《左庵词话》）。“我欲乘风归去”，暗暗自比李白那样的“天上谪仙人”，又能写出醉后飘然欲仙的精神状态。虽说幻想中的天上仙境吸引着他出世，但经一番考虑后，仍选择了现实。“惟恐”二字调转了笔锋。“琼楼玉宇”虽则豪华奇丽，毕竟过于寒冷，相比之下，有人情温暖的现实生活，来得更亲切。月下起舞，写出“欢饮”中的逸兴醉态，正为表现人间自有可乐之处，其旷达乐观的人生态度，与下片暗暗沟通。

下片写对月怀人，即题序中所谓“兼怀子由”。苏轼与苏辙手足情深，自颍州一别，已六年未见。当时苏轼正知密州，即今山东诸城，弟在济南，相隔不远而无缘见面。词写憾恨，却从人间普遍存在的现象落笔。“转朱阁，低绮户，照无眠。”写亲人远在异乡，闺中望月无眠，这样的人家不知有多少。“转”、“低”、“照”三字有序，一字不可易。有人想改“低”为“窥”，以为改后“其词益佳”（见胡仔《苕溪渔隐丛话前集》卷五十九）。殊不知月轮先“转”后“低”，正扣题序“达旦”二字，最后说“照”，方见思妇彻夜难寐。“不应”两句以埋怨语气设问，看似无理，却分外有情；自身的憾恨，借同情天下离人的话说出。然后把意思完全转过来，以旷达语回答了这一问题，就此劝慰其弟和自宽。由此夜之离人拓展到“人有悲欢离合”，由眼前之圆月拓展到“月有阴晴圆缺”，两者互证，得出凡事必有两面乃自然之定理，正不须憾恨的结论。结尾顺理成章地表示祝愿。月之圆缺，非人能为力者；人之离合，亦有不得已者，唯愉悦心情，保重身体，是自己可为的。只要人在，则情谊在温暖在，足以补偿其他缺失，即如今夜，纵山水相隔，也能“千里共婵娟”，彼此寄情明月，暗通灵犀，天涯比邻，岂非大好！谢庄之句，经如此化用，益见精妙。现实的乐观的人生态度，上下片一气贯通。

此词除“天”、“年”、“寒”……“娟”，平声一韵到底外，尚有藏韵者在，即上片之“去”、“宇”相协，下片之“合”、“缺”相协，皆仄声。沈雄以为“谓之偶然暗合则可，若以多者证之，则问之笺体家，未曾立法于严也”（《古今词话》）。

此词“我欲乘风归去……高处不胜寒”云云，有人以为尚有政治寄托，看法则有截然相反两种：（一）以为苏轼欲弃官归隐求仙而终未去。据说神宗读至此，乃叹曰：“苏轼终是爱君！”（见《岁时广记》引《古今词话》）大概就是如此理解的。（二）以为是刺王安石当道，推行新法的。则“归去”乃回到朝廷，又恐政治气候太寒冷。此皆深求之说，因各有相当理由，故略述之以备考。

水　龙　吟

次韵章质夫《杨花词》[①]

似花还似非花，也无人惜从教坠[②]。抛家傍路，思量却是，无情有思[③]。萦损柔肠，困酣娇眼，欲开还闭。梦随风万里，寻郎去处，又还被莺呼起[4]。　　不恨此花飞尽，恨西园、落红难缀[5]。晓来雨过，遗踪何在？一池萍碎[6]。春色三分，二分尘土，一分流水[7]。细看来，不是杨花，点点是离人泪[8]。

【注释】

① 次韵：又叫步韵，用别人诗词的韵脚来唱和。章质夫：名楶（音节），字质夫，蒲城（今属福建）人，仕至枢密院事，为作者好友。当时同官京师。他作有《水龙吟》咏杨花词，为时人传诵。杨花，即柳絮。　② 从教坠：任其坠落。从，任凭。教，使。　③ 无情有思：草木虽无情，却似有恨。思，愁思，怨恨。　④ “梦随”三句：金昌绪《春怨》诗：“打起黄莺儿，莫教枝上啼。啼时惊妾梦，不得到辽西。”词用其意。　⑤ 缀：连接。句谓花落后，难再缀连于枝头。　⑥ 一池萍碎：作者原注：“杨花落水为浮萍，验之信然。”这只是古人的传说，并不科学。　⑦ “春色”三句：以春色指代杨花，将其作三等分，则三分之二委于尘土，三分之一飘落水中。　⑧ “细看来”三句：也断句作“细看来不是，杨花点点，是离人泪”。

【语译】

它像花又不像花，也没有人惋惜，任其飘散坠落。抛弃了它生长的家，流落在街头路旁，细想起来，这无情草木倒也是有愁恨的。它愁思萦怀，伤了柔肠，媚眼困慵，想睁开又闭了起来。它好比梦魂，随长风，飞往万里之外，寻找情郎的去处，又仍被黄莺的叫声所唤回。

我倒不恨这柳絮的飞尽，只恨那西园里落花飘红，再难重新回到它原来的枝头上去。早晨一场风雨过后，何处去寻找它遗留的踪迹呢？原来已化作一池细碎的浮萍了。这三分春色，已是二分付与尘土、一分付与流水了。你细细地看罢，其实它并不是杨花，一点一点，原来都是离别之人的眼泪啊！

【赏析】

苏轼与章质夫同仕汴京，是在哲宗元祐二年（1087），词当作于此时。

如果两人才力相当，和作往往不如原作，因为原作写时较自由；和作要“次韵”，限制更多，当然也就更难。然而，这点限制却难不倒苏轼，他的次韵和作，挥洒自如，反胜过章氏原作，故王国维曰：“东坡《水龙吟·咏杨花》和韵而似原唱，章质夫词原唱而似和韵，才之不可强也如是。”（《人间词话》）

词从杨花算不算花说起，既称“杨花”，又生于枝头，可说“似花”；状如棉絮，全无花形，“也无人惜从教坠”，又好像“非花”。由第一句带出第二句，而第二句便有寄托了。看至下文，便知是以杨花“无人惜”，寓人之不幸遭遇。“抛家傍路”，也语带双关，既咏物又说人，就物而言，“抛家”就是“离枝”。“无情”固是草木，但也可作闺阁对离家之人的称呼。然而又说是“有思”，“有思”亦即“有情”，“情思”一词，本可连可拆，具体地说，就是有离愁别恨。人固有，草木也有吗？有。唐陆龟蒙《白莲》诗就说：“无情有恨何人见，月晓风清欲堕时。"东坡大概受此启发。“抛家”三句是以杨花拟行客;接着“柔肠”、“娇眼”云云,便拟闺中思妇。妙在拟人而不离物,“萦”、“柔”自是柳絮之状;杨柳飞绵之时,正是人们春“困”欲“酣”之季,而柳叶似眼,故称“柳眼”,联想彼此贯通。由睡而“梦”,梦魂能飞度关山,正可仿佛杨花之“随风万里”,故又借众所周知之唐诗“打起黄莺儿”意,说到“寻郎去处”,照应前所拟远行客,以申足离恨。

下片思路更放开了,好像不是在写咏物词而是在纵笔直抒伤春之情,然又终不脱杨花,故张炎谓其“后段愈出愈奇,真压倒今古”(《词源》)。在“此花飞尽”之前,只加上“不恨”二字,就说到了“落红难缀”,可谓便捷之至。然后又回到本位,说杨花随一场晓雨流入池沼,化作浮萍。前面的“抛家傍路”是坠于“尘土”;此处则是付与“流水”。用“春色三分”来归结,则在指杨花的同时,可连带上“落红”,比单说“杨花”内涵扩大了,突出惜春伤春主题。伤春实即自伤,所以最后仍归结为离别,与上片完全一致。妙在抓住“点点”这一特征,将杨花比眼泪,这是对唐诗“君看陌上梅花红,尽是离人眼中血”(曾季狸《艇斋诗话》引)的发展,是前人未曾说过的。

总之,此词咏杨花不离不即,既赋物又言情,能以神奇化工之笔,摄杨花之魂魄,丝毫没有通常次韵和作的拘束之态,故李攀龙说它“如虢国夫人不施粉黛,而一段天姿,自是倾城”(《草堂诗余隽》)。

永　遇　乐

彭城夜宿燕子楼，梦盼盼，因作此词[①]

明月如霜，好风如水，清景无限。曲港跳鱼，圆荷泻露，寂寞无人见。纨如三鼓[②]，铿然一叶[③]，黯黯梦云惊断。夜茫茫、重寻无处，觉来小园行遍。　天涯倦客，山中归路，望断故园心眼。燕子楼空，佳人何在？空锁楼中燕。古今如梦，何曾梦觉，但有旧欢新怨。异时对、黄楼夜景[④]，为余浩叹。

【注释】

① 彭城：今江苏徐州。白居易《燕子楼诗序》："徐州故尚书（张建封）有爱妓，曰盼盼，善歌舞，雅多风态。……尚书既殁，归葬东洛，而彭城有张氏旧第，第中有小楼，名燕子。盼盼念旧爱而不嫁，居是楼十余年。"　② 纨如三鼓：即三更鼓声纨然。纨，音胆，击鼓声。如，语助词。　③ 铿：金石声，此形容落叶声。　④ 黄楼：苏轼守徐州时所建。他初到徐州时，值黄河泛滥，便率军民防洪救灾；次年春，又筑防洪堤，并建楼以镇之，楼在铜山县东门。

【语译】

明亮的月光如浓霜铺满大地，好风吹来像流水似的柔软，清夜光景无限美好。曲折的港湾有鱼儿在跳跃，圆盘似的荷叶倾泻着露珠，这一切在寂寞中都没有人看见。半夜鼓声砰砰，落叶发出脆响，惊断了好梦，使我黯然心伤。夜色茫茫，梦中之人再也无处寻找；醒来后我走遍了小园的每一个角落。

我这已厌倦天涯宦游的行客，一心想着去归隐的山间小路，故乡家园真令我愁思欲绝、望眼欲穿啊！燕子楼已经空了，佳人又在哪里呢？门户紧闭也只能徒然地锁住楼中的燕子罢了。古往今来，都像是梦，这梦又何曾醒过呢，有的只是往昔的欢乐和如今的愁怨。我想，将来也一定会有人，对着黄楼的夜景，为我感慨而发出长叹的。

【赏析】

此词系年据王文诰《苏诗总案》，谓“戊午（神宗元丰元年，1078）十月，梦登燕子楼，翌日往寻其地作”。其时，东坡任徐州知州，燕子楼就在郡舍的后面，故甚便“夜宿”。词把记事、写景、怀古、抒慨糅合在一起，其中对夜景的描绘甚见精彩；发思古之幽情，也空灵娟逸。

词先略过“梦盼盼”之事，把深夜游小园所见的清景提到前面来写。写夜景本东坡所长，其《记承天寺夜游》短文和《舟中夜起》诗等，描绘夜景都臻于神妙，此词也如此。“明月如霜”虽常语，用于起头自好，先给人以银色世界的视觉印象。跟一句“好风如水”，便不寻常，这是从触觉来表现，竭力捕捉良宵美景给自己的真实感受。夜风拂面着体，是清凉的、舒适的、柔软的，所以说“好”，以“水”作比，是再确切不过的了，也是一种创造。这样，“清景无限”

的赞叹便油然而生。写景物，常先说总体感受，然后分别表现局部、细部，“曲港跳鱼，圆荷泻露”便是分镜头了。于视觉外，又增加了听觉。有“泼剌”、“叮咚”之声，反显出夜愈静而境更幽，所以接一句“寂寞无人见”，无人见之景，作者见了，所以难得，值得一写。再一想，数百年前的盼盼之事以及自己的梦见，又何尝不是如此呢？景又与情事暗暗相通。这以后，才回笔写“梦盼盼”事。

三更报时的鼓声砰砰地在响，一张枯黄的梧桐叶落下时发出铿锵的声音，这是梦回时枕上所闻，故谓梦被声音所“惊断”。梦而称“梦云”，是暗用楚襄王梦巫山神女事以切“梦盼盼”，因神女能化为朝云暮雨也。盼盼已故去数百年，有幸梦见，岂非神灵有意而来？“黯黯”是说梦断人不见时的怅惘凄迷。这几句真下笔如有神。然后从侧耳倾听转为睁眼四望，但见茫茫夜色，佳人已无处可觅。不甘心，起而外出寻找。“觉来小园行遍”，是作者眷恋梦境的具体表现，也是对前面“清景无限”一段描写的补足，交代清那是觉后起行小园之所见。《苏诗总案》谓“翌日往寻其地”，其实并无别的依据，是想当然地以为词中既有“觉来”云云，当是“翌日”之事。这是未细心体会词意，又忽略了东坡喜欢夜游的缘故。

下片拓展境界，写到自己。从蜀中故园，宦游来到彭城，仕途又一直不得意，自然会屡兴“归去来”的念头，故有“天涯倦客，山中归路”之叹。从古人说到自己，这是必不可少的。但仍不能不说到燕子楼和盼盼事，因为上片只借“梦云”稍作暗示，并不确知其所指。有一则故事说：“东坡问少游：‘别作何词？’秦举‘小楼连苑横空，下窥绣毂雕鞍骤’。坡云：‘十三个字，只说得一个人骑马楼前过。’秦问先生近著，坡云：‘亦有一词说楼上事。’乃举‘燕子楼空，佳人何在？空锁楼中燕。’晁无咎在座云：‘三句说尽张建封燕子楼一段事，奇哉！’”（黄昇《花庵词选》）郑文焯评云：“公‘燕子楼空’三句语秦淮海，殆以示咏古之超宕，贵神情，不贵迹象也。”（《手批东坡乐府》）这就不用再多说了。

从人去楼空，想到人生之短暂犹如梦幻，古往今来无不如此，而且总是“旧欢新怨”不断地重复。既然谁都不能无动于衷，看淡看破，可见总在梦中，从未醒过。盼盼早年受宠承欢，张建封死后，孤居小楼，寂寞度日；自己初入仕途，也曾受欧阳修赏识拔擢，出人头地，如今宦海颠簸，天涯为客，厌倦思归，悲欢穷达，感慨万端。这样，作者就从此夜自己对燕子楼兴慨而想到“异时”他人“对黄楼夜景”兴概。黄楼是苏轼来徐州为防洪兴利而建的。百年以后，作者早已不在人世，那时，或许也会有人宿黄楼，梦东坡，想到旷世奇才、一代大文豪居然曾“穷边徇微禄”，来此留下遗迹，便不禁要为之而浩然长叹了。东坡之灵气仙才，表露在曲子词中，也丝毫不减其诗文。

洞　仙　歌

余七岁时，见眉州老尼，姓朱，忘其名，年九十岁。自言尝随其师入蜀主孟昶宫中，一日大热，蜀主与花蕊夫人夜纳凉摩诃池上，作一词，朱具能记之。今四十年，朱已死久矣，人无知此词者，但记其首两句，暇日寻味，岂《洞仙歌令》乎？乃为足之云[①]。

冰肌玉骨，自清凉无汗。水殿风来暗香满。绣帘开、一点明月窥人，人未寝，攲枕钗横鬓乱。　　起来携素手，庭户无声，时见疏星渡河汉。试问夜如何？夜已三更，金波淡[②]，玉绳低转[③]。但屈指、西风几时来，又不道流年[④]、暗中偷换。

【注释】

① 孟昶(音厂)：五代后蜀国君，公元934至965年在位。花蕊夫人：孟昶的费贵妃的别号，工诗文，蜀亡入宋。摩诃池：隋代建，在成都城内。"摩诃"，梵语，义为大。作一词：孟昶所作词，今不存。《漫叟诗话》、《阳春白雪》等书附会苏轼此词题序语，载其据苏词改写之孟昶《玉楼春》词曰："冰肌玉骨清无汗，水殿风来暗香满。帘开明月独窥人，攲枕钗横云鬓乱。起来琼户悄无声，时见疏星度河汉。屈指西风几时来，只恐流年暗中换。"　② 金波：指月光。　③ 玉绳：星名。　④ 不道：不知不觉。

【语译】

她遍体的肌骨如冰一般洁净、玉一般莹润，本就清凉无汗。风吹进水上宫殿来，暗暗带来满屋荷花的香味。绣帘开处，一轮明月偷偷地窥看着人，人还没有睡，靠在枕上的她，已金钗横斜、鬓发散乱了。

我从床上起来，拉着她雪白的手，步出卧房，庭院宫室静悄悄的，夜空中不时有几颗流星飞过银河去。我问："现在都什么时候了？"哦，已是三更半夜了。只见月光淡淡地浮动着，玉绳星已转向低处了。我只是屈指计算着还有多少天西风就要来临，却没有想到流逝的时光，已在不知不觉中偷偷地改换了。

【赏析】

花蕊夫人事，宋人乐道。她曾仿"王建体"赋宫词百首。蜀亡后，宋太祖召其述诗，其《国亡诗》云："君王城上竖降旗，妾在深宫哪得知。十四万人齐解甲，宁无一个是男儿？"曾盛传一时。苏轼于其轶事既有所闻，自然会激发他据所记残句而补缀完篇的热情。此词即摹拟蜀主携花蕊夫人盛夏之夜纳凉摩诃池上的情景。

起头九字，既形容了花蕊夫人如冰似玉的丽质风姿，也用侧笔烘染出当时正值"大热"天气，下文之步出庭户，自是"纳凉"，已可想见。"水殿风来暗香满"，知宫殿建于水上，环境舒适，风物诱人；水即摩诃池，且知池上正荷花盛开。"绣帘开"数句，将"明月"当作摄影镜头，从高远处通过打开的窗帘见到室内、绣帏中的情景，本不让人看的，故用一"窥"字。人虽"攲枕"而"未寝"，天热固原因之一，更主要的当是说两情欢乐正浓，这从写"钗横鬓乱"可知。

下片说深夜相携纳凉事。池上月明，芙蕖飘香，水清风爽，正好乘凉。"携素手"，见两情脉脉，相亲相依。"庭户无声"，此"夜半无人私语时"也。"时见疏星渡河汉"，又令人联想到此夜人间之情侣正笑天上隔银河而望的牛郎织女。"夜如何"之问，固有"夜如何其？夜未央”（《诗·小雅·庭燎》）为出处，但写在这里，恰如白描人物行止，而“金波淡，玉绳低转”的景象，也可想见他俩并肩偎依、久久仰望夜空的情态。

末两句表里可解，耐人寻味，浅一层是说他们只是屈指计算着再过多少天凉风将至，却不料时光如逝水，季节变换、暑退凉生，已在暗中进行，这是紧扣题序意思说的。深一层则又有所托：蜀主与花蕊夫人之帝王逸乐生活，无非黄粱南柯而已，此夜嫌热，恨不得一冷，既冷时，再想此热，果成一梦矣！所谓“流年暗中偷换”，言其热日无多，倏忽亡国兴悲也。评者多赞此词“清越之音，解烦涤苛”（沈际飞《草堂诗余正集》）、“其声亦如空山鸣泉，琴筑并奏”（郑文焯《手批东坡乐府》）。殊不知清词中亦有哀音，东坡“人生如梦”的思想也通过其补足五代旧事旧作表露了出来。

卜　算　子

黄州定惠院寓居作①

缺月挂疏桐，漏断人初静②。谁见幽人独往来，缥缈孤鸿影。　　惊起却回头，有恨无人省③。拣尽寒枝不肯栖，寂寞沙洲冷。

【注释】

① 定惠院：一名定慧院，在黄州东南，作者有《游定惠院记》。　② 漏断：谓漏声间断。　③ 省：知晓。

【语译】

半缺的月亮挂在疏疏稀稀的梧桐树上，漏声间断，人声已寂静了。有谁会见到幽居的人独自往来呢，他就像那只夜空中隐隐约约、若有若无的孤雁。

雁儿受惊飞起，却又回头瞧瞧，心中有恨而无人知晓。它把所有冬天的树枝都挑选遍了，总也不肯栖息下来，宁可留在那寂寞寒冷的沙洲上。

【赏析】

王文诰《苏诗总案》编此词为“壬戌(元丰五年，1082)十二月作”。其时，东坡正谪居黄州。词写自己当时的寂寞心情，这从他黄州时期的许多诗文中都可得到印证；他写到定惠院的作品也不少，孤独寂寞之感与此词也如出一辙。吴曾《能改斋漫录》称“其属意盖为王氏女子也”；还有人将此词附会惠州温氏女超超故事(见《历代诗余》引《古今词话》)，皆不可信。

词上片写缺月疏桐、缥缈孤鸿的静夜景象。夜行之“幽人”即作者自己，有其《定惠院寓居月夜偶出》诗“幽人无事不出门，偶逐东风转良夜”可证。全篇正面提到自己的只此一句，自称“幽人”外，再说“独往来”，又加上“谁见”，是对孤寂处境的着意强调。然后将自己的行止用传统意象“缥缈孤鸿影”作比，赋予其清高孤傲气节的含义。张九龄有“孤鸿海上来，池潢不敢顾”的诗(《感遇》)，抒写自身的遭际感慨；杜甫也借《孤雁》诗以自托。苏轼正是尽收前贤之诗意于心底而吐为小词。

下片索性脱开定惠院夜景和作为主体的幽人，只写孤鸿。这样的结构章法，是不合常规的，然正如评家所说，“盖其文章之妙，语意到处即为之，不可限以绳墨也”（胡仔《苕溪渔隐丛话前集》卷三十九）。不久前，苏轼因诗文被指控为“愚弄朝廷”、“指斥乘舆”，入御史台狱，几遭杀身之祸。被赦后，责授检校水部员外郎、黄州团练副使，有诗曰：“此灾何必深追咎，窃禄从来岂有因。”（《十二月二十八日蒙恩责授……》）“只惭无补丝毫事，尚费官家压酒囊。”（《初到黄州》）此皆“惊起却回头”之注脚。然总有所不为，不肯合污同流，滥官媚俗，此所谓“拣尽寒枝不肯栖”也。所以只有孤栖独宿于沙洲苇丛间（此定惠院寓居），忍受这寂寞寒冷的处境。黄庭坚题跋此词，称其“语言高妙，似非吃烟火食人语”，这是他不敢涉及东坡政治感慨，故只从风格神韵上来评说的话。

青 玉 案

和贺方回韵，送伯固归吴中①

三年枕上吴中路，遣黄犬②、随君去。若到松江呼小渡，莫惊鸳鹭，四桥尽是③、老子经行处。　《辋川图》上看春暮④，常记高人右丞句。作个归期天定许，春衫犹是，小蛮针线⑤，曾湿西湖雨。

【注释】

① 贺方回:贺铸,字方回,号鉴湖遗老。伯固:苏坚,字伯固,苏轼与其讲宗盟。自哲宗元祐四年己巳(1089),苏坚跟从苏轼在杭州,三年始归。元祐七年壬申(1092)八月,以兵部尚书召还。 ② 黄犬:晋陆机有犬名黄耳,机在洛时,曾系书其颈,致松江家中,并得报还洛。事见《晋书·陆机传》。 ③ 四桥:姑苏有四桥。 ④《辋川图》:唐王维官尚书右丞,有别墅在辋川(在陕西蓝田县辋谷川口),他写了许多辋川风景诗,又在蓝田清凉寺壁上画过《辋川图》。⑤ 小蛮:《本事诗》云:唐白居易有姬樊素善歌,妓小蛮善舞,有诗云:“樱桃樊素口,杨柳小蛮腰。”

【语译】

三年来,你睡觉都梦见回故乡吴中去的路,如今你回家,我叫一条能传书的黄狗跟了你去,希望能得到你到家后的音信。你若到了松江呼唤小渡口的船只时,请别让水上的鸳鸯、白鹭受惊,要知道那四桥一带,都是我曾经留下过足迹的地方。

我从《辋川图》那样令人动心的画中看着春天将暮时的景色,常常会想起过着悠闲归隐生活的高人王右丞的诗句。我如果也确定个归故乡去的日期,老天爷也一定会允许的罢!那时,我身上穿的春季衣衫,还是我在杭州时陪伴我的小蛮缝制的,它曾被西湖上的雨打湿过呢。

【赏析】

这是一首赠别词。苏伯固居杭三年,得以归吴中回到家乡去,姑苏一带是苏轼从前曾到过的，熟悉的，这引起他的羡慕，并勾起他自己也想回故乡去过王维式的清闲生活的念头。词前半写送人归去，后半写自己思归。

此词头几句若用平常话说，不过是："三年来，你时刻思念家乡，现在回去了，希望今后常来信。"可现在说成"(我)遣黄犬随君去(往)，三年枕上吴中路"，便诗意盎然了。这说明作者不但善于措词，活用陆机黄犬典故的手段也出神入化。以下数句也很有意思，要说的话不过是："你这一路去的地方，我以前曾到过，印象很不错。"写在词中，就举出"松江"(今属上海市)，它是从杭州去吴中所经之地，是陆机的家乡，是承上用"黄犬"事而来的。既有江，便要呼渡；江上有水禽，又因水而说到桥，这样就串联了起来。要苏坚小声呼渡，"莫惊鸳鹭"，正是写自己曾留情于这一带的美好景物。这是羡慕，也是庆贺。

写到思归，先借王维表现隐逸生活的画和诗来述说自己心情。然后点出"归"字，说如此美事，一定能天从人愿。这比上片所说又进了一步，因为正是苏坚之行才勾起自己思归念头的。歇拍几句极为《蕙风词话》的作者况周颐所称许，说是"令人爱不忍释"。苏轼设想自己归时，犹着"小蛮"缝制之春衫，而这春衫曾被"西湖雨"打湿过。这又是留情于杭州了。小蛮是白居易守杭时所亲近的人，所以借用。这看似只写作者自己，其实已暗暗地把苏坚包括在其中了，因为他也在杭留居了三年。此时一别，岂能不回想共同在西湖边生活的情景？

临江仙

夜归临皋[1]

夜饮东坡醒复醉[2],归来仿佛三更。家童鼻息已雷鸣,敲门都不应,倚杖听江声。　　长恨此身非我有[3],何时忘却营营[4]!夜阑风静縠纹平[5]。小舟从此逝,江海寄余生。

【注释】

① 夜归临皋:《苏诗总案》:元丰五年(1082)九月"雪堂一夜饮,醉归临皋作《临江仙》词"。元丰三年(1080)五月,苏轼自定惠院迁居临皋,五年春于东坡筑雪堂,仍家居临皋。临皋在黄冈县南,临长江。　② 东坡:临皋附近的小地名,在黄州东门外,是苏轼"得躬耕其中"的数十亩土地,其名乃效白居易忠州东坡之名而起的,并以此作为自己的别号。　③ 此身非我有:身不由己。语出《庄子·知北游》。　④ 营营:纷扰貌。指为世俗名利奔忙。　⑤ 縠纹:微波,以绉纱纹为喻。

【语译】

夜间,我在东坡雪堂饮酒,喝得醒了又醉,回到家好像已三更时分了。家童睡得鼾声如雷,我敲门都没人答应,只好拄着手杖听那江水的哗哗声。

我常恨自己的身子自己作不了主,什么时候才能完全忘掉为世俗名利而苦苦奔忙呢?夜已残,风静止了,江面平滑,水波不兴。

我真想乘一叶小舟，从此远离尘嚣，寄身江海之上，自由自在地度过我的余生啊！

【赏析】

此词作于谪居黄州时期。记一次夜饮雪堂，醉归临皋住所之事和当时的萧飒心情。上片记事，下片抒情。

东坡不善饮酒，少饮辄醉，何况心情苦闷。“醒复醉”，正写神志已有点迷迷糊糊的状态。他同年所作《后赤壁赋》有“步自雪堂，将归于临皋……过黄泥之坂”等语，正与此夜“归来”走的是同一条路。到家夜已半，确切的时间醉中已弄不太清楚了，故曰“仿佛”。下面三句说自己被关在门外，句句都有声音：家童的“鼻息”声，还如“雷鸣”般的响，自己的“敲门”声和“江声”，由此却写出了深夜的一片寂静。这是运用“鸟鸣山更幽”式的反衬笔法极为成功的例子。

在“倚杖听江声”之后过片抒情，特别自然而有意境。静夜中，大江边，年已迟暮的大诗人，历经劫难，倚杖伫立，耳中倾听着沙沙的滩声，心已神游着梦幻似的往昔。“长恨此身非我有，何时忘却营营”的感叹，坦诚而真实，能在许多人心灵中激起同情和共鸣。再插一句“夜阑风静縠纹平”景语，既有推移时间和隔开前后情语的作用，又借景寓情，暗示其对宁静生活境界的向往。故接以面对眼前景色，表述内心愿望的话作结。“小舟从此逝，江海寄余生”的生活虽潇洒，但并没有现实的可能性，作者心里也很清楚，所以从他的用语上也能感觉到一种浓重的悲凉意味。

定 风 波

三月七日,沙湖道中遇雨[1],雨具先去,同行皆狼狈,余独不觉,已而遂晴,故作此。

莫听穿林打叶声,何妨吟啸且徐行。竹杖芒鞋轻胜马[2],谁怕[3]?一蓑烟雨任平生。　　料峭春风吹酒醒[4],微冷,山头斜照却相迎。回首向来萧瑟处,归去,也无风雨也无晴。

【注释】

① “七日”:原作“三日”,据《东坡乐府》改。沙湖:在黄冈县东南三十里。② 芒鞋:草鞋。　③ 谁怕:怕什么,有何可怕。　④ 料峭:形容春天的寒意。

【语译】

不必去听雨点穿过树林、打在叶子上的声音,尽管吟着诗、吹着口哨,慢吞吞地走好了。竹杖和草鞋比马还轻便呢,有什么可怕的!在漫天烟雨中,披一件蓑衣,任凭风吹雨打的事,我平生经历惯了。

风带来春天的寒意,吹得我酒也醒了,身上正微微觉得有点冷,山头的斜阳却已迎面照射过来。我回过头去,看了看刚才遇雨的地方。这趟归程,对我来说实在是既没有风雨,也没有晴啊!

【赏析】

苏轼在黄州时，一天，与友人们从沙湖看田回来，途中遭遇到一场雨，因为雨具事先叫人带回去了，同行者都狼狈不堪，只有苏轼若无其事。一会儿，天就放晴了。他写了这首词，通过记述对晴雨的态度，来表现自己对穷达命运不患得失、任其自然、旷达乐观的襟怀。

上片说过雨。写自己满不在乎地对待风雨的超然态度，极富表现力。“竹杖芒鞋轻胜马，谁怕！”在怡然自得外，又有几分兀傲。“一蓑烟雨任平生”，将眼前遭遇拓展为平生经历，揭明了所写风雨，又有象征意味。下片说转晴。先只写风，则雨被吹散，不言可知。刚觉微冷，忽已斜照当头。造化弄人如此，可见祸福难凭，不如听其自然。故末句语同佛家参禅，字字机锋：本无风雨，何来晴明！利害得失，正可一并泯灭。

郑文焯曰：“此足征是翁坦荡之怀，任天而动。琢句亦瘦逸，能道眼前景。以曲笔直写胸臆，倚声能事尽之矣。”（《手批东坡乐府》）

江　城　子

乙卯正月二十日夜记梦[①]

十年生死两茫茫[②]，不思量，自难忘。千里孤坟[③]，无处话凄凉。纵使相逢应不识，尘满面，鬓如霜。

夜来幽梦忽还乡，小轩窗，正梳妆。相顾无言，惟有泪千行。料得年年肠断处，明月夜、短松岗。

【注释】

① 乙卯：熙宁八年(1075)，作于密州。 ② 十年：苏轼妻王氏卒于宋英宗治平二年(1065)，至作此词时，正十年。 ③ 千里孤坟：王氏葬于四川彭山县安镇乡可龙里。

【语译】

我与你生死隔绝、两不相知已经十年了，即使不想念你，也难以忘却啊！你孤单单地躺在远隔千里的坟墓中，境况凄凉却无处可以诉说。纵然现在能让我们再次见面，你大概也认不得我了，我已变得一脸尘土、两鬓如霜了。

昨天夜里，我做了个梦，忽然回到了家乡，你正在小房间里靠近窗子梳妆打扮，我们彼此瞧着对方，没说一句话，只有眼泪似涌泉般地流了下来。我能料想得到那伤心处的景象，年复一年地，只有夜间的明月照着那长着矮小松树的山头。

【赏析】

苏轼的两个妻子都姓王。前妻王弗，十六岁时嫁给比她大三岁的苏轼，二十七岁病死。三年后，王弗的堂妹十九岁的王润之成为三十三岁的苏轼的续弦。此词为早卒的王弗而作，她死于汴京，归葬在家乡眉山附近的东冈、苏轼祖茔所在地。作此词时，苏轼正新从杭州移官密州(今山东诸城),距王弗逝世十年,已四十岁了。

词上片泛说。先交待夫妻生死隔绝已经十年,接着诉说思念之情。“不思量,自难忘”,话说得真挚而痛切。“千里孤坟,无处话凄凉”,是体贴亡妻处境之孤单凄凉,却有人解为作者自叹心情凄凉而无说处,反而浮浅了,远不及悯恻亡灵之苦更深刻而合乎情理。后三句才说到自身,叙来层次分明。“相逢”是不可能的,故用“纵使”;虽无事情的真实,却有感情的真实,人是会作如此设想的。他们永诀时彼此都还年轻,这十年中苏轼碌碌风尘,宦游四方,以至蓬头垢面,早生华发,连曾经最亲近的人见了都认不出来,平常语说来都在情理之中,浸透了人生的悲哀。

下片记梦。上片说到假设的“相逢”,故过片便接“幽梦”。有人说过,人死后尚有三处可得相逢,即“梦中地下更来生”。词意推进,环环相扣。梦里还乡,见到前妻于“小轩窗,正梳妆”,应是往年他们共同生活时惯常情景的再现,说不定还在记忆中留有某些美好细节。汉朝有“张敞画眉”事,是夫妻相爱的佳话,东坡梦其梳妆,岂能无因!然而这次见到,竟相顾无言,泪如泉涌。可见心里该有多少想诉说的话而无从说起;写得感人至深。末了“料得”云云,便又是从“相顾无言,唯有泪千行”中生出的:作者说,我知道你为什么这样伤心,你一定是受尽了委屈,一个弱女孤魂独在千里之外,年年都只有深夜明月照在短松冈头,却“无处话凄凉”。这样回应上片,把自己对不幸夭亡的妻子的爱怜、体贴的深情,充分地表露了出来。

贺新郎

乳燕飞华屋[1]，悄无人、槐阴转午，晚凉新浴。手弄生绡白团扇[2]，扇手一时似玉[3]。渐困倚、孤眠清熟。帘外谁来推绣户？枉教人、梦断瑶台曲[4]。又却是、风敲竹。　　石榴半吐红巾蹙[5]。待浮花、浪蕊都尽[6]，伴君幽独。秾艳一枝细看取，芳意千重似束[7]。又恐被、西风惊绿[8]。若待得君来向此，花前对酒不忍触。共粉泪，两簌簌[9]。

【注释】

① "乳燕"句：曾季狸《艇斋诗话》云："其真本云：'乳燕栖华屋'，今本作'飞'字，非是。"赵彦卫《云麓漫钞》亦谓曾见真迹作"栖"。然其说未必可据。　② 白团扇：晋中书令王珉与其嫂婢有情，珉好执白团扇，婢作《白团扇歌》赠珉。　③ "扇手"句：晋王衍容貌整丽，常执玉柄麈尾谈玄，与手同色。　④ 瑶台：仙境，借以说人美如仙子。曲，幽深处。　⑤ 红巾蹙：褶皱的红巾，形容石榴花。白居易《题孤山寺山石榴花示诸僧众》诗："山榴花似结红巾。"　⑥ 浮花、浪蕊：浮、浪言众花之轻浮，为反衬石榴花之幽独。　⑦ "芳意"句：喻重瓣榴花。　⑧ 秋风惊绿：谓秋风起，榴花凋谢，只剩绿叶。　⑨ 两簌簌：指花瓣与眼泪齐落。

【语译】

雏燕在华丽的屋梁间飞，悄然无人，午后槐树的阴影随时间在移动，傍晚凉快时，刚洗好澡，手里摆弄着一柄生丝绸制成的白团扇，这时，扇子与手看去都像白玉一样的莹洁。人渐渐地困倦了，斜靠着，独自睡得清梦酣熟。忽觉帘外有谁来推绣房的门，白白地教人做不成瑶台仙境幽深处的好梦，醒了过来，却原来是风吹动竹子互相敲击的声音。

石榴花半开好像皱褶起来的红巾，待到那轻浮的众花都凋谢时，它就只与你这幽独的美人为伴了。将一枝艳丽的花细细地观看，重叠的花瓣就像将你芳心都紧束在一起，它又恐怕被西风惊残，只剩下绿叶。如果等待你来这儿看它时，你在花前对着酒就再也不忍去碰它了。它的花瓣和你的粉泪，都会一齐簌簌地掉了下来。

【赏析】

此词前人多附会其作意，或云为杭妓秀兰而作（杨湜《古今词话》），或云为其侍妾榴花而作（陈鹄《耆旧续闻》），皆不可信。香草美人之托是我国文学的古老传统，杜甫尚有《佳人》诗，此词亦有所取意（谭献《复堂词话》云："颇欲与少陵《佳人》一篇互证。"）；至于寄情于春兰秋菊、丹橘落梅之类的作品就更多了。此词上片写佳人，下片咏榴花，在作词的章法上，自是变格；但上下片仍密切关联。在说花时，带出两个"君"字，即指佳人；末四句更有意将人与花合写，比兴寄托之旨甚明。从词意用语看，颇似东坡寓居定惠院见海棠花之诗，当是贬黄州之后的作品。

写佳人没有也不要有对容貌装饰等外形的描绘，只写其气质风度和精神。若不细看，甚至还不辨是男是女。比如“手弄生绡白团扇”，本《晋书》中中书令王珉事；“扇手一时似玉”语意本《世说新语》王衍事；“风敲竹”而疑人来，则用李益《竹窗闻风寄苗发司空曙》“开门复动竹，疑是故人来”诗意。本来都非写女性，然自可移用；因为女子执团扇，班婕妤有纨素团扇之诗，崔莺莺也有“隔墙花影动，疑是玉人来”之句，也不妨作为依据。直至出“绣户”、“粉泪”等词，才知其写佳人无疑。佳人高贵而圣洁，有梦想而孤寂，用词中二字来概括她，便是“幽独”。人幽独而花亦幽独，命运相仿，故可作伴。所以上下片虽似两截而仍能一气贯通。苏轼在黄州时，作《寓居定惠院之东，杂花满山，有海棠一株，土人不知贵也》诗云：“江城地瘴蕃草木，只有名花苦幽独。嫣然一笑竹篱间，桃李漫山总粗俗。也知造物有深意，故遣佳人在空谷。……”与此词不同者，一写海棠，一咏榴花；一言桃李粗俗，一称众花浮浪；而“名花”、“佳人”在诗中本是一体（“佳人在空谷”亦用杜诗“绝代有佳人，幽居在空谷”意），词则幻笔为二，而“苦幽独”正是其共同感慨寄托之所在。所以，我判定此词与此诗的写作时间相近。后来陆放翁诗云：“志士凄凉闲处老，名花零落雨中看。”其意趣亦小异而大同者。

秦　观

秦观（1049—1100），字少游，一字太虚，号淮海居士，扬州高邮（今属江苏）人。神宗元丰八年（1085）进士，历定海主簿、蔡州教授，以苏轼荐，除太学博士、国史院编修官。绍圣初，坐党籍，削秩，贬监处州酒税，徙郴州，编管横州，再徙雷州。徽宗立，放还途中卒于藤州。与黄庭坚、晁补之、张耒有“苏门四学士”之称，词作却以婉约见长，俊逸清丽，自成一家。有《淮海词》、《淮海居士长短句》。

望　海　潮[①]

梅英疏淡，冰澌溶泄[②]，东风暗换年华。金谷俊游[③]，铜驼巷陌[④]，新晴细履平沙。长记误随车。正絮翻蝶舞，芳思交加。柳下桃蹊[⑤]，乱分春色到人家。　西园夜饮鸣笳[⑥]。有华灯碍月，飞盖妨花[⑦]。兰苑未空[⑧]，行人渐老，重来是事堪嗟[⑨]。烟暝酒旗斜。但倚楼极目，时见栖鸦。无奈归心，暗随流水到天涯。

【注释】

① 汲古阁本《淮海词》在词牌下题作《洛阳怀古》；《草堂诗余》题作《春感》；宋本无题。观词意，非怀古之作，题目皆后人所加。　② 冰澌溶泄：冰封的水面已融化流动。澌，流冰。　③ 金谷：晋朝石崇所建的花园名，在洛阳西

北。石崇曾邀客宴饮赋诗于此。俊游:游览胜地。 ④ 铜驼:洛阳宫门南四会道口,立有一对铜铸的骆驼,铜驼街是一条繁华的街道。巷陌:即街道。 ⑤ 桃蹊:桃树下的小路。 ⑥ 西园:此泛指风景优美的园林。曹植《公燕》诗:“清夜游西园,飞盖相追随。”笳:古时一种管乐器。 ⑦ 飞盖:奔驰的车辆。盖,车篷。 ⑧ 兰苑:泛指园林。 ⑨ 是事:事事。

【语译】

淡淡的梅花开得疏疏落落,河里的冰块已开始融化流动,东风又将岁月暗中更换。我总是记得往昔这时候金谷园、铜驼街熙熙攘攘的景象,游人趁着新晴天气,轻轻地走在平坦的沙路上。人们过往不绝,我竟误跟着一辆香车跑了好多路。那时,正柳絮舒卷,蛱蝶飞舞,春心狂想,纷纷不已。柳荫下、桃树底,踩出了小路,这一番春色乱分送了多少人家!

夜间在名园中举行宴会饮酒,吹笳奏乐,热闹非凡。到处是彩灯辉煌,妨碍了人们赏月,车如流水,阻挡了游客观花。如今园林中花木未空,游人却已渐渐地老去了。重来此地,只觉得事事都引起我的感叹。傍晚的烟霭中,酒旗还斜矗着。我只是在楼头靠着栏杆远望,时时能见到的是一群栖息着的暮鸦。我的心中涌起了归家的念头,这念头无可奈何地、暗暗地随着眼前的流水一直去往遥远的故园。

【赏析】

词是感旧之作。但有两说:(一)“追怀往昔客居洛阳时结伴游览名园胜迹的乐趣”和“重来旧地时的颓丧情绪”(社科院文研所《唐宋词选》);(二)“作词之地为汴京而非洛阳”,“以洛阳之典来咏汴京”,“金谷园和铜驼路是借指北宋都城汴京的金明池和琼林苑”,秦观在《西城宴集》诗序中提到过“游金明池、琼林苑,又会于国夫人园,会者三十六人”的事,是“当时罕有的盛举”(沈祖棻)。二说各有理由,姑并存之。

词的头三句是眼前景象。梅开冰融东风起,时值初春。“暗换年华”是一篇主旨所在。自“金谷”句起,开始回忆往昔,由后面的“长记”字眼点醒。“长记”这两个字本当处在前面的领起地位,今因词调的句式对偶要求而置于后,其含意仍包括了前三句,读者细审自明。从另一方面说,“金谷”等句词意泛,写总体感受;“误随车”是一次具体的事,印象特别深,故冠以“长记”二字。前人诗词中也有写“误随车”的,如韩愈《游城南·嘲少年》诗曰:“直把春偿酒,都将命乞花。只知闲信马,不觉误随车。”少游正用其意写自己当时的风流狂放。故下接“正絮翻蝶舞,芳思交加”,将絮蝶之狂乱与春心之骚动写在一起。《史记·李将军列传》引谚曰:“桃李不言,下自成蹊。”春色所在,游人争赏,故柳桃树下,踏成小路;沿途家家户户,亦都占得这佳丽景色,大好春光。“乱分”二字新奇而极富艺术想象力,故陈廷焯《白雨斋词话》称其“思路幽绝,其妙令人不能思议”。

过片处仍继续写昔日情景,有异于词上下片的通常结构章法;所不同者是写夜宴的热闹。夜晚尚且如此,白昼盛况自不待言。“西园”是借用曹子建“清夜游西园,飞盖相追随”诗句的用语而泛指名园,故特意又提到“飞盖”。“碍月”、“妨花”,用带几分夸张的话出力地形容一番。写得气象富丽华贵,造句如齐梁小赋。与“误随车”一样,都说当时其乐无穷。这里说得越热闹,下面的转笔就越有力。“兰苑未空,行人渐老”,一承一转;“重来是事堪嗟”,一拍一合,与“暗换年华”遥遥呼应。举“烟暝酒旗斜”、“时见栖鸦”之冷落萧条景象与昔日作对比,也对“是事堪嗟”作了申说。此时无聊思归,已自然而然。沈祖棻还从秦观事历论证此词作于其“贬官(远往处州,即今浙江丽水)即将去京之时”,果真如此,则词人极目天涯,寄归心于东流水,就更可理解了(他是江苏高邮人)。“暗随流水”又遥应“冰澌溶泄”。上下片末句都用“到”字,周济谓“两两相形,以整见劲,以两‘到’字作眼,点出‘换’字精神”,可见非偶然下字相重。词收结处,给人以无限四顾苍茫之感。

八　六　子

倚危亭。恨如芳草,萋萋刬尽还生①。念柳外青骢别后,水边红袂分时,怆然暗惊。　　无端天与娉婷②。夜月一帘幽梦,春风十里柔情③。怎奈向④、欢娱渐随流水,素弦声断,翠绡香减;那堪片片飞花弄晚,蒙蒙残雨笼晴。正销凝,黄鹂又啼数声⑤。

【注释】

① 刬:通“铲”。　② 天与:老天给的,这里实是“天作之合”的意思。娉

婷:形容女子美丽,常作美女解,这里指所思之人。　③“春风”句:杜牧《赠别》诗:“娉娉袅袅十三余,豆蔻梢头二月初。春风十里扬州路,卷上珠帘总不如。”　④ 怎奈向:即怎奈。“向”为加强语气的语助词,是当时的俗语。　⑤“正销凝”二句:仿杜牧《八六子》词末句:“正销魂,梧桐又移翠阴。”销凝,含闷。

【语译】

在高高的亭台上,我靠着栏杆。心里的恨就像遍地茂密的芳草,你即使把它铲光,它也会再生出来。想起柳荫外我骑着青骢马,河岸边你挥着红衫袖,彼此告别分手的时刻,不免凄怆地暗暗心惊。

老天平白无故地让我与绝色佳人结下这段情缘。明月映着珠帘的夜晚,我们堕入美妙的梦境,领略着春风似的柔情。有什么办法呢!欢乐已逐渐随着流水逝去了,悦耳的琴声不再可闻,翠绡巾帕上的香气也消失殆尽。怎能忍受这片片飞花在晚春时舞弄,蒙蒙残雨来将晴空笼罩。我正满怀愁绪,又传来黄鹂的几声啼鸣。

【赏析】

这是一首离别相思词,所写思念对象是旧时钟情的妓女。

词发端突兀,破空而来,不知恨从何起。以“芳草”作比,把白居易“野火烧不尽,春风吹又生”和李后主“离恨恰如春草,更行更远还生”句意熔合重铸,又如信手取眼前景物为喻,故周济评曰:“起处神来之笔。”(《宋四家词选》)然后以一“念”字带对偶句点出别离。“柳外”亦即“水边”,是互文。“青骢”,自己所骑,“红袂”,对方衣着，都分明记得。以“怆然暗惊”再染“恨”字，用的仍是简言虚笔，进一步叙述发挥，则待下片。此调上片仅占全词的三分之一。先着力把心情说得很沉痛，给人以心中有许多难言情事在的印象，用语含蓄，留有大片余地。

下片以“无端”二字开头，感慨系之，仿佛在埋怨老天好作弄人，既有今日之离，何必当初之合，为什么偏偏让我碰上她呢？“天与娉婷”就是天上掉下个丽人来，有人解为“天生丽质”，不对，须知“夜月”二对句，便是“天与娉婷”的事实。“一帘幽梦”，说巫山之会、云雨之欢；“春风十里”，借小杜诗意点出身份，暗合“娉婷”二字，说她正当豆蔻年华，自己所见之群芳“总不如”也。“怎奈向”一转，“欢娱渐随流水”三句写别后情事。欢娱既逝，音信也绝。“那堪”二字，更翻进一层，说面对“飞花”“残雨”青春将暮之景，又如何消受得。“恨”之“划尽还生”和“怆然暗惊”，至此都有了着落。从“怎奈向”到“残雨笼晴”，方协一韵，五句一气贯注。结尾以景语代情语，又增加了音响效果。本来花自落、鸟自啼，非伤岁月流逝，无关人事变迁，但在有情人听来，一时都成了怨语恨声。在这里，秦观效仿杜牧同调词末句，恰如前面借其《赠别》诗意一样，是有意为之的。

满庭芳

山抹微云，天黏衰草[①]，画角声断谯门[②]。暂停征棹，聊共引离尊。多少蓬莱旧事，空回首、烟霭纷纷。斜阳外，寒鸦万点，流水绕孤村[3]。　　消魂。当此际，香囊暗解[4]，罗带轻分。漫赢得、青楼薄幸名存[5]。此去何时见也？襟袖上、空惹啼痕。伤情处，高城望断，灯火已黄昏。

【注释】

① 黏：紧贴着。一本作“连”。　② 谯门：即谯楼，城门上的楼，可以瞭望。③“寒鸦”二句：隋炀帝杨广断句诗：“寒鸦千万点，流水绕孤村。”“万”一本作“数”。　④ 香囊：香袋，古人佩身作装饰，此作赠物。　⑤“漫赢得”句：杜牧《遣怀》诗：“十年一觉扬州梦，赢得青楼薄幸名。”青楼，妓女所居。

【语译】

远山涂抹着一缕淡淡的云，天空紧贴着大片衰败的草，城头谯楼上的画角吹了一阵后已不再响起。我暂将远行的船只停住不发，姑且与你一同举起这告别的酒杯。有多少如临仙境般的往事啊，我白白地回想着，竟像这散漫的烟霭，迷茫一片。只见夕阳余晖之外的远处，寒鸦万点，一湾流水环绕着孤零零的村庄。

真叫人丧魂落魄啊！当这难舍难分的时刻，我暗暗地解下佩带在身上的香袋，你轻轻地解开打着同心结的罗带，彼此相赠。就这样，我便获得了一个青楼薄情郎的恶名。这一别什么时候再能见到你呀？徒然弄得我衣襟和衫袖上泪渍斑斑。当我从情伤意乱的地方再竭力远望时，只能看见高城了，还有那闪烁着的昏黄的灯火。

【赏析】

这首描写离别场景的词，曾广为传诵，名噪一时，秦观因此而得了个“山抹微云”的雅号，在词坛上留下了不少传闻。

“山抹微云，天黏衰草”，词人着意选用“抹”字、“黏”字，以增强景物的可感性和生动性——动词都带着比喻的性质。“黏天”一词，用过的人很多，可知有的本子作“天连衰草”是后人妄改的。“画角声断谯门”，时值向晚，已预为末句伏根。“暂停”二句，点出临别；从“暂”字、“聊”字中透出无可奈何和十分感慨的心情，故下接对回首往事的喟叹。“蓬莱”二字双关，即说当时遇合如临仙境，又指明地点。《艺苑雌黄》云：“程公辟守会稽，少游客焉，馆之蓬莱阁。一日，席上有所悦，自尔眷眷，不能忘情，因赋长短句。所谓‘多少蓬莱旧事，空回首、烟霭纷纷’也。”这有其《别程公辟给事》诗句“买舟江上辞公去，回首蓬莱梦寐中”可证。鸦噪夕阳、水绕孤村，以景物写心境，极有情致；借用炀帝诗意而不见蹈袭痕迹，自是作词高手。

下片专写分手一刻情况。“消魂”一顿，使黯然之情笼盖以下文字。东坡以为下片起几句是“柳词句法”（见《花庵词选》），颇有眼力，“香囊暗解，罗带轻分”确有柳永绮罗香泽之态，但不是疵病，至借杜牧《遣怀》诗句的自嘲，则不但点明别者的青楼身份，也借此说出自己“落魄江湖”的境况。故周济云：“将身世之感，打并入艳情，又是一法。”（《宋四家词选》）已写“空回首”、“漫赢得”，这里又说“空惹啼痕”，我以为作此词时，秦观的感慨已多于伤情。结尾两句是船渐远去情景，因前有“暂停征棹”语；“高城”也与“谯门”照应；前“画角声断”，结则“灯火已黄昏”，一丝不乱。曾季狸《艇斋诗话》以为是“用欧阳詹诗云：‘高城已不见，况复城中人。’”虽秦观未必真取用此诗，但体会行舟中回望之情景，倒是说得对的。

吴曾《能改斋漫录》载此词一轶事，可资笑谈：杭城某官，闲吟此词，误记其中一句说：“画角声断斜阳。”有妓在旁纠正说：“是‘山抹微云，天连衰草，画角声断谯门’，不是‘斜阳’。”某官便开玩笑说：“你不能将词的韵改一下吗？”妓便将词改为“阳”字韵，念道：

　　山抹微云，天连衰草，画角声断斜阳。暂停征辔，聊共饮离觞。多少蓬莱旧侣，空回首、烟霭茫茫。孤村里，寒鸦万点，流水绕空墙。　　魂伤。当此际，轻分罗带，暗解香囊。漫赢得、青楼薄幸名狂。此去何时见也？襟袖上、空有余香。伤情处，高城望断，灯火已昏黄。

满　庭　芳

晓色云开，春随人意，骤雨才过还晴。古台芳榭，飞燕蹴红英[①]。舞困榆钱自落[②],秋千外、绿水桥平。东风里,朱门映柳,低按小秦筝。　　多情。行乐处,珠钿翠盖,玉辔红缨。渐酒空金榼[③],花困蓬瀛[④]。豆蔻梢头旧恨[⑤],十年梦[⑥]、屈指堪惊。凭阑久,疏烟淡日,寂寞下芜城[⑦]。

【注释】

① "飞燕"句:杜甫《城西陂泛舟》诗:"鱼吹细浪摇歌扇,燕蹴飞花落舞筵。" ② 榆钱:榆荚成串,状如钱,故称。 ③ 金榼(音科):一种金属制的酒器。 ④ 蓬瀛:蓬莱、瀛洲,皆传说中的仙山。 ⑤ "豆蔻"句:用杜牧《赠别》诗意,参见前《八六子》词"春风十里"注。 ⑥ 十年梦:用杜牧《遣怀》诗意,参见前《满庭芳》"漫赢得"句注。 ⑦ 芜城:指扬州。南朝宋竟陵王乱后,扬州城池荒芜,鲍照作《芜城赋》凭吊之。

【语译】

清晨,空中的云散开了,春天依着人们的希望,一场急雨刚刚过去,天就放晴了。古老的花木丛生的台榭,飞燕在踢着红花瓣儿戏耍,风中漫舞的榆荚疲倦了,坠落到地上。秋千架外,碧绿的河水涨得快与桥相平了。在东风中,在映着垂柳的朱门里,有人在轻按筝弦理曲。

谁不多情。在那行乐的去处,香车缀着珠宝金花,上面张着翠绿车篷;骏马配着玉勒雕鞍,颈下系着大红缨饰,多热闹啊!渐渐地,金杯里的酒空了,仙境中的花困了。往昔那个豆蔻年华的少女带给我的烦恼，恰如“十年一觉扬州梦”，屈指细算起岁月来，真叫人吃惊啊！我倚着栏杆站立了好久，望着那傍晚薄薄的烟霭中淡淡的夕阳，寂寞地向着这芜城城头逐渐落下去了。

【赏析】

陈廷焯《白雨斋词话》曰：“少游《满庭芳》诸阕，大半被放后作。恋恋故国，不胜热中，其用心不逮东坡之忠厚，而寄情之远、措语之工，则各有千古。”这里说的“故国”，就是故都汴京。所以有人认为此词是作者在扬州追念汴京旧游之作，并认为词中的“蓬瀛”与上一首同调词中的“蓬莱”同意，都是用来指秦观在汴京供职的秘阁——宋代国家图书馆，是沿用汉朝以“蓬莱”指称洛阳东观的习惯（沈祖棻主此说）。说法如何，姑且勿论，此词十分眷念昔日之欢乐生活却是无疑的。

词以三分之二篇幅写昔日，到下片的后半，才逐渐转到眼前情景。物因心现，景随情移，为表现当年乐事，所写景物也处处被染上一层明朗欢快的色彩。如头三句写晓来雨霁，晴空澄净，以“春随人意”道出其写欢乐的意图。燕蹴飞花，杜诗本用以表现权贵春天游乐的靡丽环境，正好取用；榆钱飘坠，乃晚春之景，今以舞困自落作比，只有欣赏而绝不伤感。绿水平桥，东风拂柳，墙外见秋千，门内有筝声，春景如画，令人心旷神怡。

过片“多情”二字一顿，是说自己，又像在说他人，言外之意，谁能不留情于其间乐事呢。故写“行乐处”景象热闹非凡，女客乘香车，男子骑宝马，往来不绝。这以后，文笔就转折了，下一“渐”字，将自昔到今的变化过程写了出来。“酒空金榼，花困蓬瀛”是诗化了的叙述。《琵琶行》“门前冷落车马稀”是从艺妓角度说的，作者是游客，身份相反，故就樽前花间的生活说。酒渐渐空了，花即青楼女子，她也渐渐倦怠了。措辞蕴藉而有分寸。然后借杜牧两首写扬州生活的诗语来表述。由此而知其追念的是一位“豆蔻梢头”的绝色雏妓。扬州梦觉，屈指细算，一晃十年，岂不惊心！若词确是写“恋恋故国”之情，则所述种种，只不过是借所在地扬州和唐诗出处指说汴京旧梦而已。末三句以暮烟落日的萧条寂寞之景，跟开头作反照。也由此而方知上片所写种种风光景色，非即目所见，乃“凭阑久”，在追忆往昔中浮现出来的心景。结用“芜城”指代扬州，也正为借此反映出自己现在心境的寂寞与荒芜。以“寂寞”置西下之夕阳上，乃刘禹锡《石头城》诗“潮打空城寂寞回”遣词法。

减字木兰花

天涯旧恨，独自凄凉人不问。欲见回肠①，断尽金炉小篆香②。　　黛蛾长敛③，任是春风吹不展。困倚危楼，过尽飞鸿字字愁。

【注释】

①“欲见”句：欲诉苦衷。见，现。回肠，中肠旋转，谓内心痛苦不安。司马迁《报任安书》：“是以肠一日而九回。”　② 篆香：制成篆文的香，可燃以计时。

③ 黛蛾:以青黛画的蛾眉,泛指女子眉毛。

【语译】

远在天边还怀着从前的怨恨,独自凄凉而旁人并不关心。想要倾诉愁怨,烧完了铜炉中的小篆香也无从说起。

黛色的蛾眉老是紧蹙着,任凭春风吹多久也舒展不开。在高楼上困倦地倚栏怅望,见雁群不断飞过,它排成的字,个个都使人发愁。

【赏析】

小令八句,实际上完整的意思只是四句,章法上自与长调有别。词以女子身份写离别怀远的愁绪。

落笔先说"天涯",见所思相隔遥远。"旧恨"是说恨由来已久。独处孤凄而无人慰问,亦古诗"入门各自媚,谁肯相为言"意。中肠旋转,欲说还休,与断尽篆香并置,其意可思:(一)篆香准十二时辰,凡一百刻,可燃一昼夜(见《香谱》),则香尽暗示彻夜愁思;(二)香作篆文,状如回肠,焦首煎心,如肠寸断,故曰"断尽";(三)燃香成灰,又是李义山"一寸相思一寸灰"诗意。

后半阕先借"春风"点季节,春风吹时,百草千花一一开放,唯愁眉难展。再说春困无聊,高楼独倚,无端怅望,见空中雁群排列成字,更引人愁思难禁。"过尽",望之久也。春来雁归,人则沦落天涯;雁能传书,所思之人却音信全无;雁行排成的是一个个"人"字,而"人人"正是对所爱之人的称呼(参见晏幾道《生查子》词注),

鸿雁排出这样的字来，怎不勾起心中一片思念之情！所以说“字字愁”也。

浣 溪 沙

漠漠轻寒上小楼[①]，晓阴无赖似穷秋[②]，淡烟流水画屏幽。　　自在飞花轻似梦，无边丝雨细如愁。宝帘闲挂小银钩。

【注释】

① 漠漠：静悄悄地。　② 无赖：无奈，没来由。

【语译】

静悄悄地上了小楼，身上觉得一阵微微的春冷。阴霾的早晨没来由恰似深秋一般。屏风上画着淡淡烟霞、一脉流水，室内显得格外幽静。

飘飞的落花自在轻盈，犹如梦境；细密的雨丝迷离无际，好比愁绪。珠帘高高卷起，悠闲地挂在小银钩上。

【赏析】

这首小令可称作一幅闺阁春愁图。情绪温婉，词句秀媚，风格淡雅，后半写得尤有灵气幽趣。

前三句只描写景物、环境、气候，无一字抒情，然而人物的冷落、孤单、寂寞、无聊的心情，已全在不写之中，措辞十分含蓄。春晓反似穷秋，使我想到王渔洋《秦淮杂诗》中的两句："十日雨丝风片里，浓春烟景似残秋。"似乎是受到过此词的影响。

"自在飞花轻似梦，无边丝雨细如愁。"空灵娟逸，自是不可多得的佳句。故卓人月赞云："'自在'二语，夺南唐席。"(《词统》)落花飘忽轻盈，以梦境作比，非其形迹相似，乃在于神与趣，犹李清照以黄花比人瘦。从字面看，似着眼于飞花，实则重在说梦，借此暗示女子梦到春花落去，红颜将老。愁绪万千，迷离难遣，以"无边"而"细"之"丝雨"为喻，也以虚比实，即景而贴切。末句犹特别，或以南唐中主李璟《浣溪沙》"手卷珠帘上玉钩"为解，其实意境不同。李词写有意卷帘观望，此是写女子在百无聊赖中的闲眺，重在"闲"字，"闲挂"只是"闲望"的曲折说法。故梁启超称之为"奇语"(梁令娴《艺蘅馆词选》引)。若论其意趣之闲远，则更接近杜甫"落日在帘钩"(《落日》)诗的写法。

阮　郎　归

湘天风雨破寒初，深沉庭院虚，丽谯吹罢《小单于》[1]，迢迢清夜徂[2]。　　乡梦断，旅魂孤，峥嵘岁又除[3]。衡阳犹有雁传书[4]，郴阳和雁无[5]。

【注释】

① 丽谯：美丽的城楼。《小单于》：唐"大角曲"中有《小单于》曲调。

② 徂：过去了。　③ "峥嵘"句：用杜诗原句。峥嵘，本深险意，引申为严酷、艰

难。 ④“衡阳”句:衡阳有回雁峰,传说雁南飞,到衡阳即止,故谓。 ⑤郴阳:今湖南郴县,在衡阳以南。和:连。

【语译】

湘地开始刮风下雨,天气将由寒转暖,深邃的庭院里显得空荡荡的。华丽的城楼上吹奏完《小单于》曲子,号角声停了下来,漫长的清夜算是过去了。

回家乡的梦做不成,羁旅人的心感到孤单,艰难而不平静的一年又成了旧岁。衡阳虽远,能传书信的大雁还能飞得到,可我所在的郴阳,就连雁儿也来不了。

【赏析】

秦观几次被贬官,从浙地向西南转徙,到达湘地郴州时,已是绍圣三年(1096)岁暮。他怀着消沉抑郁的心情,寂寞地度过除夕。填了此词,写当时的感受。

正当北国大雪坚冰的岁末,湘南地暖,已由频仍的风雨破寒,开始回阳转暖了。除夕之夜,该当喧笑热闹,在“深沉庭院”中,却是一片冷落,何况还有愁人的风雨。《小单于》是唐代的“大角曲”曲调,由号角吹奏,作者所听到的“丽谯”吹角,是报告人们夜尽晓来,故接以“迢迢清夜徂”。李益有《听晓角》诗云:“边霜昨夜堕关榆,吹角当城汉月孤。无限塞鸿飞不度,秋风卷入《小单于》。”秋风中角声哀怨,李诗本写边关之荒凉。今作者在除夕夜于郴阳谯楼中闻之,万里投荒之怅触感慨,自不难想象。

下片才明白说出乡梦难成，旅魂孤独，天涯漂泊中不觉又是岁除。“峥嵘”一词，或解为寒气凛冽，我以为不是形容节候的自然特点，应是指这一年来艰难而不平静的生活遭遇。李益诗中说到“鸿飞不度”，这里也写到鸿雁，但想法来自衡阳雁回的传说；利用它翻进一层，说郴阳更比衡阳僻远。雁能传书已属无据，何况连雁都见不到呢？真有此生当老死穷边之叹。其写法颇与宋徽宗《宴山亭》词结尾“除梦里有时曾去。无据，和梦也新来不做”相似。

晁元礼

晁元礼(1046? —1113),一作端礼,字次膺,其先澶州清丰人,徙家彭门(今江苏徐州)。熙宁六年(1073)进士,两为县令,都因忤犯上官而废职。徽宗政和三年(1113)应召赴京,以词作蒙徽宗赏识,除大晟府协律郎,未及就职而卒。有词集《闲斋琴趣》六卷。

绿 头 鸭

咏 月

晚云收,淡天一片琉璃。烂银盘、来从海底[①],皓色千里澄辉。莹无尘、素娥淡伫[②],静可数、丹桂参差[③]。玉露初零,金风未凛,一年无似此佳时。露坐久、疏萤时度[④],乌鹊正南飞[⑤]。瑶台冷,阑干凭暖,欲下迟迟。

念佳人、音尘别后,对此应解相思。最关情、漏声正永,暗断肠、花阴偷移。料得来宵,清光未减,阴晴天气又争知?共凝恋、如今别后,还是隔年期。人强健,清尊素影,长愿相随。

【注释】

① “烂银盘”句:卢仝《月蚀诗》:“烂银盘从海底出,出来照我草屋东。”

② 素娥：即嫦娥，因月色白，故谓。淡伫：即“淡泞”，形容水深而清，以月光比水。　③ 丹桂：传说月中有桂树。　④ 疏萤时度：“萤”一作“星”；苏轼《洞仙歌》词：“时见疏星渡河汉。”　⑤ “乌鹊”句：曹操《短歌行》：“月明星稀，乌鹊南飞。”

【语译】

暮云收敛了，淡淡的天宇好像由一大片琉璃砌成。白银盘从海底升起，皓色千里，光辉澄净。晶莹而绝无纤尘，嫦娥的居处深湛似水；宁静而清晰可数，月宫的丹桂树影参差。露水初次下滴，秋风尚未凛冽。一年之中，没有比这个时候更好的了。夜露中久坐，时时可见几只萤火虫飞过；明月惊起乌鹊，它正向南飞去。天宫瑶台多冷啊，而靠着栏杆倒是暖和的；我想要下楼，却迟迟未去。

心念佳人，自别时的尘埃隔绝彼此音容后，对此明月，你也该懂得相思了罢！最使人动情的是正在不断响着的计时的漏声，而使人暗暗愁煞的是花枝的阴影在偷偷移动。可以想见明晚的月亮，清光也不会减去多少，但天气的阴晴又怎能预料呢？你我都在凝望并眷恋着这皓月，今夜与它分别后，要相隔一年才有再见的机会。我但愿人强健，能永远随伴着这美酒金杯和明月清辉。

【赏析】

这首咏月词，也不妨叫它中秋词，因为写的只是中秋夜的月亮。上片只说月，下片说情事。在说月的最后，写到人的凭栏久坐，迟迟未去。这样就引出别离相思情事来；在说情事中，也处处不脱开月。

词未写月色，先写天色；“烂银盘”未出，先描绘暮云收尽、长空似碧琉璃的背景，然后才说“来从海底，皓色千里”，烘云托月，突出主体。“莹无尘”、“静可数”，细写望月的具体感受，创造明朗、宁静的意境；用“素娥”、“丹桂”点月。“玉露”、“金风”，正合中秋，说已凉未寒，气候宜人，爽身惬意，确是一年佳节之最。由季节之冷暖，进而说到天上人间冷暖之不同，用的是东坡中秋词“高处不胜寒”、“何似在人间”意。说自己“欲下迟迟”，固因“阑干凭暖”，留连良宵美景，但在结构布局上，也为下片抒情作出安排。

下片以“念”字领起，“佳人”“别后”，揭明所述情事。不说自己相思，却说佳人别后“对此应解相思”，这又是杜甫《月夜》律诗的写法。“对此”二字，紧扣咏月主题。“最关情”、“暗断肠”，一层意思分作两层说，一闻一见，都说良宵难得，寸阴可惜。“花阴偷移”，月又在其中。料想明宵景况如何，是申述今夜之所以特别值得珍惜的缘故。一夜之差，清光多少，虽难察觉，然风云不测，又谁知阴晴？文心极细密，又能令人想到世事变幻也往往如此。“共凝恋”三句，是应惜今宵的又一个理由。一年之中，中秋月只此一夜，“如今别后，还是隔年期”，再要想见，就得等明年了。最后祝彼此强健，但愿“月光长照金樽里”，虽不出太白、东坡作意，但写中秋月的题材，结尾自当如此。

赵令畤

赵令畤(1051—1034),初字景贶,改字德麟,自号聊复翁、藏六居士,宋太祖赵匡胤次子燕王德昭玄孙。元祐六年(1091)签署颍州公事,与苏轼交好。因受牵连罚金,列入党籍。后官右朝请大夫,迁洪州观察使。南宋高宗绍兴初,袭封安定郡王。死后赠开府仪同三司。有笔记《侯鲭录》传世。词有近人赵万里辑《聊复集》一卷。

蝶　恋　花

欲减罗衣寒未去,不卷珠帘,人在深深处。红杏枝头花几许?啼痕止恨清明雨。　　尽日沉烟香一缕[①],宿酒醒迟,恼破春情绪。飞燕又将归信误,小屏风上西江路。

【注释】

① 沉烟香:沉香的烟和香气。沉香,又名沉水香,瑞香科植物,可作薰香料。

【语译】

想要少穿些衣衫,可春寒还没有过去,也不卷珠帘,就这样把自己深深地藏了起来。红杏枝头的花有多少啊!它带着泪痕,像是只恨清明雨太无情了。

终日里看一缕沉香的轻烟从香炉中升起。昨晚喝醉了酒，今日醒来已迟，心中烦恼，破坏了春天的情绪。飞来的燕子又没有捎来他回家的信，小屏风上却画着他当初沿西江去的路。

【赏析】

词写思妇春日的感受。

分四个层次来写。首先说“人在深深处”，衣服穿得多，想减未减，这是把人深藏在衣服中；“不卷珠帘”是把人深藏于室内。好像都因为“寒未去”，是气候的原因，其实是为表现情绪。钱珝诗“芳心犹卷怯春寒”，以少女之怯弱喻未展芭蕉，此则以闺中畏寒、不愿见人，表现其独处少生趣、情怯意懒的心态。次则以红杏作比，说自己有恨。“花几许”是赞枝头红杏之繁盛，寄寓人之正当青春年华。然偏带“啼痕”，在这里，杜甫诗“林花着雨胭脂湿”，白居易诗“玉容寂寞泪阑干，梨花一枝春带雨”以及晏殊词“红杏开时，一霎清明雨”等意象，都融入其中了。不过这两句中的说恨，是通过景物、比喻来暗示的。

再一层就直说了。整天对炉香一缕，是无聊度日；“宿酒醒迟”，写愁来唯寻醉乡的困慵委顿的精神状态，故春光虽好，而全无情绪。最后才含蓄地透露烦恼的原因：远客（丈夫或恋人）不归。燕子春天飞来，传说能捎书信，而人则“归信”杳然，又偏怪燕之“误”事。著一“又”字，见期盼之频，亦即别离之久。正怅然失望之时，又见小屏风上所画风景与当时远行客所去之西江路无异，对此景象，人何以堪。写愁思如雪上加霜，而用语却极简略蕴蓄。

蝶　恋　花

卷絮风头寒欲尽，坠粉飘香，日日红成阵。新酒又添残酒困，今春不减前春恨。　　蝶去莺飞无处问，隔水高楼，望断双鱼信[①]。恼乱横波秋一寸[②]，斜阳只与黄昏近。

【注释】

① 双鱼信：古诗："客从远方来，遗我双鲤鱼，呼儿烹鲤鱼，中有尺素书。"
② 秋一寸：指眼睛。

【语译】

卷起柳絮的风吹来，已不太有寒意了。花粉坠落，香瓣飘零，天天总能看到一阵阵的红色。新喝的酒又添了原来酒后的困倦，今年春天的怨恨并不比去年春天更少。

蝴蝶去了，黄莺也飞走了，没有地方能打听到它们的消息。在隔着流水的高楼上，盼望心上人来信，望眼欲穿。烦恼使秋波似的双目迷乱失神，唯见夕阳西斜，而它只跟黄昏为邻。

【赏析】

词的主题与上一首近似，写思妇伤春怀远，但表现风格与前词不同，此词明快畅达。

风来已少寒意，但它卷絮摧花，“坠粉飘香”。“红成阵”三字，画出一幅暮春图。此写春光别去之可惜。“新酒”两句抒情，沈雄颇称其“陡健圆转”（《古今词话》），实七律中之双拟对句法。新酒继残酒，但求长醉；今春似前春，恨来已久。“无处问”者，岂止蝶与莺，青春一去如此，远行人一别亦如此，故接着说楼头望断而无信息。结以写双目和斜阳承眺望。李白诗云：“昔时横波目，今作流泪泉。”此仅用“恼乱”二字以传其内心之不平静，神情如见。斜阳在目，而想到黄昏已近，则比之于怨恨春残，“黄昏滋味更觉难尝耳”（沈际飞《草堂诗余正集》）。思妇孤居寂寞之苦，不言而喻。

清　平　乐

春风依旧，着意隋堤柳[①]。搓得鹅儿黄欲就[②]，天气清明时候。　　去年紫陌青门[③]，今宵雨魄云魂[④]。断送一生憔悴，只消几个黄昏。

【注释】

① 隋堤柳：隋炀帝开通济渠，沿渠筑堤，沿堤植柳，因此著名。　② 鹅儿黄：小鹅色黄，以指新生柳叶。　③ 紫陌青门：繁华街头和妓院，游冶之处。　④ 雨魄云魂：谓云雨之欢，唯梦魂可求。

【语译】

春风还是跟从前一样，特别关注隋堤上的杨柳。无数鹅黄色的长条即将被它搓成，这正是天气清明的大好时光。

去年此日在大街上青楼里消磨，今夜那云雨欢情只能在想象中寻求。断送一生，让人憔悴，实在只须几个黄昏就够。

【赏析】

春光大好，风物依然，只是去年在红尘里所经历的风月情事已不可再，对景伤春，有迷恋，有悲哀，也有感慨。

词上片四句是景，只写春风杨柳，柳以“隋堤”称，与下片说风流韵事协调。贺知章《咏柳》诗：“不知新叶谁裁出，二月春风似剪刀。”写叶用“裁”，此写风拂长条，用“搓”字自好，新颖而切合。卓人月云：“韦庄云：‘春雨足，染就一溪新绿。’合作可作一联：‘新雨染成溪水绿，旧风搓得柳条黄。’”（《词统》）对这句颇为欣赏。下片转入抒情，对比“去年”、“今宵”，落实开头“依旧”二字；“雨魄云魂”，词新语巧，耐人寻味。“断送”二句，尤说得悲切。几个黄昏之恋，令人终生难忘；事已经年，魂魄犹作襄王旧梦，如此劳心耗神，怎不憔悴瘦损？爱与恨、忆与悔，纠缠错结，难解难分。

这首词一作刘弇词。

晁补之

晁补之(1053—1110),字无咎,晚年自号归来子,济州巨野(今属山东)人。十七岁时随父端友宰杭州新城县,文章受到苏轼揄扬,由此知名。神宗元丰二年(1079)进士,元祐中为校书郎,以秘阁校理通判扬州。绍圣末,入党籍,贬监信州酒税。废居八年。起,知泗州,卒于官。“苏门四学士”之一,词风受苏轼影响较大,清人冯煦评其“所为诗余,无子瞻之高华,而沉咽则过之”。有《琴趣外篇》六卷。

水 龙 吟

次韵林圣予《惜春》

问春何苦匆匆?带风伴雨如驰骤。幽葩细萼,小园低槛,壅培未就。吹尽繁红,占春长久,不如垂柳。算春长不老,人愁春老,愁只是,人间有。　春恨十常八九,忍轻辜、芳醪经口[①]。那知自是,桃花结子,不因春瘦。世上功名,老来风味,春归时候。纵尊前痛饮,狂歌似旧,情难依旧[②]。

【注释】

① 芳醪:美酒。　② “纵尊前”三句:《乐府雅词》卷上作“最多情犹有,尊前青眼,相逢依旧”。又“狂歌似旧,情难依旧”,押韵复字,非其格,前一个“旧”

字,疑当作“昔”。

【语译】

我问春天,你何苦这样匆匆忙忙呀?带着风,伴着雨,如同快马奔驰一般。幽雅的花朵,纤细的花萼,开在小园里低矮的栏杆旁,泥土还没有培封好呢。风雨一来,就把繁茂的红花全都吹跑打落了;它所占得的春光,还不如杨柳长久呢。料想春天是永远不会老的,可人们在愁春天老去,而这种愁绪,也只是人世间才有啊!

十个人中倒有八九个都怀着春天短暂的憾恨;有芳香美酒可饮的机会,怎么忍心轻易辜负呢?人们哪里知道桃花本是为结子才落的,并不因为春天老瘦了的缘故。世上功名利禄的事、人生到老来的感受,都好比这春天归去的时候。纵然我们能对酒痛饮,放声高歌,如同往昔,但可惜心情已很难再和过去一样了。

【赏析】

晁无咎词在北宋的地位不低。刘熙载称其“堂庑颇大”,有“坦易之怀,磊落之气”(《艺概》);冯煦以为“无子瞻之高华,而沉咽过之”(《宋六十一家词选例言》);陈振孙说秦观、黄庭坚地位虽高,“若晁无咎佳者,固未多逊也”(《直斋书录解题》),如此等等。毛晋还看出无咎词的一个特点,说:“虽游戏小词,不作绮艳语。”(《琴趣外篇跋》)从这首次韵友人的惜春词看,确实如此。惜春伤春之作,以绮艳语写相思怀春的不少,此词则但有功名世事之叹,即便说到春归花落，也语多新意。

说春去匆匆，通常不外乎说花落絮飞，没有人形容过其匆匆的模样，因为春非能见能闻之物，只是个时间概念。词人却能抓住这一季节“带风伴雨”的特点，而说它“如驰骤”，这就新鲜而形象了，且于理无碍；刮风下雨时，确有快马奔腾之声势。然后接上“幽葩”三短句，又突出纤细、柔弱、精巧、爱惜等特点，与写疾风骤雨的长句形成明显的反差；这样，春归时娇花遭到风雨如马蹄奔驰般的无情蹂躏、摧残，就不难想象了。说春去，花与柳并用通常为同一象征，而这里却让它们代表对立的概念：“繁红”娇贵，“垂柳”低贱（所谓“蒲柳之姿”）；贵不如贱，借此表达世间事总是荣华瞬息，好景不长的意思。愁春老与愁人老本也是一致的，词人偏又分出不同来，说“春常不老”，只有人才有悲欢、穷达，才会忧患、衰老；所谓“年年岁岁花相似，岁岁年年人不同”。既然如此，“人愁春老”，岂非“春恨秋悲皆自惹”？

过片先承前说人多春恨。愁恨既多，何不及春行乐，有“芳醪经口”，岂忍轻易辜负？此实杜甫“且看欲尽花经眼，莫嫌伤多酒入唇”（《曲江》）诗意。接着说桃花落，以承前“吹尽繁红”，但将“春常不老”意，换一角度加以发挥，说桃花落去也为了要结出桃子来，“不因春瘦”，说得颇有理趣，而“瘦”字押得尤妙。如此兜转到人事上来，自然地令人想到惜春何如自惜。“世上”三句，立意练句都十分精警。世上功名富贵，也不过如花之易落、春之易逝；几经波折坎坷，老来之日最能领略其中滋味。以纵能痛饮狂歌，而年少之情难再的意思作结自好，既照应“忍轻辜、芳醪经口”，又进一层说当珍惜青春年华。然一本作“最多情犹有，樽前青眼，相逢依旧”。意有不同而亦能自圆。此则以友情之可贵，当珍惜为归结，与次韵格局也合，唯“相逢”一词稍嫌突兀。不识孰为真本，或竟是词人前后不同的改稿亦未可知。

忆少年

别　历　下①

无穷官柳②，无情画舸，无根行客。南山尚相送，只高城人隔。　　罨画园林溪绀碧③，算重来、尽成陈迹。刘郎鬓如此，况桃花颜色④。

【注释】

① 历下：今属山东济南。　② 官柳：官府种植的柳树，亦泛指大道两旁的柳树。　③ 罨画：画家称着色的图画为罨画；罨，音掩。绀：深青带红的颜色。　④ “刘郎”二句：唐刘禹锡因改革事败，被贬朗州，十年后，召还京师，有诗讥朝廷新贵云：“玄都观里桃千树，尽是刘郎去后栽。”当权不乐，再贬播州，易连州，徙夔州，又十四年，始返京，作《再游玄都观》诗云：“百亩庭中半是苔，桃花净尽菜花开。种桃道士归何处？前度刘郎今又来。”

【语译】

望着这无穷的道旁杨柳，乘着这无情离去的画船，是我这无根漂泊的行客。远处的南山尚随船移，为我送行，只是这高高的城头把行者与留者隔开了。

历下的园林如彩色图画，溪水青红深碧，料想重来时，这一切都成了陈迹。我这个仕途坎坷的刘郎，鬓发都已经这样了，更何况桃花的颜色呢！

【赏析】

晁补之仕途多波折，不是贬官，便是调动，多次转徙各地。因而，在离别历下时，想起刘禹锡的遭遇来了。

头三句均以“无”字领起，跌宕排比，离去之事、依恋之情，一一叙出。以“南山”之望若“相送”景象，衬托“高城人隔”，船去无情，正写出多情人之怅然若失心态。林园溪水，绚丽如画，别后犹记心头，自然盼能“重来”，只是不知须经几多岁月，那时必定已“尽成陈迹”了。这一句顺理成章地逗出结尾两句所用的刘郎看桃花的典故来。刘诗中桃花不能持久，这一意思不变，但说法和角度都变了。词以人之双鬓与花之颜色两相比较，推陈出新地用典使事，既灵活，又妥帖。晋桓温见所植之柳合围，有“木犹如此，人何以堪”之叹，晁无咎竟于无意中作了翻案文章，说桃花之“薄命”更胜于人；刘郎鬓已成丝，桃花颜色，自不问可知。在这里，“桃花”应是词人在历下生活中留下的种种美好回忆的象征。

洞　仙　歌

泗州中秋作[①]

青烟幂处[②]，碧海飞金镜，永夜闲阶卧桂影。露凉时，零乱多少寒螀[③]，神京远，惟有蓝桥路近[④]。　　水晶帘不下[⑤]，云母屏开[⑥]，冷浸佳人淡脂粉。待都将许多明，付与金尊，投晓共流霞倾尽[⑦]。更携取胡床上南楼[⑧]，看玉做人间，素秋千顷。

【注释】

① 泗州：治所在临淮，今江苏泗洪东南，盱眙对岸。徽宗大观四年(1110)，晁补之出党籍，起知达州，改泗州，卒于任上。　② 幂：音密，笼罩，覆盖。　③ 寒螀：寒蝉。　④ 蓝桥：在陕西蓝田县东南，唐裴航巧遇云英并与之结为夫妻处。　⑤ 水晶帘：串连水晶编织而成的帘子。　⑥ 云母屏：由云母石装饰制成的屏风。　⑦ 流霞：神仙喝的酒名，泛指美酒。　⑧ 胡床：坐具，即交椅。南楼：用《世说新语》典故：晋庾亮在武昌，与诸佐吏殷浩之徒乘夜月共上南楼，据胡床咏谑。

【语译】

在青烟笼罩之处，在碧色的大海上，飞升起一面明亮的镜子。长夜里，在寂静无人的阶台上，躺着桂花树的影子。露水带来凉意时，有多少寒蝉的叫声乱成一片。汴京遥远，只有通往与佳人相会的地方的路倒是很近的。

水晶帘子未放下来，云母屏风也敞开着，淡敷脂粉的美人正沉浸在清冷的月光里。等到月儿把许多光明都投入金杯之中，天将晓时，便将它与美酒一起喝尽。我们还要搬了交椅上南楼去，一同观赏白玉做的世界，看那银光普照千顷大地。

【赏析】

毛晋谓此词系晁补之之绝笔。其《琴趣外篇跋》云："无咎虽游戏小词，不作绮艳语，殆因法秀禅师谆谆戒山谷老人，不敢以笔墨劝淫耶？大观四年，卒于泗州官舍。自画山水留春堂大屏上，题云：'胸中正可吞云梦，盏（酒器）底何妨对圣贤（称酒之清者为圣人，浊者为贤人）？有意清秋入衡霍（山名），为君无尽写江天。'又咏《洞仙歌》一阕，遂绝笔。"有人因词中有"蓝桥"、"佳人"之语，遂以为此写作者"与妓女往还以排遣日月"，未免唐突词人。唐宋士大夫狎妓固属寻常，或借红巾翠袖以寄托失意牢骚，然此词除"神京远"等语外，实无愤激怨怼之言；无咎磊落卓奇，不作绮语，岂有临终之咏，及念念不忘青楼红粉之理？观佳人之居，水晶帘卷，云母屏开，其人淡妆轻抹，孤芳幽独，又岂是艳妆浓抹之乐籍女子可比。诗人吟咏明月，以美人寄兴者颇多，此"虽有涉于篇什，实不接于风流"（李商隐语）也。

词以月出写起，描摹中秋清景如画。以"神京远"二句，说自己宦游僻远，名利之心已淡，此处虽无京城佳节之热闹，亦不乏人情之温馨。以“蓝桥”故事引出“佳人”，写一位贞静高雅的美人形象，在无从考实其身份的情况下，不妨视作词人的一种理想志趣的寄托。末了，以举杯邀月，共度良宵，登楼咏谑，一览中秋月色下之神奇世界作结，所写景观，呼应发端。故苕溪渔隐赞其如“常山之蛇，救首救尾”；李攀龙亦云：“此词前后照应，如织锦然，真天孙（织女）手也。”（《草堂诗余隽》）

晁冲之

晁冲之(生卒年不详),字叔用,一字用道,巨野(今属山东)人。补之从弟。举进士。绍圣中坐党籍,废居具茨山(今河南密县东)下,号具茨先生。徽宗时以《汉宫春·咏梅》词受知于蔡京父子,得官大晟府丞。精于音律,擅词,惜作品传世不多。有近人赵万里辑《晁叔用词》一卷。

临　江　仙

忆昔西池池上饮①,年年多少欢娱。别来不寄一行书,寻常相见了,犹道不如初。　　安稳锦衾今夜梦,月明好渡江湖。相思休问定何如。情知春去后,管得落花无?

【注释】

① 西池:指金明池,是汴京西面的胜地。

【语译】

回想从前我们常在城西金明池畔聚会喝酒,年年总带给大家多少欢乐啊!自从彼此分别以后,连一行字的信也不再写不再寄了,过去平常见了面,还说情况不如当初,现在又该当如何呢?

今夜,我安安稳稳地盖着锦缎被子做梦,正好趁明亮月色照着我的影子，让我梦魂飞渡江湖去见你们。不过还是别去过问彼此究竟是如何相思的罢，我心里很明白春天逝去后的境况，谁还管得了落花的命运呢？

【赏析】

晁冲之在旧党执政的元祐年间（1086—1094），与苏轼兄弟、秦观、黄庭坚、张耒及晁冲之从兄补之（苏门四学士之一）、咏之等人同在汴京，他们常常集饮于城西胜地金明池，文人意气，纵谈豪饮，盛极一时。词中头两句所追忆的，正是当时情景。但这一时期，新党已萌生，政局逐渐变化，故词中有“不如初”的话。元祐末年，旧党失势，二苏、秦、黄、张及晁补之均遭贬谪，冲之也因受牵连而离京隐居，一时风流云散，各奔东西，其心情自不难想象。此词正作于彼此离散之后，故多感伤语。

词以忆池上集饮起，当时盛况，只说“年年多少欢娱”已足，不须具体描述，便转入别后。所谓“不寄一行书”者，非人情淡薄，乃迫于政治形势，不得不有所顾忌也。故以“寻常”两句一衬，意谓当时已每况愈下，则眼前各自处境危难，自不待闻消息而后知也。下片写自己苦思旧游，“安稳”二字，说自己所过的隐居生活倒很安逸平静，表示不以仕途挫折为意，借此告慰友人。梦渡江湖，是说心念故人，做梦也盼能一见，语句用李白《梦游天姥吟留别》“我欲因之梦吴越，一夜飞渡镜湖月。湖月照我影，送我至剡溪”诗意。然后马上又否定说，不必再问究竟了，政治上受如此打击，失意忧伤是必然无疑的了,这是无可奈何的事。既然春已归去,花之飘零又如何管得了呢?把意思又转深了一层。许昂霄评此词云:“淡语有深致,咀之无穷。”(《词综偶评》)是说得不错的。

舒　亶

舒亶(1041—1103),字信道,号懒堂,明州慈溪(今属浙江)人。英宗治平二年(1065)进士,试礼部第一。以陷害贤良起家,屡兴大狱,王安国、苏轼等皆受其害。神宗朝官至御史中丞,举劾唯私,气焰嚣张,见者侧目。坐罪废斥。徽宗朝复起,累除龙图阁待制。有近人赵万里辑《舒学士词》一卷。

虞　美　人

寄　公　度①

芙蓉落尽天涵水②,日暮沧波起。背飞双燕贴云寒,独向小楼东畔倚阑看。　　浮生只合尊前老,雪满长安道。故人早晚上高台③,赠我江南春色一枝梅④。

【注释】

① 寄公度:一本无此词题。宋有黄公度,生于舒亶卒后,当另有其人。② 芙蓉:即荷花。　③ 早晚:日日,有所期盼时用,见《诗词曲语辞汇释》。④ “赠我”句:用南朝宋陆凯折梅题诗以寄范晔事。《荆州记》:“陆凯与范晔交善,自江南寄梅花一枝,诣长安与晔,赠诗曰:‘折梅逢驿使,寄与陇头人。江南无所有,聊赠一枝春。’”

【语译】

荷花都已落尽,天与水连成一片,红日西沉时,碧波起伏。两只燕子朝相反方向飞去，贴近那寒冷的云端，我正独自在小楼东畔，靠着栏杆眺望。

人生飘忽不定，真该伴酒终老，展眼又是岁暮，京城路上已铺满了大雪。老朋友啊，你也该时时登临高台的罢，请把那报知江南春色的梅花折一枝来寄赠给我。

【赏析】

《全宋词》收舒亶词中有《蝶恋花》调，题为“置酒别公度座间探题得梅”。其词云：“折向樽前君细看，便是江南，寄我人还远。手把此枝多少怨。小楼横笛吹肠断。”又有《醉花阴》调，题为“越州席上官妓献梅花”。其词云：“月幌风帘香一阵，正千山雪尽。冷对酒樽旁，无语含情，别是江南信。”因此，我疑心这位叫公度(非后来的黄公度)的作者友人，可能是越州一带的官员。作者在越州及北上之前，都曾有席上献梅得梅之事，并与当时的饮酒狎妓生活有关。

词上片写小楼眺望所见。当是秋天景象。古诗云：“涉江采芙蓉，兰泽多芳草。采之欲遗谁？所思在远道。”今水面芙蓉落尽，日暮沧波接天，虽欲有所遗赠，亦无可采摘了。燕子离去，双飞而不比翼，一向东，一朝西，恰似“劳燕分飞”(所谓“东飞伯劳西飞燕”)，喻有情人离散。这就是小楼倚栏所见的景象，由末句补出。“独”字点醒只身孤寂感伤情势。汴京(今开封)处越州(今浙江绍兴)一带的西北，特说明“小楼东畔”，正为指示凭高所望江南的方向。下片以感叹人生飘忽，只应天天寻醉起，暗中推移时间，说不觉已是岁暮。“雪满长安道”，借长安说汴京，写独自冷落无聊的处境和心境。又以大雪引出梅花，寄情“故人”，想象他亦凭高而望，见雪里梅开，先报江南春至的消息，故愿其寄赠一枝，以慰思念之殷切。用典与实事融为一体，若非了解作者之经历者，难知其工切。

朱 服

朱服(1048—?),字行中,乌程(今浙江湖州)人。神宗熙宁六年(1073)进士。累官国子司业、起居舍人,以直龙图阁知润州,转徙泉、婺、宁、卢、寿五州。哲宗朝,历中书舍人、礼部侍郎。徽宗朝,加集贤殿修撰,知广州。坐前与苏轼游,黜知袁州,再贬蕲州安置,改兴国军,卒。

渔 家 傲

小雨纤纤风细细,万家杨柳青烟里。恋树湿花飞不起,愁无际,和春付与东流水。　　九十光阴能有几[1]?金龟解尽留无计[2]。寄语东阳沽酒市[3],拚一醉,而今乐事他年泪。

【注释】

① 九十光阴:指三春九十天时间。　② 金龟:唐三品以上官佩金龟。贺知章初遇李白,见其诗,称其为天上谪仙人,解金龟以换酒留饮。　③ 东阳:今属浙江金华市。

【语译】

小雨丝丝,风儿细细,千万人家的杨柳都笼罩在一片青烟之中。这雨丝依恋着树,打湿了花,不让它飞起来,真像是无边的愁绪,与春天一起付与东流水了。

三春总共九十天，能有多久呢？就算把大官佩带的金龟都解下来换成酒喝，也想不出留住春天的办法啊。我带话给东阳市上的酒家，还是一醉算了，无非是将今天的欢乐换作他年的眼泪。

【赏析】

关于这首春词的创作背景，有二说：（一）方勺云："朱行中自右史出典数郡，是时年尚少，风采才藻皆秀整。守东阳日，尝作《渔家傲》春词云云。予以门下士，每或从公。公往往乘醉大言：'你曾见我"而今乐事他年泪"否？'盖公自谓好句，故夸之也。予尝心恶之而不敢言。行中后历中书舍人，帅番禺，遂得罪，安置兴国军以死。流落之兆，已见于此词。"（《泊宅篇》）（二）《乌程旧志》云："朱行中坐与苏轼游，贬海州，至东郡，作《渔家傲》词。读其词，想见其人，不愧为苏轼党也。"纪事文字往往不免有附会失实处，未可尽信。但有些情况大概可以肯定：朱服政治上属旧党，曾守东阳；词用解金龟典故，当是其早期之作。

江南之地，春来多烟雨。词的上片便专就小雨来描写春景，这是写法上有特色处。首句用"纤纤"、"细细"等叠字能表现雨丝风片的特征，接着展出"万家杨柳"的画面，说看去如笼罩在"青烟"中，这是远距离的全景。然后是分镜头近景：树是湿漉漉的，花也沾满水珠，飞不起来了。插入"愁无际"三字抒情，正好融情入景，使无边无际的蒙蒙细雨带上一层惆怅迷惘的色彩。最后以"和春"二字说雨水带着春天或者还有落花，都一起随"东流水"逝去了。

交代了愁绪因春去而生,同时感慨系之。

过片紧承惜春意。“能有几”之问,加强嗟叹语气。因惜而欲留,春是留不住的,为不辜负春光,只好饮酒。“金龟解尽”,亦“兴来买尽市桥酒”意,但用此典故,又表示跟诗文好友同饮,重意气而轻财物,犹贺知章之遇李白,豪情逸兴,为下文“乐事”二字伏根。虽如此亦“无计留春住”。所以结语说“拼一醉”,意谓不如且贪醉中欢笑,任凭他年追忆少壮乐事而感伤垂泪好了。况周颐说此词末句云:“白石词:‘少年情事老来悲。’宋朱服句:‘而今乐事他年泪。’二语合参,可悟一意化两之法。宋周端臣《木兰花慢》云:‘料今朝别后,他时应梦今朝。’与‘而今’句同意。”(《蕙风词话》)

毛　滂

毛滂(1064—?),字泽民,号东堂,衢州江山(今属浙江)人。哲宗元祐年间为杭州法曹,绍圣间改衢州推官,元符二年(1099)知武康县。曾受权臣曾布赏识,擢置馆阁。布败,改投蔡京门下,连进谀词十首以求升调。徽宗政和中官至祠部员外郎,知秀州。词风清丽。有《东堂词》二卷。

惜　分　飞

富阳僧舍作别语赠妓琼芳①

泪湿阑干花着露②,愁到眉峰碧聚。此恨平分取,更无言语空相觑③。　　断雨残云无意绪,寂寞朝朝暮暮。今夜山深处,断魂分付潮回去。

【注释】

①《彊村丛书》本《东堂词》题作“富阳僧舍代作别语”。　② 阑干:纵横的样子。　③ 觑:细看。

【语译】

你泪流纵横,就像一朵鲜花沾着露水,愁容使你远山似的黛眉紧锁在一起。别离之恨你我都分得了一半,再也说不出一句话来,彼此只是默默地凝视着对方。

云雨梦残了,对什么都没有情绪,此后只有寂寞伴着度过朝朝暮暮。今夜,我在富阳深山的僧舍里,将我无所依托的梦魂交付给退去的江潮,让它随潮水回到你所在的钱塘。

【赏析】

周煇《清波杂志》云:“毛泽民元祐间罢杭州法曹至富阳所作赠别词也。”词题一本多了一个“代”字,且无“赠妓琼芳”字样。赠别的对象是妓女,从词中用巫山神女典故看,当无可疑;至于是自己赠别还是代替他人作别语,就词的内容而言都一样,我们只须论其优劣就可以了。

上片回想别时情景。“泪湿”句的取喻多受前人诗意象的启发。如“林花着雨胭脂湿”、“玉容寂寞泪阑干,梨花一枝春带雨”之类皆是。愁蹙双眉,以碧峰相聚作比,典出《西京杂记》(卓文君)“眉色如望远山”,后已成常语。这两句是所见的对方情态,必定也得说到自己才情真意切。“此恨平分取”五字转得好,意谓你的痛苦我完全理解,因为我心里也有同样的感受。多情反似无情,不能有一语相慰,彼此唯泪眼“相觑”,加一“空”字,写别离之恨,不减柳永《雨霖铃》“执手相看”两句。这两句把对方和自己都写在一起了。

下片写别后事。说“无意绪”,说“寂寞”,也都可包括双方;是现时也是可预料的日后的心情。用“断云残雨”四字,把对方的身份、跟自己的关系,以及别后的处境,都暗示出来了。“朝朝暮暮”

也恰巧借用了典故中的成语，所谓“旦为行云，暮为行雨；朝朝暮暮，阳台之下”（宋玉《高唐赋序》）。末以魂逐潮回作结，是未经人说过的话。“山深处”，正扣住词题中的“富阳僧舍”。杭城之东南枕着钱塘江，其上游称富春江，富阳临其北岸；钱塘以江潮闻名，潮回落时，富阳之水正好流向杭州。因地设词，自然新奇，极有情致。

陈　克

陈克(1081—1137?),字子高,号赤城居士,临海人,一说天台(今均属浙江)人。绍兴中,为敕令所删定官。侨居金陵(今江苏南京),曾入守帅吕祉幕府,辟为右承事郎。淮西事变,为叛将郦琼所害。工词,格韵绝高,清人陈廷焯称其词"婉雅闲丽,暗合温(庭筠)、韦(庄)之旨",认为其成就远在晁补之、毛滂、万俟咏等人之上。有《赤城词》一卷。

菩　萨　蛮

赤阑桥尽香街直,笼街细柳娇无力。金碧上青空[1],花晴帘影红。　　黄衫飞白马[2],日日青楼下。醉眼不逢人,午香吹暗尘。

【注释】

① 金碧:指楼阁等建筑,以金碧彩绘为装饰。　② 黄衫:少年穿的华贵衣服,此指纨绔子弟。

【语译】

红栏杆桥的尽头是一条香风阵阵的笔直大街,垂柳细长的枝条娇弱无力地笼罩着街面。金碧辉煌的楼阁直耸蓝天,晴日里的繁花映红了窗帘。

纨绔子弟们穿着黄衫骑着白马飞奔,天天往来于歌楼妓馆的门前。醉醺醺的双眼，对谁都是一副瞧不见的神气，午间扬起带香的尘土使街道都昏暗了。

【赏析】

这首小词揭露和讽刺了官僚贵族子弟骄奢淫逸的都市生活，有点像李白《古风》或白居易《新乐府》，这在当时的词中是不多见的。上片描写了存在这种腐朽生活的都市环境，长桥、直街、高楼、帘影，处处密布着官柳庭花，词展现了春日里繁华的都市景观。四句的搭配颇有讲究：首句写大道通衢突出一个“直”字；次句则用表现街柳的“笼”、“细”和“娇无力”等态势的词相扶持，犹绿叶之为红花作衬；三句峭拔；四句缥缈，互相配合，相辅相成。择字遣词，都着意于色彩的绚丽秾艳。下片特写黄衫儿的狂态。白马飞鞚，在大街纵横驰突，而日日无非听歌看舞、眠花宿柳，狂饮之余，酒酣气振，醉眼乜斜，旁若无人（极言之而曰“不逢人”），而马蹄过处，尘土飞扬，“亭午暗阡陌”（李白《古风》），“午香”一词，遥应起句“香街”，首尾相衔，如豹尾之绕额。

菩　萨　蛮

绿芜墙绕青苔院，中庭日淡芭蕉卷。蝴蝶上阶飞，烘帘自在垂[①]。　　玉钩双语燕，宝甃杨花转[②]。几处簸钱声[③]，绿窗春睡轻。

【注释】

① 烘帘:日光照着的帘子。 ② 甃:井壁,井垣。 ③ 几处:何处。见《诗词曲语辞汇释》。簸钱:以掷钱赌输赢的游戏。

【语译】

爬满绿色藤蔓的围墙环绕着长满青苔的庭院,庭中的日光十分柔和,芭蕉的卷叶还未舒展开来。蝴蝶飞到阶台上来了,被阳光照着的帘子悠闲自在地下垂着。

一对燕子落在玉帘钩上唧唧啾啾地交谈着,一团团柳絮在华美的井台上打转。不知从哪里传来掷钱赌博的声音,绿纱窗里的人正在矇矇眬眬地春睡呢。

【赏析】

"春恨十常八九",故春词大都带有感伤成分,写到人往往也多思妇行人、痴男怨女。这首小词则不然,它写春景,也写到人,但并非离人,也不涉春恨,只是一幅能激发人们美感的幽寂迷人的春天图画。

词先写一个藤蔓满墙、青苔铺地的庭院,这庭院是一个绿色的天地,幽深寂静。"中庭日淡",光照不强,加深了这一意境。不写嫣红姹紫,而只说"芭蕉",极注意净化画面,使色彩、气氛尽量和谐统一、柔和协调。芭蕉叶卷,季节特征分明;蝴蝶上阶,白昼晴午、寂寂无人之境仿佛如见,又将视点从庭院逐步移向闺阁。帘幕低垂,已为末句写春睡作好铺垫。

过片承“烘帘”而说“玉钩”，以双燕落于帘钩上呢喃不休，写环境之寂静，与前人诗“鸟鸣山更幽”、“斗雀坠闲庭”等句有同样的妙用。这里的“双语燕”，既不作人孤独一身的反衬，也非暗示盼望离人寄来书信，而纯粹是美好春景的组成部分。杨花旋转于井垣边，则“郁郁园中柳”自在其中，这景象又使春景显得更多姿多彩。结尾两句，以不知何处传来簸钱之声衬托室内春睡，更见人之悠然闲适，各自都在消受着这令人困慵的春天时光。“绿窗”之色与起头的院景色彩相同；形容人之昼眠，用一“轻”字，活脱空灵，似梦非梦的感觉和神情，一时写出，有难以言状之妙。周济称陈子高词“格韵绝高”（《介存斋论词杂著》），陈廷焯说他的词“婉雅闲丽”（《白雨斋词话》），看此首，确实如此。

李元膺

李元膺(生卒年不详),东平(今属山东)人。曾任南京教官。哲宗绍圣间,李孝美作《墨谱法式》,元膺为序;又其《蓦山溪》词副题作“送蔡元长”(“元长”为蔡京字),由此知其为北宋后期人物。有近人赵万里辑《李元膺词》一卷,仅九首。

洞 仙 歌

一年春物,唯梅、柳间意味最深。至莺花烂漫时,则春已衰迟,使人无复新意。余作《洞仙歌》,使探春者歌之,无后时之悔①。

雪云散尽,放晓晴庭院。杨柳于人便青眼②。更风流多处,一点梅心,相映远,约略颦轻笑浅③。 一年春好处,不在浓芳,小艳疏香最娇软。到清明时候,百紫千红花正乱,已失春风一半。早占取、韶光共追游④,但莫管春寒,醉红自暖⑤。

【注释】

① 后时之悔:懊悔错过了时机。 ② 青眼:青睐。魏阮籍能为青白眼,喜悦时正眼相看,目多青处,厌恶时则白眼斜视。 ③ 约略:不经意地。 ④ 韶光:美好时光,春光。 ⑤ 醉红:饮酒脸红。

【语译】

雪云全都消散了，早晨庭院里天气晴朗。杨柳的新叶向人露出喜悦的青眼。还有风韵更多的，是那一点点的梅蕊，在远处映衬着，它们不经意地轻轻皱眉，微微含笑。

一年中春天最好的，不在于繁花浓丽的日子，小而艳的花，疏枝清香，才是最姣好媚人呢。到清明时候，万紫千红，群芳一时乱开，那已经是失去春风的一半了。还是趁早去占得春光，一起抓紧时机游赏罢！只是别管那春寒料峭，一杯在手，醉颜酡红，自然就会暖和起来的。

【赏析】

韩愈有小诗赞早春好，极有风致，诗云："天街小雨润如酥，草色遥看近却无。最是一年春好处，绝胜烟柳满皇都。"只描画景物，不说为什么好的道理。宋人喜欢说理，虽说"诗有别趣，非关理也"（严羽《沧浪诗话》），但如果说得有理趣，也是好的。此词也赞早春好，角度与韩诗不同，如其题序所说着意于"梅柳间"，而词中写景与说理兼而有之。

词头两句写出初春的好天气。"雪云散尽"，突出季节特征。天放晴了，又是早晨，能让人感受到一股清新的气息；说"庭院"，以便出梅柳。接着先说柳，本是人见柳枝生细叶而喜悦，反说"杨柳于人便青眼"，是柳对人有好感，这是透过一层的写法；柳叶初生似眼，称柳眼，巧用"青眼"一词，恰好含义双关。然后说梅，也拟人，说它“风流”更多，在这里，“风流”也就是“风韵”，同时又合随风流香的意思。梅，花小而粉蕊显著，所以称“一点梅心”，“心”与“眼”正相配。“相映远”，合梅柳而言，而“远”又同时表现其意趣闲远。“颦轻”，说柳，由眼及眉，眉亦可用柳叶形容；“笑浅”说梅，花开似笑，诗词中所习用。“轻”“浅”，状物拟人，都分寸恰好。柳与梅都成为极有风韵情趣、宜笑宜颦的佳人了。上片以写景正面表现了“一年春物，唯梅、柳间意味最深”这句词题中的话。

下片转为说理，但仍不离景。分三层：先好像是提出命题。“一年”三句，说春天什么时候最好。“不在浓芳”，是否定或排除；“小艳疏香最娇软”，是肯定。“小艳疏香”，说梅兼及柳；“疏”是梅的疏影，也是柳的疏枝。“娇软”，也同样，但“娇”偏重说梅，“软”偏重说柳。这一层像是上片的总结概括，只是多了一点“不在浓芳”。所以次一层就说明“春好处，不在浓芳”的道理，也就是要回答为什么百花盛开之时反不及初春。答案是“已失春风一半”，也就是题序中所谓“春已衰迟，使人无复新意”。“莺花烂漫时”，春光正盛，何言“衰迟”？原来这体现了一条事物发展规律的古老的哲理。所谓月圆则亏，水满则溢，盛极而衰，物极必反。比如月亮，似乎是十五最好，然有诗云：“思君如满月，夜夜减清辉。”又云：“最好莫如十四夜，一分留得到明宵。”故王之涣登鹳雀楼只在二层做诗，留下第三层不写。凡事不满，则有所期盼，有所想象，因而最有前途，最富有生机，也就是词序所谓的有“新意”。末了一层，劝人及早游赏，切莫坐失良机。“早占取”，是正面劝说游人；“但莫管”，是解除游人顾虑，因为春寒料峭，毕竟有点美中不足。词人说，这不值什么，只要有酒可醉，自能暖和，不是什么问题都解决了吗？“醉红自暖”，造句极其简洁。这样的说理，我们还是能欣赏的。

时　彦

时彦(?—1107),字邦美,开封(今属河南)人。神宗元丰二年(1079)进士第一。历兵部员外郎、秘阁校理、河东转运使、开封府尹等职,官至吏部尚书。

青　门　饮

胡马嘶风,汉旗翻雪,彤云又吐,一竿残照。古木连空,乱山无数,行尽暮沙衰草。星斗横幽馆,夜无眠、灯花空老。雾浓香鸭①,冰凝泪烛,霜天难晓。　　长记小妆才了,一杯未尽,离怀多少!醉里秋波,梦中朝雨,都是醒时烦恼。料有牵情处,忍思量、耳边曾道:甚时跃马归来,认得迎门轻笑?

【注释】

① 香鸭:制成鸭形的香炉。

【语译】

西域马迎着寒风嘶鸣,汉军旗映着积雪翻飞,天边又吐出了阴云,残阳已落在一竿高的地方。古老的大树参天,纵横的峰峦无数,我踏遍了暮色中的沙漠和衰败的枯草。幽僻的馆舍上空已罗列着繁星,夜不成眠,灯花徒然地落了又结。鸭形香炉里升起浓浓的烟雾,烛泪流下,凝成了蜡堆,飞霜的长夜难挨到天明。

我总是记起那一刻来:你平常梳妆打扮刚完,一杯酒还没有喝干,已有多少离别之恨涌上心头!你那秋波似的醉眼和我在梦中得到的欢情,都成了醒来时的烦恼。料想你的心也一定牵挂着我,我真不忍思量你曾在我耳边那样说:"什么时候你才能跃马归来,一眼认出我已在门前微笑着相迎呢?"

【赏析】

征夫思家题材,在北宋词坛上范仲淹《渔家傲》(塞下秋来)首开先河。但范词只是泛泛地说:"浊酒一杯家万里,燕然未勒归无计。"此词写征戍者与妻子相思牵情处,却委婉曲折,详尽细致,充分发挥了词体的婉约传统。

上片分两层,先写征者远行边地所处的艰苦环境,北风、积雪、战马、旌旗、彤云、残照、古木、乱山、暮沙、衰草,共同构成一幅"塞下秋来风景异"的画面。然后写旅宿幽馆的不寐情景:星斗横,灯花老,炉喷雾,烛凝蜡,长夜漫漫,霜天难晓。见征夫有所思而"夜无眠",以引起下片思家情怀。

下片由"长记"领起,先回忆匆匆离别的情景。"小妆",并不太费时;"一杯",饯行刚开头,都是极短的时间,而已是离恨满怀了。"醉里秋波",别宴间留下的印象,"梦中朝雨",分手后的思念所致,现在都成了酒醒梦回后的烦恼;应合了上片中的"无眠"。再进一层，用“料”字领起，写家中妻子“有牵情处”，实即写自己的牵情，“忍”，即不忍也。爱妻曾盼丈夫“趺马归来”，有“认得迎门轻笑”之耳语，将内心的愿望和憧憬，通过细细回味夫妻间临别私语来表现，生动而巧妙，写彼此相思情怀，有一击两鸣的效果。“趺马归来”与“迎门轻笑”，又自然回应上片，为“行尽暮沙衰草”离家远征的困苦情景作反照。如此一结，全词无衰飒之气。

李之仪

李之仪(约1035—1117),字端叔,号姑溪居士,沧州无棣(今属山东)人。神宗熙宁三年(1070)进士,历枢密院编修官,通判原州。元符中监内香药库,御史奏其尝从苏轼幕府,不可以任京官,诏停。徽宗朝,提举河东常平,坐为范纯仁遗表作行状,编管太平州。政和七年(1117),以朝议大夫致仕,年八十而卒。能文,尤工尺牍。其《跋吴师道小词》,对词自唐末五代至北宋初期的发展流变及名家词风均有评价。有《姑溪词》。

谢池春

残寒消尽,疏雨过,清明后。花径款余红[①],风沼萦新皱。乳燕穿庭户,飞絮沾襟袖。正佳时,仍晚昼。著人滋味,真个浓如酒。　　频移带眼[②],空只恁厌厌瘦[③]。不见又思量,见了还依旧。为问频相见,何似长相守?天不老,人未偶。且将此恨,分付庭前柳。

【注释】

① 款:留。　② 频移带眼:有孔眼的革制衣带,体瘦带宽,则须移孔。《南史·沈约传》:与徐勉书:"老病百日数旬,革带常应移孔。"　③ 只恁:这样。厌厌:同"恹恹",精神不振的样子。

【语译】

最后的寒冷都已消失,稀疏的雨下过,已是清明之后了。花间小路还留有余花残红,风过池沼,水面上回环着新起的皱纹。小燕子在庭户间穿梭,飞扬的柳絮沾住我的衣襟衫袖。时光正大好,白昼仍迟迟。这一切给人感受之浓烈,真如喝了酒一般。

多次移动腰间革带的孔眼,白白地就这样精神不振、体态消瘦。见不着她,又要想念,见着了她,又感到跟原来一样。我不禁想问:与其这样不断地相见,倒不如长久生活在一起,岂不更好?天永远不会老,人没有能成对,我姑且将这番憾恨,托付给庭前的杨柳。

【赏析】

词写春恨,也就是春天里恋人因相思而引起的烦恼。

上片描写暮春景物和自己的感受。头三句说气候因寒尽而暖和,天气因雨过而晴朗,并点明时节正当“清明后”。接着说地面和水上,小路时见余花,微风吹皱池水,择字构句,着意修饰。然后说空中,“乳燕穿庭户,飞絮沾襟袖”,由野外而入庭户,逐渐近人,层层增加春意的浓度。再点醒正当“佳时”,清昼仍长。最后以叹息语写出春日给自己的感觉,是“良辰美景奈何天”的感叹。“著人滋味”,字面上是说客观环境带给自己的,其实,自然环境只不过是激发起内心情思的诱因。“浓如酒”,如痴如醉,分不清是喜是愁。正好于此过渡到下片抒情。

过片先说自己因多情而消瘦。“频移带眼”因体瘦,也就是古诗所谓的“衣带日以宽”;加之精神恹恹不振,由相思熬煎所致已一目了然,故接写心态。一时不见,便放心不下;待到见了面,原来如故。热恋中男女多有此心态。不能见面或难得一见,希望能多多相见;常常见面,又觉得还不如“长相守”,结成连理,永不分开更好。热恋中人又都是这样得陇望蜀,总也不满足的。这就归到“人未偶”的遗憾上来了,前面加“天不老”三字一衬,更增加了分量。所谓“天若有情天亦老”,天不老,因其无情也;而人是有情的,却偏不能遂愿以成眷属,故抱恨而难消。将难消之恨寄托于“庭前柳”,以其景与情一致也。杨柳,千丝万缕,依依不绝,飞絮随风,送走春光,恰似人情缱绻,憾恨绵绵。这样,下片的抒情就与上片的写景结成一体了。明快之中,又有含蓄。

卜　算　子

我住长江头,君住长江尾;日日思君不见君,共饮长江水。　　此水几时休?此恨何时已?只愿君心似我心,定不负相思意。

【语译】

我住在长江的源头,你住在长江的末端;天天思念着你却又见不到你,你我喝的都是长江的水。

这流水什么时候才能停止?这怨恨什么时候才能完结?但愿

你的心能够跟我的心一样，那么，彼此相思的心意就必定不会辜负。

【赏析】

这首小令是效乐府民歌体的情歌。

前四句借长江说恋情，极有情致。句中巧妙地利用了分合异同的对立统一规律，以增强艺术表现的语言效果：两人都住在长江边，“共饮长江水”是同，是合；然则“我住长江头”，在上游，“君住长江尾”，在下游，相隔千里，又是异、是分。彼此思念，心心相印，是同，是合；人处两地，不得相见，又是异，是分。“日日思君不见君”句是主体，而用述起居三句来作陪衬，语言浅显而颇有内蕴，其间含意，任凭读者想象补充。比如说两人同饮一杯酒，那定是最亲密的人；同饮一江水，岂不也可以作如是观？差别只在大小而已。作者真能得民歌之所长。故毛晋赞此四句说：“直是古乐府俊语矣！”（《姑溪词跋》）

后四句转为抒情，仍紧承上文以“此水”过片。以水之长流引出人之长恨，用的是民歌惯见的比兴手法。建安徐幹《室思》诗云：“思君如流水，何有穷已时！”下片前两句正用其意。后两句则从五代顾敻《诉衷情》词“换我心，为你心，始知相忆深”中得到启迪。女子最所虑者，是男的时过情迁，薄幸变心，不能像自己那样一往情深，至死靡它。故曰“只愿君心似我心”。末句按词牌格律，本当是五个字，现在“定不负相思意”多了个“定”字，这叫添声作衬字，为的便是不以辞以声害意。这个“定”是表示态度的，非常要紧，少不得。大凡爱得深切，语言必定坚决，古乐府民歌中《上邪》等诗可证。《长恨歌》中“但教心似金钿坚，天上人间会相见”也是这个意思。这既是抒发自己感情的需要，也是为鼓舞对方信心，希望他努力去争取实现幸福生活的理想，不要动摇。纪晓岚以为《姑溪词》中“小令尤清婉峭茜”（《四库全书总目提要》），指的就是这类词。

周邦彦

周邦彦(1056—1121),字美成,号清真居士,钱塘(今浙江杭州)人。神宗元丰初游学汴京(今河南开封),六年(1083),上《汴京赋》,洋洋七千言,名噪京师,由太学生一跃升为太学正。后历任地方官。徽宗朝,仕至徽猷阁待制,提举大晟府。后又出知顺昌府,徙处州,秩满,以待制提举洞霄宫,晚居明州。邦彦妙通音律,能自度曲,尤擅长调,其词清正醇和,艺术造诣极高,历来被词家奉为“正宗”。有《片玉集》(又名《清真集》)。

瑞 龙 吟

章台路[1],还见褪粉梅梢[2],试花桃树[3]。愔愔坊曲人家[4],定巢燕子,归来旧处。　　黯凝伫,因念个人痴小[5],乍窥门户。侵晨浅约宫黄[6],障风映袖,盈盈笑语。　　前度刘郎重到[7],访邻寻里,同时歌舞,惟有旧家秋娘[8],声价如故。吟笺赋笔,犹记《燕台》句[9]。知谁伴[10],名园露饮[11],东城闲步?事与孤鸿去[12],探春尽是,伤离意绪。官柳低金缕[13],归骑晚,纤纤池塘飞雨。断肠院落,一帘风絮。

【注释】

① 章台路:在长安,歌妓聚居处。参见欧阳修《蝶恋花(庭院深深)》注。

② 褪粉:谓花粉萎落,即花落。　③ 试花:花蕾初绽。　④ 愔愔:静悄悄地。坊曲:原作“坊陌”。郑文焯校《清真集》云:“杨升庵云:‘俗改曲为陌。’按:唐人《北里志》有‘海论三曲中事’,盖即平康里旧所聚居处也。当时长安诸娼家谓之曲;其选入教坊者,居处则曰坊。故云‘坊曲人家’,非泛言之也。本集《拜星月慢》云:‘小曲幽坊月暗’,可证‘坊曲’为美成习用。”　⑤ 个人:那人。痴小:天真而年轻。　⑥ 浅约宫黄:犹言淡妆。古代宫廷妇女以黄涂额为饰,谓之约黄,后来民间也加以仿效。　⑦ “前度”句:唐刘禹锡自贬处朗州召回,重游玄都观,已相隔十四年,以前闻有道士手植桃树满观,今荡然无存,“唯兔葵燕麦动摇于春风耳”。因题诗云:“种桃道士归何处? 前度刘郎今又来。”此以“刘郎”自指。参见晁补之《忆少年》注。　⑧ 秋娘:唐贞元、元和间的长安名妓,常用作妓女的通用名,如白居易《琵琶行》:“妆成每被秋娘妒。”非后来杜牧赠诗的杜秋娘。　⑨《燕台》句:李商隐《柳枝》诗序:洛阳姑娘柳枝,因听人吟咏李商隐的《燕台诗》,产生了爱慕之情,见面后,邀李过访,竟因故而未偕。　⑩ 知:不知。⑪ 露饮:在露天饮酒。　⑫ 事与孤鸿去:杜牧《题安州浮云寺楼寄湖州张郎中》诗:“恨如春草多,事与孤鸿去。”　⑬ 金缕:指柳条,形容它好像金线。

【语译】

我走在章台路上,又见到梅花在枝头凋谢、桃花在树上初绽的景象。聚居着艺妓的人家一片寂静。筑巢的燕子,飞回到从前栖宿过的住宅里来了。

我凄然地站着出神,当时的情景又呈现在眼前:她是那样的天真烂漫、娇小稚气,才刚刚开始倚门接客。一清早,她淡妆打扮,涂着浅色的额黄,以衣袖映面,遮挡寒风,姿态迷人地说笑着。

我像再游玄都观的刘郎那样，重新来到这里，访寻左邻右舍打听消息；同时的歌舞中人，只有原来的秋娘还在操旧业，听说她的名声和身价都依然如故。还记得那时我吟诗填词，她见了爱慕不已，就像从前洛阳女听人吟《燕台》诗而对李商隐倾倒一样。如今又有谁陪伴我再在名园中露天饮酒，去东城散步呢？往事已随孤飞的大雁一去无踪影了，我想寻找春天，却处处引起离散的愁绪。街旁的杨柳，长条如金线低垂，我骑马回去时天色已晚，池塘上正飘着蒙蒙细雨，看那令人伤心的院落里，只有风吹柳絮，扑向门帘。

【赏析】

此词写故地重游，不见昔日恋人的感伤。故周济评此词有“桃花人面，旧曲翻新”之语（《宋四家词选》）。全词分作三叠，前两叠较短，句式相同，称双拽头，结构犹一个段落分作两小节；第三叠才真正过片，另起一个段落，较长。三叠各有所述，层次井然。

“章台”，借长安说汴京事，点地点又表明所述事关妓女。“还见”二字是一叠之关键：（一）可知是重游；（二）以梅、桃点时令，又是“桃花依旧笑春风”的意思。“坊曲”应合“章台”，是二叠中“个人”所居处。花木依旧，而坊曲人家却“愔愔”不闻弦歌喧闹，已暗示“人面不知何处去”。燕子但知物是，不知人非，故仍“归来旧处”，亦刘禹锡“旧时王谢堂前燕”诗意。以安巢之燕子反衬不得见之人。

二叠由黯然神伤伫立引出“因念”，领起伊人在自己记忆中留下的难忘印象：豆蔻年华，天真幼稚，初出茅庐，倚市门而招徕过客。又写她晨起的妆饰风韵。“障风映袖”，用语取自下面提到的洛阳女听《燕台》诗思慕李商隐的诗序文字，又与“窥门户”和“侵晨”多风有关。“盈盈笑语”则是“痴小”的形象化表现。将记忆中人尽量写得可爱动人，正为三叠之失望惆怅蓄势。

正面说到“重到”，用刘禹锡诗最活，刘诗本亦借桃树讽咏人事变迁，自可移用，不待此词有“试花桃树”始可。否则，重到之刘郎所见本兔葵燕麦、荡然无一树景象，此则桃花依旧，岂能切合！或又拉扯刘晨入天台逢仙女故事（沈祖棻说），亦非美成本意。写“同时歌舞”散尽，置“访邻寻里”四字，情况已不言可知；举“声价如故”之“旧家秋娘”作反剔，加“惟有”二字，意味尤为凄凉。秋娘虽尚操旧业，人也已经离去，只是不曾说出。至于所思“个人”之不见，更不说破，只说“吟笺赋笔，犹记《燕台》句”。前面写过妆饰风姿，这里则说慕才情事，由表及里，自浅入深，以见其人秀外慧中，令人难忘。“名园露饮，东城闲步”，本昔日之事，却由自怜今日处境之“知谁伴”三字带出，造句最有情致。“恨如春草多，事与孤鸿去。”杜牧诗正好切合此时境况，故直取原诗后句而藏其前句，借此结束回忆，略无痕迹。此即周济之所谓“化去町畦”也。“探春尽是，伤离意绪”八字是全篇主旨；这“春”当然不是指季节、梅桃之类，而是绮梦、是欢乐，是情感上的春天。

末了四五句是离去归家时所见所感。“官柳”，关合开头之“章台路”，唐传奇中所咏曰：“章台柳，章台柳，往日依依今在否？纵使长条依旧垂,也应攀折他人手。”“归骑晚”,说留连难舍。“池塘”、“院落”,即前之“坊曲人家”、昔日“个人”之所居。此时回看,景随情移,但见池塘飞雨,纤纤如愁;风来絮乱,帘幕翛然。不忍去而又不得不去,故曰“断肠”。周济谓“由无情入,结归无情”。此词起结正是以无情的景物来写不尽的“伤离”情怀的。

风　流　子

新绿小池塘,风帘动、碎影舞斜阳。羡金屋去来①,旧时巢燕;土花缭绕②,前度莓墙。绣阁里、凤帏深几许?听得理丝簧③。欲说又休,虑乖芳信④;未歌先噎,愁转清商⑤。　　遥知新妆了,开朱户、应自待月西厢⑥。最苦梦魂,今宵不到伊行⑦。问甚时说与,佳音密耗,寄将秦镜⑧,偷换韩香⑨?天便教人,霎时厮见何妨⑩!

【注释】

① 金屋:《汉武故事》:刘彻幼时,其姑母长公主指其女问曰:“阿娇好否?”于是乃笑对曰:“好。若得阿娇作妇,当作金屋贮之。”后有“金屋藏娇”之语。阿娇,即陈皇后。　② 土花:青苔。李贺《金铜仙人辞汉歌》:“三十六宫土花碧。”③ 丝簧:泛指弦管乐器。簧,乐器中用以发声的片状振动体。　④ 虑乖芳信:因为没有她的消息而烦恼。　⑤ 愁转清商:一本作“愁近清觞”。　⑥ 待月西厢:元稹《莺莺传》:莺莺与张生诗:“待月西厢下,迎风户半开。”　⑦ 伊行:她那里。　⑧ 秦镜:汉秦嘉妻徐淑以明镜赠夫,秦嘉赋诗答谢。　⑨ 韩香:晋贾充

女贾午爱韩寿，窃父所藏之奇香赠韩。贾充闻韩寿身上有香，知贾午所赠，因以午与寿为妻。见《晋书·贾充传》。　⑩ 厮见：互相见面。

【语译】

小池塘呈现一片新绿，风吹帘动，细碎的影子在斜阳下乱舞。我羡慕年年在她屋内筑巢的燕子，可以随意地飞进飞出；还有上次见她时那长着蛇莓的墙垣边的青苔，总是环绕在她居处的周围。闺阁里挂着绣凤的帷幕，它究竟有多深呢？我听到房中有试着弹吹弦管的声音。我想说而又作罢，因为得不到她的信息而烦恼；还没有唱出歌来，喉咙就堵住了，凄清的乐声也带着我的忧伤。

我虽在远处，也知道她现在已重新打扮完，开了朱红的房门，像莺莺那样，该是在西厢房等待月儿上来罢。最痛苦的是我的梦魂，今夜却不能去到她那里。试问要到什么时候，能给我带来秘密的好消息呢？像古时的秦嘉得到爱妻寄予的镜子，韩寿偷偷地换上情人所赠的香囊？老天爷啊，您就给人片刻相见的机会又有什么关系呢！

【赏析】

王明清《挥麈余话》云："美成为溧水令，主簿之姬有色而慧，每出侑酒，美成为《风流子》以寄意。'新绿'、'待月'，皆主簿厅轩名。"这类所谓本事轶闻，只可资助谈，却未必可信。词是情歌，写恋人相思相望而不得相见的心情是无疑的。

头三句写心上人居处环境。"新绿"、"斜阳"，知时间在春天傍晚。池塘生春草，水面浮绿萍。“风帘动”，知目光专注，总在居处；“碎影舞”，门外有花木，也可想而知。接四句用一“羡”字领起，既写所见，又借景物作反衬，写自己不得与伊人相见相亲之憾恨。巢燕可出入金屋，藓苔可围绕深闺，所以令人羡慕。黄蓼园解云：“因见旧燕度莓墙而巢于金屋，乃思自身已在凤帏之外，而听别人理丝簧，未免悲咽耳。”（《蓼园词选》）他是把“前度莓墙”的“度”误当成动词，解作“鸟影度寒塘”（杜诗）的“度”了。其实，这里的“前度”与上一首中“前度刘郎”用法同，是“上一次”的意思。这四句除领字外，是隔句对（又叫扇对），故沈际飞云：“‘土花’对‘金屋’工。”（《草堂诗余正集》）“前度”对“旧时”也恰好，不是动词。我想，莓墙之下应是他们曾经相会的地方，与小晏词中“不消红蜡，闲云散后，月在庭花旧阑角”（《六幺令》）情景相仿佛，所以隐其事而只说上一次。接写绣阁深深，不得见其人，但闻隐隐有人弄弦管，愈觉相思难忍，则“理丝簧”者当即伊人，未必另有“别人”。芳信乖违，愁情谁诉，虽欲歌唱自娱，反引得悲感难遏。至此，与情人不得见之苦似乎都说到了，但情犹未畅，故下片再剖白内心，多放笔直言。

先说对方想必也同样盼望能相见，只是因为客观条件限制，不能公开化，只能像崔莺莺与张生那样私下里相会。“遥知”，所谓“身无彩凤双飞翼，心有灵犀一点通”也。“新妆”，时已至晚，不卸妆反而重新打扮，当然是为了见心上人。“待月”，就是待郎的隐语。自己想去，偏说对方在等自己去，是无中生有，虚处实写。“到伊行”，本梦寐以求之事，却因有某种障碍而不能到，所以内心“最苦”。也许是因为没有事先约定（古人密约很不易，不像今天可以打电话），不敢冒险罢。所以有下面几句问话，急切地盼望对方能及早捎来“佳音密耗”，以成全其秦嘉、韩寿那样的好事。庾信《燕歌行》：“盘龙明镜饷秦嘉，辟恶生香寄韩寿。”秦镜、韩香二事并用，当本此。末句是无可奈何下情极之词，如呼天可怜见。此类直抒胸臆语，重雅驯词风者或有微词，然总不免偏见，故况周颐《蕙风词话》云：“元人沈伯时作《乐府指迷》，于《清真词》推许甚至，唯以‘天便教人，霎时厮见何妨’、‘梦魂凝想鸳侣’等句为不可学，则非真能知词者也。清真又有句云：‘多少暗愁密意，唯有天知。’‘最苦梦魂，今宵不到伊行。’‘拌今生对花对酒，为伊泪落。’此等语愈朴愈厚，愈厚愈雅，至真之情，由性灵肺腑中流出，不妨说尽而愈无尽。”

兰　陵　王

柳

柳阴直，烟里丝丝弄碧。隋堤上、曾见几番，拂水飘绵送行色。登临望故国[1]，谁识、京华倦客！长亭路、年去岁来，应折柔条过千尺。　　闲寻旧踪迹。又酒趁哀弦，灯照离席。梨花榆火催寒食[2]。愁一箭风快，半篙波暖，回头迢递便数驿。望人在天北。　　凄恻，恨堆积。渐别浦萦回，津堠岑寂[3]，斜阳冉冉春无极。念月榭携手，露桥闻笛，沉思前事，似梦里，泪暗滴。

【注释】

① 故国:故乡。 ② 榆火催寒食:谓准备榆火,寒食将到。清明前一二日为寒食,习俗禁火三天。唐宋时,朝廷于清明日取榆柳之火赐近臣,以顺阳气。③ 津堠:渡口的土堡,可瞭望。

【语译】

两行柳影笔直伸向远处,烟雾里条条绿丝带炫耀着自己的葱翠。在这道隋堤上,我曾经有多少次见它轻拂水面,扬起飞絮,为人送行。登高临远,我眺望那故乡所在,有谁知道我只是一个厌倦了京城生活的旅客!这经过长亭的道路,年复一年,人们折下那些赠别的柔条,连在一起恐怕都不止千尺了罢!

我多余地去寻找旧时共游的踪迹。不觉又是酒伴着哀怨的琴筝,灯照着饯别的宴席。这是正当梨花开放,准备取榆柳之火,快到寒食节的时候。行客愁看风送船行,其快如箭,在春水暖波中点篙而前,待回头时,早走了不少路,过了好几处驿站了。再望送行之人已远在天北了。

我黯然凄怆,离恨在心头积聚起来。渐渐地只留下眼前的河水曲折回绕,渡口的土堡静寂无声,太阳慢慢地向西,春色无边无际。记得从前我们在月下的楼台上,曾手拉手共赏夜景;也曾在露水沾湿的桥头,倾听远处传来的笛声。往事回想起来,好像做了一场梦,不觉暗暗地流下了眼泪。

【赏析】

杨柳依依，恰似柔情；折柳赠别，又是古来的习俗，所以写送别的诗文，多不离杨柳。此词以“柳”命题，实则主题只抒别情，不过借柳引入而已；特别是后两叠，几乎撇开了杨柳而只说送别。这种咏物而不说物，专说与物相关之事的写法，被人称之为“兴体作法”。它与通常咏物之作多缀集相关典故、前人用语，处处句句不离本题的写法是很不一样的。

一叠写柳，也写别离。顶头说柳，点题直起，一“直”字已画出两行堤柳，而“烟里丝丝弄碧”则暗含惜别之意。“隋堤上”即“长亭路”，“曾见几番”与“年去岁来”前后呼应；见柳丝送行的是自己，折其柔条的是众人，由己及人，推而广之。其中“登临”二句突接，笔法奇崛，是一篇之主。见离别之多，识离恨之深，是“倦客”之感的根由；因为对京华这名利场产生了厌倦，所以生“故国”之思。“送行色”三字，开启下两叠。“应折柔条过千尺”，语奇而意新。

“闲寻旧踪迹”一句承前。“闲寻”由“登临”而来；“旧”字由“曾见”、“年去岁来”而来；交游相继别去，往事都成旧梦。至此束住上片。接一“又”字，回到本意，开出此叠写眼前别离情景，且说明“酒趁哀弦，灯照离席”之饯别往昔屡经，非今始有。“梨花榆火催寒食”点节令，无意中又到“拂水飘绵”时候。这以后转换角度，从对方落笔，想象离去者此刻的感受和心情，所谓“客中送客，一‘愁’字代行者设想”（周济《宋四家词选》），且纵笔放言，尽情抒发，直说到行客望送别之人已渺不可见。笔法变幻，措辞灵巧，意境生动，如周济所说“词笔亦‘一箭风快’”。这一叠是正面写送别。

三叠说别后情怀。“凄恻”，是一时客去浦空的心态；“恨堆积”，是惆怅的延续和扩展，逗下文之“念”与“沉思”。“渐别浦”三句与前叠舟如箭疾数句对看，前者虚拟，此是实写，反差之大，更衬出别后凄凉意味。“斜阳冉冉春无极”一句，情景交融，无迹可求，真神来之笔！梁启超云：“‘斜阳’七字，绮丽中带悲壮，全首精神振起。”(梁令娴《艺蘅馆词选》引)并非过言。然后以“念”字转出“月榭携手，露桥闻笛”等“前事”，是“旧踪迹”的具体落实。“沉思”比“念”更递进一层，一经回味，前事都如梦里，此所以淹留京华而生厌倦也。写黯然消魂的重拙之笔“泪暗滴”，留待最后作收，自能压住全篇。

《兰陵王》词调是从周邦彦开始的。周词是创制还是根据失传的旧谱填词，已不可考。此调结句六字都用仄声，“梦里”用上去，“泪暗”用去去，不可变易。韵押入声，到了南宋，如张元幹等人也有押上去声的；又第一叠中“谁识”是句中韵，南宋人也有不押的，但这些地方毕竟都应该以清真词为标准。张端义《贵耳集》谓宋徽宗幸李师师家，值周邦彦在，闻其谑语，作《少年游》词以记之，因得罪，被押出国门。临行，作《兰陵王》词，闻于徽宗，又复召为大晟乐正。此类附会之说甚可笑，不可引以为据。

琐 窗 寒

暗柳啼鸦，单衣伫立，小帘朱户。桐花半亩，静锁一庭愁雨。洒空阶、夜阑未休，故人剪烛西窗语[①]。似楚江暝宿，风灯零乱[②]，少年羁旅。　　迟暮。嬉游处。正店舍无烟，禁城百五[③]。旗亭唤酒[④]，付与高阳俦侣[⑤]。想东园、桃李自春，小唇秀靥今在否[⑥]？到归时、定有残英，待客携尊俎[⑦]。

【注释】

① 剪烛西窗语：李商隐《夜雨寄北》诗："何当共剪西窗烛，却话巴山夜雨时。"　② 风灯零乱：杜甫《船下夔州别王十二判官》诗："风起春灯乱，江鸣夜雨悬。"　③ "正店舍"二句：元稹《连昌宫词》："初过寒食一百六，店舍无烟宫树绿。"《荆楚岁时记》："去冬至一百五日，有疾风甚雨，谓之寒食。"　④ 旗亭：酒楼，楼上立酒旗，以招客饮。　⑤ 高阳俦侣：喝酒的朋友。《史记》：郦食其以儒冠见沛公刘邦，刘邦以其为儒生，不见，食其按剑大呼："我非儒生，乃高阳酒徒也！"因见之。后因称饮酒狂放不羁者为高阳酒徒。　⑥ 小唇秀靥：李贺《兰香神女庙》诗："秾眉笼小唇。"又其《恼公》诗："晓奁妆秀靥。"　⑦ 尊俎：古代盛酒和肉的器皿。这里指酒和菜肴。

【语译】

昏暗的柳树上有乌鸦在叫，我穿着单衣站在朱红小门的帘外，看被桐花占了半亩地的庭院，静静地关闭着，天在哗哗地下雨，真叫人发愁。雨打在空荡荡的阶台上，已到深夜，还不停止。这境况使我产生与李商隐当年同样的心情：盼望能有一天与爱妻同在西窗下剪烛，对她诉说此夜雨中思念的情景。又好像年轻时，夜宿楚江头，风透进屋来，灯不停地晃动，开始尝到了在外漂泊的滋味。

我已大有迟暮之感了。平时可游乐的地方，现在碰上冬至后一百五日的寒食节，京城里旅店客舍都见不到灶烟。只好去到酒楼上，跟狂放的酒友们一起买酒求醉。想起我家的东园里，桃李一定还照样开放，那长着小嘴唇、面颊上有漂亮酒涡的人，如今是否还是老样子呢？当我回到家时，一定还有残余的花朵在等待我这远方归客带着美酒佳肴前去观赏的。

【赏析】

词写寓居京师，愁闷无聊，因而思念家乡，盼能早早归去与亲人团聚。

寒食清明，常多风雨，词上片先写出这一特点。起头说“暗柳”，固然由于时间大概已是傍晚，也因为柳树被雨所笼罩；“啼鸦”也显得可怜。虽有雨而仍着“单衣”，见其时已寒消转暖。“小帘朱户”，当指其居屋对着庭院的门户。正值院中“桐花”已开季节，姑“伫立”以观景。“静锁一庭愁雨”，至此，才点出“雨”来。面对潇潇暮雨、寂寂庭院，一时无处可去，不觉落寞生愁。写出景物、气氛和心态。接着便单就雨说，“洒空阶，夜阑未休”，但闻空阶滴沥之声，自昼至夜，直到“夜阑”更深，总不绝于耳，人之不寐，可想而知。温飞卿《更漏子》云：“梧桐树，三更雨，不道离情正苦，一叶叶，一声声，空阶滴到明。”除秋霖春雨之别外，几乎就是此词的境界。然接“故人剪烛西窗语”一句，又转而为李商隐“巴山夜雨”心情，烦愁时能旷达地想到日后相聚。“故人”，即指妻子。不过这样借人诗意，抒己情怀，毕竟不能显豁酣畅，因而又有“似楚江”三句，把自己少年时初离家乡，风雨夜独宿江头的情景来作比，词笔曲折变幻。眼前“羁旅”之愁，居然在提到早年事中点明，也大大出人意表。周济评其“奇横”，当是指这些地方。

下片一开头先下“迟暮”二字，一顿，由开而阖，兜转到正题上来，所指既是春光，更是自身。汴京繁华地，岂无“嬉游处”？为什么不寻乐以遣愁呢？这一层是必须说的。这样就点出“正店舍无烟，禁城百五”，正值街市寂寥的寒食节来。寒食与思家常相关连，这也成了传统意象，如唐诗无名氏之作云：“近寒食雨草萋萋，著麦苗风柳映堤。等是有家归未得，杜鹃休向耳边啼。”既无意趣，只好“旗亭唤酒”，当一回高阳酒徒。再写下去似乎会更感伤消沉，事实却不然。词人一转笔将思路引向家园，其间虽有惦念和牵挂，但更有期望和憧憬，态度是比较乐观的。“桃李自春”是现在，有此四字，才可说“到归时，定有残英”。残留的花朵仿佛是一种象征，象征迟暮之人仍有足以自慰的美好生活。“小唇秀靥”，即“剪烛西窗”之“故人”。“今在否”，其实只是“应无恙”的意思，并非真的担心她是否随人去了。想到花只作想到人的陪衬，人是主，花为次；但末了偏又不提人而只提花，构思遣词，竭尽吞吐含蓄之妙。

六　丑

蔷薇谢后作

正单衣试酒[①]，怅客里、光阴虚掷。愿春暂留，春归如过翼，一去无迹。为问花何在？夜来风雨，葬楚宫倾国[②]。钗钿堕处遗香泽[③]，乱点桃蹊，轻翻柳陌。多情为谁追惜[④]？但蜂媒蝶使，时叩窗槅[⑤]。　东园岑寂，渐蒙笼暗碧[⑥]。静绕珍丛底[⑦]，成叹息。长条故惹行客[⑧]，似牵衣待话，别情无极。残英小，强簪巾帻[⑨]。终不似一朵钗头颤袅[⑩]，向人攲侧。漂流处、莫趁潮汐[⑪]。恐断红、尚有相思字[⑫]，何由见得？

【注释】

① 试酒：初尝新酒。《武林旧事》记宋代春末夏初时有尝新酒的习俗。　② “夜来”二句：说风雨花落。楚宫倾国：以美女喻花。　③ 钗钿：喻花的落瓣。　④ 为谁：谁为。　⑤ 窗槅：窗格子。　⑥ 蒙笼：草木茂盛的样子。暗碧：指绿叶。　⑦ 珍丛：指蔷薇花丛。　⑧ 长条：指蔷薇的枝条，有刺，易勾人衣服。　⑨ 巾帻：头巾。　⑩ 颤袅：轻轻颤动。　⑪ 潮汐：早潮叫潮，晚潮叫汐。　⑫ 断红、相思字：以红叶比红花落瓣，用红叶题诗故事。范摅《云溪友议》：唐宫女题诗于红叶上，顺御沟流出宫外，被人拾得，后结成婚姻。其诗云：“流水何太急，深宫竟日闲。殷勤谢红叶，好去到人间。”

【语译】

正是换单衣、尝新酒的季节，我恨羁旅他乡的日子里，大好时光都浪费了。我真希望春天能稍稍停留一下，可是春天的归去就像飞鸟经过一样，一去全无踪影了。我问蔷薇花到什么地方去了呢？原来是夜间的一场风雨，埋葬了这楚国宫中的绝色美人。她那金钗、花钿纷纷坠落的地方，留下了阵阵芳香，胡乱地点缀着桃树下的小径，轻轻地翻动在柳荫路上。有谁会多情地替她惋惜呢？只有当过她媒人和使者的蜜蜂、蝴蝶，还不时地飞来，敲响我的窗格子。

东园里一片寂静，草木渐渐茂密，绿叶深暗。我默默地绕着凋零殆尽的蔷薇花丛行走，只能叹息不已。它那带刺的长条故意招惹着过往行人，好像是在拉住你的衣服，要向你诉说她内心无限的离情别恨。虽然还有残留的小花，能勉强地摘下插在头巾上，但终究不如曾见过美人头上的那一朵盛开时的大花，在钗头微微颤动，沉甸甸地偏向一边。落花漂流于水上，不要随着早晚的潮水去才好。恐怕那红色花瓣上还写有相思的字句哩，要是流走了，怎么还能看得见呢？

【赏析】

这是周邦彦的一首代表作。题意是追惜蔷薇花的凋谢，其实也借落花自抒宦游羁旅，光阴虚度，青春逝去的落寞情怀。

词开头写春去。“单衣试酒”，是春暮，点了时令；又是消愁，也点了人事。“怅客里、光阴虚掷”七字，是作词的本意。发端便用

"正"字、"怅"字，使句意覆盖全篇，贯注始终。"愿春暂留"是不忍"虚掷"，"春归如过翼"是竟成"虚掷"。"过翼"喻其迅速，而"一去无迹"更说到尽头，不留余地。这十三个字词意曲折回旋，包括无遗，故周济说它"千回百折，千锤百炼"(《宋四家词选》)。话既说尽，以下本难接续，然词人能举重若轻，只以"为问花何在"五字唤醒题旨。"花何在"正为"无迹"而发问也。此无中生有、绝处逢生手段，突兀而绵密，谭献说他是"搏兔用全力"(《谭评词辨》)。"夜来风雨，葬楚宫倾国"，人多谓从孟浩然"夜来风雨声，花落知多少"或温庭筠"夜来风雨落残花"诗意化出，殊不知词意之妙全在设喻——以埋葬绝世佳人作比，否则风雨落花不过常语，又何其多也。韩偓《哭花》诗云："若是有情怎不哭，夜来风雨葬西施。"这才是其真出处。词更有特色的是所设比喻能连下六句，直贯到上片结束：美人既死，则钗钿委地，任其狼藉于桃蹊柳陌间而无人管，只有"蜂媒蝶使"还常来"叩窗槅"以探询她的去处。这种设喻方法，唯东坡诗中有之，如其《守岁》诗云："欲知垂尽岁，有似赴壑蛇。修鳞半已没，去意谁能遮？况欲系其尾，虽勤知奈何。"

上片说花落，只是虚拟泛写，不待眼见而后知；至蜂蝶叩窗，则引出过片写步出室外于"东园"探寻，故是实写。所谓"岑寂"，用意不在说园内无人，还是写春去"无迹"，是与蔷薇花丛前蜂围蝶阵乱纷纷，春意喧闹恰好相反的境界。花已落去，绿叶浓暗，唯静绕花丛兴慨而已；"成叹息"，仍遥应"怅"字。花谢而只剩"长条"，荆棘钩住衣服，而设想其"故惹行客"、"牵衣待话"，与人一诉离别之情怀。词人深情所至，使无情之物，亦似有情，造境奇妙。因欲话别而偶见枝上尚存残花，无迹而忽然有迹，亦出人意料的想象。“残英小”，本不足以簪巾帻而“强”簪之，是“愿春暂留”的体现，然而又毕竟不能与盛开时美人钗头的艳花相比。这才无可奈何地醒悟到春天真的过去了。叙来一波三折，“颤袅”、“欹侧”，用词极准确而有表现力。最后又移来红叶题诗故事，用以“追惜”“断红”，造成春之归去亦如落花趁潮汐，奔流到海，一去不回的效果。这又道人所未道。总之，“不说人惜花，却说花恋人；不从无花惜春，却从有花惜春；不惜已簪之残英，偏惜欲去之断红”（周济语）。词境时时发新枝奇葩，故蒋敦复云：“清真《六丑》一词，精深华妙，后来作者，罕能继踪。”（《芬陀利室词话》）

夜　飞　鹊

河桥送人处，良夜何其[①]？斜月远坠余辉。铜盘烛泪已流尽，霏霏凉露沾衣。相将散离会[②]，探风前津鼓[③]，树杪参旗[④]。花骢会意，纵扬鞭、亦自行迟。

迢递路回清野，人语渐无闻，空带愁归。何意重经前地，遗钿不见[⑤]，斜径都迷。兔葵燕麦，向残阳，影与人齐[⑥]。但徘徊班草[⑦]，欷歔酹酒[⑧]，极望天西。

【注释】

① 良夜何其：良夜已是什么时候了。“良”，一本作“凉”。《诗·小雅·庭

燎》:“夜如何其?夜未央。”“其”为语尾助词;省去“如”字义同,如旧传苏武诗云:“征夫怀远路,起视夜何其。” ② 相将:行将,当时口语。 ③ 津鼓:渡口的更鼓。 ④ 杪:音秒,树木的末梢。参旗:参与旗都是星名。 ⑤ 遗钿:掉在地上的花形首饰。《新唐书·玄宗贵妃杨氏传》:“每十月,帝幸华清宫,五宅车骑皆从,……遗钿堕舄,瑟瑟玑琲,狼藉于道,香闻数十里。” ⑥ “兔葵”三句:刘禹锡《再游玄都观》诗引:“人人皆言道士手植仙桃满观……重游玄都观,荡然无复一树,唯兔葵燕麦动摇于春风耳。”后七字一作“向斜阳、欲与人齐”。 ⑦ 班草:铺草而坐。《后汉书·逸民传·陈留父老》:“道逢友人,共班草而言。”后称朋友相遇,共坐谈心为“班草”,也称“班荆”。 ⑧ 欷歔:叹息。酹酒:以酒浇地,表示祭奠。古代宴会往往行此仪式。

【语译】

在河桥附近送人,夜色真美好,也不知已到什么时刻。远处斜月西沉,隐没了最后的余晖。桌上铜盘里蜡炬烧完,烛泪流尽,露水凉飕飕的,像细雨沾湿了我的衣服。离别的宴会马上就要散了,我探听夜风中渡口传来的更鼓声,窥视树梢上星星移动的方位。我骑的五花马也懂得我的心意,哪怕扬起鞭子,也总是慢吞吞地走。

回程的路仿佛格外的漫长,转入旷野,人们的说话声已渐渐听不见了,我徒然地带着一腔愁绪归来。哪里会想到现在我重新来到上次经过的地方,不但找不到她掉在地上的首饰,连那条横斜的小路在哪里也迷糊了。只见兔葵与燕麦在残阳的投影下,几乎长得跟人一般高。我只有在从前共坐谈心过的地方徘徊,想起宴会饮酒时的情景而叹息，极目远望她西去的天边。

【赏析】

此词一本有题，题作“别情”，当是后人所拟。词写别情有其特色，它不只写离别的难舍，也不完全是别后的愁思，而是综合两者而成的。

上片写送别，其实是别后回忆中的情景；这只有读到后面才知道，开始时并不觉得。“河桥”即举行饯别宴会处，故先点出“送人”。“良夜何其”，既有“月白风清，如此良夜何”的感叹，借良宵美景写临别的留恋心情，又是在问已是夜间什么时辰，即汉诗“征夫怀远路，起视夜何其”同样的用法，后几句便是答案。古人远行，总是赶早出门的，所以是夜将尽、天将曙的时刻。“烛泪已流尽”，说夜残，又说惜别，暗用杜牧“蜡烛有心还惜别，替人流泪到天明”（《赠别》）诗意。“凉露沾衣”，是写五更寒，又表现凄凄然心情。然后说“相将散离会”，点出别宴将散，远行的和送人的都在注意是否到该出发的时间了。“津鼓”，耳听；“参旗”，目视，由星座的方位、隐现，可以判断时间，所以窥“探”。最后终于出发，离别之痛不直写，而托之于坐骑，这也是传统手法的运用和发展。蔡琰《悲愤诗》写离别之悲云：“马为立踟蹰，车为不转辙。”江淹《别赋》亦云：“舟凝滞于水滨，车逶迟于山侧。棹容与而讵前，马寒鸣而不息。”都是同一机杼。

上片已将“送别”之事说尽，下片则说归途。送人去时，巴不得马“行迟”；独自回来，又感到路“迢递”，前后心理截然不同。歧途分手，各自东西，人们的对话已渐无闻，但觉清野寂寂，愁怀怅怅而已。至此了结前事。“何意重经前地”一句转为此日再来情景，方知前面所述种种都是回忆。离去者是自己想念的人，所以重来时又希望还能找到一点遗迹，比如说遗落在路上的花钿之类。直到说“遗钿”，我们方知送走的人是一位女子。“遗钿不见”是很可能的，因为东西小，或者根本没有掉；“斜径都迷”，就不免令人疑惑了，竟有渔人重寻桃源，找不到去路的感觉。以小者衬托大者，竭力写出“事如春梦了无痕”的迷惘惆怅。这里借刘禹锡重游玄都观所见“兔葵燕麦动摇于春风”的意象，变“春风”为“残阳”，写眼前荒漠苍凉之景，极为成功。“影与人齐”，是说葵麦长得高，跟人差不多。残阳欲落，草木深芜，更添内心的悲感，情与景高度融合。末了说只有在旧时“班草”的地方“徘徊”，对往昔“酹酒”的情景“欷歔”，向她前去的“天西”“极望”，以表达自己的一片深情，极尽低回凄恻之致。

满　庭　芳

夏日溧水无想山作[1]

风老莺雏[2]，雨肥梅子[3]，午阴嘉树清圆。地卑山近，衣润费炉烟[4]。人静乌鸢自乐[5]，小桥外、新绿溅溅[6]。凭阑久，黄芦苦竹，疑泛九江船[7]。　　年年，如社燕[8]，飘流瀚海[9]，来寄修椽[10]。且莫思身外，长近尊前[11]。憔悴江南倦客，不堪听、急管繁弦。歌筵畔，先安枕簟[12]，容我醉时眠。

【注释】

① 溧水：县名，今属江苏省，为负山之邑，周邦彦曾任县令，无想山是他命名的小山。 ② 风老莺雏：杜牧《赴京初入汴口晓景即事》诗："风蒲燕雏老。" ③ 雨肥梅子：杜甫《陪郑广文游何将军山林》诗："红绽雨肥梅。" ④ 衣润费炉烟：衣服受潮，常须用炉烟来熏。 ⑤ "人静"句：旧注引杜甫诗："人静乌鸢乐。"然今存杜集中无此句，或是误记。鸢，鹞鹰。 ⑥ 溅溅：流水声。 ⑦ "黄芦"二句：谓芦竹遍地，境况似当年白居易乘船送客于九江。《琵琶行》："住近湓江地低湿，黄芦苦竹绕宅生。"九江，今属江西省。 ⑧ 社燕：燕子春社时来，秋社时去，故称社燕。 ⑨ 瀚海：大沙漠。 ⑩ 修椽：长的椽子，高大的屋檐。 ⑪ "且莫思"二句：杜甫《绝句漫兴》："莫思身外无穷事，且尽尊前有限杯。" ⑫ 枕簟：枕头竹席。

【语译】

幼莺在风中渐渐地老了，梅子经雨水而肥大起来，午间，大树投下了清凉的圆影。这儿地势低而靠着山，衣服受潮，常要耗费炉烟来熏干。人悠闲宁静，乌鹊飞鹰也自得其乐。小桥外，绿波新涨，水声潺潺。我久久地倚着栏杆，望着丛生的黄芦苦竹，心情恰似当年白居易沦落九江，在船中向琵琶女诉说自身的愁闷。

一年又一年，我好比春社时飞来的燕子，漂流着越过沙漠旷野，来到高大的屋檐下寄身。且别去想那些悲欢穷达的身外之事，还是多多地饮酒吧。我这倦怠了的江南游子，已身心憔悴，再也不能听那急促纷繁的管弦乐声了。请在歌舞宴席的一旁，先安放好枕头和竹席，好让我醉后睡上一大觉。

【赏析】

词为周邦彦任溧水县令时所作。写他年年为客，宦情如逆旅的愁闷。但写景抒情都极蕴藉有分寸，并不特意渲染其苦乐。

江南黄梅时多风雨，莺渐老而梅已肥，昼午时分，浓荫清凉，仿佛悠然闲适，其实懒怠无聊。“地卑山近”，因而空气潮湿；“衣润费炉烟”，“费”字很有表现力，又暗逗下面用白傅《琵琶行》事，所谓“住近湓江地低湿”也。“乌鸢自乐”、“新绿溅溅”，是人羡慕飞禽、流水的自由欢畅，生机盎然，自己却乐不起来，但只用一“静”字而不说破，语言极温婉平和。静中“凭阑久”，见“黄芦苦竹”而疑自身成了“谪居卧病浔阳城”的白居易，这才流露出一点沦落之感，但仍只说“疑泛九江船”，叙来全无火气。

词的前半以描写景物为主，情寓景中，而又若隐若现；写景本当如此，方有闲远之致。过片后，则转为抒情，如清泉泻出，毫无阻隔；但仍层层转换，不把话说到尽头。“年年”一顿，有韵；也可以写成不押韵的。以“社燕”自比恰极：燕子为营巢而栖于“修椽”，自己为微禄而寄身官府；燕子年年“飘流瀚海”，行踪不定，自己也不时地南北迁徙，仕途漂泊。这已为下文“憔悴江南倦客”六字出力一写。再化用杜诗意，插二句“且莫思身外，长近尊前”，似作解脱而实近颓伤。“尊前”二字为结语作引。“憔悴”句是一篇之主，“急管繁弦”，徒增烦恼，何如醉眠之能忘忧。“歌筵畔，先安枕簟”，亦狂诞之俊语。《白雨斋词话》云：“但说得虽哀怨而不激烈，沉郁顿挫中别饶蕴藉。后人为词，好作尽头语，令人一览无余，有何趣味！”颇能抓住要害。

过　秦　楼

水浴清蟾[①]，叶喧凉吹，巷陌马声初断。闲依露井，笑扑流萤，惹破画罗轻扇[②]。人静夜久凭阑，愁不归眠，立残更箭[③]。叹年华一瞬，人今千里，梦沉书远。　　空见说、鬓怯琼梳，容消金镜，渐懒趁时匀染。梅风地溽[④]，虹雨苔滋，一架舞红都变[⑤]。谁信无聊为伊，才减江淹[⑥]，情伤荀倩[⑦]。但明河影下，还看稀星数点。

【注释】

① 清蟾：明月，传说月中有蟾蜍，故谓。　② “笑扑”二句：杜牧《秋夕》诗：“轻罗小扇扑流萤。”　③ 更箭：古代用铜壶贮水，壶中立箭，水漏箭移，用以计时。　④ 溽：暑天，湿气熏蒸。　⑤ 舞红：落花。　⑥ 才减江淹：《南史·江淹传》：“尝宿于冶亭，梦一丈夫自称郭璞，谓淹曰：‘吾有笔在卿处多年，可以见还。’淹乃探怀中得五色笔一以授之，尔后为诗，绝无美句。时人谓之才尽。”⑦ 情伤荀倩：《世说新语·惑溺》：“荀奉倩与妇至笃，冬月，妇病热，乃出中庭自

取冷,还,以身熨之。妇亡,奉倩后少时亦卒,以是获讥于世。"

【语译】

还记得那个夜晚,明月在水中沐浴,树叶在凉风中沙沙响,街头巷尾马的嘶鸣和蹄声刚刚停止。她闲来无事,在露天的井边,笑着扑打从身旁飞过的萤火虫,将一把轻巧的画罗扇也弄破了。今晚,夜深人静,我久久地靠在栏杆上,愁思萦怀,不想回房睡觉,就这样几乎站了个通宵。可叹青春年华,瞬间即逝,我那心上人如今已远在千里,旧梦难寻,音书辽远。

我徒然听得人说,她那浓密的鬓发已经疏稀,总是害怕梳头,姣好的容颜也已消瘦,不敢再照镜子,渐渐地也懒怠按时髦的样子染朱搽粉了。黄梅时的风带着地面的湿气,呈彩虹的雨使青苔到处滋生,一架红花也随风飘散,变得都认不出了。又有谁能相信,我终日抑郁无聊全是为了她,以至像江淹那样才思大减,像荀奉倩那样心碎神伤呢?没奈何,只有在银河的光影下,独自凝望天边的几点星星罢了。

【赏析】

这又是一首离别相思词。

周邦彦写词,常喜欢把回忆的情景先写在前面。乍一读,还以为是写眼前,细心看下去,才知道说的是以前的事。此词也如此,而且须用心辨认,才不致弄错;因为今与昔,同是夜晚,颇易混淆。不过季节上略有差别,写昔日"轻罗小扇扑流萤",若按杜牧"银烛秋光冷画屏”诗意，当是秋夜；说今事，从“梅风地溽、虹雨苔滋”及“舞红都变”看，当是夏日，可见至少相隔将近一年。最容易区分的是性别：罗扇扑萤该是女子，即思念对象；凭栏兴叹者，则为词人自己，自比江淹、荀奉倩。此外，苦乐气氛今昔也截然不同。

前六句是回忆中情景。皓月明净，水风清凉，木叶有声，巷陌初静，夜景十分诱人。杜牧诗中扑流萤，似在室内，词将其移至庭院中露井旁。虽写恋人之烂漫天真，但其身边必有词人在，“笑”与“惹破”也许正是她为掩饰内心的羞怯与激动而特意表现的情态举止，所以在词人记忆中的印象非常深刻。自“人静”句起，以下都写自己当前的所见所感。心有所思，“愁不归眠”，所以独自“凭阑”追想；时间之“久”，竟至“立残更箭”，又可见所思之事是何等紧紧地缠绕心头。再三句点出愁思原因。一“叹”字，直可贯注终了。“年华一瞬”，青春不再，旧梦难寻，故曰“梦沉”；“人今千里”，山水阻隔，音信稀少，故曰“书远”。这里的“人”，即“笑扑流萤”者。

过片承“梦沉书远”而说从传闻中得知她的近况。鬓发稀，容颜瘦，懒怠梳妆，关合“年华一瞬”；“人今千里”而不得相见相慰，所以说“空见说”。“梅风”三句，又从景物上说。时雨成虹，地气湿溽，梅熟苔生，落红都尽。借韶光易逝，风物改观以衬托人事倏尔变迁。是点眼前时令，但为拓展境界而泛写，不必是凭栏时所见。然后再抒情，“谁信”二字，着意强调自己对伊人的一往情深，痴迷执着；这“谁”字当包括“伊”在内，仿佛说，你信不信，为了你，我终日愁极无聊，以至才减情伤。江淹善文辞，又以抒别情著称，正好用以自比；荀奉倩对爱妻用情至笃，不惜自苦以解伊病痛，终至神伤而殉，这既能关合“空见说”数句，又表达了自己爱情的深挚不渝。末以景语作结，钩转到“夜久凭阑”，以隔牛女双星之银河下数点残星与开头“水浴清蟾”之良宵美景作对照，更觉神情凄惋。

此词有许多四字句对仗，都极精致工巧，如“水浴清蟾，叶喧凉吹”、“鬓怯琼梳，容消金镜”、“梅风地溽，虹雨苔滋”、“才减江淹，情伤荀倩”等，这也是欣赏此词时值得注意的。

花　犯

咏　梅

粉墙低，梅花照眼，依然旧风味。露痕轻缀，疑净洗铅华[①]，无限佳丽。去年胜赏曾孤倚，冰盘共燕喜[②]。更可惜、雪中高士[③]，香篝熏素被[④]。　今年对花最匆匆，相逢似有恨，依依愁悴。吟望久，青苔上、旋看飞坠。相将见、脆圆荐酒[⑤]，人正在、空江烟浪里。但梦想、一枝潇洒，黄昏斜照水[⑥]。

【注释】

① 铅华：搽脸的粉。　② “冰盘”句：谓折梅置盘中，供我饮酒时赏玩。共，通作“供”。郑文焯校云：“‘共’即‘供’字。杜诗：‘闲宴得屡供。’此盖言梅花供一醉之意。”燕，通“讌”，即“宴”字。　③ 雪中高士：《后汉书·袁安传》李贤注引《汝南先贤传》：袁安家贫，一年，大雪积丈余，贫者排雪出门乞食，唯袁安门

前无路，人以为已死。入其户，见袁安僵卧，问其故，对曰："大雪人皆饿，不宜干人。"洛阳令闻而称其贤德，举为孝廉。高士，一作"高树"。　④ 香篝：即薰笼，喻梅花。素被：喻雪地。　⑤ 脆圆荐酒：梅子佐酒。脆圆，一本作"翠丸"。　⑥ "一枝"两句：用林逋《山园小梅》诗意："疏影横斜水清浅，暗香浮动月黄昏。"

【语译】

梅花傍着低矮的粉墙，光彩照人，令我眼睛一亮；她的风姿韵味仍旧与往昔一样。花朵上还微微留着露水痕迹，真疑心是一位洗净了脂粉的绝色佳人。去年，我独自一人曾欣赏了她的风采，折来置于玉盘中助我酒兴。更可惜她在雪地里如闭门而卧的高人袁安，无人过问，看上去好像薰笼散发着香气，在烘薰着一床白色的大被。

今年面对梅花最匆促不过了，相逢时她似乎心有憾恨，依依留恋，忧愁憔悴。我沉吟观望好一会儿，立即就看到她被风吹飞，跌落在青苔上。不久，将见到又脆又圆的青梅可以上桌佐酒了，可是人呢？那时却正在空旷的江上烟波浪里漂流，只能梦想着她一枝疏影，潇洒地在黄昏时刻，斜映在清浅的水上罢了。

【赏析】

咏物诗词不论如何构思，总须寄情寓兴才有意思，否则，就物论物，或摭拾典故，缀连成篇，好像"事类统编"，就不会有艺术生命力。此词咏梅，前半写梅花风姿，将其比作佳人高士，突出其幽独；后半则另从其命薄缘悭上说。通篇始终将物与人联系在一起，从词人与梅花的关系上写。

上片是记去年事，然“依然旧风味”五字，无形中又带出更早某年的事来。所以黄昇说它“纡徐反复，道尽三年间事”（《花庵词选》）。“露痕”三句，正面细写，拟其为“净洗铅华”之“佳丽”，姿质非凡，品格自高，落实了“照眼”二字。然后说“去年胜赏”，点出前面所写是回忆中事。“孤倚”，不但是自叹寂寥，更是惋惜孤芳之幽独。纵然如此，毕竟还能于席上供我对酒赏玩；至于冰天雪地中的梅花，那就更孤独而无人过问了，就像大雪天闭门高卧的袁安一样。因为德高，故称“高士”。“高士”一作“高树”，词意不佳，当因音近而讹。无人欣赏，虽然“可惜”，但其彻骨香浓又岂能为冰雪所掩盖，所以有“香篝熏素被”的新奇比喻，说梅花如篝雪如被也。

下片一开头便点明是说“今年”事。“对花最匆匆”，一是说花已开始零落；一是说人又即将远行。“相逢”二句，出力为欲落之梅花一写，花之憾恨实人之憾恨。“愁悴”二字又上承“匆匆”，下逗“飞坠”，词人笔下的梅花也仿佛通灵性、有感情了。如果说梅花飞坠是花匆匆，那么“相将见”以下便是人匆匆。由花落结子，进而想到青梅可以佐酒，只可惜那时人又不在了，为徇微禄而漂泊于“空江烟浪里”。所以黄蓼园说“总是见宦迹无常，情怀落寞耳”。这是放开一步写，到“但梦想”再收回到本题上来。只是在最后才隐栝一下林和靖写梅的“疏影”、“暗香”名句，来表现梅花的风姿神韵，以遥应发端。前面实写，后面虚笔。全篇结构天然，圆美流转，浑然无迹。

大　　酺

春　　雨

对宿烟收，春禽静，飞雨时鸣高屋。墙头青玉旆①，洗铅霜都尽，嫩梢相触。润逼琴丝②，寒侵枕障③，虫网吹黏帘竹。邮亭无人处④，听檐声不断，困眠初熟。奈愁极频惊，梦轻难记，自怜幽独。　　行人归意速。最先念、流潦妨车毂⑤。怎奈向⑥、兰成憔悴⑦，卫玠清羸⑧，等闲时、易伤心目。未怪平阳客⑨，双泪落、笛中哀曲。况萧索青芜国⑩，红糁铺地⑪，门外荆桃如菽⑫。夜游共谁秉烛㉓？

【注释】

① 青玉旆：喻新竹。旆，古代旗的一种，末端作燕尾状，垂旒；泛指旌旗。② 润逼琴丝：意谓雨天的湿润，从琴声中也能体会出来。王充《论衡》："天且雨，琴弦缓。"　③ 障：帷幕或屏风。　④ 邮亭：古时沿途设置的旅馆，供送文书者或旅客歇宿。　⑤ 流潦妨车毂：谓途中积水，车不能行。毂，车轮中间的圆木，连接车辐和插车轴用。　⑥ 怎奈向：周济云："宋人语，'向'作'一向'二字解，今语'向来'也。"（《宋四家词选》）　⑦ 兰成：庾信小字兰成，生平饱经丧乱，作有《哀江南赋》。　⑧ 卫玠：晋人，人闻其名，观者如堵。先有羸（瘦）疾，终成病而死，年方二十七，时人谓"看杀卫玠"。　⑨ 平阳客：汉马融，性好音乐，善吹笛，卧平阳时，闻客舍有人吹笛甚悲，因作《笛赋》。　⑩ 青芜国：指杂草丛生

的地方。温庭筠《春江花月夜词》:“花庭忽作青芜国。” ⑪ 红糁:喻落花。糁,米粒,引申为散状的片粒。 ⑫ 荆桃如菽:樱桃初生如豆。 ⑬“夜游”句:李白《春夜宴桃李园序》:“古人秉烛夜游,良有以也。”

【语译】

在我的面前,隔夜的烟雾已经散去,春天的鸟儿静了下来,只听得飞雨不时地劈劈啪啪打在高高的屋顶上。在墙头冒出的新竹子,好像碧玉制成的旗帜,雨水洗净了它表面的一层薄粉,柔嫩的梢头彼此轻轻碰撞着。春雨把它滋润万物的情调带给了琴声,让寒意侵入到屏帏内枕头边,还把虫儿的丝网吹黏在竹帘上。旅馆里悄然无人,我倾听着屋檐间不断地响着滴滴答答的声音,有点困倦,就开始睡着了。有什么办法呢?因为愁绪太多,常又惊醒过来;梦境太浅,难以记清,我可怜自己幽居独处的境况。

回家去的人归心似箭,他最先想到的是途中积水,车不能行。怎奈我一向就像庾信那样的憔悴,卫玠那样的清瘦,看到别人回家这种极平常的事,也会触目伤心。这就难怪卧平阳的马融,听到有人吹奏哀怨的笛曲,便止不住要淌下两行热泪来。何况眼前是杂草丛生,一片萧索景象,红花的落瓣散乱地铺满地上,门外的樱桃树已长出青豆似的颗粒。还能有谁愿意与我一道,拿着蜡烛来作春夜游呢?

【赏析】

词通过写春雨来寄托羁旅之思。

头六句是人在室内望见室外之景。烟收鸟静,寂然之中听雨鸣屋瓦，声声入耳，已暗逗“邮亭无人”。“墙头”三句，文心独运，新竹茁生，青苍似玉；枝叶动摇，望若旆旌，而春雨自在其中。“润逼琴丝”三句，室内景，亦于细微处透露冷落寂寥心态。“听檐声不断，困眠初熟”，看似清闲，而其实无聊。檐声是未眠熟前所闻，它成了春睡的催眠曲。但刚说“初熟”，接着就转，说虽睡而“频惊”。原来因“愁极”所致，这两个表达心情的字在这里点出；并加一句“梦轻难记”，可见连梦中短暂的欢愉、虚幻的慰藉也没有。这才最后说出词的主旨“自怜幽独”来。

下片陡接“行人归意速”句，忽然又从旁人说起，以引出自己徒有羡慕之心而不得归的憾恨。梁启超云：“‘流潦妨车毂’句，托想奇崛，清真最善用之。”（梁令娴《艺蘅馆词选》引）说别人归心似箭，固可对照自身，起反衬作用，但这样写开去，似乎离春雨之题远了，谁料接句又从归者担心雨水阻碍车行，把意思兜转回来，还是未脱春雨，所以说“托想奇崛”。“憔悴”、“清羸”，皆因多情所致。行人归去，心情迫切，亦寻常之事，偏于此“等闲时”而自“伤心目”，岂非过于多愁善感。但马上再转折，以“未怪”二字自辩，谓思家之切，人同此心，犹马融闻笛而兴悲，也出于内心引起了共鸣。自己的“泪落”，借别人的事说出。沈义父云：“词中用事，使人姓名，须委曲得不用出最好。清真词多要两人名对使，亦不可学他。如《宴清都》云‘庾信愁多，江淹恨极’，《西平乐》云‘东陵晦迹，彭泽归来’，《大酺》云‘兰成憔悴，卫玠清羸’，《过秦楼》云‘才减江淹，情伤荀倩’之类是也。”（《乐府指迷》）说美成词有此习惯，没错；说词中人名以“不用出最好”，也非达论。徒事堆砌，固不应学；若用得恰当，又有何不可。末了以“况”字再进一步，又归于景语以应发端。所不同者，景中之情，故特出“萧索”二字。雨滋草长，落红铺地，樱桃初见结实，皆不脱题而言春将尽也。歇拍用“秉烛夜游”语意而加“共谁”二字否定之，暗合雨天情景。又“共谁秉烛”与“自怜幽独”相呼应，说词者多有褒语，或谓“如常山蛇势，首尾自相击应”（李攀龙《草堂诗余隽》），或赞之曰：“顾盼含情，神光离合，乍阴乍阳，美成信天人也。”（陈洵《海绡说词》）至如王灼《碧鸡漫志》将《大酺》、《兰陵王》诸曲比之为《离骚》，斯亦太过。

解　语　花

上　元

风销绛蜡，露浥红莲[①]，灯市光相射。桂华流瓦[②]，纤云散、耿耿素娥欲下[③]。衣裳淡雅，看楚女纤腰一把。箫鼓喧、人影参差，满路飘香麝。　因念都城放夜[④]，望千门如昼，嬉笑游冶。钿车罗帕[⑤]，相逢处、自有暗尘随马[⑥]。年光是也[⑦]，惟只见，旧情衰谢。清漏移、飞盖归来，从舞休歌罢。

【注释】

① 绛蜡、红莲：红烛与荷花灯。一本作“焰蜡”、“烘炉”。烘炉，指花灯。

② 桂华:指代月光。　③ 素娥:嫦娥的别称,也指代月。　④ 放夜:宋朝京城街衢,平时禁夜行,唯正月十五夜,敕令弛禁一日,谓之放夜。　⑤ 钿车:以金花镶嵌为装饰的车,女子所乘。　⑥ 暗尘随马:苏味道《观灯》诗:"暗尘随马去,明月逐人来。"　⑦ 是也:依然。

【语译】

红蜡烛在风中消融,荷花灯被露水打湿,灯市上到处光芒照射。月光似水,洒落在屋瓦上,微云散后,嫦娥也仿佛要从明亮的月宫里下来。楚地的姑娘衣裳淡雅,看那纤纤细腰,轻盈得几乎可以一把握在掌中。箫鼓喧闹,人影杂乱,整条街道都飘浮着扑鼻的香气。

这使我想起了京城元宵节开放夜禁的情景。一眼望去,宫殿千门好似白昼一般,人们嬉笑游乐。镶嵌金花的车子驰过,香罗手帕挥动,彼此相逢的地方,都有一阵阵尘土在马后暗暗扬起。光景年年如此,只觉得昔日的豪情逸兴已经衰退。夜深了,我乘着飞奔的车子归来,就让那轻歌妙舞停歇下来算了。

【赏析】

周邦彦从三十二岁起,有五年时间寓居荆州(今湖北江陵县,古时属楚),当时他远离京师,仕途上也不很得意。这首写上元(即元宵)的词就作于这个时期。词把眼前所见的楚地歌舞升平的元宵,与记忆中同一节日京师的游乐盛况,写在同一首词中,借咏节序风物,略寄内心落寞情怀。

元宵的景观，最突出的是灯市，所以头三句就先写花灯。时值初春，夜气尚寒，故又写风露。元宵是十五夜，是月圆之时，因而再用三句写月光。王国维云："词忌用替代字，美成《解语花》之'桂华流瓦'，境界极妙，惜以'桂华'二字代月耳。"(《人间词话》)话虽不错，但在这里，用替代也是修辞上的需要。若言"明月"，不仅平仄不对，且此处也不宜过于浅率直露；倘作"月光"，又与上一句"灯市光相射"用字重复。诗中常用"桂魄"一词，此以"桂华"代月，似也算不得什么毛病。微云散尽，风露浩然，皓月当头，凝眸而望之，似觉月里嫦娥也想下到人间来一赏元宵灯市。再两句将"素娥"与"楚女"不同的镜头剪接在一起，颇似电影中的蒙太奇，又特写其淡服细腰，令人疑荆南舞妓为广寒仙子，巧思妙笔，配合得天衣无缝。然后总写三句，把市街的狂欢喧闹景象囊括无遗。

转入写京师元宵开放夜禁的盛况，用"因念"二字领起，自然过片。所述种种，都与上片暗暗照应，只是程度增加、角度变换而已。这里的"千门"，与杜诗"江头宫殿锁千门"(《哀江头》)所指同，是宫门，正为"都城"而写；既敕令弛禁，则皇宫大内亦同庆上元，故九天阊阖，明如白昼。比之荆州之"灯市光相射"景象，尤为绝盛。前言"人影参差"，此则"嬉笑游冶"；前于街头看"楚女"风韵，此则相逢"钿车罗帕"、"暗尘随马"，气象又自不同。然后转回到眼前，说佳节风光，年年如此，只是自己已没有旧时兴高采烈的情绪了。这样，以夜深驱车归来结住，水到渠成。"从舞休歌罢"是游兴阑珊语，而与"纤腰"、"箫鼓"遥相呼应的"舞"与"歌"，居然到最后"归来”时才补出，也是常人所意想不到的。所以刘体仁称赞这一句“结得有‘不愁明月尽，自有夜珠来’之妙”（《七颂堂词绎》）。

蝶　恋　花

早　　行

月皎惊乌栖不定，更漏将阑，轳辘牵金井[①]。唤起两眸清炯炯，泪花落枕红绵冷[②]。　　执手霜风吹鬓影[③]。去意徊徨，别语愁难听。楼上阑干横斗柄[④]，露寒人远鸡相应。

【注释】

① 轳辘：井架上汲水的滑车叫轳辘或辘轳，辘为其转动之声，亦作“轳辘”解。金井：金为饰词。　② 红绵：作枕芯用的木棉，其花红色，故谓。③ 霜风吹鬓影：李贺《咏怀》诗：“弹琴看文君，春风吹鬓影。”王琦注：“见室家相得之好。”　④ 阑干：纵横的样子。斗柄：北斗七星如古代酌酒的斗，有把，称斗柄或斗杓。

【语译】

明亮的月光惊起栖乌在枝上吵个不定，更漏的声音将残，轳辘在响，井边已有人汲水。刚从睡梦中被弄醒，一双眼珠儿炯炯发光，泪水滴在枕上，枕头一片湿冷。

我们紧握住对方的手，看寒风吹动鬓发，临去的心情彷徨无依，告别的话令人愁得不忍再听。高楼上空北斗七星已经横斜，天色将明，晓露侵肌寒，人已远去，只有雄鸡的啼叫声此起彼应。

【赏析】

周邦彦的词措词多精粹典丽，但这首题作“早行”写离别情景的词，却多用白描，语言也比较疏快，表现了另一种风格。

头三句是睡梦醒后枕上所闻，所述景象都从声音中听出：写了惊乌的鸣叫、拍翅声，写了将尽的更漏声、汲取井水的轱辘声。远行之人本欲趁早起身，故闻声而觉，这就是“唤起”二字的含义。“两眸清炯炯”五字，形容准备早行者刚刚惊醒一刹那的神态，栩栩如生。心知离别在即，不觉“泪花落枕”，湿透“红绵”，触脸而“冷”，写来凄恻动人。这些都是起床前的情景。

下片写别时的情况。柳永《雨霖铃》有“执手相看泪眼”语，此用李长吉歌诗“春风吹鬓影”句，而易一字以合寒夜将残情景，泪眼相看之意固已在其中，而对心上人抚爱怜惜之情又为柳词所无。写离人去意彷徨、愁听别语之心态，亦刻画入微。末以斗横露冷、人已远去、唯闻鸡声相应作结，更觉离恨绵绵，凄婉不尽。

解　连　环

怨怀无托。嗟情人断绝，信音辽邈。纵妙手、能解连环[①]，似风散雨收，雾轻云薄。燕子楼空[②]，暗尘锁、一床弦索。想移根换叶，尽是旧时，手种红药[③]。　汀洲渐生杜若[4]。料舟依岸曲，人在天角。漫记得、当日音书，把闲语闲言，待总烧却。水驿春回，望寄我、江南梅萼[5]。拚今生、对花对酒，为伊泪落。

【注释】

① 妙手解连环：《战国策》故事：秦王遣使者送玉连环给齐王，说齐国聪明人很多，能解开它吗？齐王后用铁椎将连环击破，对秦使者说，已经解开了。② 燕子楼空：盼盼重旧情，主人殁，居燕子楼十余年不嫁。此反用故事。参见苏轼《永遇乐》词题注。　③ 红药：红芍药花。　④ 杜若：芳香花草名。《九歌·湘夫人》："搴汀洲兮杜若，将以遗兮远者。"　⑤ "水驿"二句：《荆州记》：陆凯自江南寄梅花至长安，给好友范晔，并赠诗云："折梅逢驿使，寄与陇头人。江南无所有，聊赠一枝春。"

【语译】

心中的怨恨无处寄托。可叹情人与我断绝了联系，书信与消息都渺不可期。纵然有妙手能像解开玉连环那样想出办法来，但往昔的欢乐已如风雨过去，云雾消散，再也无法找回。燕子楼中已没有佳人，只有静静地躺在架上的琴瑟，蒙上了一层厚厚的灰尘。想那楼前她从前亲手栽满的红芍药花，也都根移叶换，改变原来的面目了吧！

平岸边小洲上已生出可采来赠人的香花杜若，可是她在哪里呢？料想船已停泊在不知何处的港湾，而人恐怕已远在天边了吧。我徒然还记得当初曾有过情书往来，现在只待把那些胡说八道的话都拿来一齐烧掉。水边的驿站春天已回来了，我总还盼着她能给我寄一枝江南的梅花。我这一生大不了对着花、对着酒，为她而不断流泪好了！

【赏析】

词牌《解连环》在这首词中，可以起到题目作用：原来的情人走了，音信全无，关系断了，可自己对她的感情却断不了，觉得一腔怨恨，无可依托，想解开这段情结，竟同要解开玉连环一样困难。这是一层意思。历史上有过解玉连环的故事，那就是齐王后索性用铁椎将它击破。这不是也有点像她的所为，干脆一走了之，来个“情人断绝，信音辽邈”吗？所以不免要感慨往昔的情谊和欢乐，竟“似风散雨收，雾轻云薄”了。这就是所谓“怨怀”，又是另一层意思。

“燕子楼”二句，也耐人寻味。两情相得之时，必有过山盟海誓，女的或以终身厮守相许，倒颇像有燕子楼盼盼之志，可是结果呢？人去楼空，连当时相娱传情的琴瑟，也尘埃漠漠，弃置不弹了。往事岂堪回首。刘禹锡因玄都观桃树无存而兴叹；这里借“手种红药”之“移根换叶”而寄慨，都是说世事变化之大，不知人归何处。现在连一点可睹物思人的遗迹也消失殆尽了，感慨又深了一层。所写楼内庭前情景，是出于想象的虚拟之笔，故句中有一“想”字，所以是用景语来抒情。

因“红药”而引出“汀洲渐生杜若”。点明是“春回”季节。“汀洲”表明去者是从水路乘“舟”走的，故下文又言“水驿”；而这里很明显的是用《楚辞》“搴汀洲兮杜若，将以遗兮远者”意，一则说本欲采之以相赠，怎奈情人一去，杳如黄鹤；二则又为后面盼着她尚念旧情，能托驿使寄来“江南梅萼”伏笔。“当日音书”，自然会有许多密意浓情，但今日回想起来，都成了“闲语闲言”、“待总烧却”的连篇废话了。怨怼之情，溢于言表。颇似汉乐府《有所思》中将情人馈赠之物“拉杂摧烧之，当风扬其灰，从今以往，勿复相思”的决绝态度。倘真能决绝，就不是解连环了。内心经一番挣扎，情丝难断，依然纠缠，摆脱不开。所以又一转折，话软下来了，幻想着尚能从对方那里得到一点精神上的慰藉，哪怕自己见到所寄梅花，反而更伤感，“对花对酒，为伊泪落”，也就认了。感情的玉连环终于没有能解得开。

拜星月慢

夜色催更，清尘收露，小曲幽坊月暗。竹槛灯窗，识秋娘庭院①。笑相遇，似觉琼枝玉树相倚，暖日明霞光烂。水盼兰情②，总平生稀见。　　画图中、旧识春风面③。谁知道、自到瑶台畔④。眷恋雨润云温，苦惊风吹散。念荒寒、寄宿无人馆；重门闭、败壁秋虫叹。怎奈向、一缕相思，隔溪山不断。

【注释】

① 秋娘：妓女通用名。参见前《瑞龙吟》注。　② 水盼兰情：眼明如水，情

幽似兰。唐韩琮《春愁》诗:“吴鱼岭雁无消息,水盼兰情别来久。” ③“画图”句:杜甫《咏怀古迹》诗:“画图省识春风面。” ④ 瑶台:仙境,美丽的仙女所居。

【语译】

打更声催促着夜色来临,露水收起了街上的灰尘,昏暗的月光照见幽静的小小曲坊。栏杆旁种着翠竹,纸窗内映着灯光,我认识这就是秋娘的庭院。在欢笑中,我遇见了她,仿佛觉得是琼枝和玉树靠在一起,光彩照人,又像见了暖和的阳光、明丽的彩霞。水波似的媚眼,幽兰般的性情,总之,是我平生极少见到过的绝色佳人。

在此之前,我曾从图画中见过她满面春风的模样。谁想到居然能亲自来到这美丽天仙的居处。云雨巫山梦里,我眷恋她的温柔体贴;卷地风来,忽然吹散,我又痛苦不已。心想如今我竟寄宿在如此荒僻、寒冷而又无人的馆舍里,门户重重关闭,破败的墙脚下,只有秋虫在声声叹息。如何是好,我心头总是有一缕相思,虽两地间有许多溪山,也不能把它隔断。

【赏析】

这一首也是思念情人的词,但没有一句责怪对方的话,有的只是她留在自己记忆中的难忘的印象。

前半首全用来写他们的相逢,有关的细节都记得非常清楚。那是在一个夜色朦胧、月光昏暗的晚上。“夜色催更,清尘收露”是倒装句,即“更催夜色,露收清尘”。曲坊,是当时妓女聚居之处,亦即所谓“秋娘庭院”。这儿,槛栏旁种着竹,窗子内亮着灯,是他曾经来过的、认识的地方。但是他与意中人却是初次“相遇”，而且一见倾心。“笑”字可由你想象。“似觉”二句，写她光彩照人，自己为之目炫神摇，连用几个比喻，与开头写一路来时的夜色，形成了强烈的对比与反差，以见自己的心灵受到震撼。“水眄兰情”是说她眼如秋波，顾盼动人；性情可爱，幽静似兰。这是细写。然后总评一句：“总平生稀见”，将上述的绝色姿容的正面描写束住。

以上本是回忆中情景，按一般写法，下片开头便转至眼前。谁知此词不然，又用“画图中、旧识春风面”，再接再厉向前追溯，说未遇前已从画中见过她的倩影。这就成了回忆中的回忆，结构奇崛。故周济云：“全是追思，却纯用实写。但读前半阕，几疑是赋也。换头再为加倍跌宕之，他人万万无此力量。”（《宋四家词选》）“谁知道、自到瑶台畔”再钩转到遇见时的情景来。有前一句仰慕已久的意思作衬垫，更突出相逢的欣喜庆幸，故疑身入瑶台仙境。然后说到“眷恋”欢聚之乐，“苦”于匆匆离散。因以“雨润云温”表欢情，故用“惊风吹散”说分别。比喻借代，前后一致。这以后才真正回到眼前景象来。写自处孤馆的凄清，反用一“念”字，是自忖自怜的意思。卓人月云：“虫曰‘叹’，奇。实甫草桥店（《西厢记》张生梦莺莺处）许多铺写，当为此一字屈首。”（《词统》）其实说虫鸣似叹息诗文中已有，如欧阳修《秋声赋》结语云：“但闻四壁虫声唧唧，如助予之叹息。”但在词中自是连用得好。结句嗟叹“一缕相思，隔溪山不断”，虽十分感伤，却怨而不怒，颇有温柔敦厚之致。

关 河 令

秋阴时晴渐向暝，变一庭凄冷。伫听寒声，云深无雁影。　　更深人去寂静，但照壁、孤灯相映。酒已都醒，如何消夜永？

【语译】

秋日里天空阴霾，有时也放晴，渐渐地快到傍晚，整个庭院都变得凄凄冷冷。我久立着倾听那带寒意的秋声，云雾深处，连大雁的影子也见不到。

更鼓已深，人不在，留下一片寂静，只有照着四壁的孤灯与我作伴。酒已全醒了，这漫长的秋夜将如何消磨呢？

【赏析】

这首小令写自己在秋天的夜晚，因孤独而产生的寂寞凄怆心情。

前四句写的是白天向晚时分。天气阴晴不定，暮色渐至，此时，孤居的人最易触动愁绪。但词人不直说自己心情如何，只描写客观环境给自己的感受。“变一庭凄冷”，使人仿佛也同历此境。“寒声”，即秋声，是寒秋季节中包括风声、雁声、虫声等等在内的声音的总称。“伫听”二字，写出人正处于寻寻觅觅的无聊状态。由听而到望，唯见暮云深沉，连飞过的大雁都看不到。“无雁影”，同时又暗示有人一去而杳无音信。

后四句写的已是深夜景象，故先用“更深”二字点出。“人去”二字说明了孤寂烦愁的原因，这“人”，多半就是情人。人去楼空，又在深更半夜，所以更觉“寂静”。“但照壁、孤灯相映”，以荧荧一点青灯照壁，渲染出自己形影相吊的孤寂处境。那么，何不沉睡醉乡以消愁呢？词人说，也曾举杯消愁来的，无奈此时“酒已都醒”，再也不能成眠了。至此，方知前两句写的，原来是酒醒后的见闻感受。从“向暝”到“更深”，这段时间好像未写，却于此补明。末以问句加强感叹语气，把难挨过漫漫长夜的愁绪推向高潮。

绮　寮　怨

上马人扶残醉，晓风吹未醒。映水曲、翠瓦朱檐，垂杨里、乍见津亭。当时曾题败壁，蛛丝罩、淡墨苔晕青。念去来、岁月如流，徘徊久、叹息愁思盈。　　去去倦寻路程，江陵旧事，何曾再问杨琼[①]。旧曲凄清，敛愁黛、与谁听？尊前故人如在，想念我、最关情。何须渭城[②]，歌声未尽处，先泪零。

【注释】

① 杨琼：唐圭璋笺：“陈(元龙)注《片玉集》：‘杨琼事未详。’白居易诗：‘就中犹有杨琼在，堪上东山伴谢公。’”　② 渭城：指王维《渭城曲》，有“劝君更尽一杯酒，西出阳关无故人”句。

【语译】

上马离去时带着醉意，要人扶持，晓风吹面，酒也未醒。碧瓦红檐的建筑沿途映在水边，我忽然在垂柳的掩映中看见那渡口的亭子，当年我曾在这破败的墙壁上题过字，现在这墙已结满蜘蛛网，淡淡的墨迹上长出青青的苔斑。我想到自从离开此地，岁月如流，已过了许多年。于是在亭前久久徘徊，愁思满怀，叹息不已。

我一直向前走呀走的，也懒得去打听路程。江陵之事，已成陈迹，又何曾再去向人询问。那首老歌曲，调子十分凄清，现在还能跟谁在一起皱着愁眉共同聆听呢？如果饮酒时老朋友还在，他想念我，最情深意厚了，哪里还用得着唱“西出阳关无故人”的《渭城曲》，以至歌声未完，眼泪倒先流下来了呢？

【赏析】

词写人生易散、岁月无情而引起的哀愁。

“上马人扶残醉”，开头就写自己离亲友上路，大概在饯别的宴会上多喝了几杯，以至醉意未消，立足不稳，上马也须人扶。远行总是赶早，由“晓风”点出；人在马背上，犹自醉兀兀，固然是多饮所致，但也未必没有情绪因素在。由沿途水边“翠瓦朱檐”引出“乍见津亭”，因记当年题壁事。然亭内蛛丝黏壁，苔痕侵字，无复当时旧貌；于是徘徊良久，愁思盈怀，感叹“岁月如流”。

换头“去去”句，言愁思在心，“倦寻路程”，信马而行。“旧事”如烟，何须再问。唯“旧曲”当时曾与“故人”共赏，而今独自听此

“凄清”哀音，徒有敛眉而已。“尊前”句以下，至终结，用王维《渭城曲》句意也别出心裁。“尊前”二字为关合“劝君更尽一杯酒”而用；“故人如在”，即王维诗“无故人”意。明明是“无”，却偏从“如在”设词，又加入“想念我、最关情”六字，限制“故人”含义；意谓若有这样的人在，则“把酒何须听渭城”，又何至于歌未尽而泪先流呢？说来说去，还是此去途中，更无亲近之人，念之不觉泪为之零矣！

尉　迟　杯

离　　恨

隋堤路，渐日晚、密霭生烟树。阴阴淡月笼沙，还宿河桥深处。无情画舸，都不管、烟波隔前浦。等行人、醉拥重衾，载将离恨归去[①]。　　因思旧客京华，长偎傍疏林，小槛欢聚。冶叶倡条俱相识[②]，仍惯见、珠歌翠舞。如今向、渔村水驿，夜如岁、焚香独自语。有何人、念我无聊，梦魂凝想鸳侣？

【注释】

① “无情画舸”数句：宋初郑文宝《柳枝词》：“亭亭画舸系寒潭，直到行人酒半酣；不管烟波与风雨，载将离恨过江南。”又苏轼《虞美人》词：“无情汴水自东流，只载一船离恨向西州。”　② “冶叶倡条”句：以柳为喻，指艺妓都相识。倡，通“娼”。李商隐《燕台四首·春》诗：“冶叶倡条遍相识。”

【语译】

隋堤路上，天色渐晚，沉沉暮霭已包围着烟蒙蒙的柳树。当我去河桥深处的船上过夜时，浅灰色的月光已笼罩在水边的沙滩上了。这画船也真无情，它根本不管前面的塘浦是一大片烟波，只等喝醉了的旅客拥着厚厚的被子进入梦乡，便载着人们离别的怨恨，开船回到江南去了。

我回想以往在京城客居的日子，常常与女伴们在疏林下偎依，在小槛旁欢会。曲坊里的艺妓我都熟识，一直看惯了她们戴着珠翠唱歌跳舞。现在倒好，却往一路只见渔家村庄和水边驿站的地方去；我度夜如年，只好燃起炉香，独个儿自言自语。有谁想到我如此无聊，总凝神遐想，连做梦也与那些女伴在一起呢？

【赏析】

这首词记述作者离别汴京、前往江南途中，因眷恋京华游冶生活而产生的忧伤心情。周邦彦三十二岁那年，曾自京师“出教授庐州（今安徽合肥）”，故有研究者以为词当作于此时。

上片写离京情景，其实是别后的回忆，只是用了实写，叙来很像是眼前事，美成词惯于用此。首言“隋堤”，点汴京，又带出“烟树”，即杨柳，用以寄托离恨；加之已“渐日晚，密霭生”，自然更增愁绪。接写别宴散而上船候发，故曰“还宿河桥深处”。其时已“阴阴淡月笼沙”，朦胧月色，照见沙滩，景色凄清一片。人醉眠未醒，船已冲烟波而去。这里用郑文宝诗意而重铸，恰如己出。作者是钱塘（杭州）人，自汴京到庐州，正好由北向南，是往家乡去的方向，故曰“归去”。他这次离京，仕途挫折倒并不在意，毕竟是才过“而立”之年不久的人，却舍不得他已过惯了的大都市风月繁华生活。这是他产生“离恨”的真正原因。下片即就此发挥，上片先一点题意结住。

换头过片用“因思”二字领起，写旧时作客京华境况。时间上更向早推，又是回忆之中的倒溯，“长偎傍”二句，有人在前三字后点断，将“疏林”二字属下句。陈洵云：“‘长偎傍’九字，红友谓于‘傍’字豆，正可不必。‘偎傍疏林’与‘小槛欢聚’是搓挪对（按：句中字错互成对，又称“错对”）。‘冶叶倡条’‘珠歌翠舞’，‘俱相识’‘仍惯见’，皆如此法。”（《海绡说词》）说得有理。这几句说的是他以往朝朝暮暮与舞妓歌女相狎为伴的生活。在今天看来，自可责其放荡，然当时社会，文人风气如此，美成直言不讳，也不能不说还是真诚坦率的。这以后才转到“如今”，“渔村水驿”，画舸南行中所见之景，与“旧客京华”作反照，“夜如岁，焚香独自语”，则竭力描画自己难耐凄凉的情态。结尾说梦中都不忘“鸳侣”，更率直无遮饰。对此，周济说它“一结拙甚”（《宋四家词选》），谭献说它“收处率意”（《谭评词辨》），都未必是褒，却颇有见地。我们正不必定把一览无余说成是大巧若拙。

西　　河

金陵怀古

佳丽地[①]，南朝盛事谁记？山围故国绕清江[②]，髻鬟对起[③]。怒涛寂寞打孤城，风樯遥度天际。　　断崖树，犹倒倚，莫愁艇子谁系[④]？空余旧迹郁苍苍，雾沉半垒。夜深月过女墙来[⑤]，伤心东望淮水[⑥]。　　酒旗戏鼓甚处市？想依稀、王谢邻里[⑦]。燕子不知何世，向寻常、巷陌人家，相对如说兴亡，斜阳里。

【注释】

① 佳丽地：谢朓《入朝曲》："江南佳丽地，金陵帝王州。"　② 山围故国：刘禹锡《金陵五题·石头城》诗："山围故国周遭在，潮打空城寂寞回。淮水东边旧时月，夜深还过女墙来。"词中几处用此。　③ 髻鬟：喻青山。　④ 莫愁艇子：古乐府《莫愁乐》："莫愁在何处？莫愁石城西；艇子打两桨，催送莫愁来。"莫愁，南朝女子名。石城，原指郢州(在今湖北省)之石城，讹传为金陵石头城，金陵遂有莫愁之传说，今南京有莫愁湖。　⑤ 女墙：城垛子，即城墙上凹凸的矮墙。⑥ 淮水：指秦淮河。　⑦ 王谢：东晋两大世族。刘禹锡《金陵五题·乌衣巷》诗："朱雀桥边野草花，乌衣巷口夕阳斜。旧时王谢堂前燕，飞入寻常百姓家。"词此句后数句都用此。

【语译】

这是江南繁华美丽的地方，南朝的种种盛况，谁还记得？故都四围山色，清江环绕，两岸峰峦如双鬟对峙。怒涛寂寞地拍打着孤城，风帆桅樯远远地驶向天边。

绝壁上的树，还是紧挨山崖倒挂着，不知谁将莫愁女乘坐过的小艇系在岸边。这里空留下历代陈迹，草木郁郁苍苍，古老的营垒一半被掩埋在云雾里。深夜，月儿从城墙上过来，伤心地望着东面的秦淮河。

这是哪儿的市街呀，酒旗招客，戏鼓咚咚？我仿佛能想象出当年王、谢两大家族在这儿聚居的景象。燕子可不知道如今是何朝何代，只管飞向里巷间普通老百姓的家里，彼此叽叽喳喳，它们在夕阳下相对着好像在谈论世上兴亡的事情。

【赏析】

“金陵帝王州”，怀古之作特多。前已见王安石《桂枝香》，其他作此的题词人还很多。在周邦彦之前，王安石所作自可称得上“绝唱”，有了这首《西河》，如沈际飞所云“介甫《桂枝香》独步不得”。（《草堂诗余正集》）这个题目似乎都表现或涉及兴亡之感，然同样主题，在不同作者笔下，却可以千变万化，各具特色。所以王安石是王安石，周邦彦是周邦彦，在艺术表现上，彼此并不雷同。

清真词善于化用前人诗句的特点在此词中体现得非常明显。故评此词，许昂霄称其“檃栝唐句，浑然天成”（《词综偶评》）。梁启超则云：“张玉田谓：‘清真最长处，在善融化诗句，如自己出。’读此词，可见此中三昧。”（梁令娴《艺蘅馆词选》引）此词的主干是檃栝刘禹锡《金陵五题》中两首绝句而成的。一二叠檃栝《石头城》；第三叠檃栝《乌衣巷》；而第一叠起结，又参用了谢朓诗语诗意，结句"风樯遥度天际"，可视作是小谢"天际识归舟"名句的变化。应该说明的是这种檃栝手法，对词来说，不但不算抄袭，恰恰是词体在发展过程中逐渐形成的一种被普遍接受的特有的表现形式。檃栝得好，便能得到赞赏。

一叠写山川形势。先总说两句金陵的"地"和"事"，它"盛"于"南朝"，而早成陈迹，故用"谁记"。接着便将刘诗"山围故国周遭在，潮打空城寂寞回"二句重新镕铸，于描写山水处，稍加拓展，如"髻鬟"说山，"风樯"说水。二叠写旧时遗迹。多用局部之景，且句句不脱今昔之感。如临江之峭壁断崖，前人诗文常有描写，这里就用一"犹"字；写水上"艇子"，"莫愁"是昔，"谁系"说今；故垒令人想起当年战事，云雾半掩则是此日所见，如此等等。写水写山，有分有合。借刘诗"淮水东边旧时月，夜深还过女墙来"一结，用"伤心"二字强化感慨。三叠写市井人家。有实有虚。"酒旗戏鼓"是望中所见所闻，是实景；以"甚处市"一问，过片转景。以下用"想依稀"开头，虚写，檃栝刘诗，以"旧时王谢堂前燕，飞入寻常百姓家"二句为主，也取"乌衣巷口夕阳斜"句之衰景，配合刘诗中不曾写而又是从其诗意中申发出来的双燕相对语作结，道出"兴亡"二字，点醒全篇主旨，推陈出新，最为成功。

瑞鹤仙

悄郊原带郭[1]。行路永，客去车尘漠漠。斜阳映山落，敛余红、犹恋孤城阑角[2]。凌波步弱[3]，过短亭、何用素约[4]。有流莺劝我，重解绣鞍，缓引春酌。　不记归时早暮，上马谁扶，醒眠朱阁。惊飙动幕[5]。扶残醉，绕红药。叹西园、已是花深无地，东风何事又恶？任流光过却，犹喜洞天自乐[6]。

【注释】

① 郭：外城。　② 阑角：指城角。　③ 凌波：形容步子轻盈。曹植《洛神赋》："凌波微步，罗袜生尘。"　④ 短亭：古时郊外的路上设亭舍，供行客休息，亭与亭之间距离不一，故有长短之分，所谓十里一长亭，五里一短亭。素约：原先约定。　⑤ 惊飙：惊人的暴风。　⑥ 洞天：道家称神仙所居之地。多借以指妓女住处。

【语译】

郊原与外城相连，静悄悄的。道路漫长，客人离去了，车后扬起一片漠漠的尘土。西斜的太阳映照着山冈，落了下去，红色的余晖收敛时，还眷恋着那孤城的檐角。她移动轻盈的小步，经过路边的亭舍与我相遇，这哪里用得着预先约定。此时，有宛转啼叫的黄莺儿劝我：还是重新解开绣鞍，下马来缓酌慢饮美酒吧。

我记不得回来的时间是早是晚，是谁扶我上马的，一觉醒来时发现自己已睡在红楼绣阁里了。突然一阵吓人的狂风吹来，掀动帘幕。我起来带着残余的醉意，到红芍药花前，绕着它走来走去。叹息西园里的花已盛开，茂密得几无空地，为什么这东风又偏要恶作剧地来摧残它呢？任凭流水般的时光飞逝而去好了，我还是为自己能在这神仙窟里得到乐趣而感到庆幸。

【赏析】

王明清《玉照新志》曾述此词“本事”，谓是美成梦中所作，觉后犹能全记，初不详其所谓，未几，方腊乱起，仓皇出走，途逢乡人之侍儿，小饮酒家，归卧小寺经阁，后得领宫观，挈家以往，所遭一如词中情境云云。此说不免又属附会。就词本身而论，写的只是某日傍晚，作者送客后，途遇一女子，邀饮于短亭，醉宿其朱阁的一段经历，并借此寄托一点流光易逝、行乐及春的感想。

发端三句说送走了客人。“郊原带郭”，是所在之地；着一“悄”字，写出四围空旷无人。由“行路永”带出“车尘漠漠”，说“客去”时自己的怅望。“斜阳”三句，则借落日犹恋城角的晚景，烘染自己依依而又孤寂的心情。“孤城”应“郭”。“凌波”句陡接；“过短亭，何用素约”，写不期而遇。有“短亭”二字，更明确了，这是在送客后碰见了一位凌波仙子似的女子——多半原来就相好的。“何用”二字，又透出内心的欣然自得。“劝我重解绣鞍，缓引春酌”者，并非另有其人，应即此女，无非形容她说起话来，“宛转流莺语细”罢了；

或者竟当作实指鸟儿亦无不可，说自己听得黄莺啼鸣而觉春光大好，正应下马暂留，与佳人共酌春醪。情绪由大落而大起。

过片不直承“春酌”，而写醉眠醒后的惊讶心态：哎哟，怎么自己睡在“朱阁”里呢？昨晚不是在“郊原”的“短亭”里饮酒的吗？后来呢？已“不记归时早暮，上马谁扶”了。用的是倒折手法。至“扶残醉”才点出“醉”字来。“惊飙动幕”，是起来至“西园”“绕红药”的原因，也是叹息花深又被吹落的依据，即周济所谓“‘惊飙’句倒插‘东风’”（《宋四家词选》）。客去不可留，夕阳西下不可留，“花深无地”之美景亦不可留，岂人生乐事、青春岁月之可久留乎？所以只好得过且过，不管“流光过却”，以能及时享一夜“洞天”之乐而自慰。“洞天”亦即“朱阁”。在庆幸语的背后，完全是一种无可奈何的情绪。

浪淘沙慢

昼阴重，霜凋岸草，雾隐城堞。南陌脂车待发[①]，东门帐饮乍阕[②]，正拂面垂杨堪揽结，掩红泪[③]、玉手亲折。念汉浦离鸿去何许[④]？经时信音绝。　　情切。望中地远天阔。向露冷风清无人处，耿耿寒漏咽。嗟万事难忘，惟是轻别。翠尊未竭，凭断云、留取西楼残月。

罗带光消纹衾叠，连环解、旧香顿歇[⑤]。怨歌永、琼壶敲尽缺[⑥]。恨春去不与人期，弄夜色，空余满地梨花雪。

【注释】

① 脂车:涂好油脂的车,以脂涂车辖,减少转轴的摩擦力。 ② 东门帐饮:汉朝疏广辞官归里,公卿大夫供帐设宴,饯行于东都门外。阕:终了。③ 红泪:妆泪。蜀妓灼灼以软绡聚红泪寄裴质。见《丽情集》。 ④ 汉浦:又称"汉皋",相传周代郑交甫于此遇二游女,解佩珠以赠。 ⑤ 连环解:以击破连环的办法解开它,喻情断,"旧香顿歇"。参见前《解连环》注。 ⑥ 琼壶敲尽缺:晋王敦酒后,咏曹操乐府诗"老骥伏枥,志在千里。烈士暮年,壮心不已",以铁如意击玉唾壶为节拍,壶口尽缺。见《世说新语·豪爽》。

【语译】

拂晓时天空布满阴霾,寒霜使岸边的草色失去了苍翠,城头的矮墙隐没在朝雾中。南郊路上,车子已涂上润滑油,等待出发,都门外的饯行宴会刚刚结束。那正是拂面柳条已能拿来编织的季节,她抹去带胭脂的泪水,亲自用白玉般的纤手折下柳枝相赠。我想到眼前就是曾与她相遇的地方,从这儿离去的大雁,也不知飞往哪里?已经好久了,她音信全无。

我对她的情意实在深切。眺望中,只觉得彼此相隔地远天阔。在露冷风清已没有人的时候,心不安宁,夜不成寐,听到的只是那给人寒意的漏声幽咽。我叹息所有的事情中最难忘却的,只有这轻率的离别。绿玉杯中酒尚未干,就请飘浮的孤云,为我挽留住这西楼上的残月吧!

她留下的丝罗衣带褪了光彩,有着花纹的锦被也叠起不用;玉连环已捶碎,旧日的香气顿时消失。哀怨的歌儿再也唱不完,打拍子，把玉唾壶敲得尽是缺口。我恨春天逝去，也不给人以佳期，只是玩弄着夜色，徒然地留下了满地的梨花瓣，看去好像覆盖着一层白雪。

【赏析】

这也是一首离别词，远离而去的当是作者的情人，所以又以写相思怨恨为主。词分三叠，一叠除最后两句外，写分别时的情景；二三叠则写因别后音信断绝而引起的烦恼。

“昼阴重”三句，先说时、地、环境，借景物透露心情。“晓”来有“霜”、“雾”，“岸草”、“城堞”，知已在郊外；“重”、“凋”、“隐”等字，也可窥见心绪的抑压沉重。“南陌”二句，点明送别情事，且已到将分手时刻。行人似去南方，居者以“东门帐饮”看，当在京师。“正拂面”二句又点出是暮春季节，玉人掩泪，亲折柳枝，知远行者是一位佳人，她与作者有难舍难分的关系。以上是别后的回忆，“念汉浦”以下才是此日情景。“汉浦”乃用郑交甫遇游女解佩相赠故事，借指与佳人初会结交之地，即送别之京师，非实指汉皋（今湖北襄阳）其地。见“离鸿”不知飞往何地，而想到离人，想到传书，这才说“经时信音绝”，五字是全词的关键，用逆挽，作二三叠抒发怨情的依据。

换头“情切”二字一顿，简捷。“望中”句承“离鸿”，说白昼只此一句。以下用一“向”字转说夜间，这是离情别恨更难忍受的时刻。心潮起伏，故听“寒漏”而不寐；春宵寂寞，唯举“翠尊”而独酌。中间插入“嗟万事”九字以感慨，更显得“轻别”二字包含着身受其苦后的悔恨。欲“凭断云”邀“西楼残月”同饮，既写凄然无聊，也见残夜将尽。三叠词情激烈，以解连环说对方决绝无情，以击唾壶状自身冲动情绪，怨恨之深，从所用典故可见。最后以“春去”难留，“空余满地梨花雪”作结，无情之景语又反照送别时“拂面垂杨”之多情，读之令人感喟不已。陈廷焯评此词云：“上二叠写别离之苦，如‘掩红泪，玉手亲折’等句，故作琐碎之笔；至末段，蓄势在后，骤雨飘风，不可遏抑。歌至曲终，觉万汇哀鸣，天地变色，老杜所谓‘意惬关飞动，篇终接混茫’也。”（《白雨斋词话》）对此极加赞赏。

应　天　长

寒　　食

条风布暖[1]，霏雾弄晴，池台遍满春色。正是夜堂无月，沉沉暗寒食。梁间燕，前社客[2]，似笑我、闭门愁寂。乱花过，隔苑芸香[3]，满地狼藉。　　长记那回时，邂逅相逢[4]，郊外驻油壁[5]。又见汉宫传烛，飞烟五侯宅[6]。青青草，迷路陌，强载酒、细寻前迹。市桥远、柳下人家，犹自相识。

【注释】

① 条风：春天的东北风。也称“调风”、“融风”。　② 社前客：指燕。在立

春、立秋之后的第五个戊日为祭社神的节日，称春社、秋社，燕子春社前后来，秋社前后去。　③ 芸香：芸为香草，可避蠹鱼。此泛指花香。　④ 邂逅：不期而遇。　⑤ 油壁：指油壁车，车壁以油涂饰，故名；多指女子所乘的车。古乐府《苏小小歌》：“妾乘油壁车，郎骑青骢马；何处结同心，西陵松柏下。”　⑥ “又见”二句：唐韩翃《寒食》诗：“日暮汉宫传蜡烛，轻烟散入五侯家。”当时寒食节宫中以烛火赐近臣。

【语译】

东北风散发着温暖，迷蒙的雾逗弄晴天，池塘亭台处处充满春色。正值夜间堂前无月的日子，不举火的寒食节更显得沉沉幽暗。屋梁上的燕子是从前社日的来客，它们好像在笑我闭门对这寂寥的境况发愁。花瓣乱飞处，隔着园林可闻到香气，落红满地狼藉。

我永远记得我们凑巧在郊外遇见的那一回，你为我停下了油壁车。现在又到了寒食，又看见唐诗中所说的“日暮汉宫传蜡烛，轻烟散入五侯家”的景象了。到处是青青芳草，我们走过的那条路怕都认不出了罢！我真想强迫自己带上酒，再去细细地寻找以前我们游乐的痕迹。市桥远处、柳树底下的那户人家，我还认识。

【赏析】

寒食清明，人们纷纷外出郊游踏青。大概就在这种情况下，作者曾邂逅了一位使他难忘的女子。来年同一时节，他孤居寂寞，回想起这件事来了。当然，除了惆怅，是不会有什么结果的。词即通过此事写寒食。

上片写时逢寒食，独自闭门无聊。“条风”三句，说天气晴暖，春色正浓。是下文燕子“笑我闭门愁寂”而不出门游览的根据；同时“已将后阕游兴之神摄起”（陈洵《海绡说词》）。“夜堂无月，沉沉暗”，是在室中所见，写心里不痛快，故不免有所抱怨，情绪亦同此幽暗。同时借“无月”写出寒食禁火特点，为下片见侯门第宅“传烛飞烟”作对衬。梁燕成双，对之感触，自不待言；即闻啾啾叫声而疑其“笑我”，也是一种自嘲心态的反应。然后以“乱花”“满地狼藉”，一抒对青春在寂寞无聊中虚掷的惋惜。

下片回忆去年情事，抒发内心所思。“长记”，见所留印象之深刻。写旧事只“邂逅相逢，郊外驻油壁”九字，他们是共饮酒家呢，还是携手花间，当时的种种情景，一概不写，凭读者想象；油壁香车，令人记起《苏小小歌》，则两情“结同心”之类事，已在情理之中。“又见”二字钩转至今日，也由此而知事情正好在去年寒食清明时，当时也曾见宫中使者分赐蜡烛，使烟火传送到五侯之宅，所以说“又”。然后想再出游，寻前迹。“青青草”数句，理解为实写固可，但作为虚笔，写内心愿望更好，结构上前后因此有照应。故陈洵云：“后阕全是闭门中设想。‘强载酒，细寻前迹’，言意欲如此也。”“寻”的结果如何呢？“青青草，迷路陌”。将所寻不见之意倒置在前，反剔而出。健笔巧运，变幻莫测。当然草长路迷，也不至于什么都“迷”，故结句说，那“柳下人家”还是记得的。迷惑之中，又有清醒。

夜游宫

叶下斜阳照水[1]，卷轻浪、沉沉千里。桥上酸风射眸子[2]，立多时，看黄昏，灯火市。　　古屋寒窗底，听几片、井桐飞坠。不恋单衾再三起，有谁知，为萧娘[3]，书一纸？

【注释】

① 叶下：叶落。　② 酸风射眸子：冷风刺目而觉酸楚。李贺《金铜仙人辞汉歌》："东关酸风射眸子。"　③ 萧娘：唐代作女子的泛称，犹称男子为"萧郎"。唐杨巨源《崔娘》诗："风流才子多春思，肠断萧娘一纸书。"

【语译】

树叶飘零，斜阳照着河水，水面卷起轻浪，深沉地流向远方。站在桥头，冷风刺眼而觉酸楚。我站立了好久，望着那傍晚时分灯火辉煌的街市。

在古老房屋的寒窗里，倾听着井栏边梧桐叶子被吹落下来的声音。我并不留恋这单薄的被子，一而再地起来；有谁知道，我是在为她而写信呢？

【赏析】

周济云："此亦是层层加倍写法。本只'不恋单衾'一句耳，加上前阕，方觉精力弥满。"（《宋四家词选》）所谓"层层加倍"，就是层层渲染;而全篇主旨只在最后数句。

"叶下"知秋,"斜阳"是向晚,带出写水来;"沉沉千里",暗含所思在遥远。这些都是立"桥上"所见。"酸风射眸子",直用李长吉歌诗词句,因为也有远别离产生的酸楚。"立多时,看黄昏,灯火市"九字,意境极佳。清黄仲则诗云:"悄立市桥人不识,一星如月看多时。"(《癸巳除夕偶成》)看的和想的虽不同,情景倒有几分相似。以"灯火市"的热闹背景,衬托自己的悄然孤凄,又与换头"古屋"二句的萧索境况形成鲜明对照。然后才接触到主题。不过,光看"不恋"句,至多能知道词人夜有所思,故不成眠;至于他心里想的究竟是什么,为何烦恼,以致要"再三起"呢,只有读到最后六个字才知道,原来是为了给别离的"萧娘"写信,倾诉衷肠。前面加"有谁知"三字,把自己寂寞凄凉的心情全表达了出来;同时也使上片所写种种的内蕴,得以豁然显现。

贺　铸

贺铸(1052—1125),字方回,晚号庆湖遗老,卫州(今河南汲县)人。宋太祖孝惠贺皇后族孙。娶宗女,授右班殿直。后改文职。元祐中以通直郎通判泗州,改太平州副长官。徽宗大观三年(1109),以承议郎致仕,退居苏州,以藏书自娱。宣和七年卒于常州僧舍。博学能文,词作风格多样,肆口而成,不施藻彩。有《东山词》。

青　玉　案

凌波不过横塘路[1],但目送,芳尘去。锦瑟华年谁与度[2]?月桥花院,琐窗朱户,只有春知处。　飞云冉冉蘅皋暮[3],彩笔新题断肠句[4]。试问闲愁都几许?一川烟草,满城风絮,梅子黄时雨。

【注释】

① 凌波:形容女子步履轻盈。参见周邦彦《瑞鹤仙》注。横塘:在苏州胥门外九里,贺铸建小筑于此。　② 锦瑟华年:青春岁月;语出李商隐《锦瑟》诗:“锦瑟无端五十弦,一弦一柱思华年。”　③ 冉冉:形容云慢慢移动。蘅皋:长着香草的水边高地。　④ 彩笔:用江淹得五色笔而能写漂亮诗文事。参见周邦彦《过秦楼》“才减江淹”注。

【语译】

姑娘轻盈的步子并不过横塘路这边来，我只好用目光送她逐渐远去。她那美好的青春岁月也不知跟谁一起度过，她居住的地方想必有赏月的小桥、种花的庭院、雕刻着连琐纹的窗子和朱红色的门户，只有春天才知道它在哪里。

浮云慢慢地移动着，长着香草的河岸上已暮色来临，我用才情洋溢的笔新写成十分伤感的诗句。你想问我心头无故的烦恼有多少吗？它就像河边青烟似的绵绵不绝的芳草，被风吹得满城飞舞的柳絮，还有那黄梅季节老是下个不停的雨。

【赏析】

这首词是贺铸的名作。周紫芝《竹坡诗话》云："贺方回尝作《青玉案》词，有'梅子黄时雨'之句，人皆服其工，士大夫谓之'贺梅子'。"吴曾《能改斋漫录》云："贺方回为《青玉案》词，山谷尤爱之，故作小诗以纪其事。"山谷诗云："解作江南断肠句，只今唯有贺方回。"(《寄贺方回》)词写作者寓居苏州横塘期间的孤寂苦闷，即词中所谓的"闲愁"，而这种"闲愁"又通过"望美人兮不来"表现的。写得美人有点像洛神，所以很难说是纪实呢，还是一种象征性的虚拟。

词一开头就说这位纤步轻盈的美人不过我居处的路上来，自己只能目送她远去。"凌波"、"芳尘"，都出自《洛神赋》"凌波微步，罗袜生尘"。说"不过"而又"目送"，将自己对她的留情属意写透了。照例接着应写自己的心情，却从悬想美人境况折射出来，是深一层写法。“锦瑟”事本也出自神女传说，经李商隐诗一用，则青春岁月，如何度过，不待“追忆”，已有“茫然”之感。不但“谁与度”不可知，连住在何处也不知道。不知道而又说得十分具体：楼外“月桥花院”，闺阁“琐窗朱户”。当然都是出于想象，觉得其居处应当如此而已，这正是心驰神往的表现。不知道而说“只有春知处”，说法与韦庄《女冠子》“除却天边月，没人知”相似；“春”字从“锦瑟华年”生出。

过片“飞云”（一本作“碧云”）句，即是江淹诗“日暮碧云合，佳人殊未来”意，而同时又取用《洛神赋》中词：“尔乃税驾乎蘅皋。”因其未来而望其到来，不觉时已迟暮，只有寄情于“彩笔”题句；然而自己虽有江郎之才，能题“断肠”之句，而美人终不可得，于是“闲愁”转深，遂有“几许”之问。所答三句是此词最受称赞的。如沈际飞云：“叠写三句闲愁，真绝唱！”（《草堂诗余正集》）罗大经云：“诗家有以山喻愁者，杜少陵云‘忧端如山来（按：原诗作“齐终南”），澒洞不可掇’、赵嘏云‘夕阳楼上山重叠，未抵闲愁一倍多’是也。有以水喻愁者，李颀云‘请量东海水，看取浅深愁’、李后主云‘问君能有几多愁？恰似一江春水向东流’、秦少游云‘落红万点愁如海’是也。贺方回云‘试问闲愁都几许？一川烟草，满城风絮，梅子黄时雨’，盖以三者比愁之多也，尤为新奇；兼兴中有比，意味更长。”（《鹤林玉露》）总之，其特点是连续用了几个比喻，即所谓“博喻”，而又都是自春至夏这段时间中所见的景物；它们不但数量多，而其景象本身又都能引起人们的愁绪来,所以巧妙。

感 皇 恩

兰芷满汀洲,游丝横路。罗袜尘生步。迎顾。整鬟颦黛,脉脉两情难语。细风吹柳絮,人南渡。　　回首旧游,山无重数。花底深朱户。何处?半黄梅子,向晚一帘疏雨。断魂分付与,春将去。

【语译】

水边洲岸已长满香兰和白芷,当路飞扬着游丝。她移动轻盈的步履,让丝袜蒙上尘埃,迎着我走来,看着我,理理发鬟,皱着双眉,我们彼此脉脉含情,却难以开口。风儿轻轻地将柳絮吹散,我渡江南来。

回想从前的同伴,已隔着无数重青山。那花丛深处的朱红门人家,如今在何处呢?梅子已半黄了,傍晚时帘外下起疏疏落落的雨来。我把无所依托的愁心托付给春天,就让它带了去罢!

【赏析】

此词为贺铸到达江南后作。词中所思念的女子,则留在江北,也可能就是汴京。《感皇恩》词牌上下片第三句,有作七字句者,故此词亦有人断句为“罗袜尘生步迎顾”和“花底深朱户何处”的。其实不妥,作七字句者第五字不押韵,如毛滂之作“江月娟娟上高柳”

和“小小微风弄襟袖”即是。而此词“步”、“户”皆入韵，故不宜据彼而断此。同一词牌，格式有异者，并不少见。

上片是回忆中情景。“兰芷”、“游丝”，点明正当青春时节；写水边路上，暗示送行。“罗袜尘生步”，仍用《洛神赋》中语，知前来送行者为佳人。“整鬟”二句，写出临别欲言而“难语”情态。“整鬟”，是女子情有专注时的一种下意识的动作。“颦黛”，则心有怨恨。“风吹柳絮”，亦兴中有比，借所见实景使人联想到“人南渡”亦如飞絮之漂泊分离。

下片是眼前情景。故以“回首旧游”过片，“旧游”主要指那位佳人。如今南北云山万叠，不知那曾经熟悉的“花底深朱户”现在什么地方。“半黄梅子”，知春已残，其时江南多雨，尤其是“向晚”时分。总为愁绪作环境渲染。“断魂”者，魂因悲伤而无所皈依也；因而希望托付给归去的春天带走。“将”，动词，是带的意思。后来，辛弃疾《祝英台令》反其意而用之曰：“是他春带愁来，春归何处？却不解将愁归去。”似是受到方回此词的启发。

薄　倖

淡妆多态[①]，更的的[②]、频回眄睐[③]。便认得琴心先许[④]，欲绾合欢双带[⑤]。记画堂、风月逢迎[⑥]，轻颦浅笑娇无奈。向睡鸭炉边，翔鸳屏里，羞把香罗暗解[⑦]。　自过了烧灯后[⑧]，都不见踏青挑菜[⑨]。几回凭双燕，丁宁深意,往来却恨重帘碍。约何时再?正春浓酒困,人闲昼永无聊赖。厌厌睡起,犹有花梢日在。

【注释】

① 淡妆:一本作“艳真”。 ② 的的:明媚地。 ③ 眄睐:斜视。 ④ 琴心:见晏殊《木兰花》“闻琴”注。 ⑤ 绾:系。此句一本作“与写宜男双带”。 ⑥ 风月逢迎:一本作“斜月朦胧”。 ⑦ “向睡鸭”三句:一本作“便翡翠屏开,芙蓉帐掩,与把香罗暗解”。 ⑧ 烧灯:元宵放灯。 ⑨ 挑菜:《乾淳岁时记》:古以二月二日为挑菜节。

【语译】

淡雅的打扮使她显得多姿多态,更明媚的是她几次回眸斜视的目光。她听琴就懂得琴声中爱慕的意思,心里先就答应了,想着把这条合欢彩带系结起来。她还记得画堂中清风明月迎接情郎之夜,轻蹙蛾眉,微微含笑,百般娇柔,无可奈何;便向睡鸭形的香炉边、画着双飞鸳鸯的屏风后,带着羞怯把香罗腰带暗中解了下来。

自从过了放灯的元宵节后,都不见情郎再借人们都出门踏青和挑菜的机会来到这里。几次想托双燕,嘱咐它带去自己的深情蜜意,却恨重重帘幕妨碍它飞来飞去。什么时候能再相约相会呢?春意正浓,酒添困慵,人闲着,在这长长的白昼中百无聊赖。恹恹地一觉醒来时,还看到有太阳照在花枝上。

【赏析】

一个美丽聪明的女子有了情人，一度欢乐后却被冷落，感情上受到了打击。词写的就是这件事。作者选用的词牌名为《薄幸》，看来非出于偶然。

上片写她与情郎的相识相爱。头两句先写她的美貌。淡扫蛾眉而仍多姿多态，其丽质可想而知。回眸转秋波，更是明艳动人；在总体描写后又突出重点。“认得琴心”，用司马相如“琴挑”卓文君故事，可知：（一）是初识；（二）是男方挑动；（三）女子生性敏感聪慧。“先许”，心里早已应许了对方的求爱。“欲绾”句是由心许延伸出来的愿望。带结同心，表示两情结合，故用“合欢”（字面义是带子上所绣的合欢花）字样。然后写“画堂”欢会之夜。用一“记”字领起下面一段文字，可知上片都是回忆中事。“风月”，既为点夜，又暗示男女风月之事。同样有暗示性质的用词还有“睡鸭”与“飞鸳”。用“娇”字“羞”字，又说“无奈”，能看出北宋词人多有写艳情的本领。

下片另起，如文章分段，写情郎不来，女子感到苦闷。大概那个薄情郎自从得手以后，便不再相顾了。“自过了烧灯后，都不见踏青挑菜。”可知前述画堂相见，正元宵放灯时，十五月圆，与“风月逢迎”正合。“踏青挑菜”只是过访，是来相会的比较文雅含蓄的代词，是为适合元宵之后的节令风俗而用的隐语，若非为此而又可不顾押韵，则“挑菜”换作“折柳”、“采花”，意思都一样。望来而不来，只有凭燕子带去自己的心意了。燕必称“双”，也是为人设词。同样，“往来却恨重帘碍”，表面说燕，其实也指人，说女子所处环境，有着种种障碍，不允许她自由地前往。公开不行，密约幽会还是可能的，于是有“约何时再”之问。最后写女子在春光大好的日子里，只能闲极无聊地虚度，靠睡午觉（夜间一定是失眠了）来打发这很长的白昼。“厌厌睡起，犹有花梢日在”正写“昼永”难挨到天黑。与李清照所说的“薄雾浓云愁永昼”、“守着窗儿，独自怎生得黑”的意思相仿。

浣　溪　沙

不信芳春厌老人，老人几度送余春，惜春行乐莫辞频。　　巧笑艳歌皆我意，恼花颠酒拚君瞋，物情惟有醉中真。

【语译】

我不信芬芳的春天会讨厌老人，老人多少次送走了春天最后的日子啊！珍惜春天，便须行乐，切莫嫌行乐太多。

美好的笑靥，爱情的歌曲，都合我的心意；恼恨花儿，借酒癫狂，随你发脾气好了；一切感情只有在喝醉的时候才是真诚的。

【赏析】

此词当是贺铸晚年退居吴中所作。词的中心思想只是爱惜春光，及时行乐，哪怕年岁老大了，也不要放弃看花、听歌、饮酒，从中取乐。这种劝人沉醉于享乐生活的思想，当然并不高明，但对古代的封建士大夫、文人来说，有这种思想情绪，也不足为奇。

前三句说“行乐须及春”，但这“春”只限于指季节，不是说人的青春年岁。人们伤春，往往是联想到华年迅逝，人生易老；甚至以为春天这一欢乐的季节只属于年轻人，而与老人已关系不大了，好像春天也“厌老人”似的。词人则以为不然。所以开头就下“不信”二字，予以批驳。接一句申述为什么“不信”的理由：老人“送”走春天的次数要比年轻人多得多，换句话说，春天陪伴着老人的时间更长，可见并不“厌老人”，对老人还是很有感情的。再一句是结论：所以老人也应“惜春”，应及时“行乐”，切“莫辞频”。

后三句便就“行乐”之事进一步发挥。行乐，无非是调笑、听歌、赏花、饮酒之类事，这些对“我”来说，无不合我心意，因为我不叹老嗟卑，觉得理应如此；而在“君”心里，也许反而引起感触，会不痛快，要“恼”要“嗔”，如果老是觉得人已衰老，春天不属于自己的话。果真如此，也只好随你去发脾气了。末句“物情惟有醉中真”，是说行为拘束、心情压抑并无必要，劝人还是从酒杯中去寻找感情解放的乐趣。

浣　溪　沙

楼角初消一缕霞，淡黄杨柳暗栖鸦，玉人和月摘梅花。　笑撚粉香归洞户[①]，更垂帘幕护窗纱，东风寒似夜来些②。

【注释】

① 粉香:指梅花。洞户:一重重相对相通的门,也叫“洞门”。 ② 些:句末语气助词。音撒,平声。

【语译】

楼角边的一缕晚霞刚刚消失,在柳树嫩黄色的新叶深处,已暗暗有暮鸦在栖息。一位美丽的女子正伴着月色在采摘梅花。

她笑着手捻蕊粉芳香的花枝进重门回到室内,又放下帘幕来护住窗纱,东风吹来冷得就像到了夜间一样。

【赏析】

词写早春黄昏景色和一位幽独的佳人。

上片三句由三幅画面组成,角度和色彩各不相同。写天边晚霞一缕绯红刚刚消尽,出“楼角”二字,便不单调,善于取景;又预为写人物先安排好所处的环境,若作“天际”、“山外”,则不是凭栏,便是在郊外而非庭院了。“淡黄杨柳”,是早春季节;“暗栖鸦”,是黄昏时刻。这一句说词者多赞其“造微入妙”(胡仔《苕溪渔隐丛话》、沈际飞《草堂诗余正集》),大概认为“淡黄”与“暗”配搭得好。“玉人”是主体,故置于后。其时,月已初上,暗香浮动,引得玉人前来采摘。在溶溶月色相伴之下,不知“玉人”与“梅花”谁更娇艳。

下片三句承摘花而写玉人自庭院回到室中,着重表现其人。

“笑撚”二字，写这位女子一路执花观赏、欣喜、得意、珍惜，神态全出。进门后，又垂下了帘幕，虽说是为了遮风以保护窗纱，实则写出她珍重芳姿而知自爱的性情举止。末了说“东风”料峭，“寒似夜来”，固然是交待“垂帘幕”的原因，同时也是写深居幽独的弱女子的情怯。所谓“芳心犹卷怯春寒”（钱珝《未展芭蕉》诗）是也。“东风”只不过是一切可能侵扰她宁静生活的外界力量的象征，所以她要把自己和梅花都好好保护起来。体察人情，相当深微。胡仔只赏其“淡黄”句而以为“若其全篇，则不逮矣”，所见未免太过肤浅。

石　州　慢

薄雨收寒，斜照弄晴，春意空阔。长亭柳色才黄，倚马何人先折①？烟横水漫，映带几点归鸿，平沙消尽龙荒雪②。犹记出关来，恰如今时节。　　将发。画楼芳酒，红泪清歌，便成轻别。回首经年，杳杳音尘都绝。欲知方寸，共有几许新愁？芭蕉不展丁香结③。憔悴一天涯，两厌厌风月。

【注释】

① 倚马：临别匆匆。　② 龙荒：泛指塞外。王灼《碧鸡漫志》：“贺方回《石州慢》，予旧见其稿。‘风色收寒，云影弄晴’，改作‘薄雨收寒，斜照弄晴’。又‘冰垂玉箸，向午滴沥檐楹，泥融消尽墙阴雪’，改作‘烟横水际，映带几点归鸿，东风消尽龙沙雪’。”　③ “芭蕉”句：李商隐《代赠》诗：“芭蕉不展丁香结，同向

春风各自愁。”丁香花蕾丛生，喻人愁心郁结不解。

【语译】

小雨收敛了寒气，斜阳逗弄着晚晴，春意无边无际。长亭两旁的杨柳刚刚呈现嫩黄色，不知将有哪一位送别的人，傍着马先将它攀折下来。烟霭朦胧，春水弥漫，映出空中几点归来的飞雁；塞外平坦的沙地上，积雪已经消尽。我还记得当时出关来到这儿，正好也是现在这个时候。

那时，临行之际，我们在画楼上喝着芳香的酒，你流着带胭脂的眼泪，为我唱了一曲清歌，就这样，我轻易地离开了你。回首往事，一别已经整整一年了，你的音信踪迹都杳然无闻。想知道我的心里有多少新添的愁绪吗？它就像未展开的芭蕉叶那样，紧紧地卷着藏着，又像是密集的丁香花那样，聚结在一起，解不开。一个独自在天涯憔悴，两地都对着风月伤神。

【赏析】

吴曾《能改斋漫录》记此词本事云：“方回眷一姝，别久，姝寄诗云：‘独倚危阑泪满襟，小园春色懒追寻。深恩纵似丁香结，难展芭蕉一寸心。’贺因赋此词，先叙分别时景色，后用所寄诗语，有‘芭蕉不展丁香结’之句。”宋人言词之本事，每多附会，此即一例，其不可信者有三：（一）谓姝寄诗，贺赋词以答，与词中“回首经年，杳杳音尘都绝”牴牾；（二）谓贺词“先叙分别时景色”，实错会了词意，前段所叙乃贺铸独在关外所见之春景，非分别之时也；（三）谓贺“用所寄诗语”作词，特造出姝诗一首，写进“丁香结”、“难展芭蕉”等语以实之，殊不知贺词所用乃李商隐诗一字不易之原句。好事者之不深察，每每如此。贺铸曾在太原监工，故有人认为词可能是在那里写的。

上片是在关外所见的景物，由片末点明是“如今时节”，即眼前景象。“收寒”、“弄晴”，引出“春意空阔”。“长亭”二句，最容易被误作是写送别，其实只是见“柳色”而想到长条已堪折来赠别，故用“何人先折”的问句，是虚说、泛说，是为下文“犹记出关”二句先作势。这段景物描写，作者曾加修改（见注释②所引），显然是改过以后的文字好得多，如初稿中“冰垂玉箸”三句，只写了春渐暖、冰雪消融的意思，不及改稿境界空阔，是塞外景象。“映带几点归鸿”句，尤给画面增色不少，且因鸿归人未归而能令人兴“人归落雁后”（薛道衡《人日》诗）之叹；同时，望鸿雁而思远者，也为下片“杳杳音尘都绝”作了铺垫。“犹记”二句转折，因为“时节”相同，所以从“如今”回想到一年之前的“出关”。

下片“将发”四句，从“犹记出关”一气赶下，是追忆口吻，前后紧相连接，形同不分片。“将发”在“出关”之前；“画楼芳酒，红泪清歌”是“将发”时的情况。“便成轻别”四字，流露出一片追悔心情。于此顿住，然后“回首”以下，用来抒写别恨。这里“杳杳音尘都绝”是因为龙荒遥远，交通阻隔造成的，并非责备对方薄情，相反，也是而今对“轻别”的领悟。最后“欲知”五句，又一气呵成，借用李义山诗意，不但全引其“芭蕉未展丁香结”句也，即“憔悴一天涯，两厌厌风月”十字，也正是从他“同向春风各自愁”句变化出来的。

蝶 恋 花[1]

几许伤春春复暮，杨柳清阴，偏碍游丝度。天际小山桃叶步[2]，白蘋花满湔裙处[3]。　　竟日微吟长短句，帘影灯昏，心寄胡琴语。数点雨声风约住，朦胧淡月云来去[4]。

【注释】

① 蝶恋花：《阳春白雪》卷二载此词，注云：“贺方回改徐冠卿乡词。” ② 天际小山：谓眉如远山。桃叶：晋王献之的妾名，此作女子的借用名。 ③ 湔：音煎，洗涤。　④“数点”二句：北宋初李冠《蝶恋花·春暮》上片末有此二句。

【语译】

伤春之情有多少啊，春天还是迟暮了，杨柳已长成清荫，有意阻碍着游丝的飞扬。佳人黛眉青青，望去如天边的小山，她踩着纤步走来，白蘋花长满了她曾洗裙子的地方。

她终日低吟着曲子词的句子，在帘影透出昏昏灯火的室内，将心事都寄托在胡琴声中。疏疏落落的几点雨声被风儿制约住了。淡淡的月色，朦朦胧胧，夜空中有云儿在来去移动。

【赏析】

这首词写的是暮春时节的景物及一位怀着伤春情绪的女子。

首句点明“伤春”后，下文不再提及这种心情，只凭读者在人物举止的描述中将它加进去，这是一种比较特别的表现方式。“几许”，言其多多。“春复暮”，谓春无情，都不管人之感情，又到了临去的时候。柳成荫，游丝飞，正暮春景色。柳荫不碍行人，却能挂住游丝，故曰“偏碍”。以“桃叶”指代佳人，或因相传《桃叶歌》缘“笃爱”而作。“白蘋花满”，则是由陌上而写到水边；必曰“湔裙处”，是使景与人、昔与今联系在一起。

上片以景为主，人在景中；下片以人为主，景为人设。心有所感，情有所伤，故发而为“长短句”，“微吟”而至于“竟日”，非一时兴之所至可知，故接写夜间。“帘影灯昏”四字，人之寂寥已在言外。吟咏之不足，又托之于琴弦，然好在终不说破是何种心情。静夜之中，忽听有“数点雨声”，不久又闻风起而雨止；仰望窗外天空，已见“朦胧淡月”，而夜云仍不断在眼前飘过。歇拍两句竟全用景语，词境自是蕴藉隽永。

天　门　谣

登采石蛾眉亭①

牛渚天门险，限南北、七雄豪占②。清雾敛，与闲人登览。　待月上潮平波滟滟，塞管轻吹新《阿滥》③。风满槛，历历数、西州更点④。

【注释】

① 蛾眉亭:《舆地纪胜》:“采石山北临江,有矶,曰采石,曰牛渚,上有蛾眉亭。”亭在当涂县北二十里,据牛渚绝壁,前面是二梁山,夹江对峙,像双蛾眉,故名。 ② 七雄:战国时,燕、赵、韩、魏、齐、楚、秦称七雄。 ③《阿滥》:即《阿滥堆》,曲名。骊山有鸟,名阿滥堆,唐玄宗以其声翻为曲,人竞效吹,见《中朝故事》。 ④ 西州:古城名,故址在今南京市西。

【语译】

牛渚矶前,二梁山夹江对峙,状如天门,形势险峻,此隔断南北、古时七国争雄,纷纷力夺强占之地。云雾收敛,天地澄清,正好让闲人登临览眺。

等到月儿上来,江潮涨平,千顷波光粼粼。不知谁用塞外管笛轻轻吹起新谱的《阿滥堆》曲子。风来满槛栏,可以清清楚楚地听到从西州传来打更的点数。

【赏析】

这首登览词虽篇幅短小,结构上却颇有安排,所创造的意境也极佳。

“采石”即“牛渚”,亭名“蛾眉”,因所望见之山形而得,其山亦即“天门”,故首句是直点题面。用一“险”字,写出地势特点。下一句即承“险”字加以发挥:“限南北”,取横的角度,从空间上描述,指是长江;“七雄豪占”,取纵的角度,从时间上追溯,所谓自古兵家必争之地,指的是牛渚山采石矶。这些都是从大的方面说,提高了登临地的身价。然后用“清雾敛”三字说天气晴明，不碍远眺，正好“舆闲人登览”。

前半首把题目中该交待的都交待清楚了，后半首就具体描述“登览”所见。以为要趁“雾敛”而写眺望了，偏又避而不写，却选择了夜景。这是非常明智的。白昼观望，景象固然险峻雄奇（事实上已写了），但毕竟少蕴蓄。陆放翁所谓“凛然猛士抚长剑，空有豪健无雍容”。如果这一切都笼罩在似见非见的夜幕之下，又将如何呢？这感觉被词人抓到了，所以他写“待月上潮平波滟滟”，见到的实只此一句，但月下长江却写得绝妙。此外既无所见，末三句索性只从声音上去表现。在绝壁之上，“塞管轻吹”，悠扬悦耳的曲子回荡在夜空中，应和着呼呼风声，又从西州城方向传来“历历”可“数”的打更声。正是这些声音，共同组成大江边、高山上空旷寂静而又十分优美的境界。

天　香

烟络横林，山沉远照，迤逦黄昏钟鼓[①]。烛映帘栊，蛩催机杼[②]，共苦清秋风露。不眠思妇，齐应和、几声砧杵。惊动天涯倦宦，骎骎岁华行暮[③]。　当年酒狂自负，谓东君[④]、以春相付。流浪征骖北道，客樯南浦。幽恨无人晤语。赖明月、曾知旧游处，好伴云来，还将梦去。

【注释】

① 迤逦:连续不断。 ② 蛩:蟋蟀,又名“促织”,故曰“催机杼”。 ③ 骎骎:马疾行的样子,引申为迅疾。 ④ 东君:司春之神。

【语译】

烟雾萦绕在横展的树林间,山峦沉浸于远处的夕阳里,黄昏时,钟鼓之声连续不断地响起。烛光映着门帘窗槛,蟋蟀催促人们夜织,仿佛与人共同分担着这清秋风露的凄苦。怀念远方亲人的妇女们夜不能寐,此起彼应地传来几声木杵击打砧石的捣衣声。我这为做官而浪迹天涯的倦客,闻此而惊心,顿觉华年迅逝,岁月将暮。

当年,我也曾饮酒如狂,十分自负,自以为司春之神东君已将青春交给了我。结果到处流浪,骑着马远行北路,乘着船旅宿南浦,内心深处的怨恨竟无人可以当面倾吐。幸亏还有明月曾知道我旧游的情况,那就让它伴着云来,再将我的梦带走罢!

【赏析】

词写清秋羁旅之愁。

上片由景物渐转心情,自傍晚延至夜间,从他人说到自己。头三句先写室外秋暝景色,“平林漠漠烟如织”,夕阳斜照远山,暮鼓晚钟,声声不绝于耳。所见所闻,无非都是引发出愁思的氛围。再三句便写室内,时间上也推移至夜晚。烛影摇摇,促织声声,“清秋风露”的节候于此点明。“共苦”二字,实以寒夜悲鸣之秋蛩自况,已摄住“岁华行暮”之神。然后再写远处传来“思妇”之“砧杵”声。古时，秋来裁制寒衣以寄远，要经杵棒在砧石上捣，大概是为了使质地柔软。故诗词文章中每言及捣衣、砧声，总是跟思妇、远客、羁旅之愁相关。这样层层渲染，步步逼近，最后才说到自己闻声而“惊动”，感慨光阴“骎骎”，“岁华行暮”。“天涯倦宦”四字，是全篇之主旨所在。

下片回想当年年轻气盛情况，为如今迟暮倦愁作反跌。“酒狂自负”四字，写出“早岁那知世事艰”来。“谓东君、以春相付”说得更好；这里的“春”，更多的是指人生的春天，即充满欢乐、理想、抱负的青春时期。总以为来日方长，因而无忧无虑，不识愁苦滋味。“流浪”三句，跌落，说结果并非如此。长年南去北来，舟马劳顿、历尽宦海风波，无所归依。“幽恨无人晤语”，最是不堪孤单落寞之境。末了兜转至眼前景象。按诗词传统意象，多在说“清秋风露”、“几声砧杵”的同时，便写到“明月”，此词前面有意回避，留待最后，借“明月”以抒情，回应前半所写情景，将前后贯穿起来。“旧游”如“梦”，本已无处追寻，却偏偏说尚有明月知其处，它既能“伴云”而来，当亦能带我梦魂前去。“诗有别趣”，此之谓也。

望　湘　人

厌莺声到枕，花气动帘，醉魂愁梦相半。被惜余薰。带惊剩眼[①]，几许伤春春晚。泪竹痕鲜[②]，佩兰香老[③]，湘天浓暖。记小江、风月佳时，屡约非烟游伴[4]。　　须信鸾弦易断[5]，奈云和再鼓，曲终人远[6]。认罗袜无踪，旧处弄波清浅[7]。青翰棹舣[8]，白蘋洲畔，尽目临皋飞观。不解寄、一字相思，幸有归来双燕。

【注释】

① 带惊剩眼：因衣带上所剩之眼渐多而吃惊，即"衣带日以宽"意。　② 泪竹：《述异记》："舜南巡，葬于苍梧之野。尧之二女娥皇、女英(都嫁舜为妃)，追之不及，相与恸哭，泪下沾竹，竹上文为之斑斑然。"　③ 佩兰：《离骚》："纫秋兰以为佩。"　④ 非烟：步非烟，唐武公业的妾，皇甫枚有《非烟传》。这里借指所思的女子。　⑤ 鸾弦：传说汉武帝时，西海献鸾胶，可用以以接续断弦。见《汉武帝外传》，后世遂称续娶为"续弦"。比喻两情容易中断。　⑥"奈云和"二句：云和，琴瑟名，乐器的首部作云状。唐钱起《湘灵鼓瑟》诗："曲终人不见，江上数峰青。"　⑦"认罗袜"二句：用曹植《洛神赋》："凌波微步，罗袜生尘。"　⑧ 青翰：船，因有鸟形刻饰，涂以青色，故名。《说苑·善说》："乘青翰之舟。"舣：船靠岸。

【语译】

我讨厌这黄莺的叫声来到枕边，花儿的香气透入帘幕，正当我半因醉酒未醒、半因愁思入梦的时候。我爱惜那被子上还留有旧时的香味，惊讶这衣带上所余的孔眼逐渐增多，有多少次我对春伤感，可春还是快过去了。斑竹上的点点泪痕如新，佩身的春兰香味渐减，湘中的天气正春浓日暖。我还记得在这道小小的江边，每当风清月白的良宵，曾屡屡地与我的女伴约会出游。

本该相信感情的纽带亦如琴弦，虽易断而能续，怎奈重新弹奏云和之瑟，曲终之时人已远去。我寻找穿着罗袜的她不见踪影，只有她过去踩着凌波微步经过的地方，江水依然清浅。我划着画船停靠在长满白蘋的洲畔，极目远望那临江高岸上飞檐观阁。总也没有办法把相思之情寄去一个字，幸好还有旧时的双双燕子飞了回来。

【赏析】

《望湘人》词调，宋代仅见有贺铸这一首。《草堂诗余》题作“春思”，为他本所无，或是后人拟加。其实，词调已可兼作词题，观词意，伤春亦为伤离，而所思之人，正“湘人”也。

词一开头便作惊人之笔，莺啭花香，人所共爱，却下一“厌”字，所以沈际飞称其“嶙峋”（《草堂诗余正集》）；其实，“莺声”、“花气”之所以可厌，是因为“到枕”、“动帘”，扰了醉乡酣梦，即第三句所说的“醉魂愁梦相半”，这是申述“厌”之理由。醉是为了消愁，梦也能使愁暂时忘却，既被惊醒，愁又复来，何况莺花之柔媚，更添感触，以至愁思转深，所以可“厌”。其构思当受“打起黄莺儿，莫教枝上啼”那首唐诗的启迪。衾被残香尚在，是为昔日欢情逝去而惋惜；衣带剩眼渐多，是发觉自己日益消瘦而吃惊，这些都非一日所致，故曰“几许”。可见“伤春春晚”之“春”，固然指的是上承“莺”“花”，下启“浓暖”的季节时令，同时也指其所“惜”所“惊”引起美好回忆的人和事。二妃之“泪竹”，屈原的“佩兰”，又都用了湘中之事，其下的“湘天”因此而有了着落。然后以一“记”字引出两句回想的话来，说明“伤春”的原因。上片章法与前《石州慢》相同，可参见。

下片则由从前的屡约出游转到今日的弦断人离。“鸾弦易断”四字，造语特奇，“鸾弦”本来是说能续的，却反接“易断”二字，把两层不同的意思都包括了。原来能续只说主观愿望，“易断”才是客观现实。因为用了鸾胶典故，有能续之希冀，所以下一“奈”字，抒情曲折多姿。“云和再鼓，曲终人远”，紧承“鸾弦”说瑟，巧用钱起《湘灵鼓瑟》诗，关合“湘天”。断弦或能再续，无奈旧梦难寻，唯有行“凌波微步”的“罗袜”曾经之“旧处”，依然可“认”。这正是词人“棹”“青翰”之舟而“舣”于“白蘋洲畔”之时。江边“白蘋”亦《楚辞》所常咏；温飞卿有“斜晖脉脉水悠悠；肠断白蘋州”之句，这也可视作方回极目远望“临皋飞观”时的情景。“飞观”当是女伴“非烟”旧居之所，如今已“燕去楼空”了。所谓“不解寄、一字相思”，是不曾寄、不能寄且无地可寄的意思。接一句“幸有归来双燕”结束，颇引人寻味。意象之一是“似曾相识燕归来”，燕归而人不见，固能增感伤，但毕竟也给愁极无聊的伤春者以一点慰藉；意象之二是燕子或能为我寄去相思字，故用“幸”字，但这也是无望中的一线希望。虽然说“幸”，其实还是表现不幸，它与发端的“厌”字，相映成趣。

绿　头　鸭

玉人家，画楼珠箔临津[①]。托微风、彩箫流怨，断肠马上曾闻。宴堂开、艳妆丛里，调琴思，认歌颦。麝蜡烟浓，玉莲漏短，更衣不待酒初醺。绣屏掩、鸳枕相就，香气渐暾暾[2]。回廊影、疏钟淡月，几许消魂？　　翠钗分、银笺封泪，舞鞋从此生尘。任兰舟、载将离恨，转南浦，背西曛[3]。记取明年，蔷薇谢后，佳期应未误行云[4]。凤城远[5]、楚梅香嫩，先寄一枝春[6]。青门外[7]，只凭芳草，寻访郎君。

【注释】

① 珠箔：珠帘。　② 暾暾：本日光盛满的样子，这里形容香气浓。③ 曛：夕阳余晖。　④ 行云：用巫山云雨事，指男女欢情。　⑤ 凤城：京城。⑥ 寄一枝春：用陆凯自江南寄梅花给长安的范晔并赠诗事。　⑦ 青门：古长安城东出南头一门曰霸城门，色青，又叫青城门或青门。

【语译】

佳人的家院，画楼上悬挂着珠帘，门临渡口。她吹起彩箫，托微风传送心中的幽怨，他曾在马上听到箫声而大为忧伤。堂上摆开宴席，在艳妆的脂粉队中，他把对她的爱慕借琴弦弹了出来，并从歌声和蹙眉的表情上认出她来。炉香和蜡烛烟雾浓重，状如莲花的刻漏历时短暂，不等到饮酒微醉便起而离席更衣。在锦绣屏风的遮掩下，他们同床共枕，便觉香气渐渐弥漫开来。曲折的长廊影子幢幢，疏疏的钟声，淡淡的月光，离去时有多少黯然消魂的难舍难分。

翠玉的宝钗为赠别而分为两份，银红笺纸连同她的眼泪一道封缄，跳舞鞋从此将蒙上灰尘。就这样，任凭他乘着木兰舟，载着一腔别离的怨恨，转向南浦，背着落日余晖，朝东而去。请记住明年蔷薇花凋谢以后，该是我们的佳期，可别耽误了幽会。京城离江南甚远，楚地的梅花香嫩，到时候先折一枝托人寄来，告诉我春的消息。那时我在城东南门外，只能凭芳草来寻访郎君了。

【赏析】

此词半记一段恋情，半是别后伤离，当是贺方回自京师南来后所作。上片"调琴思，认歌颦"，下片"转南浦，背西曛"，在前晁元礼同调词中，都是"三、四"字句式，比此词多二字，格式稍异。

上片可分四节：(一)自"玉人"至"曾闻"四句，说"玉人"在"临津"的"画楼"上，凭"彩箫"吹出自己的"怨"情，被骑在"马上"经过楼下的他听到了。"断肠"二字是说听曲者，但也可兼及吹曲。"曾闻"，用追溯前事语气。箫声使对方大受感动，这是最初阶段。(二)自"宴堂"至"歌颦"，说对方借宴会机会，以琴声表达倾慕之思，并在群芳中凭"歌颦""认"出她来。由此见"玉人"身份，似是姬妾艺妓一类人物。(三)"麝蜡"至"暾暾"五六句，是说在开宴之夜，他们偷渡鹊桥，经历了云雨之欢。两情正"浓"，良宵苦"短"，所述隐而显，藻饰艳冶。(四)自"回廊"至"消魂"，说天未曙即离去，不免留连难舍，黯然"消魂"。

下片写伤离。先说对方要远离京城了,“翠钗分”七字,写临别又赠信物,又奉诗札;“封泪”二字,悱恻缠绵。“舞鞋”句,以明矢志相守。然后写其别去。又用郑文宝“载将离恨过江南”诗意。“南浦”之名为传统意象,几成了送别之地的代称,但总是说往南。“背西曛”,正是向东。与下文“青门外”方位正合。“记取”以下,都可视作“玉人”对“郎君”的叮咛语。意思分三层:一是望“明年蔷薇谢后”再来,嘱莫误“佳期”。二是盼时时有音书,望能如古人重情谊那样“先寄一枝春”。一留“凤城”,一去“楚”地,于此点出。三是说自己唯有春来处处“寻访郎君”踪迹。“青门外”,乃恋人离去之地。“只凭芳草”,是诗趣所在,非真能借此“寻访”而得,实说自己之思念无穷,即古诗所谓“青青河边草,绵绵思远道”以及“离恨恰如春草”也。

张元幹

张元幹(1091—约1170),字仲宗,号芦川居士,又号真隐山人,长乐(今属福建)人。徽宗时为太学上舍生。靖康元年(1126)李纲为亲征行营使抗金,元幹为其属官,官至将作监丞。秦桧当政,致仕家居。绍兴中胡铨主张抗金,为秦桧贬谪,元幹以词送之,遂获罪,被除名为民。词多慷慨豪迈之作。有《芦川归来集》。

石州慢

寒水依痕[①],春意渐回,沙际烟阔[②]。溪梅晴照生香,冷蕊数枝争发。天涯旧恨,试看几许消魂?长亭门外山重叠。不尽眼中青,是愁来时节。　　情切。画楼深闭,想见东风,暗消肌雪。孤负枕前云雨,尊前花月。心期切处,更有多少凄凉,殷勤留与归时说。到得再相逢,恰经年离别。

【注释】

① 寒水依痕:杜甫《冬深》诗:"早霜随类影,寒水各依痕。" ② "春意"二句:杜甫《阆水歌》:"正怜日破浪花出,更复春从沙际回。"

【语译】

寒冷的流水傍着岸边的涨痕,春意已逐渐从宽阔的烟雾沙岸上回来。溪畔的梅花在晴朗的阳光普照下,散发出阵阵清香,有几枝冷艳的粉蕊正争相开放。却知远隔万水千山的旧日憾恨,不妨看看别来有过多少黯然消魂啊!长亭的门外,山重重叠叠,望不尽满目青翠,在我愁绪涌上心头的时候。

我的心情因思念而激动。可以想象得到,她住的画楼深深地关闭着,在东风日夜吹拂下,那雪一般的肌肤已不知不觉消瘦了。这一别,辜负了多少枕头上的缱绻欢爱,酒杯前的花月良辰!在期待殷切的内心深处,又有多少独个儿凄凉的感受,尽量想留着等到回家后去说。到我们能再次相逢时,算起来离别已整整一年了。

【赏析】

这首《石州慢》说词者有以微言大义眼光去寻求其言外寄托的。如黄蓼园云:“仲宗于绍兴中,坐送胡铨及李纲词除名。起三句是望天意之回。‘寒枝竞发’,是望谪者复用也。‘天涯旧恨’至‘时节’,是目断中原又恐不明也。‘想见东风消肌雪’,是远念同心者亦瘦损也。‘负枕前云雨’,是借夫妇以喻朋友也。因送友而除名,不得已而托于思家,意亦苦矣。”(《蓼园词选》)细说词意,就觉得黄说不免求之过深而反失其真意了。词人“在政和、宣和间,已有能乐府声”(周必大《益公题跋》)。此词之情调,似为早期所作。且微言寄托,亦不像他写词的一贯习惯。总之,这不过是一首远离家乡、思念爱妻的词。

上片前半写大地春回景象。头三句用杜甫诗意，是中远景；后二句写“溪梅”用近景。描绘动人，生机盎然。因春至引出“天涯旧恨”，“消魂”一词，借江淹《别赋》开头句意，暗示此正旧时离家独往“天涯”之恨。从那时起，对妻子的思念时时在心，故曰“几许”。但只说“天涯”或“消魂”，离别的意思毕竟不显豁，如黄蓼园就误会作“目断中原”，慨叹国土沦于胡虏了。所以再出“长亭”以点醒之。“山重叠”上应“天涯”，下启“不尽”；“眼中青”关合“春意渐回”。“愁来时节”，落到眼前，从“旧恨”“几许消魂”生出，又开抒别恨的下片。

换头“情切”二字一顿，承“愁来”过片，自然接上写想象中爱妻在家情况的三句。“画楼深闭”，丈夫离家，妻子珍重芳姿以自守，可见深知其为人。“暗消肌雪”，说妻子也因为思念而憔悴；形容其雪肤花貌，说她是佳人丽姝，正词人笃爱娇妻、渴望相见的心情的体现。然人分两地，孤负了大好时光。“孤负枕前云雨”，说得毫无保留，夫妻“情切”是可以理解的，若以为这是“借夫妇比喻朋友”，写政治寄托，似乎不要这样措词。“心期”三句，更写出夫妻间的真情实感，若作政治隐语，愈加勉强。词人在外虽久，已有归期可计，故曰“到得再相逢，恰经年离别”。倘说成是“望天意之回”、“望谪者复用”，则朝廷之赦回，又岂可预先料到日期而写入词中？所以寄托之说不可信。

《四库全书总目提要·芦川词》云：“今观此集，即以此二阕（即因词获罪除名的送胡铨及寄李纲的二首《贺新郎》）压卷，盖有深意。其词慷慨悲凉，数百年后，尚想其抑塞磊落之气。然其他作，则多清丽婉转，与秦观、周邦彦可以肩随。”朱孝臧此辑本不选其慷慨词而仅录其婉丽之作，自是缺陷。我们正不必在其儿女笔墨中去寻找志士的悲歌。

兰　陵　王

春　　恨

卷珠箔，朝雨轻阴乍阁[①]。阑干外、烟柳弄晴，芳草侵阶映红药。东风妒花恶，吹落梢头嫩萼。屏山掩[②]、沉水倦熏[③]，中酒心情怯杯勺[④]。　　寻思旧京洛，正年少疏狂，歌笑迷着。障泥油壁催梳掠[⑤]，曾驰道同载[⑥]，上林携手[⑦]，灯夜初过早共约。又争信飘泊？　　寂寞，念行乐。甚粉淡衣襟，音断弦索。琼枝璧月春如昨。怅别后华表，那回双鹤[⑧]。相思除是，向醉里，暂忘却。

【注释】

① 乍阁：初停。　② 屏山：屏风。　③ 沉水：一种名贵的香料。　④ 中酒：此作因酒而身体不适解，犹病酒。如杜牧《郑瓘协律》诗：“自说江湖不归事，阻风中酒过年年。”杯勺：盛酒之器，指代酒。　⑤ 障泥：马背上挡泥土的布垫，指代马。油壁：油壁车。　⑥ 驰道：秦朝专供帝王行驶马车的道路，此指御街。

⑦ 上林:皇家的林苑名。 ⑧ 华表、双鹤:见王安石《千秋岁引》“华表语”注。

【语译】

珠帘高卷,早晨薄薄的阴云带来的一场雨刚刚停止。栏杆外,烟蒙蒙的杨柳逗弄着晴天,芳草蔓延到石阶上,与红芍药花相互映衬。东风真可恶,它妒忌花儿,将枝头的嫩瓣纷纷吹落。屏风遮掩着,炉内的薰香无力地冒着烟雾。饮酒只能引起不适,我害怕再去碰那盛酒的杯杓。

回想旧日的京师,那时我正年轻,狂放不羁,迷恋着歌舞欢笑的生活。我备好骏马和香车,催促她快快梳妆打扮,曾在御街上与她同坐一辆车,在皇家林苑中跟她手拉着手,元宵放灯夜刚过,早就有了下次的约会。又怎能相信结果会漂泊离散?

孤居寂寞,心里还不忘当年行乐。如今留在衣襟上的脂渍粉香已经淡了,曾弹出美妙乐声的琴弦也已经断了!白璧似的明月照耀着玉树琼枝,春天还像从前一样美好。我惆怅那别后京师的华表上,如何能再飞回双鹤来呢?这相思之情,除非是在醉乡里才能暂时忘却啊!

【赏析】

张元幹的爱国词都激昂悲愤。如说“底事昆仑倾砥柱,九地黄流乱注,聚万落千邨狐兔?”“倚高寒、愁生故国,气吞骄虏。要斩楼兰三尺剑,遗恨琵琶旧语。”(《贺新郎》)“长庚光怒,群盗纵横,逆胡猖獗。欲挽天河,一洗中原膏血。两宫何处?塞垣只隔长江,唾壶空击悲歌缺。万里想龙沙，泣孤臣吴越。”(《石州慢》)如此等等，颇似歌行，已开辛、陆先导，但未被彊村先生看中；另一类不涉及时事的抒情之作，“又极妩秀之致”(毛晋《芦川词跋》)，如上一首《石州慢》即是。但这首《兰陵王》有些特殊，它是两者的结合。作者在伤春恨别、追忆年轻生活之中，同时写入了故国之思，对沦于敌手的“旧京洛”十分怀念。但全词仍以婉约绮丽面目出现，并没有剑拔弩张的措词。词分三叠，李攀龙云：“上是酒后见春光，中是约后误佳期，下是相思如梦中。”(《草堂诗余隽》)这话说得真不怎么样，把词看成只写恋情，已不免肤浅；归纳三叠大意，也不确切，名家也有乱加评点的。

首叠三层意思：一、朝雨初晴，卷帘一望，烟柳拂栏，芳草侵阶，芍药花开，红绿相映；是说春光正好；二、东风妒花，恶意摧残，吹落嫩萼，是惜好景不长；三、掩屏不看，倦对薰香，欲以酒消愁而又怯杯勺，是说无法排遣愁闷。这好花好景象征着年少时期的欢乐，也是旧京当年的繁华，两者是一致的。

二叠回忆昔时情景。年少之时，沉迷歌笑，裘马轻狂，长与情侣同车携手，日游夜约，乐不知倦。叙事前，先出“旧京洛”三字，使人瞩目，又用“驰道”、“上林”一再提醒，以至举出京师最热闹的“灯夜”，借此强调对汴京的怀念。末句兜转，由昔而今，“争信”是用反问语气，表示对世事变迁，非始料所及的感喟。“飘泊”二字中包藏着无数流离之苦、家国之恨。

三叠抒恨，是眼前境况。“寂寞，念行乐”五字承前叠意，束住

“寻思”事。“甚”非问词，是“正”，亦即“如今”的意思。“粉淡衣襟，音断弦索”，应前“歌笑”、“梳掠”；说人面不知何处，音信至今杳然。然后说只有春色还和从前一样。呼应一叠的描写，把首尾联系起来；前面说白昼，这里说夜晚。“琼枝璧月”，形容春景美好，所谓“月照花林皆似霰”也。虽春如昨日，而京洛已非属宋矣。这里用传说中丁令威化鹤典故相当灵活：一是取其歌词中“城郭如故人民非”意；一是说纵“华表”依然，而鹤亦难归，故曰“那回”。“鹤”又成“双”，是借以暗比自己和情侣再也不可能在京洛作逍遥游了。末句“相思”云云，仍回应前“中酒心情”，说如此“春恨”，又怎能“忘却”？

叶梦得

叶梦得(1077—1148),字少蕴,号石林居士,原籍吴县(今江苏苏州),迁居乌程(今浙江吴兴)已四世。哲宗绍圣四年(1097)进士,徽宗朝,累官龙图阁直学士。高宗朝,任江东安抚制置大使,兼知建康府,行宫留守,积极致力于防务及军饷供应,主张抗金。晚年退居湖州弁山,卒赠检校少保。他在所著《石林诗话》中对苏轼颇有微词,但词作风格却接近苏轼,间有感怀时事之作。有《石林词》一卷。

贺　新　郎

睡起流莺语,掩苍苔、房栊向晚,乱红无数。吹尽残花无人见,惟有垂杨自舞。渐暖霭、初回轻暑。宝扇重寻明月影,暗尘侵、上有乘鸾女[1]。惊旧恨,遽如许。　　江南梦断横江渚。浪黏天、葡萄涨绿[2],半空烟雨。无限楼前沧波意。谁采蘋花寄取[3]?但怅望,兰舟容与[4]。万里云帆何时到?送孤鸿、目断千山阻。谁为我,唱《金缕》[5]?

【注释】

① 明月影、乘鸾女:《龙城录》:"九月望日,明皇游月宫,见素娥千余人,皆皓衣,乘白鸾。"　② 葡萄涨绿:李白《襄阳歌》:"遥看汉水鸭头绿,恰似葡萄初酦醅。"　③ 采蘋花:柳恽为吴兴太守,尝为《江南曲》云:"汀洲采白蘋,落日江

南春。”见《南史》。柳宗元《酬曹侍御过象县见寄》诗:“春风无限潇湘意,欲采蘋花不自由。” ④ 容与:迟缓不进的样子。《楚辞·涉江》:“船容与而不进兮,淹回水而凝滞。” ⑤《金缕》:杜牧《杜秋娘诗》:“秋持玉斝醉,与唱金缕衣。”原注:“‘劝君莫惜金缕衣,劝君须惜少年时。花开堪折直须折,莫待无花空折枝。’李锜(按:杜秋娘为李锜之妾。)长唱此辞。”又《贺新郎》词牌又名《金缕曲》、《金缕歌》、《金缕词》。

【语译】

午睡起来时,听到黄莺儿在说话,关闭的窗户外,长满青苔,时已傍晚,乱纷纷的落红无数。风将残留的花朵都吹尽,也没有人看见,只有垂杨柳在自己起舞。手执贵重的团扇,寻找月宫的图像,它已灰暗地蒙上了一层尘埃,上面画有乘鸾的素女。我为从前留下的憾恨,竟如此之深而惊愕不已。

身处江南洲岸上,梦魂被横流的大江隔断。只见浪花粘连着天空,高涨的江水绿得就像初酿成的葡萄酒一样,被笼罩在半空烟雨之中。这楼前清江的波浪万古流不尽,给人无限感慨,有谁能采得江上的蘋花寄给远方友人呢?我只能惆怅地望着木兰舟在水上徘徊不进。什么时候才能高挂云帆经万里而到达彼方呢?我目送孤雁远去,直到被千山所阻。又有谁能为我来歌唱这支《金缕曲》呢?

【赏析】

这首伤春怀旧的词,同时也写入了故国之思。这实在是经历了宋室南迁的词人，都免不了会有的，只是这种情绪在词中表现得并不那么明显、强烈而已。

“睡起”至“轻暑”一段，写暮春向晚所闻所见，突出落红遍地、春光迅逝的令人哀伤景象。写到自身，昼睡掩窗，则是一种落寞无聊的精神状态。“宝扇”二句，借扇上所绘唐明皇游月宫，见乘鸾素女的传说图画，暗示往昔经历过风月繁华的盛日，而今已“暗尘侵”，鲜艳的色彩早已黯淡消退了。“宝扇”常为歌女所执，当是情侣所遗赠，自可象征自己幸运的当年；而上绘开天盛日故事，又不免能引起宋室兴衰之感。内涵极其隐曲。然后以“惊旧恨，遽如许”六字点醒，感慨万分。

张元幹有“塞垣只隔长江”之叹，叶梦得“江南梦断横江渚”仿佛似之。“浪黏天”十一字，紧接着写长江之壮丽气象，于景物描绘中寄情寓兴，自是空灵妙笔。词人将注释中所引的前人诗句融合而重铸，写出了天堑当前，不能飞越而寄情远方的悲哀。“兰舟容与”，正是短棹畏风波、大江难渡的意象，故前置“但怅望”三字。伊人在水一方，相距万里。何时能直挂云帆，到达彼岸，这是他日夜在心而又无法实现的愿望。面对江水，目“送孤鸿”，直至望而不见，被千山所阻，总写无可奈何。末了以寄情《金缕》之曲，所恨曲成而无人为我歌唱击拍，旧恨新愁，凄惋不尽。

虞 美 人

雨后同幹誉、才卿置酒来禽花下作[1]

落花已作风前舞[2],又送黄昏雨。晓来庭院半残红,惟有游丝,千丈袅晴空。　　殷勤花下同携手,更尽杯中酒。美人不用敛蛾眉,我亦多情,无奈酒阑时。

【注释】

① 来禽:植物名,即林檎,落叶乔木,花后结实,味甘带酸,如苹果而小,今称花红,北方多叫沙果。　② "落花"句:李贺《残丝曲》:"花台欲暮春辞去,落花起作回风舞。"

【语译】

落花已在风前翩翩起舞,接着又送走黄昏下的一场雨。早晨来看,庭院里的花已有一半遭摧残,只有千丈游丝在晴空中袅袅飞扬。

我们在花下彼此热情地手握着手,再把杯子中的酒都喝干。美人啊,你用不着皱起你那弯弯的眉毛,要知道我也是多情人,可又有什么办法呢,酒筵已到要散的时候了!

【赏析】

春天里在花下和自己要好的朋友一起喝喝酒,是非常愉快的。只可惜这种机会极为难得,因为春光不会长驻,好花不会常开,天下也没有不散的筵席。想到这些，又不免要令人伤感。词正为这次相聚而作。

词的上片就写春残花落景象。既是记当时真实的季节环境，也表达了美好时刻难再的留连心情。首句从李贺《残丝曲》句子化出，落花仿佛也有情，为送春天归去而翩翩起舞。故下句也不说黄昏一场风雨又断送了许多花，而是反过来，仍连着上句说落花“又送黄昏雨”。后两句是经过夜晚的风雨后，次日庭院的景象，也是与客“置酒”的地方。“半残红”，见变化之快，也弥见对枝上余花的珍惜。日渐转暖，故有小虫吐出游丝；丝袅晴空，恰似人们此刻心头无限的思绪，飞扬遐远，撩乱难收，故又夸张其辞曰“千丈”。

词的下片用以记事抒情。“殷勤”二句，正面表现词的题序。“携手”而又加“殷勤”，说自己与幹誉、才卿二君之情谊亲同手足。王维《渭城曲》云：“劝君更尽一杯酒，西出阳关无故人。”这是送友人远至绝域的诗，虽与此词内容有异，但珍惜眼前友情之温暖，恐以后欢聚难再的心情，却颇为相似，故不待相劝而“更尽杯中酒”了。词到结尾，忽推开一句，旁及座中作陪之“美人”，反而写她心有所感，“敛蛾眉”，露出了愁容，而作者反劝慰她“不用”如此。这是很巧妙的一笔，沈际飞所谓“生情生姿，颠播妙”（《草堂诗余正集》），正指此而言。劝人别哭者，未必自己不流泪；劝人不用发愁者，也未必自己能宽心。看似无情，却是“多情”。正因为“酒阑”人将散，所以强作旷达狂放之态耳。如此便逼出“无奈”二字来。

汪　藻

汪藻(1079—1154),字彦章,饶州德兴(今属江西)人。徽宗崇宁二年(1103)进士,高宗朝,累官中书舍人、翰林学士,出知湖州、徽州、宣州。以曾为蔡京、王黼门客,夺职,贬居永州卒。词在当时,人多传诵,惜后世留传甚少。《彊村丛书》辑有《浮溪词》,仅三首。

点　绛　唇

新月娟娟,夜寒江静山衔斗①。起来搔首,梅影横窗瘦。　　好个霜天,闲却传杯手②。君知否?乱鸦啼后,归兴浓如酒。

【注释】

① 斗:北斗七星,也可泛指星星。　② 闲却传杯手:意谓无酒可饮。

【语译】

一弯蛾眉似的新月十分美好,夜间相当寒冷,江水静寂无声,北斗七星低垂,好像正被远山含着。我心里烦躁,索性起来,搔搔头皮,只见梅花清瘦的倩影正映在窗前。

好一个满天飞霜的夜晚!可惜无酒,我这双惯于捧酒杯的手也用不上了。您知道吗?当听到乌鸦乱叫了一阵之后,我那想弃官回家的心情越来越强烈,简直就像酒一样使人迷醉。

【赏析】

词写宦情淡薄，寒夜思归。

因为词中有“月”、“江”、“鸦啼”、“霜天”和愁不成眠而“起来搔首”，潘游龙便云：“此乃‘月落乌啼霜满天’景。”(《古今诗余醉》)其实，细加玩味，词境词意与张继《枫桥夜泊》诗不尽相同。娟娟新月初上，梅花疏影横窗，是非常宁静而优美的夜景。“夜寒”并不是词人“起来”的缘故，该是他不成眠的感觉，只要看他“搔首”踌躇，便知心中另有使他烦躁的原因在，只是先不说破。梅花常为过隐逸生活的高士所爱，因其香自苦寒来而又不受半点尘埃侵染；虽与竹篱茅舍相伴，亦自甘心。景物已摄“归兴”二字之神。陶渊明爱酒，作者也自诩“传杯手”，只可惜夜寒酒竭之时偏偏“闲却”。黄蓼园云：“霜天无酒，落寞可知，写来却蕴藉。”(《蓼园词选》)然纵未饮酒而人亦如痴如醉，因“归兴”忽起而难遏也。这里说闻“乱鸦啼后”，归思始浓，或本借乌夜啼而衬托孤寂悲凉之境，未必另有深意。然有人却以为“乱鸦”有讥刺意，又因好事而附会作者经历，遂生此词“本事”的几种说法。

吴曾《能改斋漫录》云：“江彦章在翰苑，屡致言者。尝作《点绛唇》，或问曰：‘归萝浓于酒，何以在晓鸦啼后？(按：所引有二字之差异)’公曰：‘无奈这一队畜生聒噪何！’”王明清《玉照新志》更说此词作于京师，有挟怨者将它拿给宰相秦桧看，遭致贬谪永州。张宗橚《词林纪事》辨二说不可从，另主一说云：“知稼翁词注：彦章出守泉南，移知宣城，内不自得，乃赋《点绛唇》词‘新月娟娟，夜寒江静山衔斗'云云。公时在泉南签幕,依韵作词送之云:'嫩绿娇红,砌成别恨千千斗。短亭回首,不是缘春瘦。　一曲阳关,杯送纤纤手。还知否?凤池归后,无路陪尊酒。'"并谓"知稼翁与彦章同时,兼有和词,确而可据"。其实,虽有"和词",也难说"确而可据",因为还有奇怪的现象值得进一步研究。

在《全宋词》中与汪藻排列在一起的刘一止,尚有同调词二首,用韵完全一样,巧合是绝对不可能的,只能是倡和之作,词如下:

点　绛　唇

和王元渤舍人见贻

岁月飘流,故人相望如箕斗。畔愁千首,诗骨能清瘦。　白日鹍弦,同看春风手。君知否?袖痕别后,犹有临歧酒。

又

山邑新凉,夜堂爽气侵南斗。为谁骧首,月冷冰娥瘦。　八万二千,雕琢琼瑶手。君知否?待君归后,双照杯中酒。

所"和"者为"王元渤"而不及"知稼翁"或"汪彦章",这究竟又是怎么一回事呢?这些人之间的关系又如何?不清楚,姑录以备考。

刘一止

刘一止(1079—1160),字行简,湖州归安(今浙江吴兴)人。徽宗宣和三年(1121)进士。绍兴初,召试,除秘书省校书郎,历给事中,进敷文阁待制,致仕。有《苕溪乐章》一卷,以《喜迁莺・晓行》最有名,当时盛称于京师,人以“刘晓行”称之。

喜迁莺

晓行

晓光催角,听宿鸟未惊,邻鸡先觉。迤逦烟村,马嘶人起,残月尚穿林薄①。泪痕带霜微凝,酒力冲寒犹弱。叹倦客,悄不禁重染,风尘京洛②。　追念人别后,心事万重,难觅孤鸿托。翠幌娇深,曲屏香暖,争念岁华飘泊?怨月恨花烦恼,不是不曾经着。者情味③、望一成消减,新来还恶。

【注释】

① 林薄:草木丛生之处。《楚辞・涉江》王逸注:“丛木曰林,草木交错曰薄。”　② 风尘京洛:晋陆机《为顾彦先赠妇》诗:“京洛多风尘,素衣化为缁。”后人多借此比喻世俗的污垢。　③ 者:这。

【语译】

曙光催动号角声，窠里的鸟儿尚未惊起，便听到邻里的鸡先醒过来，开始啼叫了。村落连绵不断的人家升起吹烟，马儿嘶鸣，人们起身，透过树林草丛，尚见残月在天。在晨霜里，泪痕微微地凝结在脸上；抵御这寒冷，酒力还是太薄弱了。可叹我这个已感到厌倦的客子，正愁再也禁不起京洛风尘的污染了。

回想与她分别以后，我心事万重，却难找到一只孤雁能把这番意思带给她。从前，在绿窗纱后，闺房是那么漂亮、幽深；在曲屏风内，气氛是那么芳香、温暖，那时候怎会想到后来的大好时光，竟在漂泊之中度过？怨恨春花秋月的那种烦恼，不是没有感受过。这种心情滋味，只希望它能从此很快消减下去，谁知近来又不好了呢。

【赏析】

刘行简这首题作《晓行》的词，当时曾流传京师，颇有名气。陈振孙《直斋书录解题》云："行简是词盛称京师，号'刘晓行'。"其实，这也是一首伤离词，只是作者将这种离人的思念情怀安排在晓行之中加以表现而已。

上片写晓行所见所闻所感。见到的有"晓光"、"烟村"、"残月"、"林薄"及晨"霜"等等；听到的有"角"声、"鸡"啼、"马嘶"及"人"声等等，感觉到的则有阵阵"寒"意。这些交错配合，组成了一幅出色的晓行图，读来有令人身历其境的感觉。许昂霄云："'宿鸟'以下七句，字字真切，觉晓行情景，宛在目前，宜当时以此得名。"(《词综偶评》)说"泪痕"、"酒力"，已可知此次晓行乃离别所爱之人——大概就是妻子以后的出远门，不久前刚饮过饯别席上的酒，也彼此挥洒过泪水。接着感叹自己倦作客子，忧虑会"不禁重染""京洛"的"风尘"，用的是"素衣化缁"典故。这就是说，作者以往为了官俸，常在仕途奔波，异乡作客，也曾去过京师，已感到厌倦，如今身不由己，又须再去。

上片既写了晓行的见闻，又交待清晓行的缘由和去向，下片就具体抒写此行中自己的"心事"和"烦恼"。"追念"之"人"，就是曾经与自己在"翠幌娇深，曲屏香暖"的舒适环境中度过欢乐时光的爱妻；而"翠幌"八字，又与上片写"带霜"、"冲寒"的晓行中所感受到的悄然清冷气氛，形成了强烈的反差。现在相去日以远，锦书难托，而当初彼此在温柔乡里度日，再也想不到华年竟付风尘，会如此"飘泊"分离的。"怨月恨花"以下，抒胸臆而多起伏：先形容是怎样的"烦恼"，然后说这样的"烦恼"也曾"经着"过；又再说只希望能快快"消减"，末了说可终也不能宽解。叙来一波三折，宛转无奈；语言分寸，掌握得恰到好处。

韩　嘐

韩嘐(生卒年不详),字子耕,号萧闲,有《萧闲词》一卷,已佚,近人赵万里辑得四首。

高　阳　台

除　夜

频听银签[①],重燃绛蜡[②],年华衮衮惊心[③]。饯旧迎新,能消几刻光阴?老来可惯通宵饮?待不眠、还怕寒侵。掩清尊、多谢梅花,伴我微吟。　邻娃已试春妆了,更蜂腰簇翠,燕股横金[④]。勾引东风,也知芳思难禁。朱颜那有年年好,逞艳游、赢取如今。恣登临、残雪楼台,迟日园林[⑤]。

【注释】

① 银签:指更漏,有签记时刻。　② 绛蜡:红烛。　③ 衮衮:连续不断地,可通"滚滚"。　④ 蜂腰、燕股:剪彩为蜜蜂、燕子状,用以饰鬓发。蜂腰纤细,燕股如剪,皆物之特征,故谓。　⑤ 迟日:春天的日光。《诗·豳风·七月》:"春日迟迟。"

【语译】

一次次倾听更漏的声音，重新又点燃一支红烛，想到年华似水，不断地逝去，不免心里吃惊。饯别旧岁，迎来新年，还能有多少时刻可消磨呢？人老了，通宵饮酒又怎能习惯？要想不睡，又怕寒气相侵。我收起酒杯，多谢梅花，一直陪伴我随口吟咏。

邻居的姑娘已试着春妆打扮了，她还将彩绢剪成蜂儿、燕子的模样，将它们系在珠翠金钗上作为发饰。她也知道要勾引东风，就会使自己青春的思绪难以控制。可年轻红润的容颜，哪能年年都保持美好呢？还是展现一下娇艳，风风光光地游玩，去赢得眼前的快乐罢！你可以随着自己的心意登高临远，赏览那残雪尚留的楼台和阳光徐缓的园林。

【赏析】

除夕是辞旧迎新的夜晚，词以此为题，在内容、布局、写法上都体现出这一特点。如上片着重写辞旧岁那夜的情景，主体是已成老人的自身，用实写；下片则重在表现迎新春，主体改为正当年华的“邻娃”，多用虚笔。

“频听银签”，等于现在不断地瞧时钟，看离子夜正点还有多久。“重燃绛蜡”，说原来的红烛已尽，还得坐着，所以要再点一支。“年华”句，从岁尽想到年华似水；“惊心”，正是为下文所说的“老来”。“饯旧迎新”四字点题。“能消”句承“频听银签”和“年华衮衮”；一年“光阴”已到用“几刻”来计算的时候了，感慨自深。然后说自己年已老大，很难如年轻人那样“通宵”达旦地饮酒来欢度除夕之夜。豪饮固不胜酒力，熬夜也难敌寒气，只有“掩清尊”准备睡觉了。以“多谢梅花，伴我微吟”一结，点缀时令，表明志趣，说此夜也未虚度。

后半篇转换角度，写迎新，老朽也换作“邻娃”了。“春妆”前加一“试”字，扣紧“除夜”。年轻姑娘爱美，手又灵巧，更剪彩而为发饰。必谓剪作蜂、燕之形，使之前承“春妆”、后启“勾引东风”，方显得协调一致。“蜂腰簇翠，燕股横金”八字，巧琢精雕，富艳工丽；如此类对仗者，前有“频听银签，重燃绛蜡”，后有“残雪楼台，迟日园林”，也都是佳句。本来是新年之后，“东风”吹得花开，送来春意，致使少女“芳思难禁”，或者说春妆后容貌妍丽，连东风也为之倾慕，都无不可。现在却偏说是她剪彩为蜂、燕以“勾引东风”，真心裁别出，匪夷所思，然因之而自成妙语。不过句中有“也知”二字，语气恰巧是反过来的，写她芳心羞怯，正犹豫该不该去招惹东风，让内心不得平静。所以“朱颜”以下便是词人的劝勉语：趁着青春正好，应把握住“如今”，莫失良机，就尽情地去登临游赏罢！从除夜出发，思绪不断向前推进，文势似高山滚石，一去不回。

李　邴

李邴(1085—1146),字汉老,号云龛居士,济州任城(今山东济宁)人。徽宗崇宁五年(1106)进士,累官翰林学士。绍兴初,拜参知政事、资政殿学士,寓泉州,卒谥文敏。南宋王应麟《小学绀珠》称李邴、汪藻、楼钥为"南渡三词人",王灼《碧鸡漫志》评价其词"富丽而韵平平"。有《云龛草堂集》,不传。

汉　宫　春

潇洒江梅,向竹梢疏处,横两三枝。东君也不爱惜,雪压霜欺。无情燕子,怕春寒、轻失花期。却是有、年年塞雁,归来曾见开时。　　清浅小溪如练,问玉堂何似[1],茅舍疏篱?伤心故人去后,冷落新诗。微云淡月,对江天、分付他谁[2]?空自忆、清香未减,风流不在人知。

【注释】

① 玉堂:豪门贵族的第宅。古乐府:"黄金为君门,白玉为君堂。"　② 分付:发落,处置。分付他谁,即教谁发落。

【语译】

梅花潇洒地生长在江畔,它从绿竹梢头的疏朗处,斜伸出两三枝来。司春的东君也不加爱惜,任凭它横遭大雪的覆压和严霜的欺凌。燕子真无情，害怕春寒，迟迟不来，轻易地失去了开花期见面的机会。倒是年年都有塞外的大雁归来，曾见到盛开时的梅花。

清而浅的小溪像一匹长长的白绢，试问种植在白玉堂的大宅深院里的花花草草，又怎能比得上傍着低小的茅草屋、疏稀的竹篱笆生长的梅花呢？教我伤心的是老朋友走了以后，再难读到新诗了。在轻轻的夜云、淡淡的月色下，梅花独自对着寥廓江天，这景象能叫谁来处置呢？它徒然地在想：反正自己的清香并未减少，至于美好的风姿品格，倒不在乎人们知道不知道。

【赏析】

这首词应该题作《咏梅》，也许原来真有题目，后来失去了也难说，因为全篇句句都不离梅花。

东坡写梅花有“竹外一枝斜更好”之句，又有“竹外桃花三两枝”的题画诗。此词起首三句，正化用了苏诗意境，先写梅花的“潇洒”姿态。称“江梅”，因后面还要写到“江天”，所以开头先提出。梅花“雪压霜欺”自凛然，说是“东君也不爱惜”，正表现自己钦佩爱惜之情。同样，燕子畏寒，在梅开时尚未飞来，说它“无情”，也是主观情绪的流露，相比之下，大雁飞回北方就早多了，故薛道衡于元月初七作《人日思归》诗，就有“人归落雁后”之句。因此说“年年塞雁，归来曾见开时”，是用以与“无情燕子”作对照的，很像是有情谊、讲信义的人了。雪霜候鸟，都是自然界现象，这里借梅花赞美一种精神，既不畏惧权势欺压，也不在乎世情冷暖，依然“潇洒”

自在。

下片转从人事角度吟咏其高格调。在这里，作者写到一个林和靖式的最爱梅花的隐逸诗人，称其为“故人”，你理解他为作者的“故人”或梅花的“故人”都无不可。故人在时，吟诗咏梅；“故人去后，冷落新诗”。所以下片换头，先下“清浅”二字，暗示了“疏影横斜水清浅”句意。“小溪”应通江浦，因与“茅舍疏离”相关而写。如苏轼《山村》诗：“竹篱茅舍趁溪斜，春入山村处处花。”这不但是隐士的居处，也是梅花的环境。王琪《梅》诗云：“不受尘埃半点侵，竹篱茅舍自甘心；只因误识林和靖，惹得诗人说到今。”梅花因“甘心”清静淡泊生活，故不羡荣华富贵，而有“玉堂何似，茅舍疏篱”之“问”。这一问对后来也颇有影响，如元人朱元荐《忆庾岭梅花赋》云：“玉堂金马，吾不为之喜，茅舍竹篱，吾不为之怒。”陈栎《春先亭赋》也说：“玉堂何喜？竹篱何怒？”梅格如此，宜入吟咏；可惜“故人”别去，离情无人能写。有此深以为憾之事，使文势起一波澜；也正因为有此转折，才能把梅花的品质作更深一层的揭示。“微云淡月”，正“暗香浮动月黄昏”时也，而寂寂“对江天”之幽独境界，又谁解领略传神？这就最后逼出只要“清香未减，风流不在人知”的意思来，其意又与王琪诗“误识林和靖”暗通。梅花孤傲，风流自赏，又岂是为了供诗人吟咏评说而吐露“清香”！这样，也就真正写出了梅花的“潇洒”。

陈与义

陈与义(1090—1139),字去非,号简斋居士,祖籍京兆(今陕西西安),唐时避乱入蜀,至其曾祖徙居洛阳(今属河南)。徽宗政和三年(1113)登太学上舍甲第,授文林郎、开德府教授,擢太学博士、著作佐郎。南渡后,历官兵部员外郎、中书舍人、礼部侍郎、参知政事,以疾辞归,卒于湖州。其主要文学成就在诗歌方面,为江西诗派主将之一,词虽不多,但语意超绝。有《简斋诗集》,附《无住词》十八首。

临　江　仙

高咏《楚词》酬午日①,天涯节序匆匆②。榴花不似舞裙红,无人知此意,歌罢满帘风。　　万事一身伤老矣,戎葵凝笑墙东③。酒杯深浅去年同,试浇桥下水,今夕到湘中。

【注释】

①《楚词》:即《楚辞》。酬午日:纪念端午节日。　② 节序:节令。③ 戎葵:又称蜀葵、胡葵、吴葵、一丈红。花如木槿,有红、紫、白等色。非向日葵。

【语译】

我只有高声吟咏《楚辞》来度过端午这一天,万里避乱南来,遇到节日总是这样匆匆忙忙的。五月的榴花居然还不及舞女的裙子红火，没有人知道这是什么意思，我高声歌罢一曲时，只觉得悲风已满帘幕。

千头万绪的事情都集于我一身，可悲人已老了，为此，墙东的蜀葵花也一直在笑我愚拙。端午节饮酒，今年虽与去年一样，但你只要把酒洒一点在桥下的水中，今晚就定能流到湘中屈原所在的地方！

【赏析】

陈与义在宋室南渡之前和以后，都曾受到过徽宗、高宗的赏识、重用。高宗建炎三年（1129），他避乱南来湖湘一带，正是屈原的故乡。时逢端午，写了这首《临江仙》，在抒发世乱时艰的感慨时，想起了古代这位饱经忧患、终至自沉汨罗江的伟大爱国诗人。

端午节有种种习俗，多数都与纪念屈原有关。作者只凭“高咏《楚词》”来度过这一天，正为写自己漂泊“天涯”，对“节序”之事只能“匆匆”应付的境况。不过，开头就提到《楚辞》，并非只是为了端午应景，实际上已为全词定下了伤时忧国的基调，何况前面还加了“高咏”二字以强调之。“榴花不似舞裙红”，句意隐晦，令人疑猜。有的说词者认为陈与义在徽宗朝一度名倾朝野，揣测他观舞听歌必定频繁，因而以为此句是“对旧日的怀念”。念旧在词句表述上应有迹象，不会这样写，解说也不敢苟同。我倒以为此句有类似“商女不知亡国恨”、“西湖歌舞几时休”的意思。端午节日，定有鼓乐喧天、舞裙似火的景象，当此江北沦丧、宋室偏安之际，人们还沉湎于歌舞之中，血色罗裙之红艳，竟使五月榴花相形失色。在作者看来，这是十分可悲的。说“无人知此意”，正表现一种孤愤，是郑重的感慨。只有这样理解，才能与“高咏《楚词》”的精神相协调，也才能与下句“歌罢满帘风”连起来；很显然，末了这句是写激昂情怀的，如杜甫《同谷七歌》“呜呼一歌兮歌已哀，悲风为我从天来”即是。如果陈与义此时只念念不忘当年“观舞听歌”之乐，甚至以“无人知此意”为憾，我想他后来是不配朝廷委以重任，当参知政事的。

下阕以叹息语过片。“万事一身”，有以天下为己任的意思。无奈人已老，不能像年轻时那样为国效力了。这又与他《伤春》诗中“孤臣白发三千丈”的感叹是一致的。“戎葵凝笑墙东”，应是说连墙边的蜀葵花也在笑我愚拙。花开似笑，久久含笑，谓之“凝笑”。措词十分含蓄。结尾三句，一句是陪衬，想说的在后两句，意思说，年年端午都照例喝酒，但今年却不一样，是在屈原的家乡过的。屈原对南渡的爱国士大夫所具有的精神感召力，是毋庸多言的。作者甚至觉得都不必明点出其人来，只说“试浇桥下水，今夕到湘中”，便已完全明白了。洒酒江流，一奠忠魂，恰好与高咏《楚辞》首尾相应。词用极蕴藉的语言，表达了作者的慷慨情怀。

临　江　仙

夜登小阁忆洛中旧游

忆昔午桥桥上饮[①]，坐中多是豪英。长沟流月去无声[②]，杏花疏影里，吹笛到天明。　　二十余年如一梦，此身虽在堪惊。闲登小阁看新晴，古今多少事，渔唱起三更。

【注释】

① 午桥：在洛阳城南。　② 沟：护城河。

【语译】

想当年在午桥的桥上喝酒，在座的大多都是豪杰英才。长长的护城河河水浸泡着一轮明月，无声无息地流去。在杏花疏稀的影子底下，吹笛子一直吹到天亮。

二十多年过去，真像一场梦啊！我这人虽然还活着，回忆起来也足以惊心的了。闲来无事，我登上小阁楼看看新霁后的月色夜景，古往今来有过多少令人感慨的事啊！只听得半夜三更有人在唱渔歌。

【赏析】

陈与义以诗著名，但所存一卷《无住词》“殆于首首可传”（《四库全书总目提要·无住词》），即如此首《临江仙》词，忆昔感今，声情并茂，便堪称绝唱。黄昇云：“去非词虽不多，语意超越，识者谓可摩坡仙之垒。”（《花庵词选》）

上片忆昔。头两句自然而然说出，不加雕琢，对当年群贤毕至、相聚夜饮于洛阳午桥盛况的追慕向往之情，已洋溢纸上。如此发端，落落大方。至后三句对场景细节作具体描绘时，便更见精彩。“长沟”三句，可谓百读不厌。本谓月映长沟，流水无声。现在凭着作者对诗意的敏锐感觉而将措词稍加变动，说成“长沟流月去无声”，而意思也随之改变，意谓月渐西落，不能长映于沟水之中，恰如被不断逝去的流水（习惯上又比作时间）无声无息地送走。巧语天成，妙手得之。“杏花疏影里，吹笛到天明”十字，快言爽语，意境之佳，更被诸多评词者所激赏；特别是因为所写是回忆中情景，又历历如在目前，更为过片的兴叹，蓄足了势头。

下片感怀。“二十余年如一梦，此身虽在堪惊。”作者抒情也是高手，词句仿佛直接从胸中自然流出，却极富艺术感染力。记忆中连流月无声、杏花影里等细节都记得清清楚楚，想不到转眼竟已过去“二十余年”了，发“如一梦”的感喟，是逻辑的必然。昔日“洛中旧游”，如今死的死、散的散，所剩无几，且都已鬓发苍苍了。“此身虽在”的言外，就包含着这些意思，故接以“堪惊”二字，犹杜甫之“访旧半为鬼，惊呼热中肠”也。叙来简捷之至。“闲登”句，申足题意。“新晴”是说雨后被霁，与当年竟同是月夜。

词末了两句大大地拓展了感慨的内涵，使之超越了自身的经历和友情的范围，而把目光转向历史和人生，去作哲理性的思考。“古今多少事”五字中，昔时相聚的“豪英”和后来遭遇的“堪惊”，都得以包容。问题是提出来了，却没有答案。代替回答的只有“渔唱起三更”这令人惕然警觉的凄清情景。把国家兴亡、人生穷通的大感慨，付之于渔唱，是我国文学中从《楚辞·渔父》开始，逐渐形成的一种传统意象。诗词中都有，如王维《酬张少府》诗云："君问穷通理，渔歌入浦深"即是。直至清代，孔尚任写明朝亡国之痛的《桃花扇》也还把渔樵晚唱作为全戏的尾声余韵。此词的结尾，正利用这一意象来表达自己内心寂寞悲凉的情绪，同时又因以景语来代替叙事抒情，而能收到宕出远神的艺术效果。

蔡　伸

蔡伸(1088—1156),字伸道,号友古居士,莆田(今属福建)人。蔡襄之孙。徽宗政和五年(1115)进士,宣和中,辟太学博士,历知滁州、徐州、德安府、和州,官至左中大夫。有《友古词》一卷。

苏　武　慢

雁落平沙,烟笼寒水,古垒鸣笳声断。青山隐隐,败叶萧萧,天际暝鸦零乱。楼上黄昏,片帆千里归程,年华将晚。望碧云空暮,佳人何处[1],梦魂俱远。　　忆旧游、邃馆朱扉,小园香径,尚想桃花人面[2]。书盈锦轴[3],恨满金徽[4],难写寸心幽怨。两地离愁,一尊芳酒凄凉,危阑倚遍。尽迟留、凭仗西风,吹干泪眼。

【注释】

① “望碧云”两句:江淹《休上人怨别》诗:“日暮碧云合,佳人殊未来。” ② 桃花人面:用崔护题门事,见晏殊《清平乐》(红笺小字)“人面”句注。 ③ 书盈锦轴:用秦窦滔夫妇事,参见柳永《曲玉管》“别来”句注。 ④ 金徽:指琴。徽,本琴上系弦之绳。

【语译】

大雁飞落在平旷的沙滩上,烟雾笼罩着寒冷的水面,古老的堡垒中吹出的胡笳声停了下来。青山隐隐可见，落叶瑟瑟作响，天边的暮鸦乱成一片。楼头天色已黄昏，待孤帆一片归来的时候，经千里路程，年华也将晚了。我徒然眺望日暮时分碧云四合，也不知佳人今在何方，梦魂与伊人都那么遥远。

回忆从前与她交往，幽深的馆舍朱红的门，小小的园子花间的路，还记得那桃花与人面相映的情景。纵然把机轴上的锦帛都织成题着诗的情书，将所有的恨都寄托在琴声中，也难以表达我内心的幽怨。两地的离愁，一杯清酒何用，境况实在凄凉！高处的栏杆都被我倚遍了。我尽量迟留，不忍离去，就凭着阵阵西风，来把我的泪眼吹干。

【赏析】

词写离愁。秋日黄昏，临水楼头，倚栏眺望景色，思念佳人，远在千里，相见无期；回忆起旧时与她交游情景，不禁愁绪满怀，为之临风落泪。

起头六句，写秋暝萧索之景。时时取唐诗用语，如“烟笼寒水”，出杜牧“烟笼寒水月笼沙”；“青山隐隐”，也用其“青山隐隐水迢迢”；雁栖鸦乱，古垒鸣笳，都为渲染自己怅然孤寂的心境。“楼上黄昏”，点清眺望的地点和时间。“片帆”二句，说人在千里，归期未有，不觉“年华将晚”；岁时将暮和人生易老，两层意思都包括在内。然后说望佳人不至，点出所思对象，借江淹“日暮碧云合，佳人殊未来”诗意。“梦魂俱远”，回答了“何处”之问，也应前“千里归程”。

换头以“忆旧游”起，承“梦魂”而过片。“邃馆”二句，是佳人居处的环境，也暗示两情相得。“尚想桃花人面”，承“小园香径”而来，用崔护诗意，说所留印象难忘，但不必局限于字面，以为仅仅是说当时“人面桃花相映红”的情景，“邃馆”之内的殢云尤雨，千种风情，都可包括在“尚想”的范围之内。然后说不论织成多少锦书，弹出多少琴曲，都“难写寸心幽怨”。“两地离愁”，凭“一尊芳酒”如何能消，适增“凄凉”而已。“危阑倚遍”，转到眼前，说清以上所写，皆倚栏见闻和所思所感。末了再出“西风”以关合秋令，以“迟留”写情之缠绵；“泪眼”写情之伤痛。词，独特创新之处不多，平稳而已。

柳　梢　青

数声鶗鴂[①]，可怜又是、春归时节。满院东风，海棠铺绣，梨花飘雪。　　丁香露泣残枝，算未比、愁肠寸结[②]。自是休文[③]，多情多感，不干风月。

【注释】

① 鶗鴂：也作“鹈鴂”，通常指子规、杜鹃。《离骚》：“恐鶗鴂之先鸣兮，使夫百草为之不芳。”然辛弃疾《贺新郎》云：“绿树听鶗鴂；更那堪、鹧鸪声住，杜鹃声切。”其词题称：“鶗鴂、杜鹃实两种，见《离骚补注》。”则或以鶗鴂指杜鹃科的“鹰鹃”。　② “丁香”二句：见贺铸《石州慢》“芭蕉不展丁香结”注。　③ 休文：沈约，字休文，仕宋及齐梁，不得大用，郁郁成病，消瘦异常，卒后，有司提出谥为“文”，梁武帝曰：“怀情不尽曰‘隐’。”遂改为“隐”。

【语译】

传来几声杜鹃的啼叫声，可怜又到春天回去的时候了。东风满庭院，吹得海棠花如锦绣铺地，梨花像雪花似的飘飘。

丁香花的残枝上滴着露水，仿佛是哭泣的泪珠，想来也比不上我愁肠寸寸郁结。我就像沈约，多情善感，实在与风月之事无关。

【赏析】

短小的词往往略去人与事的个别特征，只留下共同性的一面，这首伤春词即如此；我们只知道作者“多情多感”，因“春归”而“愁肠寸结”，却无法进一步说出还有什么别的原因。

词分四个层次，每到句号标点处是一层；上下片各两层，上片说春归，下片说愁绪。

说春归，再分听到和看到。听到的是“数声鶗鴂”，又连带写想到已经是“春归时节”；用“可怜”二字，在写景之中夹入抒情，以突出伤春的主题。在写看到的景象时，则表明是以庭院作为描写环境的。“海棠铺绣，梨花飘雪”八字成对，竭力描摹渲染，把衰败与绚丽结合在一起，让景象本身来代替作者直接说“可怜”，以表现无限惋惜之情。

下片说愁，仍先用一句景语过片。但这句中的景物是为了与“愁肠寸结”作比较而写的。丁香花蕾密集，常比结愁之多，如南唐中主李璟有“丁香空结雨中愁”之句。这里正借此作比，以强调愁肠郁结之甚。那么愁是因何而生的呢？最后一层回答这个问题。

用力主写诗要辨“四声”、避“八病”的沈约自喻，说是因“多情多感”所致，并“不干风月”之事。这里的“风月”是指景物，包括了鶗鴂、落花等等，也就是说伤春并非为了花月春风本身的逝去，而是另有感触联想。诸如年华将暮、青春虚掷、所思在远、功名未酬等等都无不可。但究为何种呢？小词不明言，含混些应该是容许的，未必就可以责其为无病呻吟的。

周紫芝

周紫芝(1082—1155),字少隐,号竹坡居士,宣城(今属安徽)人。高宗绍兴十二年(1142)登第,历官枢密院编修官、出知兴国军。晚年奉祠居庐山。词风清丽婉曲。有《太仓稊米集》、《竹坡诗话》、《竹坡词》(三卷)。

鹧　鸪　天

一点残釭欲尽时[①],乍凉秋气满屏帏。梧桐叶上三更雨,叶叶声声是别离[②]。　　调宝瑟,拨金猊[③],那时同唱鹧鸪词[④]。如今风雨西楼夜,不听清歌也泪垂。

【注释】

① 釭:灯。　② "梧桐"二句:温庭筠《更漏子》:"梧桐树,三更雨,不道离情正苦。一叶叶,一声声,空阶滴到明。"　③ 金猊:指狮子形的香炉。猊,狻猊,即狮子。　④ 鹧鸪词:《异物志》:"鹧鸪其志怀南,不思北徂(往也),南人闻之则思家,故郑谷诗云:'坐中亦有江南客,莫向春风唱鹧鸪。'(《席上赠歌者》)"唐时已有《鹧鸪天》之曲。

【语译】

当油灯的一点火焰将要熄灭的时候,刚刚转凉的秋气已充满了摆着屏风、垂着帷幕的室内。半夜里的雨打在梧桐树叶上,每片叶子、每滴雨声,都在诉说着别离的痛苦。

那时候，我们弹奏着精美的瑟，拨弄着金狮香炉，曾一同唱起《鹧鸪天》的曲子。如今我却独自在西楼度过这风雨之夜，即使不听动人的歌声，也禁不住流下了眼泪。

【赏析】

这是一首别离相思词。

“一点残釭欲尽时”，说夜已深。李白《长相思》乐府云：“孤灯不明思欲绝，卷帷望月空长叹。”这里也有借“残釭欲尽”暗示“思欲绝”的作用在。接一句室内气氛的描写。宋玉《九辩》：“悲哉，秋之为气也！”这深夜里“满屏帏”的“秋气”，给人的感受如何，自不难想象。“乍凉”，固然是人体对气温的感觉。但何尝没有内心对别后凄凉的体验在呢。“梧桐”二句，点清夜已“三更”，窗外正有风雨，怪不得室内“乍凉”。化用温飞卿词意写离情，自妥帖，且也有变化。温词中离情是离情，雨打叶声是雨打叶声，两者只是配合，而这里说“叶叶声声是别离”，则已合而为一了。这就有创新。

换头“调宝瑟，拨金猊”是写追忆中昔日闺中之乐，因为下句有“那时”二字，语意是同时管住前面的。那时，他们弹瑟焚香，还同唱一只歌，感情之亲密无间，并不逊于古人所谓的“窈窕淑女，琴瑟友之”。“同唱”之“词”，必称“鹧鸪”，想来其用意有三：（一）恰好与此词之词牌名同；（二）鹧鸪常雌雄成双，其意象同于鸳鸯、蝴蝶，如温飞卿《菩萨蛮》云：“新贴绣罗襦，双双金鹧鸪。”（三）唱此词能引起想思，尤其对“南人”是如此，故有“坐中亦有江南客，莫向春风唱鹧鸪”的诗。而周紫芝为宣城人，恰好是“江南客”。所以，幸福的时刻同唱此词不以为意，离别之后回想起来，不待再听歌就已垂泪了。“那时”、“如今”，时间的转换，交待得明明白白。“风雨西楼夜”，用作与闺中的温馨生活的对照，又与秋夜梧桐雨的描述首尾相应。

踏　莎　行

情似游丝，人如飞絮，泪珠阁定空相觑[①]。一溪烟柳万丝垂，无因系得兰舟住。　　雁过斜阳，草迷烟渚，如今已是愁无数。明朝且做莫思量，如何过得今宵去！

【注释】

① 阁定：含着未流下来。“含泪”也叫“阁泪”。

【语译】

离情就像游丝萦绕不定，离人恰似飞絮一去无踪，眼中含着泪珠，彼此相看也枉然。溪边烟蒙蒙的杨柳垂下金丝千条万条，也不能把这离去的木兰舟系住啊！

斜阳里有大雁飞过，水中小洲上似烟的芳草已迷茫一片，眼前的愁绪已不知有多少了。明朝的事暂且别去想它罢，我都不知今晚这一夜将如何才能度过。

【赏析】

这又是一首离别词。上片写离别之时，下片写离别之后；时间上是连续的，都在同一天。以“游丝”比“情”，取其柔；说它袅袅不绝，依依萦绕，都无不可。以“飞絮”比“人”，取其散；随风而去，难觅踪影，是应有之义。“泪珠阁定”，说悲来难遏。“相觑”，形容难舍难分；但百般依恋，又有何用，到头终须一别，故着一“空”字。“烟柳”多种植水边，又是离别之景；“一溪”是“兰舟”的去路。柳者，留也；丝者，思也。纵有情丝万缕，也难留住离人，犹柳有“万丝垂”，却“无因系得兰舟住”。

兰舟既去，俯仰唯见“雁过斜阳，草迷烟渚”。“斜阳”，是易生愁绪之景；“雁”北去南归有期，且传说能传书，见“雁过”也会想到行人又将如何。春“草”常被比作相思离恨，故选用“迷”字来言其多。说“烟渚”，是不离行舟之水。这些都为“愁无数”而写。前加“如今已是”四字，其意谓刚见人离去不久，就已经不胜其愁了，语气犹有所待，必定还得说往后就更不堪了，意思才完足。于是就有最后两句。本来有“如何过得今宵去”一句，似乎也可以了，作者偏于末句前再用“明朝”句一垫，仿佛说以后的事管不了那么多，且顾眼前怎么办要紧。这样就不但把离愁难熬说到了极点，且又留有“明朝”以后景况如何的想象余地。

李　甲

李甲(生卒年不详),字景元,华亭(今上海市松江)人。约与苏轼同时。《宋诗纪事补遗》卷三十一有李景元,元符(1095—1098)中为武康令,或系一人。画家,工山水花鸟。小令亦有闻于时。近人刘毓盘辑得词十四首,其中《忆王孙》四首乃误收李重元作。

帝　台　春

芳草碧色,萋萋遍南陌。暖絮乱红,也似知人、春愁无力。忆得盈盈拾翠侣,共携赏、凤城寒食①。到今来,海角逢春,天涯为客。　　愁旋释,还似织;泪暗拭,又偷滴。谩伫立、倚遍危栏②,尽黄昏,也只是、暮云凝碧。拚则而今已拚了,忘则怎生便忘得!又还问鳞鸿③,试重寻消息。

【注释】

① 凤城:京都之城,也叫“丹凤城”。　② 一本无“伫立”二字。　③ 鳞鸿:鱼雁;传说以为能传书。

【语译】

芳草绿油油,茂盛地长满了城南路。暖洋洋的柳絮,乱纷纷的落红，也似乎知道人因为春来有愁而懒怠无力。还记得在路上拾得珠翠的那位美丽女伴，我曾与她手拉手，一同游赏了寒食时节的京城。想不到如今却在天涯海角遇上了春天，且又身为异乡客子。

我屡屡排遣愁绪，可这愁仿佛交织在心头总也不去；我暗暗地擦去泪水，但眼泪不知不觉又流了下来。我徒然久久地站立，倚遍了所有高处的栏杆。尽管时已黄昏，所见到的景象也只如古诗所云："日暮碧云合，佳人殊未来。"甘愿舍弃现在我已甘愿舍弃了，可是要想忘掉又怎能轻易忘掉呢？我只好再去问鱼儿和大雁，试着重新探寻她的消息。

【赏析】

羁旅漂泊在边远的地方，春天来了，想念从前在京都时有过一段情缘的女子，那时他俩曾共同游赏了帝都的春光；而今音信隔绝，触景伤怀，相思之情，欲断难断。词所写如此。上片述春来相忆之事；下片抒愁思难了之情。

"芳草""萋萋"是眼前春景，又是诗文中怀念人的传统意象，出自《楚辞·招隐士》："王孙游兮不归，春草生兮萋萋。"写"暖絮乱红"知人心意，是用拟人法，由景联系到人。"春愁无力"是说人，但用来形容飞絮落花也恰好。然后才写到相忆事。"盈盈"，说伴侣之姣好。"拾翠"，见车水马龙的热闹；如诗云："长乐晓钟归骑后，遗簪落翠满街中。""共携赏"，写两情之亲密。最后点出是帝都"凤城"和"寒食"清明佳节。"到今来"三句与之对照，独在异乡的相思愁怨之情，油然而生，引起下片。

愁，欲去不能；泪，拭了还流，叙来凄恻。“旋”字作“频频”、“屡屡”解，见《诗词曲语辞汇释》。由四个三字短句组合，韵促调急，用以抒苦情，声情与文情一致。“谩”作“空”解，亦见同书。徒然倚栏久立，虽已黄昏，而心上人终不可见也。化用江淹诗意，只在“暮云凝碧”前加“也只是”三字，便如歇后语，其意全在说“佳人殊未来”。“拚则”以下，一波三折，缠绵不已。已拚了结，却难忘得，又问鱼雁，终欲在绝望之中获一线希望。写多情人之矛盾心理，生动逼真。

李重元

李重元(生卒年不详),生平不详,约宋徽宗宣和前后在世,工词。黄昇《唐宋诸贤绝妙词选》录其《忆王孙》词四首。

忆　王　孙

春　　词

萋萋芳草忆王孙[1],柳外楼高空断魂,杜宇声声不忍闻[2]。欲黄昏,雨打梨花深闭门。

【注释】

① "萋萋"句:《楚辞·招隐士》:"王孙游兮不归,春草生兮萋萋。" ② 杜宇:即杜鹃,相传古蜀帝杜宇之魂所化,叫声凄厉,如劝游子"不如归去"。

【语译】

芳香的春草生长茂盛的时候,我思念起我的郎君来了。在高高的楼上眺望,也只能望见烟柳一片,空使我内心痛苦万分。我不忍去听那杜鹃鸟的声声啼叫,天色已近黄昏,深深的庭院门紧闭着,只有风雨阵阵吹打着梨花。

【赏析】

此词原编在李甲名下,黄昇《花庵词选》作李重元词,录其同调词四首，另有《夏词》、《秋词》、《冬词》，今从之。一本又题为秦观作。

起句用《楚辞·招隐士》句意，故“王孙”一词只是借出处文字作为忆其往事、盼其归来之对象的代称，与通常所说的公子王孙无关，也并不限指其人的社会地位、身份；王维诗“随意春芳歇，王孙自可留”即此用法。“柳外楼高空断魂”，有人解作“烟柳外的高楼却挡住了她的视线”（《唐宋词鉴赏辞典》七一四页，江苏古籍出版社），这就弄反了。不是高楼挡住视线，而是说楼再高也无法望见，能看到的唯有烟柳而已，是望远之人正在高楼凭栏；与欧阳修词“玉勒雕鞍游冶处，楼高不见章台路”用法同；之所以没有说“不见……”，因为“空断魂”三字，已包含着这层意思了。“断魂”与“销魂”“断肠”义同。“空”字说远望与感伤均无益。由忆而望，望而不见，唯闻杜宇声声在叫“不如归去”，这对于盼归无望、已黯然销魂的人来说，自然更难忍受了。“欲黄昏”，语用进行式，见伫立凝望之久。黄昏已使人发愁，何况“深”院“闭门”，见“雨打梨花”，纷纷飘落景象。在“不忍闻”之后，又写了可说是“不忍见”的场面。白居易《长恨歌》有“玉容寂寞泪阑干，梨花一枝春带雨”之喻，末句寂寂深院中雨打梨花之景，正与怀人不见的怨恨凄恻情结完全一致。小令如绝句，易成而难工，最重神韵。此词利用传统意象，将芳草、烟柳、杜鹃、春雨、梨花诸物与所抒离恨别绪结合在一起，使之情景交融，所以意境深远而韵味悠长。